I0573517

DIE SUCHE NACH MONICA

Die SEALs von Hawaii, Buch 4

SUSAN STOKER

Die Befreiung von Chloe
Die Befreiung von Morgan
Die Befreiung von Harlow
Die Befreiung von Everly
Die Befreiung von Zara
Die Befreiung von Raven (1 Apr 2022)

Ace Security Reihe:

Anspruch auf Grace
Anspruch auf Alexis
Anspruch auf Bailey
Anspruch auf Felicity
Anspruch auf Sarah

Die Delta Force Heroes:

Die Rettung von Rayne
Die Rettung von Emily
Die Rettung von Harley
Die Hochzeit von Emily
Die Rettung von Kassie
Die Rettung von Bryn
Die Rettung von Casey
Die Rettung von Wendy
Die Rettung von Sadie
Die Rettung von Mary
Die Rettung von Macie
Die Rettung von Annie

Delta Team Zwei

Ein Held für Gillian
Ein Held für Kinley
Ein Held für Aspen
Ein Held für Jayme
Ein Held für Riley (1 Juni)

Ein Held für Devyn
Ein Held für Ember
Ein Held für Sierra

SEALs of Protection:
Schutz für Caroline
Schutz für Alabama
Schutz für Fiona
Die Hochzeit von Caroline
Schutz für Summer
Schutz für Cheyenne
Schutz für Jessyka
Schutz für Julie
Schutz für Melody
Schutz für die Zukunft
Schutz für Kiera
Schutz für Alabamas Kinder
Schutz für Dakota

Stuart »Pid« Hall war nicht überrascht, dass ihre sorgfältig ausgearbeiteten Pläne in dem Moment zur Hölle gefahren waren, als sie in Algerien gelandet waren. Rettungseinsätze wie diese verliefen nie nach Plan. Aber das hatte das SEAL-Team nicht davon abgehalten zu hoffen, dass es dieses Mal vielleicht anders sein würde.

Menschen, deren Emotionen außer Kontrolle waren, sowie solche, denen es gefiel, eine Menschenmenge zur Gewalt anzustacheln, nur weil sie es konnten, konnten selbst die besten Pläne durcheinanderbringen. Der amtierende Präsident war seit zwanzig Jahren an der Macht und die Bürger Algeriens hatten die korrupte Regierung satt. Die anfangs noch friedlichen Proteste waren im Laufe der Zeit immer gewalttätiger geworden.

Die Regierung hatte begonnen, gegen die Demonstranten vorzugehen, aber das heizte ihren Enthusiasmus, für Veränderungen zu kämpfen, nur weiter an. Bestimmte Gruppierungen hetzten die Demonstranten darüber hinaus auch für ihre eigenen Interessen auf. Berichten zufolge hatten sich rivalisierende politische Parteien, Vertreter aus dem Ausland und sogar private Gruppierungen den Protesten angeschlossen. Friedliche Versammlungen wurden vorsätzlich in gewalttätige, außer Kontrolle geratene Aufstände verwandelt, bei denen es nur noch darum ging, so viel Chaos und Zerstörung wie möglich anzurichten.

Häuser und Geschäfte wurden ausgeraubt und dann niedergebrannt. Die Mordrate war um über vierhundert Prozent gestiegen. Und es hatte drei Entführungen von Ausländern gegeben. Alles zusammen ergab ein kochendes Pulverfass.

Und das war der Grund, warum Pid und sein SEAL-Team in die Gegend geschickt worden waren. Ihre Aufgabe war es, Mitarbeiter der US-Botschaft zu evakuieren, bis sich die Situation im Land stabilisiert hatte.

Sie waren bei Sonnenuntergang in die Stadt Algier an der Küste des afrikanischen Landes eingeflogen. Die Feuer der letzten Proteste erleuchteten den Nachthimmel, als sie zur Landung ansetzten.

Die Evakuierung vom Dach der US-Botschaft war bisher reibungslos verlaufen ... bis ein kleiner Junge erwähnt hatte, dass sein Kindermädchen vermisst wurde.

Normalerweise wäre Pid über so einen Vorfall nicht sehr besorgt. Die Frau könnte mit einem früheren Flug evakuiert worden sein, oder vielleicht kannte das Kind die Staatsange-hörigkeit seines Kindermädchens nicht. Das wäre nicht ungewöhnlich und sie durften nur amerikanische Staats-bürger ausfliegen. Aber irgendetwas an der Art des Kindes hatte Pid durcheinandergebracht.

Sie hatten ein wenig Zeit, bis der nächste Hubschrauber eintraf. Nicht viel ... aber etwas. Das Haus des Botschafters war nicht weit entfernt, höchstens ein paar Hundert Meter. Pid war sich sicher, dass er es schaffen könnte, zu dem Haus zu laufen, nach der vermissten Frau zu suchen und zurück zu sein, bevor der letzte Hubschrauber abhob.

Slate meldete sich freiwillig mitzugehen. Nachdem Mustang, ihr Teamleiter, nach einem kurzen Gespräch zugestimmt hatte, machten sie sich auf den Weg durch die dunkle Nacht, um nach der Frau zu suchen. Der Junge hatte gesagt, dass sie Monica hieße. Sie würden ihre Identität und Staatsangehörigkeit überprüfen und dann zur Botschaft zurückkehren, um von dort zu verschwinden.

Was sozusagen eine leichte Übung hätte sein sollen, stellte sich aber als alles andere als das heraus. Seit der Hubschrauber auf dem Dach der Botschaft gelandet war, hatte sich in kurzer Zeit eine Menschenmenge vor dem Gebäude versammelt. Und die Proteste hatten nichts mehr mit Demokratie oder dem derzeitigen Präsidenten zu tun. Es ging nur darum, so viel wie möglich zu plündern und zu zerstören. Überall liefen Leute herum, die alles davonschleppten, was sie tragen konnten. Kein Gebäude war sicher vor ihnen. Und sie brachen nicht nur in Geschäfte ein. Auch Wohnhäuser waren vor diesen gesetzlosen Männern und Frauen nicht sicher.

Für Pid sah es so aus, als stammten viele der Plünderer nicht aus Algerien.

Fassungslos über die Gewalt und die Verdorbenheit dieser Menschen versuchten er und Slate, die Massen zu meiden. Es dauerte länger, als ihnen lieb war, um den Wohnsitz des Botschafters zu erreichen, wo der Aussage des kleinen Jungen zufolge Monica auf die Rückkehr der Familie wartete.

Als sie das Haus erreichten, stellten sich Pid bei dem Geräusch der näher kommenden Randalierer die Nackenhaare auf. Mustang hatte bereits per Funk durchgegeben, dass es nicht sicher wäre, zur Botschaft zurückkehren, die mittlerweile vollständig von Aufständischen umzingelt war. Mustang befahl ihnen, mit ihm in Kontakt zu bleiben und ihn wissen zu lassen, sobald sie Kontakt mit Monica aufgenommen hatten. Danach würden sie Ort und Zeit vereinbaren, um sie mit dem Hubschrauber herauszuholen.

Pid und Slate schlichen lautlos zum Haus des Botschafters. Es brannte kein Licht, was kein gutes Zeichen dafür war, dort jemanden vorzufinden. Sie näherten sich von hinten, der von der Straße abgewandten Seite.

»Scheiße«, sagte Slate, als sie sich einer Glasschiebetür näherten. Die Scheibe war in Tausende von Splittern zerbrochen, die unter den Schritten der Männer knirschten, als sie langsam vorrückten und ihre Waffen zogen.

Pid blieb stehen und lauschte, konnte aber von drinnen keine Geräusche hören. Das Herz in seiner Brust begann heftiger zu schlagen, als er mit erhobener Waffe vor Slate das dunkle Haus betrat.

Sie durchsuchten den Wohnbereich und die Küche, ohne eine Spur von Monica oder sonst jemandem zu entdecken. Pid und Slate waren sich bewusst, dass die aufständische Menschenmenge immer näher kam. Das Zeitfenster, um das Kindermädchen zu finden, schloss sich langsam, als sie die Treppe hinaufgingen.

Oben angekommen bedeutete Pid seinem Teamkameraden, die Räume rechts zu überprüfen, während er die linke Seite übernahm. Er sah sich im Badezimmer und dem Kinderzimmer um, bevor er ins Schlafzimmer ging. Es war dunkel, wie der Rest des Hauses, und es gab keine Spur des Kindermädchens.

Nachdem er das angeschlossene Badezimmer überprüft und unter dem Bett und im Schrank nachgesehen hatte, senkte Pid seine Waffe ein wenig. Es war niemand hier. Das Haus war leer.

Warum fühlte er sich so unbehaglich? Warum war die Glastür eingeschlagen worden? War jemand eingebrochen und hatte die Frau zur Flucht gezwungen?

Pid sah sich weiter im Schlafzimmer um und runzelte

die Stirn. Nichts schien fehl am Platz. Das Bett war gemacht, die Schubladen geschlossen und die Kleidung im Schrank hing ordentlich. Es gab keine Anzeichen für einen Einbruch. Aber irgendetwas stimmte nicht.

Er ging zu einer der Kommoden und öffnete die oberste Schublade.

Bingo.

Das Haus sah auf den ersten Blick ordentlich und unberührt aus, aber es war jemand hier gewesen. Die Sachen in der Schublade waren durcheinander, als wären sie durchwühlt worden. Pid öffnete die anderen Schubladen und stellte fest, dass auch sie durchsucht worden waren. Wer auch immer hier gewesen war, hatte sich große Mühe gegeben, keine äußerlichen Anzeichen zu hinterlassen.

Als er ein Geräusch hinter sich hörte, wirbelte Pid mit schussbereiter Waffe herum.

»Der Rest des Hauses ist sicher«, sagte Slate leise.

Pid nickte und versuchte, sich zu entspannen. Er holte tief Luft und rief: »Monica, wenn du im Haus bist, kannst du herauskommen! Du bist in Sicherheit. Ich bin ein Navy SEAL und gekommen, um dich in Sicherheit zu bringen.«

Pids Stimme hallte durch den Raum, aber es gab keine Antwort von Monica oder sonst jemandem.

Slate zuckte mit den Schultern. »Einen Versuch war es wert«, sagte er zu seinem Freund.

Sie hörten draußen eine Explosion und dann das Gebrüll einer Menschenmenge.

»Scheiße, wir müssen hier raus, bevor sie dieses Haus in Brand stecken«, sagte Slate.

Pid nickte. Er folgte seinem Teamkameraden aus dem Schlafzimmer. Aber etwas brachte ihn dazu, sich noch einmal umzudrehen und hinter sich zu sehen.

»Warte«, sagte er eindringlich.

Slate drehte sich um. »Was? Was ist los?«

»Irgendwas stimmt nicht«, sagte Pid. »Schau dir dieses Zimmer an. Es ist ... ungleichmäßig ...« Er konnte nicht glauben, dass er es nicht schon beim Betreten des Raumes bemerkt hatte.

Das Fenster an der gegenüberliegenden Wand war nicht zentriert, was normalerweise nicht ungewöhnlich wäre ... wenn die Fenster in den anderen Zimmern nicht exakt mittig gewesen wären. Rechts vom Fenster waren etwa anderthalb Meter Platz, links aber nur ungefähr ein halber Meter. Vielleicht hatte der Architekt das mit Absicht getan ... aber Pid glaubte es nicht.

Er sah sich noch einmal im Raum um. Er wusste nicht, wonach er suchte ...

Dann stieg sein Adrenalinspiegel, als er eine Stelle an der Wand sah, die nicht ganz eben war.

Er redete sich ein, dass er es sofort bemerkt hätte, wenn es genügend Licht gegeben hätte. Aber jetzt, wo er es sah, fiel ihm auch auf, dass an dieser Wand keine Möbel standen, obwohl an den anderen Wänden Bücherregale, eine Kommode und sogar ein Sessel platziert waren. Das musste ein Zeichen dafür sein, dass es hinter dieser Wand eine Art Versteck gab.

Pid deutete auf Slate und sein Teamkamerad nickte, als er seine Waffe hob und sie auf den Teil der Wand richtete, der nicht ganz eben war. Als er näher kam, glaubte Pid, die Umrisse einer Tür zu erkennen.

Das könnte schwierig werden. Pid war sich nicht ganz sicher, wie er die Tür öffnen sollte. Und daran herumzutasten würde jeden, der sich hinter der Wand versteckte, auf seine Absichten aufmerksam machen.

»US Navy SEALs«, rief er noch einmal und hoffte, dass es Monica war, die sich hinter der Wand versteckte, und nicht jemand anderes. Als er nähertrat, kam ihm in den Sinn, dass es vielleicht das Kindermädchen selbst gewesen war, das die Sachen des Botschafters durchwühlt hatte.

Zu seiner Überraschung musste er nicht herausfinden, wie er in das Versteck kam. Der Riss in der Wand, der ihm ins Auge gefallen war, öffnete sich einen Spalt ...

Und plötzlich starrte Pid direkt in den Lauf einer Pistole.

»Komm nicht näher. Ich habe kein Problem damit, dir den Kopf wegzupusten«, sagte eine Frauenstimme.

Monica Collins musste sich zwingen, sich vor Angst nicht zu übergeben. Zeit hatte keine Bedeutung, während sie sich in dem Schutzraum versteckte. Der Botschafter hatte das Versteck gleich nach seinem Einzug installieren lassen. Es gab ein paar Essensvorräte, Decken und vor allem eine Pistole.

Nachdem sie die Treppe hinaufgeflüchtet war, als der SEAL an der Hintertür aufgetaucht war, hatte sie sich direkt in den Raum begeben. Die Wände waren nicht kugelsicher, aber der Botschafter hatte gehofft, dass seine Familie in dem Versteck sicher wäre, falls jemand einbrach und nach Wertsachen suchte.

Monica hatte das nie für die beste Idee gehalten. Ihr Vater hatte ihr beigebracht, dass es am schlimmsten war, sich in die Enge treiben zu lassen. Ihre Kindheit war die Hölle gewesen, aber eine Sache hatte er ihr ins Gehirn gebrannt, nämlich nie aufzugeben. Niemals.

Sie hatte zugesehen, wie der SEAL das Haus des Botschafters durchsucht hatte. Bald hatte sich jemand zu ihm gesellt und Monica hatte ihre leisen, zunehmend frustrierten Flüche darüber gehört, dass sie sie nicht finden konnten. Sie hatte still hinter der Wand ausgeharrt und auf den winzigen Überwachungsbildschirmen beobachtet, wie sie Schubladen öffneten und alle möglichen Wertsachen stahlen.

Als sie gesehen hatte, wie sie das Haus verließen, hatte sie gedacht, dass sie endlich in Sicherheit war ... bis erneut jemand auf den Bildschirmen in ihrem Versteck erschien. Aber sie hatte festgestellt, dass es nicht dieselben Männer waren, die zuvor das Haus durchsucht hatten.

Als sie hörte, wie einer der Männer ebenfalls behauptete, ein SEAL zu sein, lief es Monica kalt den Rücken herunter. Sie vermutete, dass sie mit den anderen beiden Männern zusammenarbeiteten und vielleicht noch einmal zurückgeschickt worden waren, um nach ihr zu suchen. Es schien, dass sie nicht gehen würden, bis sie sie gefunden hatten.

Also gut, wenn eine Konfrontation das war, worauf diese Männer aus waren, dann sollte es so sein.

Sie war nicht dumm. Sie wusste, dass ihre Chancen, das Haus unbeschadet zu verlassen, gering waren. Zumal sie zu zweit waren und sie allein. Aber wenn sie einen von ihnen sofort mit einer Kugel ausschalten könnte, hätte sie vielleicht eine Chance, aus dem Haus zu kommen und zu verschwinden. Im Dunkeln durch die Straßen Algeriens zu fliehen war nicht gerade ihre Vorstellung von Spaß, aber sie hatte keine andere Wahl. Sie würde sich über die nächsten Schritte Gedanken machen, sobald sie diesen offensichtlich korrupten Soldaten entkommen war. Sie war die Tochter ihres Vaters. Und er hatte sie gut unterrichtet.

Traue niemandem außer dir selbst.

Beschütze, was dein ist.

Zögere nicht abzudrücken.

Monica schauderte bei dem Gedanken an die »Lektionen«, die ihr Vater ihr beigebracht hatte, und festigte den Griff um die Pistole in ihrer rechten Hand.

Sie hörte leise Schritte, die sich ihrem Versteck näherten, und Monica wusste, dass es so weit war. Irgendwie hatte der SEAL herausgefunden, wo sie war. Jedes Überraschungsmoment würde ihr in dieser Situation einen Vorteil verschaffen.

Die nicht mehr vorhandenen Finger ihrer linken Hand pochten. Sie waren vor zwanzig Jahren amputiert worden, aber der Phantomschmerz hielt bis heute an. In dem Schutzraum war es dunkel, aber sie musste ihre Hand nicht sehen, um zu wissen, wie sie aussah. Von ihren Fingern waren nur noch vier Stummel übrig. Sie waren am zweiten Knöchel amputiert worden. Die Ärzte hatten versucht, sie zu retten, aber der Schaden war zu groß gewesen und seit dem »Unfall« waren bereits zu viele Tage vergangen, als ihre Eltern sie ins Krankenhaus gebracht hatten.

Als Monica auf der anderen Seite der Wand ein Geräusch hörte, zwang sie sich dazu, sich zu konzentrieren. Sie legte die linke Hand an den Griff der Waffe, um sie zu stabilisieren, und schob die Tür gerade weit genug auf, sodass der Lauf der Pistole hindurchpasste. In so bedrohlichem Tonfall wie möglich sagte sie: »Komm nicht näher. Ich habe kein Problem damit, dir den Kopf wegzupusten.«

Weiter als über diesen Moment hinaus hatte sie nicht viel nachgedacht. Sie nahm an, der SEAL würde versuchen, sie zu überreden, die Waffe wegzulegen. Vielleicht würde er sie sogar auslachen. Im Laufe der Jahre hatten die Leute sie immer wieder unterschätzt. Mit ihren ein Meter sechzig und kaum sechzig Kilo Körpergewicht war sie definitiv zierlich. Ihr Vater hatte ihr immer gesagt, dass sie ihre unscheinbare Erscheinung dazu nutzen könnte, den Feind zu täuschen, dass sie keine Bedrohung darstellte. Dann könnte sie zuschlagen.

Sie hasste es, dass ihre Gedanken immer wieder zu dem Mann schweiften, der ihr sechzehn Jahre lang das Leben zur Hölle gemacht hatte. Monica blinzelte und versuchte, den SEAL durch den Türspalt zu sehen.

Der Augenblick, den sie in Gedanken gewesen war, stellte sich als fatal heraus.

Im Bruchteil einer Sekunde setzte sich der SEAL in Bewegung.

Monica schrie auf vor Schmerz, als die Tür aufflog und ihr die Waffe so schnell aus der Hand geschlagen wurde, dass ihr keine Zeit blieb abzudrücken. Noch bevor die Waffe auf dem Boden aufschlug, hatte er sie aus dem Versteck gezogen und herumgedreht. Mit seinen riesigen Armen hielt er sie fest und presste ihren Körper an seinen.

Sie versuchte mit aller Kraft, sich aus seinem Griff zu befreien, aber es nützte nichts. Er hatte sie in weniger als fünf Sekunden entwaffnet und bewegungsunfähig gemacht. Wenn Darren Collins noch am Leben wäre, wäre er beschämt.

»Ich gehe davon aus, dass du das Kindermädchen bist«, sagte der Mann hinter ihr gedehnt.

Sein amüsierter Tonfall machte Monica sauer. Es schien ihn nicht einmal zu beunruhigen, dass sie ihn fast erschossen hätte. »Lass mich gehen!«, forderte sie so energisch sie konnte.

Er lockerte nicht einmal seinen Griff. Hätte er es getan, wäre sie vielleicht irgendwie in der Lage gewesen, sich zu befreien. Aber wohin hätte sie gehen sollen?

»Waffe gesichert«, sagte eine zweite tiefe Stimme hinter ihnen.

Scheiße. Den anderen SEAL hatte sie bereits vergessen. Panik durchflutete ihren Körper.

Als könnte er sie wie ein Buch lesen, sagte der Mann, der sie festhielt: »Ganz ruhig. Du bist in Sicherheit. Hast du nicht gehört, dass ich ein SEAL bin?«, fragte er.

»Ich habe dich gehört«, sagte sie mit dem Wissen, dass er die Verbitterung in ihrem Ton deutlich hören würde.

»Wir müssen gehen, Pid«, sagte der andere Mann.

Monica runzelte die Stirn. Sie hatte keine Ahnung, was Pid für ein Name sein sollte, aber sie mochte ihn nicht.

»Wenn ich dich loslasse, wirst du dann auf mich losgehen?«, fragte der Mann, der sie festhielt.

»Das kommt darauf an«, erwiderte sie ehrlich.

»Worauf?«

»Ob du versuchst, mich zu vergewaltigen, oder nicht«, antwortete sie unverblümt.

»Was zum Teufel?«, fluchte der Mann hinter ihnen ungläubig.

»Mein Name ist Stuart, kurz Stu. Meine Freunde nennen mich Pid«, sagte er.

»Deine Freunde sind offenbar nicht sehr nett«, entgegnete Monica und verstand plötzlich, wie er zu seinem Spitznamen gekommen war.

»Leider kann man sich seinen Spitznamen nicht aussuchen«, gab Stuart zurück.

»Im Ernst, Pid, wir müssen hier raus«, wiederholte der andere Kerl.

»In einer Sekunde. Der Mann hinter mir ist Slate. Sein richtiger Name ist Duncan Stone. Slate, Stone ... du verstehst?«

»Ich weiß, was du tust«, sagte Monica. Sie wünschte, sie könnte das Gesicht des Mannes sehen, der sie festhielt, aber sein Griff war zu fest, als dass sie ihren Körper herumdrehen konnte, um einen Blick auf sein Gesicht zu werfen.

»Was tue ich?«, fragte er.

»Du versuchst, dich und deinen Freund harmlos erscheinen zu lassen, damit ich euch vertraue. Das wird nicht passieren. Vor allem nicht, nachdem euer anderer Freund die Tür unten zerschossen hat.«

»Unser anderer Freund?«, hakte er nach.

Monica biss die Zähne zusammen. Sie konnte dieses lächerliche Unschuldsgetue nicht ertragen. »Ja.«

»Ich hasse es, einer Dame zu widersprechen, aber niemand, den wir kennen, war vor uns hier. Warum glaubst du, dass er zu uns gehört?«

Monica schnaubte. »Natürlich kennt ihr ihn! Wie viele Leute klopfen an Türen und behaupten, Navy SEALs zu sein?«, fragte sie.

»Scheiße«, murmelte Slate erneut.

»Er gehört nicht zu uns«, wiederholte Stuart ruhig.

Monica schnaubte. »Ja, sicher.«

»Wie lange ist das her?«

»Ich weiß nicht, eine halbe Stunde vielleicht? Er ist gegangen, kurz bevor ihr aufgetaucht seid.« Sie hatte keine Ahnung, warum sie dieses Spiel überhaupt mitspielte.

»In Ordnung, vor einer halben Stunde standen Slate und ich noch auf dem Dach der amerikanischen Botschaft. Wir haben dort den Botschafter und seine Familie evakuiert. Ein kleiner Junge bat mich, sein Kindermädchen zu finden. Er sagte, dass es in seinem Haus darauf warte, dass seine Eltern mit ihm und seinem Bruder nach Hause kommen. Ich habe ihm versprochen, dich zu finden und in Sicherheit zu bringen.«

Monica verstummte und schluckte schwer. Das klang nach etwas, das August tun würde. Er war ein sensibler kleiner sieben Jahre alter Junge. Und die Tatsache, dass er sich Sorgen um sie machte, brach ihr fast das Herz.

»Wie du siehst, waren wir vor einer halben Stunde beschäftigt und noch lange nicht hier. Und es gibt keine anderen SEALs, die in der Gegend herumlaufen, wenn man bedenkt, dass alle, außer uns, damit beschäftigt sind, die Botschaft zu evakuieren. Bist du dir sicher, dass er gesagt hat, er sei ein SEAL?«

Monica schnaubte wieder. Warum hielten Männer sie immer für so dumm? War es, weil sie klein war, eine Frau, blond?

»Okay, natürlich bist du dir sicher. Slate?«

Für einen Moment dachte Monica, er redete immer noch mit ihr, aber als sein Freund leise und schnell zu sprechen begann, bemerkte sie, dass er ihm irgendwie eine Frage gestellt hatte, indem er nur seinen Namen gesagt hatte.

Bevor sie sich auf das konzentrieren konnte, was Slate sagte, drehte Stuart sie herum. Ihre Unterarme hatte er fest in seinem Griff, sodass sie nicht nach einer der vielen Waffen greifen konnte, die an seiner Weste befestigt waren. Jetzt, wo sie ihm von Angesicht zu Angesicht gegenüberstand, war sie sich sicher, dass er nicht zu den Männern gehörte, die sie zuvor gesehen hatte. Aber nur weil er die Tür nicht zerschossen hatte, bedeutete das nicht, dass er nicht mit dem SEAL zusammenarbeitete, der es getan hatte.

Der Mann hatte einen Dreitagebart, was seinem guten Aussehen keinen Abbruch tat. Er verstärkte es nur. Er war groß, obwohl Monica so ziemlich jeder groß vorkam. Sie vermutete, dass er über einen Meter achtzig groß war. Er hatte dunkle Augen, die auf sie gerichtet waren, und seine Nase war etwas schief, als wäre sie einmal gebrochen gewesen. Er hatte auch eine tiefe Falte auf der Stirn, als er auf sie herabstarrte.

»Was?«, platzte sie heraus und fühlte sich unwohl unter seinen prüfenden Blicken.

»Kannst du den Mann beschreiben, der sich als SEAL ausgegeben hat?«

Monica dachte eine Sekunde nach. Könnte sie? Sie seufzte. »Nicht wirklich, er war älter als du, hatte eine grüne Tarnhose und ein Hemd an. Sein Mund und seine Nase waren mit einem Tuch oder so etwas bedeckt und er hat mir Angst gemacht.«

Stuart runzelte die Stirn. Monica hatte nicht das Gefühl, dass er über ihre Aussage nachdachte, sondern über etwas anderes.

»Wir haben noch ungefähr drei Minuten, bis diese aufgebrachte Menschenmenge hier ist«, warf Slate ein.

Der Mann, der sie festhielt, nickte, ohne den Blick von ihr abzuwenden. »In Ordnung, wir müssen hier raus«, sagte er ruhig. »Aber ich muss wohl aufpassen, dass du mir oder meinem Freund dabei nicht in den Hinterkopf schießt. Wir sind die Guten. Ich weiß nicht, wer zum Teufel dieser andere Typ war, der behauptet hat, ein SEAL zu sein, aber er gehört nicht zu uns. Wir sind hier, weil ein kleiner Junge mutig genug war, uns zu sagen, dass sein Kindermädchen vermisst wird. Ich habe vor, mein Versprechen gegenüber diesem Kind einzulösen, und dazu brauche ich deine Hilfe.«

Monica presste die Lippen zusammen und ihre Gedanken rasten. Wenn er August nicht erwähnt hätte, würde sie sich weiter wehren ... aber sie wollte den kleinen Jungen auf keinen Fall noch mehr traumatisieren, als er es wahrscheinlich schon war. Bei der Tatsache, dass August während der Rettungsaktion an sie gedacht hatte, gab sie nach.

»Ich werde euch nicht erschießen«, sagte sie ehrlich, ohne zu erwähnen, dass er sie längst entwaffnet hatte.

»Vertrau mir«, sagte Stuart leise.

»Ich vertraue niemandem«, gab Monica sofort zurück.

Er starrte sie einen Moment lang an, als versuchte er, ihre Gedanken zu lesen oder sie irgendwie dazu zu bringen, ihre Meinung zu ändern, indem er ihr einfach in die Augen schaute.

Das würde nicht passieren. Monica machte keine Scherze. Die einzigen Menschen, die sie in ihrem Leben nie im Stich gelassen hatten, waren die Kinder, die sie über die Jahre betreut hatte. Sie waren noch nicht vom Leben abgestumpft oder korrumpiert. Sie waren offen und ehrlich.

Jeder einzelne Erwachsene in ihrem Leben hatte sie auf die eine oder andere Weise im Stich gelassen. Angefangen bei den beiden Menschen, die sie vor allen anderen beschützen sollten, ihren Eltern.

Ihr Vater hatte ihr beigebracht, dass Militärangehörige beängstigend und nicht vertrauenswürdig waren. Und von ihrer Mutter hatte sie gelernt, dass sie auf sich allein gestellt war.

»Du wirst es vielleicht nicht glauben, aber du *kannst* mir vertrauen«, sagte Stuart zu ihr. Sie konnte sich ihn einfach nicht als Pid vorstellen. Es war ein lächerlicher Spitzname. Obwohl sie wusste, dass sie ihn nach dieser Aktion nie wiedersehen würde, weigerte sie sich, diesen Namen zu verwenden.

»Sie sind vorm Haus«, sagte Slate.

Monica war erstaunt, keine Panik in der Stimme des anderen Mannes zu hören.

Ohne ein weiteres Wort ließ Stuart ihre Arme los, drehte sich um und hakte ihre Finger unter seinen Hosenbund an seinem Rücken. »Was immer du tust, lass nicht los«, sagte er zu ihr. »Bleib auf jeden Fall in meiner Nähe, egal was passiert.«

»Hast du keine Angst, dass ich dein großes Armeemesser herausziehen und gegen dich verwenden könnte?«, fragte Monica.

Stuart schüttelte den Kopf. »Nein.«

»Warum nicht?«, hakte sie nach, als sie zügig das Schlafzimmer verließen und die Treppe zur Rückseite des Hauses hinuntergingen.

»Wenn du das tust, sind wir beide tot. Du hast bisher alles getan, um am Leben zu bleiben. Ich nehme an, ich bin mindestens so lange sicher, bis wir das Haus verlassen und uns vor dem wütenden Mob in Sicherheit gebracht haben.«

Monica seufzte. Dieser Mann sollte verflucht sein. Er hatte recht. Sie mochte keine Soldaten und hasste die Tatsache, dass sie Stuarts und Slates Hilfe brauchte, aber sie hatte nicht die Absicht, an diesem Tag zu sterben.

Nutze die Mittel, die dir zur Verfügung stehen.

Eine weitere Lektion, die ihr Vater ihr ins Gehirn gebrannt hatte. Und im Moment waren Stuart und Slate die Mittel, die ihr zur Verfügung standen, auch wenn sie es hasste. Es würde sich beizeiten herausstellen, ob sie weiterhin von Nutzen wären oder sich in eine Last verwandeln würden. Monica war nach wie vor nicht überzeugt, dass sie nicht mit dem anderen SEAL zusammenarbeiteten, der die Glastür zerschossen hatte. Vielleicht arbeiteten sie zusammen und nutzten die instabile Lage in der Stadt, um alles Mögliche aus den Haushalten der amerikanischen Botschaft zu stehlen, während die Bewohner evakuiert wurden.

Wortlos hielt Monica Stuarts Gürtel fest, als sie über die Glasscherben aus dem Haus gingen. Sie zitterte, als sie sich an den Blick in den Augen des anderen SEALs erinnerte, der sie von der anderen Seite der Scheibe angestarrt hatte.

Plötzlich wurde ihr klar, warum er sie so erschreckt hatte. Er hatte sie an ihren Vater erinnert. Der Ausdruck in seinen Augen war einfach ... unausgeglichen.

In Stuarts Augen hatte sie nichts gesehen, was sie an ihren Vater erinnerte, aber das musste nichts bedeuten. Ihr Vater hatte es die meiste Zeit verbergen können, wie verrückt er gewesen war. Nur wenn er zu Hause bei seiner Familie war, zeigte er sein wahres Ich.

»Halt dich fest«, erinnerte Stuart sie. »Egal was passiert.«

Monica nickte. Sie konnte die Rufe von Hunderten von Menschen hören. Sie waren nahe, zu nahe. In dieser

Gegend gab es keine Zäune um die Häuser herum. Sie war noch nie so froh darüber gewesen wie jetzt, wo Stuart und Slate sie durch die Dunkelheit von dem Haus wegbrachten, in dem sie das letzte Jahr gelebt hatte.

Nach kaum einhundert Metern hörte Monica ein lautes Zischen und drehte sich um, während sie Stuart hinterherstolperte.

Wenn sie das Haus auch nur dreißig Sekunden später verlassen hätten, wären sie noch drinnen gewesen, als der Molotow-Cocktail ins Wohnzimmer flog. Sie sah Dutzende von Menschen, die jubelten und vor Freude auf und ab hüpften, als das schöne Haus in Flammen aufging.

Alle ihre Habseligkeiten waren noch dort. Ihre Kleidung, die Bilder, die August und Remington für sie gemalt hatten. Aber sie hatte schon früher bei null angefangen. Das könnte sie wieder tun. Ihre Papiere hatte sie *immer* bei sich. Sie hatte sogar etwas Bargeld dabei.

Darren Collins war ein Arschloch gewesen, ein schrecklicher Vater und ein paranoider, missbräuchlicher Mann, aber er hatte ihr im Laufe der Jahre ein paar nützliche Dinge beigebracht. Die größte Lektion von allen war, immer auf der Hut zu sein, niemandem zu vertrauen und für alle Fälle immer einen Pass und Bargeld zur Hand zu haben.

Monica hatte keine Ahnung, was die Zukunft bringen würde, aber sie würde es schaffen. Sie war eine Kämpferin.

Sie krümmte die Fingerstummel der linken Hand und holte tief Luft, als Stuart sie in die Dunkelheit von Algier führte. Es war nur eine Frage der Zeit, bis sie sich von dem Mann und seinem Teamkameraden verabschieden würde. Je weiter sie sich von jedem entfernt hielt, der etwas mit dem Militär zu tun hatte, desto sicherer würde sie sich fühlen.

KAPITEL ZWEI

Pid war sich der Frau hinter ihm sehr bewusst, obwohl sie kein Wort gesagt hatte, seit sie nur knapp den Flammen des in Brand gesetzten Hauses entgangen waren. Obwohl er ihr gesagt hatte, dass er sich keine Sorgen darum machte, dass sie sein Messer nehmen und gegen ihn einsetzen könnte, war er sich dessen ehrlich gesagt nicht hundertprozentig sicher.

Er war noch nie auf einer Mission gewesen, um jemanden zu retten, der so offenkundig feindselig war. Manchmal waren die Personen verängstigt oder anfangs misstrauisch, wurden aber normalerweise lockerer, sobald sie realisierten, dass sie gerettet wurden.

In diesem Fall war er sich sicher, dass Monica ihn erschossen hätte, wenn er nicht so schnell reagiert hätte. Und es schien, dass ihr Misstrauen wuchs, je länger sie mit ihm und Slate zusammen war. Es war verblüffend.

Dass die Person, die die Tür zerschossen hatte, behauptet hatte, ein SEAL zu sein, war nicht sehr förderlich. Aber er nahm an, dass ihr antagonistisches Verhalten nicht nur mit diesem Ereignis zusammenhing. Pid wusste nicht, woher diese Ahnung kam, aber als er ihr in die Augen geblickt hatte, war da ein Maß an Angst zu sehen gewesen, wie er es selten zuvor erlebt hatte. Sie hatte Courage, aber irgendjemand hatte die Frau wie Scheiße behandelt – und das ärgerte ihn. Pid wollte am liebsten jeden zusammenschlagen, der sie dazu gebracht hatte, so misstrauisch zu sein.

Ihre verstümmelte linke Hand war ihm nicht entgangen. Darum hatte er ihre rechte Hand an seinen Gürtel gelegt.

Er wollte Antworten. Wie hatte sie sich die Hand verletzt? Warum war sie so misstrauisch gegenüber Militärangehörigen? Warum hatte sich ihre Einstellung nur bei der Erwähnung des Jungen, für den sie verantwortlich war, sofort geändert?

Aber sie war eine Mission, nicht mehr und nicht weniger. Sobald er und Slate wieder bei ihrem Team waren und Monica mit den anderen Evakuierten abgesetzt hatten, würden sich die SEALs auf den Heimweg nach Hawaii machen.

Die Geräuschkulisse der außer Kontrolle geratenen Menschenmenge in ihrem Rücken spornte Pid an, etwas schneller zu gehen. Slate war ihnen einige Schritte voraus und sah sich ständig nach lauernden Gefahren um. Monica schwieg, während sie durch Hinterhöfe und Gassen gingen, um die Hauptstraßen zu vermeiden.

Gerade als Pid dachte, sie hätten freie Bahn und würden es problemlos zum Treffpunkt schaffen, hielt Slate inne, drehte sich um und kam zurück auf sie zu. Sein Gesichtsausdruck sagte Pid alles, was er wissen musste.

»Hier können wir nicht lang«, sagte er.

Pid hörte, wie die Rufe einer anderen Gruppe aufgebrachter Demonstranten lauter wurden, als sich die Menge auf sie zu bewegte. Er drehte sich um, um Monica zu versichern, dass er und Slate sie vor jeder Gefahr beschützen würden. Ihr Blick war auf seine Brust gerichtet und der Ausdruck in ihrem Gesicht war absolut leer.

»Es ist ein Umweg, aber wir werden über die Ostseite gehen müssen«, sagte Slate.

Pid nickte und sie machten sich wieder auf den Weg, um den Demonstranten auszuweichen. Monica stolperte einmal, aber ihr Griff um seinen Hosenbund hielt sie aufrecht. Pid griff nach hinten nach ihrem Arm, um zu helfen, aber sie schüttelte seine Hand ab.

»Es geht mir gut«, sagte sie in verärgertem Tonfall.

Viele Männer würden ihre Reaktion persönlich nehmen und davon ihr Verhalten ihr gegenüber beeinflussen lassen. Aber Pid war anders. Je mehr sie sich distanzierte, desto mehr wollte er wissen warum. Sie verhielt sich anders als die meisten Menschen in ihrer Situation. Er war sich sicher, dass es dafür einen Grund geben musste.

Trotz der ablehnenden Haltung der Frau musste er sich außerdem eingestehen, dass er sie attraktiv fand. Und dass ihm während eines Einsatzes das Aussehen einer Person durch den Kopf ging, war ihm überhaupt nicht ähnlich. Er war ein Profi und hatte sich auf einer Rettungsmission noch niemals zu jemandem hingezogen gefühlt.

Aber der Widerspruch zwischen ihrem verletzlichen Aussehen und ihrem Kampfgeist reizte ihn. Wenn es um Frauen ging, bevorzugte Pid keinen bestimmten Typen. Er war mit Brünetten, Rothaarigen und Blondinen zusammen gewesen ... groß, klein, kurvig, athletisch, schlank ... künstlerisch, analytisch, liberal, konservativ.

Aber in dem Moment, in dem Monica gedroht hatte, ihn zu erschießen, war in seinem Kopf etwas passiert und hatte seine Aufmerksamkeit erregt. Sie war ungefähr einen Kopf kleiner als er, aber er hatte ihre Muskeln gespürt, als er ihren zierlichen Körper festgehalten hatte. Ihr Haar hatte sie zu einem schlichten Pferdeschwanz zusammengebunden und die hellen Strähnen hatten sich in seinen Bartstoppeln verfangen. Tiefe Emotionen lagen in ihren eisblauen Augen, obwohl der Rest ihres Gesichts weitgehend ausdruckslos gewesen war, abgesehen von ihren leicht geröteten Wangen, die ihre Wut verrieten.

Er vermutete, dass sie mehr Leidenschaft in ihrem kleinen Finger hatte als manche Leute in ihrem ganzen Körper. Sie bemühte sich, es zu verbergen, aber Pid sah, wie es hinter ihren Augen loderte. Er hatte das Gefühl, dass es ein wundervoller Anblick wäre, wenn sie wirklich loslassen würde.

Eines war Pid sich sicher, wer auch immer ihre extrem harte Schale knacken könnte, würde ein glücklicher Mann sein.

Obwohl es absolut unangemessen war, dachte er, dass er vielleicht dieser Mann sein wollte.

Dann schüttelte er den Kopf über seine eigene Lächerlichkeit. In der Sekunde, in der sie ihren Treffpunkt erreichten, wäre sie weg. Und er hatte keine Zweifel daran, dass sie nicht zurückschauen würde.

Erinnert an diese Tatsache, versuchte Pid, sich wieder auf die Mission zu konzentrieren. Sie mussten aus der Hölle dieser Gegend heraus und das Kindermädchen und sich selbst in Sicherheit bringen.

Aber das schien nicht so einfach zu sein, wie sie es sich erhofft hatten. Die Anzahl der Demonstranten in der Umgebung war gestiegen, seit sie sich aus dem Haus geschlichen hatten. Es schien, als hätte jemand entschieden, dass in dem Stadtviertel der Oberschicht Tag der offenen Tür sei.

Sobald ihm dieser Gedanke in den Sinn gekommen war, wusste Pid, dass genau das passiert war, und es hatte nur ein paar Leute gebraucht, mit den Plünderungen und Überfällen zu beginnen, bevor andere ihnen folgten.

»Wir müssen einen Ort finden, an dem wir uns für eine Weile verstecken können«, sagte Pid zu Slate.

Sein Teamkamerad nickte. Die Schwierigkeit bestand darin, ein Versteck zu finden, das nicht zum Ziel der Aufständischen würde, die derzeit alles stehlen wollten, was sie in die Hände bekamen. Die Luft roch bereits nach Rauch von den Häusern, die nach deren Plünderung in Brand gesteckt wurden.

»Ein paar Straßen weiter gibt es eine verlassene Fabrik«, sagte Monica.

Sowohl Pid als auch Slate drehten sich zu ihr um. Sie hob ihr Kinn, als verspürte sie das Bedürfnis, ihren Vorschlag zu verteidigen. »In meiner Freizeit gehe ich gern spazieren. Es entspannt mich und gibt mir Raum zum Nachdenken. Das Gebäude scheint sicher zu sein, es gibt keine Maschinen oder Ähnliches mehr darin, nur ein paar leere Kisten und altes Holz. Bei schlechtem Wetter spielen einige Kinder aus der Nachbarschaft dort Fußball. Das Erdgeschoss ist komplett offen, ohne Wände.«

»Welche Richtung?«, fragte Slate.

Monica stieß den Atem aus, den sie offensichtlich angehalten hatte. Sie hatte eindeutig erwartet, dass sie ihren Vorschlag ablehnen würden. Sie nahm ihre Hand von seinem Gürtel und zeigte nach rechts.

Slate nickte und ging in diese Richtung. Monica wollte ihm folgen und Pid griff nach ihrer Hand. Er hatte nicht aufgepasst und als sich seine Finger um ihre Hand schlossen, bemerkte er, dass er ihre linke Hand ergriffen hatte, die Hand ohne Finger.

Monica schlug so schnell zu, dass es Pid unvorbereitet traf. Sie riss ihre Hand aus seiner und zischte: »Fass mich nicht an!«

Pid hob verteidigend die Hände. »Es tut mir leid.«

»Ich meine es ernst. Niemand fasst meine Hand an. *Niemand.*«

Er nickte. »Es tut mir wirklich leid.«

Sie starrten sich einen Moment lang hitzig an, bevor Monica den Blick senkte und ihre Wangen wieder rot wurden.

»Ich wollte dir nur helfen, dich wieder an meinem Hosenbund festzuhalten.«

»Du musst mich nicht wie ein kleines Kind behandeln. Benutze einfach deinen Mund, wenn du etwas von mir willst«, sagte sie bissig.

Überraschenderweise war Pid von ihren Worten und ihrem Tonfall nicht verärgert. Aber er traute sich nicht zu lächeln. Er hatte das Gefühl, dass sie fälschlicherweise annehmen würde, dass er sie auslachte. So war es nicht. Der letzte Satz klang nur so, als würde sie mit einem ihrer Kinder sprechen. Er war nicht mehr sieben, aber sie hatte recht.

»Du hast recht. Es tut mir leid. Bitte halt dich wieder fest, Monica. Ich muss wissen, dass du direkt hinter mir bist.«

Sie starrte ihn verwirrt an.

»Was?«, fragte er.

»Nichts – nur, du hast dich entschuldigt.«

Jetzt war Pid verwirrt. »Ja, ich hätte dich nicht einfach so anpacken sollen. Zumal ich dich nicht kenne. Hat noch nie jemand zu dir gesagt, dass es ihm leidtut, nachdem er etwas getan hat, was er nicht hätte tun sollen?« Es war eine unbekümmerte Frage, aber als sie nicht sofort die Augen verdrehte und »natürlich« antwortete ... wurde ihm klar, dass sich vielleicht tatsächlich noch nie jemand bei ihr entschuldigt hatte.

»Das spielt keine Rolle«, murmelte sie. »Können wir gehen? Ich habe keine Lust, in diese aufgebrachte Menge zu geraten.« Sie streckte ihre rechte Hand aus und hielt sich wieder an seinem Gürtel fest.

Pid wollte in diesem Moment so viel mehr sagen. Er hatte so viele Fragen, aber sie hatte recht. Sie mussten von der Straße weg und sich in Sicherheit bringen. Er ging in die Richtung, die Monica angegeben hatte, und sie holten schnell Slate ein, der ungeduldig auf sie gewartet hatte.

»Hätte ich gewusst, dass du eine Pause für ein Pläuschchen einlegen wolltest, hätte ich dich vielleicht hier sitzen lassen sollen«, grummelte Slate.

Pid schüttelte den Kopf. »Immer so ungeduldig«, scherzte er.

»Wie auch immer«, sagte Slate leise.

Zu dritt gingen sie weiter durch die Straßen und entfernten sich von den Geräuschen der Menschenmenge, bevor sie schließlich zu einem dunklen Betongebäude kamen. Es befand sich am Rand des gehobenen Stadtviertels und Pid wusste auf den ersten Blick, dass es das perfekte Versteck war, um sich für eine Weile zu verkriechen.

Rund um das Gebäude wucherte Unkraut und die meisten Fensterscheiben waren längst zerbrochen. Die Türen fehlten und die Atmosphäre des Ortes war ziemlich unheimlich.

»Kinder kommen zum Spielen *hierher*?«, fragte Slate ungläubig.

Zu Pids Überraschung sah Monica amüsiert aus. »Dasselbe habe ich auch gedacht, als ich es das erste Mal gesehen habe. Aber wenn man Fußball spielen will und das Wetter mies ist, ist es ziemlich perfekt.«

»Ich wette, dass es hier spukt«, sagte Slate.

»Jetzt, wo du es sagst ... ich habe tatsächlich seltsame Geräusche gehört, wenn ich hier war. Aber ich habe es abgetan«, sagte Monica.

Der Ausdruck auf Slates Gesicht war unbezahlbar. Das

dachte Monica offensichtlich auch, denn sie kicherte. Die Frau *kicherte* tatsächlich. Pid war es egal, dass er nicht derjenige war, der sie zum Lachen gebracht hatte. Er war zu überwältigt davon, wie das Lächeln ihr ganzes Gesicht veränderte. Und zum ersten Mal bemerkte er, dass sie Grübchen hatte.

Verdammte *Grübchen.*

Er liebte Grübchen.

»Scheiße, bitte sag mir, dass du Witze machst«, flehte Slate.

»Ich mache Witze«, sagte Monica gehorsam, aber es war offensichtlich, dass sie ihn aufzog.

Das Geräusch einer Explosion auf der Straße trieb sie zum Handeln an. Slate betrat sofort das bedrohlich aussehende Gebäude und Pid und Monica folgten ihm dicht auf den Fersen.

»Welche Richtung?«, fragte Slate.

Pid hörte Monicas subtiles Schnauben, bevor sie sagte: »Das fragst du mich? Ihr seid doch die großen, bösen Navy SEALs.«

Er musste lächeln. Da war sie wieder, diese stachelige Haltung. Er hatte nicht damit gerechnet, dass ihre Unbeschwertheit von Dauer sein würde, und er hatte recht gehabt.

»Ein großer, böser Navy SEAL, der noch nie hier war. Du kennst dich hier aus. Also, welche Richtung?«, fragte Slate erneut, ohne dass Verärgerung in seinem Ton erkennbar war.

»Links sind ein paar Kisten. Als ich das letzte Mal hier war, um mich zu vergewissern, dass es den einheimischen Kindern gut geht, habe ich einen kleinen Jungen gesehen, der eine Festung daraus gebaut hat«, sagte Monica.

Ohne ein weiteres Wort gingen sie in diese Richtung.

Monica hatte recht gehabt. Das alte Fabrikgebäude war

ein perfektes Versteck. Plünderer hätten kein Interesse an dem Ort, weil er verlassen war und es nichts Wertvolles zu stehlen gab. Ihre Aufmerksamkeit galt den Häusern der Regierungsangestellten.

Innerhalb von fünf Minuten hatten Pid und Slate die leeren Kisten neu arrangiert, um ihnen Sitzgelegenheiten zu schaffen, ohne auf den ersten Blick entdeckt zu werden, falls jemand das Gebäude betreten sollte. Sie würden nicht vor Kugeln sicher sein, aber Pid war sich ziemlich sicher, dass sie sich darüber im Moment keine Sorgen machen mussten.

Monica hatte ungefähr einen Meter von ihm und Slate entfernt Platz genommen. Pid mochte es nicht, dass sie nicht in Reichweite war, aber da er keine unmittelbare Gefahr verspürte, hielt er den Mund.

»Also Monica, was ist deine Geschichte?«, fragte Slate.

Pid musste sich ein Lachen verkneifen. Slate war noch nie jemand gewesen, der lange um den heißen Brei herumredete. Er mochte es, Dingen auf den Grund zu gehen. Er nahm an, dass es mit seiner Ungeduld einherging.

Pid hatte zuvor beklagt, dass an diesem Abend fast Vollmond war, da es sie daran hinderte, unentdeckt durch die Straßen zu gehen. Aber jetzt war er froh darüber. Durch das Mondlicht, das durch die scheibenlosen Fenster schien, konnte er Monica gut sehen, die in der Nähe an der Wand saß. Sie hatte die Knie angezogen und ihre Arme darumgelegt, als würde sie sich selbst festhalten. Diese Verteidigungsposition gefiel ihm nicht, aber er und Slate waren Fremde, also konnte er ihr keinen Vorwurf machen, sich unwohl zu fühlen.

»Es gibt keine Geschichte«, erwiderte sie und blockte Slates Versuch ab, eine Unterhaltung zu beginnen.

Slate räusperte sich. »Alles klar«, sagte er sarkastisch. »Wie lautet dein Nachname?«

»Collins.«

»Wie alt bist du?«

»Dreißig.«

»Du bist nicht sehr groß, höchstens einen Meter und fünfundsechzig.«

»Ein Meter und zweiundsechzig.«

Pid grinste. Das lief nicht gut. Aber er hatte das Gefühl, dass er wusste, mit welchem Thema er sie etwas aufweichen könnte. »Wie hast du die Stelle beim Botschafter bekommen?«, fragte er.

Er konnte buchstäblich sehen, wie sich ihre Muskeln bei dieser Frage ein wenig entspannten und sie die Schultern senkte. »Ich habe mich beworben und wurde eingestellt«, antwortete sie, aber ihr Tonfall war jetzt etwas weniger feindselig.

»Bist du gern Kindermädchen?«, hakte Pid nach.

»Ich mag es. Ich wollte Lehrerin werden, aber ich konnte mir das College nicht leisten. Also habe ich angefangen zu babysitten, um Geld zu verdienen. Ich habe festgestellt, dass es mir Spaß machte. Mit Kindern komme ich besser zurecht als mit Erwachsenen. Sie sind ehrlich und stehen zu ihren Fehlern und sie sagen offen, was sie denken und fühlen.«

Als sie einen Moment später fortfuhr, war sogar Pid überrascht.

»Ich hatte eine Reihe von Kunden, für die ich regelmäßig gearbeitet habe, bis mich jemand fragte, ob ich in Vollzeit als Kindermädchen für ihre zweijährige Tochter arbeiten wollte. Das habe ich zwei Jahre gemacht, bis die Familie in einen anderen Bundesstaat umzog. Ich nahm ein paar andere Stellen an, bevor jemand mich mit dem Paar in Kontakt brachte, das für eine Stelle als Botschafter nach Israel ziehen sollte. Sie suchten nach jemandem, der ihre drei Kinder zu Hause unterrichten könnte, und ich wurde ihnen empfohlen. Als die Familie wieder in die Staaten zurückzukehren sollte, fragte das Paar, ob ich in Betracht ziehen würde, in Algerien für Desmond Laws zu arbeiten. Ich habe die Chance ergriffen und hier bin ich nun.«

Pid nickte innerlich vor sich hin. Sie hatte so euphorisch über ihre Karriere als Kindermädchen gesprochen, dass sie wahrscheinlich nicht einmal bemerkte, dass sie seine ursprüngliche Frage beantwortet hatte, wie sie den Job beim Botschafter bekommen hatte.

»Du bist offensichtlich sehr gut in dem, was du tust«, stellte Pid fest. »Dieser Junge war sehr besorgt um dich. Obwohl er Angst hatte, brachte er den Mut auf, mich anzusprechen und darum zu bitten, dich zu finden.«

Ein kleines Lächeln erschien auf Monicas Gesicht und Pid erhaschte noch einmal einen Blick auf ihre Grübchen. »Wir haben viel über Sicherheit gesprochen und darüber, das Richtige zu tun«, sagte sie. »Ich weiß nicht mehr, wo ich das Sprichwort gehört habe, aber es ist mir in Erinnerung geblieben, und ich habe es den Jungs beigebracht. ›Angst zu haben bedeutet, du bist im Begriff, etwas Mutiges zu tun.‹ Ich bin mir sicher, dass August – mit dem du vermutlich gesprochen hast, sein älterer Bruder ist Remington – sehr nervös war. Aber vielleicht hat er sich an diesen Spruch erinnert und war anschließend stolz auf sich.«

Pid hörte die Zuversicht in ihrem Tonfall, als sie über ihre Schützlinge sprach. Sie klang fast freundlich, was eine willkommene Abwechslung zu ihrer distanzierten Haltung war, seit sie sie gefunden hatten.

Er öffnete den Mund, um ihr weitere Fragen über August und Remington zu stellen, als Mustangs Stimme durch das Funkgerät in seinem Ohr ertönte.

»Hier Teamleiter eins. Kannst du mich hören?«

»Positiv«, antwortete Slate.

Pid deutete auf sein Ohr und sagte leise zu Monica: »Es ist unser Teamleiter, der sich nach der Lage erkundigt.«

Sie nickte.

»Wir haben euch geortet. Ein gutes Versteck, um sich für eine Weile zu verkriechen. Es ist ein verdammtes Chaos da draußen«, sagte Mustang.

»Es war Monicas Idee«, warf Slate ein.

»Nun, niemand wird Interesse an einem leeren Fabrikgebäude haben, wenn es in der nächsten Straße Häuser gibt, die geplündert werden können. Bleibt so lange wie möglich dort. Sobald sich dieses verdammte Chaos beruhigt hat, schicken wir einen Helikopter.«

»Verstanden«, bestätigte Slate.

»Mustang?«, fragte Pid.

»Ja?«

»Monica sagt, dass jemand anderes im Haus war und behauptet hat, ein SEAL zu sein. Er hat sie verschreckt und sie musste sich verstecken, als er die Hintertür aufgeschossen hat.«

Das Funkgerät schwieg für einen Moment, bevor Mustang sagte: »Verdammt noch mal. Ernsthaft?«

»Jawohl.«

»Ich gehe davon aus, dass er sie nicht gefunden hat?«, fragte Mustang.

»Das ist richtig. Es gab jedoch Anzeichen, dass das Haus durchsucht wurde. Er war schlau und hat versucht, keine Spuren zu hinterlassen.«

»Wurde etwas entwendet?«

»Wir hatten keine Zeit, länger zu bleiben und alles zu überprüfen.«

»Fragt er, ob der andere SEAL etwas gestohlen hat?«, fragte Monica.

»Warte«, sagte Pid zu Mustang und nickte dann Monica zu. »Ja. Hat er?«

»Ja«, sagte sie, ohne zu zögern.

»Woher weißt du das?«, erkundigte sich Slate.

»Es gibt Überwachungsmonitore in dem Schutzraum.

Sie waren nicht teuer, nur ein billiges System, das er im Internet gekauft und selbst installiert hat. Aber ich habe gesehen, wie der SEAL und sein Komplize von Zimmer zu Zimmer gegangen sind. Desmond hatte ein paar Waffen im Haus versteckt, die sie mitgenommen haben. Sie haben auch Schmuck und Bargeld entwendet und sogar den Safe aufgebrochen, den der Botschafter hinten in einem Schrank versteckt hat.«

»Da war noch jemand?«, hakte Slate nach.

»Ja, aber es sah nicht so aus, als wären sie Partner ... wenn das Sinn macht. Sie redeten nicht wirklich viel miteinander. Der SEAL-Typ sah irgendwie verärgert darüber aus, dass der andere überhaupt da war.«

»Scheiße. In Ordnung. Was war in dem Safe?«

»Pässe, Geburtsurkunden und viel Geld.«

»Wie viel?«, fragte Mustang über das Funkgerät in Pids Ohr. Slate hatte offensichtlich das Mikrofon geöffnet, damit ihr Teamleiter Monica hören konnte.

»Wie viel Geld? Weißt du das?«, fragte Pid, da Monica Mustang nicht hören konnte.

Sie schüttelte den Kopf. »Ich bin mir nicht sicher, aber wahrscheinlich mehrere Tausend Dollar. Desmond wollte immer Geld für den Notfall bereithalten.«

»Hat ihm nicht viel geholfen, oder?«, murmelte Slate.

Es war eine rhetorische Frage, aber Monica schien es nicht zu bemerken. »Nein, hat es nicht. Er wäre besser dran gewesen, wichtige Dinge immer bei sich zu tragen.«

»So wie du es tust?«, fragte Pid.

Monica sah überrascht aus, verzog aber schnell ihre Miene. »Ich weiß nicht, was du meinst.«

»Ich denke nur, dass es dir das Leben leichter machen würde, wenn du jetzt deinen Reisepass bei dir hättest«, erklärte Pid.

Einen Moment lang sagte niemand etwas, bevor Monica

die Achseln zuckte und so lässig wie möglich sagte: »Ich habe meinen Reisepass bei mir.«

»Sehr schlau«, sagte Mustang noch einmal durch das Funkgerät. »Aber im Moment mache ich mir mehr Sorgen darüber, dass dieses Arschloch behauptet, ein SEAL zu sein, und Häuser durchsucht.«

»Da stimme ich zu«, sagte Slate.

Pid hielt den Blick auf Monica gerichtet. Sie faszinierte ihn. Je mehr er über sie erfuhr, desto mehr wollte er wissen.

»Es ist merkwürdig, dass ein Stadtteil, in dem zunächst nicht protestiert wurde, plötzlich Umschlagplatz für Randalierer ist«, sagte Slate.

»Das habe ich auch gedacht«, stimmte Mustang zu.

»Als hätte jemand die Nachricht verbreitet, dass die Bewohner geflohen sind und ihre Häuser leer stehen«, grübelte Slate. »Der andere Kerl war wahrscheinlich ein Einheimischer, der als Gegenleistung für seine Hilfe zur Anstiftung zu Gewalt als Erster mit den Plünderungen beginnen durfte.«

»Möglicherweise. Ich werde mit dem Kommandanten sprechen«, sagte Mustang. »Wenn da draußen jemand vorgibt, ein SEAL zu sein, muss diese Scheiße im Keim erstickt werden.«

»Richtig«, stimmte Slate zu.

»Haltet euch bedeckt. Ich melde mich, wenn sich die Lage beruhigt hat. Es könnte ein paar Stunden dauern«, sagte Mustang.

»Verstanden.«

»Ende der Durchsage.«

Pid hatte Monica nicht aus den Augen gelassen. Es war mehr als offensichtlich, dass ihr nicht viel entging. Viele Leute würden sie aufgrund ihrer Größe und ihres Geschlechts unterschätzen, aber ihre Intelligenz und

Auffassungsgabe waren leicht in ihrem Blick zu erkennen ... wenn man genau hinsah.

»Also bleiben wir eine Weile hier?«, fragte sie.

»Ja, Mustang weiß, wo wir sind, und schickt einen Helikopter, sobald es sicher ist«, sagte Slate.

»Wie?«

»Was wie?«, fragte Pid.

Monica sah ihn an. »Woher weiß er, wo wir sind?«

»Wir haben Ortungsgeräte«, sagte Slate.

Ihr fielen fast die Augen aus dem Kopf. »Ihr habt der Regierung erlaubt, euch Ortungsgeräte zu implantieren?«, fragte sie ungläubig.

Pid lachte. »Auf keinen Fall. Aber wir haben gelernt, wie wichtig es ist, dass unsere Kameraden auf einer Mission jederzeit wissen, wo wir sind.« Er griff in eine Tasche seiner Weste und zog ein Metallstück von der Größe einer Münze heraus. »Ortungsgerät.«

»Was ist, wenn du deine Weste verlierst oder sie gestohlen wird?«, hakte sie nach.

Slate zeigte auf seinen Stiefel.

»Und wenn deine Stiefel weg sind?«

Sie war wie ein Hund, dem man einen Knochen vorgeworfen hatte. Aber sie hatte vollkommen recht. Jemand hatte ihr beigebracht, nicht nur vorsichtig, sondern auch misstrauisch zu sein ... und sie kannte sich auch etwas mit Militärtaktiken aus. »Wir haben einen Freund, der sich mit diesen Sachen auskennt. Er arbeitet unabhängig von der Regierung und wir lassen uns gern von ihm orten, wenn wir im Einsatz sind.«

Monica beugte sich vor, offensichtlich überwältigt von ihrer Neugier. »Wie?«

»Wir würden es dir sagen, aber dann müssten wir dich töten«, scherzte Slate.

Jeder Muskel in Pids Körper spannte sich an. Er hätte

Slate am liebsten eine verpasst, weil er so etwas sagte. Die Frau misstraute ihnen bereits, und dieser Kommentar würde nicht helfen.

Zu seiner Überraschung kicherte Monica noch einmal.

Scheiße. Slate hatte sie jetzt zweimal zum Lachen gebracht.

Pid wollte derjenige sein, der diese Grübchen herauslockte.

»Injiziert oder geschluckt?«, fragte sie mit unheimlicher Einsicht.

»Geschluckt«, gab Slate, ohne zu zögern, zu.

»Aber es verweilt nicht viel länger als einen Tag im Magen. Für einen langfristigen Einsatz hilft das nicht«, stellte sie fest.

Pid lehnte sich zurück und hörte zu, während sie und Slate redeten. Monica erwies sich als äußerst faszinierend.

»Stimmt. Aber dieser Sender bleibt nicht im Magen, sondern gelangt in den Blutkreislauf und schwimmt bis zu zwei Wochen lang herum, bevor er sich vollständig auflöst. Die wissenschaftlichen Details kenne ich nicht, aber unser Freund ist ein Genie.«

»Und ihr habt auch einen Plan, falls eure Mission länger als zwei Wochen dauert?«, fragte sie.

Slate nickte.

Sie seufzte und lehnte sich an die Wand. »Das ist beängstigend schlau«, bemerkte sie.

»Ja«, stimmte Slate zu. »Ich bin froh, dass Tex auf unserer Seite ist.«

»Bist du dir *sicher*, dass er auf eurer Seite ist? Er könnte euch verkaufen. Es gibt viele Leute und Regierungen, die gern ein SEAL-Team in die Hände bekommen würden.«

»Einhunderttausend Prozent«, gab Slate sofort zurück.

Monica schwieg.

Einige Minuten saßen alle schweigend da und lauschten dem Gebrüll der Randalierer in der Nachbarschaft.

»Also ... eure Spitznamen sind komisch«, sagte Monica nach einer Weile.

Pid war nicht beleidigt. Im Gegenteil, er war begeistert, dass sie von sich aus ein neues Thema aufbrachte. »Sie könnten schlimmer sein«, sagte er achselzuckend.

»Schlimmer als Stu-*Pid*?«, fragte sie und betonte den zweiten Teil des Wortes.

»Ja«, beharrte er.

»Zum Beispiel?«, hakte sie nach.

»Twinkie«, bot Slate an.

»Pig«, ergänzte Pid.

»Fart«, fügte Slate hinzu.

»Ach, haltet doch die Klappen«, sagte Monica kopfschüttelnd. »Diese Spitznamen habt ihr gerade erfunden.«

»Nein, haben wir nicht«, beharrte Slate. »Ein Typ, mit dem ich die Grundausbildung gemacht habe, wurde Fart genannt, und das zu Recht. Der Junge hat so viel Gas abgegeben, dass etwas mit seinen Eingeweiden nicht stimmen konnte. Und ich rede von leisen, aber tödlichen Fürzen. So schrecklich, dass sich in der ganzen Kaserne die Soldaten fast übergeben mussten.«

Da waren wieder diese Grübchen. Pid fand sich mit der Tatsache ab, dass er ziemlich schlecht darin war, sie zum Lächeln zu bringen. Er war zu fasziniert von ihrem Anblick, um sich darum zu kümmern.

»Erinnerst du dich an Slug?«, fragte Pid Slate.

»Natürlich, dieses Arschloch war der faulste Hurensohn, den ich je getroffen habe.«

Pid wandte sich an Monica. »Ich war tatsächlich erleichtert, als Pid aufkam. Als ich aufwuchs, wurde ich so oft Little und Mouse gerufen, dass ich es gehasst habe. Ich bin mir nicht sicher, ob ich es ertragen hätte, für den Rest meines Lebens so genannt zu werden.«

»Stuart Little?«, fragte sie.

Pid zuckte zusammen und nickte.

»Aber es ist so ein süßer Film«, protestierte sie mit einem kleinen Zucken ihrer Lippen. Es war nicht genug, um diese Grübchen hervorzubringen, aber Pid zählte es trotzdem als Gewinn.

Er schauderte absichtlich und schüttelte den Kopf. »Nein. Einfach nein«, sagte er.

»Nun, ich denke, Stuart ist in Ordnung«, sagte sie. »Ich weigere mich jedenfalls, diesen *stupid* Spitznamen zu verwenden.«

Und einfach so wünschte sich Pid, dass sie sich unter anderen Umständen kennengelernt hätten, vielleicht in einem Lebensmittelladen in Hawaii oder am Strand. Verdammt, es wäre ihm sogar recht, wenn sie ihm auf den Kopf gesprungen wäre, wie es Kenna mit Aleck getan hatte, als sie sich zum ersten Mal begegnet waren.

Aber in ein paar Stunden würde er sich verabschieden müssen und Monica Collins höchstwahrscheinlich nie wiedersehen. Es war wirklich schade. Sie war die erste Frau seit langer Zeit, die sein Interesse geweckt hatte. Die Frau hatte so viele Facetten, dass er ein Leben lang brauchen würde, um sie alle zu entdecken. Er fing an, um etwas zu trauern, das er noch gar nicht gehabt hatte.

»Was?«, fragte sie in dem streitlustigen Tonfall, den er von ihr kannte.

Pid zuckte mit den Schultern. »Du kannst mich nennen, wie du willst.«

Sie starrte ihn für einen scheinbar emotional aufgeladenen Moment an, bevor sie leise sagte: »Wie auch immer.«

»Was ist mit deiner Hand passiert?«, fragte Slate in die peinliche Stille hinein, die gefolgt war.

Pid hielt den Atem an. Zum ersten Mal in seinem Leben war er verdammt froh über Slates soziale Inkompetenz.

»Du bist irgendwie unhöflich«, sagte Monica zu ihm.

Slate zuckte mit den Schultern. »Stell dir einfach vor, ich wäre eines deiner Kinder. Direkt auf den Punkt und geradeheraus.«

Sie schnaubte. »Ja, sicher. Du bist *kein bisschen* wie die Kinder, auf die ich aufpasse. Du bist ein Soldat.«

»Das sagst du mit solcher Verachtung«, sagte Slate. »Ich könnte einen Komplex bekommen.«

»Na klar«, erwiderte Monica mit einem Augenrollen.

»Also, was ist mit deiner Hand passiert? Du warst eines Tages hungrig und hast dir die Finger abgenagt oder was?«, fragte Slate bissig.

Pid war nicht überrascht über den dummen Witz seines Freundes. Er versuchte, sie zum Reden zu bringen.

»Nein, mein Vater wollte mir eine Lektion erteilen. Ich sollte den Türpfosten festhalten und er schlug die Stahltür zu.« Ihre Stimme war fast monoton.

Pid schnappte überrascht nach Luft. Wut keimte in ihm auf.

Monica fuhr mit derselben emotionslosen Stimme fort, als wäre es egal, wie es dazu gekommen war. »Meine Finger waren zertrümmert und die Haut war aufgerissen. Am nächsten Tag sagte er mir, ich solle aufhören, mich wie ein Baby zu verhalten, und hat mich zur Jagd mitgenommen. Er sagte, dass wir draußen in der Kälte bleiben würden, bis ich ein Reh geschossen habe, ohne Essen. Es dauerte zwei Tage. Ich war Linkshänderin und musste jetzt mit der rechten Hand schießen. Dann ließ er mich das Tier häuten und ausweiden, bevor wir nach Hause gingen.«

»Heilige Scheiße«, hauchte Pid, zu entsetzt, um etwas anderes sagen zu können. Er konnte sich nicht vorstellen, dass jemand seinem eigenen Kind so etwas antun würde.

»Wie alt warst du und welche Lektion wollte er dir beibringen?«, fragte Slate leise.

»Zehn. Am Morgen hatte er mich durch den Hindernisparcours gehetzt, den er auf unserem Grundstück errichtet hatte. Als ich es nicht über die Wand geschafft habe, habe ich um Hilfe gebeten. Er ging nach oben und half mir hinüber. Aber später, nachdem er meine Hand zerquetscht hatte, sagte er mir, dass um Hilfe zu bitten immer Konsequenzen habe. Und meine Konsequenz war, dass mir die dominante Hand zertrümmert wurde.

Wie auch immer, es war nicht überraschend, dass meine Hand sich nach der Aktion mit dem Reh entzündet und infiziert hatte. Aber mein Vater hatte mich eine Lektion gelehrt. Ich habe nicht noch einmal um Hilfe gebeten. Einen Monat später sagte er mir, ich solle ins Auto steigen. Ich habe nicht gefragt warum. Er brachte mich ins Krankenhaus. Es gab viele Fragen, aber er wies sie alle ab. Meine Finger wurden amputiert ... und das war es dann.«

»Ich mag deinen Vater nicht«, sagte Slate nach einer langen Pause.

Monica schnaubte. »Willkommen im Klub.«

Pid wollte noch so viel mehr wissen. Wo war ihr Vater jetzt? Wo war ihre Mutter gewesen, als ihr Vater sie misshandelt hatte? Hatte sie Geschwister? Warum hatte ihr Vater einen Hindernisparcours gebaut? Wo war sie aufgewachsen?

Ihr Hass auf alles, was mit dem Militär zu tun hatte, machte allmählich Sinn. Pid nahm an, dass ihr Vater eine Verbindung zum Militär hatte. Welcher Zweig war nicht klar, aber es spielte vermutlich keine Rolle.

Er wollte Monica versichern, dass sie ihn ohne jegliche Konsequenzen um Hilfe bitten könnte, aber er hatte das Gefühl, dass jetzt weder der richtige Ort noch der richtige

Zeitpunkt dafür war. Außerdem würde ihre Bekanntschaft bald ein Ende haben. Zum Teufel noch mal.

Aber er konnte nicht einfach nur dasitzen und nichts sagen.

»Ich gebe dir mein Wort, dass ich dich sicher aus diesem Land bringe«, sagte er mit leiser Stimme.

Monica zuckte nur mit den Schultern.

Pid war nicht glücklich. Er war noch nie so frustriert gewesen wie in diesem Moment. Er wusste nicht, was er sagen sollte, damit diese Frau sich besser fühlte. Er wollte sie trösten, sie beruhigen ... wollte ihren Vater zusammenschlagen. Aber er konnte ihr nur den Freiraum geben, den sie so offensichtlich brauchte.

Es tat weh, sehr weh.

Er war nicht so eingebildet zu glauben, dass ihn jeder Mensch, mit dem er in Kontakt kam, bewunderungsvoll ansehen würde. Er könnte Monica Collins vielleicht nicht dazu bringen, jemals wieder dem Militär zu vertrauen, aber er wäre verdammt, wenn er etwas tun würde, das ihr Unbehagen gegenüber ihm oder jedem anderen, der für ihr Land kämpfte, bestätigte.

Bei diesem Gedanken musste er wieder an das Arschloch denken, das vorgab, ein SEAL zu sein. Der Mann, der sie am Abend erschreckt hatte. Er nutzte die derzeit instabile Lage aus, um zu plündern. Wenn er Monicas Versteck gefunden hätte, hätte er sie vielleicht sogar angegriffen. Und das war absolut inakzeptabel.

Pid war stolz, ein SEAL zu sein. Er hatte verdammt hart dafür gearbeitet, die Budweiser-Anstecknadel zu verdienen. Er war vielleicht nicht mehr lange Teil von Monicas Leben, aber er würde tun, was er konnte, um ihr zu beweisen, dass es mindestens einen ehrenhaften Soldaten gab.

KAPITEL DREI

Monica trat sich gedanklich selbst in den Hintern, weil sie den beiden Männern so viel über sich erzählt hatte. Sie hatte gelernt, niemals mehr Informationen preiszugeben als unbedingt nötig. Und trotzdem hatte sie einfach dagesessen und immer weiter über sich selbst geplaudert. Für einen Moment stieg Übelkeit in ihr auf, die sie jedes Mal verspürt hatte, nachdem sie etwas getan hatte, was ihr Vater missbilligen würde. Aber sie unterdrückte es.

Sie war erwachsen und er hatte keine Kontrolle mehr über sie. Es war lächerlich, dass sie vierzehn Jahre, nachdem sie seiner eisernen Faust entkommen war, immer noch Entscheidungen auf der Grundlage der verschrobenen Lektionen traf, die er ihr beigebracht hatte. Sie hatte eine Therapie gemacht. Sie wusste, dass ihr Vater »gewonnen« hatte, wenn sie weiterhin nach seinen Grundsätzen lebte, aber die Angst, die er in ihr gesät hatte, und die Kontrolle, die er ausgeübt hatte, waren schwer zu überwinden.

Obwohl sie zugeben musste, dass ihr die Empörung, die die beiden Männer über das, was mit ihrer Hand passiert war, zum Ausdruck gebracht hatten, ein gutes Gefühl gab.

Es war armselig, aber sie hatte kein Mitleid in ihren Stimmen gehört, nur Wut.

Ihre Kindheit war die Hölle gewesen, die absolute *Hölle*. Es war ein Wunder, dass sie nicht als Serienmörderin oder so geendet war. Sie hatte ihr Elternhaus verlassen, sobald sie im Alter von sechzehn Jahren in der Lage dazu gewesen war. Sie hatte es geschafft, ihren Highschool-Abschluss auf dem zweiten Bildungsweg nachzuholen, während sie für den Mindestlohn gearbeitet und in beschissenen Motels gewohnt hatte. Seltsamerweise hatte ihr Vater nicht einmal versucht, sie ausfindig zu machen, nachdem sie gegangen war.

Während dieser Zeit hatte sie unter anderem als Babysitter gearbeitet, um Geld zu verdienen. Dann hatte sie das Glück, ihre erste feste Anstellung als Kindermädchen zu bekommen. Und sie hatte niemals zurückgeschaut. Nicht einmal, als sie gehört hatte, dass ihr Vater gestorben war. Er war auf der Jagd im Winter in Wyoming von seinem Hochstand gefallen und erfroren, bevor ihn jemand fand.

Auf Nimmerwiedersehen.

Und was ihre Mutter anging ... Monica hatte sie nie verstanden, kein bisschen. Warum war sie bei diesem Mann geblieben? Warum hatte sie ihre Tochter nicht beschützt, wenn er sie misshandelte? Sie hatte von ihrer Mutter keine Zuneigung erfahren, aber ihrem Mann war sie bis zuletzt treu geblieben. Monica hatte nicht mehr von ihr gehört, seit sie einen anderen Mann geheiratet hatte, der genau wie Darren Collins war.

Ihre letzte Therapeutin hatte sie natürlich darauf hingewiesen, dass nicht alle Männer und Frauen beim Militär wie ihr Vater waren. Die meisten waren aufrecht und fürsorglich und würden ihren Kindern niemals wehtun. Die Frau hatte sogar vorgeschlagen, dass es ihr vielleicht helfen könnte, ihr Trauma zu überwinden, wenn sie mehr Kontakt zu Militärangehörigen hätte. Deshalb hatte Monica angefangen, sich nach Botschaftern umzusehen. Sie gehörten nicht wirklich zum Militär, arbeiteten aber eng genug damit zusammen, dass es zählte. Sich absichtlich in eine Situation zu bringen, in der sie gelegentlich mit Militärangehörigen zu tun hatte, war eines der schwierigsten Dinge gewesen, die Monica jemals getan hatte ... aber sie hatte es getan.

An manchen Tagen glaubte sie, Fortschritte zu machen, wenn sie nicht sofort Angst vor jemandem in Uniform bekam. An anderen Tagen war es eher ein Kampf.

Sie wollte alles hinter sich lassen, was ihr Vater ihr beigebracht hatte. Sie wollte mit ihrem Leben weitermachen und heilen, anstatt beim Anblick einer Uniform sofort anzunehmen, dass jemand hinter ihr her wäre. Aber sie kämpfte immer noch dagegen an, ihre Entscheidungen von den harten Lektionen ihres Vaters diktieren zu lassen.

Erstaunlicherweise fiel Monica in einen leichten Schlaf, nachdem sie noch einmal über alles nachgedacht hatte, was sie den beiden SEALs erzählt hatte.

Sie zuckte zusammen, als Stuart leise zu sprechen begann. »Bist du bereit, von hier zu verschwinden?«

In einem Moment war Monica noch im Halbschlaf, im nächsten war sie hellwach. So etwas war ihr noch *nie* passiert. In der Nähe von Fremden war sie immer auf der Hut. Wieder etwas, das ihr Vater ihr in den Kopf gehämmert hatte.

Sie sah zu Stuart hinüber. Er hatte versprochen, sie sicher aus dem Land zu bringen. Er war so ernst und aufrichtig gewesen, dass sie versucht war, ihm zu glauben. Sie hatte sich damit abgefunden, dass der andere Mann, der behauptet hatte, ein SEAL zu sein, und in das Haus eingebrochen war, wahrscheinlich nicht bei der Navy war. Aber das nagende Gefühl des Misstrauens blieb. Er hatte wie ein Soldat ausgesehen ... und es hatte nicht nur an seiner Kleidung gelegen. Es war die Art und Weise, wie er methodisch das Haus durchsucht und mit Leichtigkeit den Safe des Botschafters aufgebrochen hatte.

Sie war mit Männern wie ihrem Vater und seinen Kameraden aufgewachsen. Monica konnte das Gefühl nicht loswerden, dass der Mann zum Militär gehörte, auch wenn er vielleicht kein SEAL war. Aber sie hielt den Mund. Dieser Typ war nicht mehr ihr Problem und in ein paar Stunden würde sie wieder beim Botschafter und seiner Familie sein und das tun, was sie liebte.

»Monica?«, versuchte Stuart es erneut.

Sie holte tief Luft. »Wie lange habe ich geschlafen?«

»Ein paar Stunden.«

Monica weitete die Augen. »Ernsthaft?«

»Ja, du hast es offensichtlich gebraucht. Wie fühlst du dich?«

Sie fühlte sich viel besser als zuvor, weniger aufgewühlt. Aber darüber wollte sie jetzt nicht sprechen. Sie wollte nicht daran denken, dass sie ihre Achtsamkeit aufgegeben und tatsächlich geschlafen hatte.

»Es geht mir gut. Und ja, ich bin bereit, von hier zu verschwinden«, sagte sie.

Stuart musterte sie lange. Sie war sich sicher, dass er ihr noch ein paar Fragen stellen würde, bis Slate aufstand und zu einem der Fenster ging, um hinauszuschauen.

Es war jetzt vollkommen still. Monica konnte weder Geschrei noch Jubel hören. Sie stemmte sich hoch und schwankte ein wenig. Stuart war augenblicklich an ihrer Seite. Er berührte sie nicht, was sie zu schätzen wusste, aber es war offensichtlich, dass er ihr helfen würde, wenn sie es brauchte.

Sie brauchte keine Hilfe. Um Hilfe zu bitten brachte zu viele schmerzhafte Erinnerungen zurück. Sie krümmte die Fingerstummel ihrer linken Hand und holte tief Luft. Der

Tag, an dem sie noch einmal freiwillig um Hilfe bitten würde, war der Tag, an dem ihr Hörner wachsen und sie das Fliegen lernen sollte.

Sie drückte den Rücken durch, hob das Kinn und starrte Stuart an, in der Erwartung, dass er etwas über ihren momentan schwachen Zustand sagen würde.

Er starrte nur zurück, nickte dann und drehte sich zu seinem Teamkameraden am Fenster um.

Monica holte tief Luft und schüttelte in Gedanken den Kopf. Sie wusste, dass sie trotz all der Therapiestunden zu defensiv war und zu schnell über andere urteilte. Deshalb verbrachte sie ihre Zeit lieber mit Kindern.

Stuart kam zu ihr zurück. »Die Luft scheint rein zu sein, aber wir müssen trotzdem sehr vorsichtig sein. Wenn die Randalierer noch in der Nähe sind, werden sie vom Geräusch des Helikopters mit Sicherheit angezogen werden. Sie könnten versuchen, ihn abzuschießen, um noch mehr Chaos anzurichten.«

»Ist das möglich? Ich meine, das sind keine Terroristen, sondern nur Leute, die die instabile Lage ausnutzen, um Dinge zu stehlen, die ihnen das Leben einfacher machen«, sagte Monica.

»Vielleicht, vielleicht auch nicht. Aber auch wenn es nicht die gleiche Situation ist, kann ich nicht anders, als an Mogadischu zu denken«, erwiderte Stuart.

Monica schauderte. Ja, sie wusste, was mit den amerikanischen Soldaten in Mogadischu passiert war.

»Wahrscheinlich sind alle nach Hause gegangen, um sich für einen weiteren Tag der Zerstörung auszuruhen«, sagte Stuart und versuchte offensichtlich, sie zu beruhigen.

Monica hätte ihm sagen können, dass es nicht nötig wäre, aber sie nickte nur. Gemeinsam gingen sie auf die Tür zu, durch die sie das große, leere Gebäude betreten hatten. Slate ging zuerst hinaus, während sie und Stuart abwarteten, bis er die unmittelbare Umgebung überprüft hatte. Zwei Minuten später tauchte er wieder auf und nickte seinem Teamkameraden zu.

Stuart nickte zurück und Monica erwartete, dass er sie sofort aus dem Gebäude führen würde … aber stattdessen drehte er sich um und hielt ihr etwas hin. Es war ein Messer. Das Messer, das sie zuvor an seiner Weste gesehen hatte.

Sie musterte es und starrte dann Stuart an, griff aber nicht danach.

»Nimm es«, beharrte Stuart.

Monica rührte sich immer noch nicht. »Wieso?«, fragte sie.

»Wieso?«, wiederholte Stuart verwirrt.

»Ja, warum jetzt? Was verheimlichst du vor mir?«

»Nichts, aber nachdem ich darüber nachgedacht habe, was du uns erzählt hast und wie du mit der Pistole im Haus umgegangen bist, scheinst du dich mit Waffen auszukennen. Wenn ich in deiner Situation wäre, würde ich nicht unbewaffnet sein wollen. Ich kann dir keine Schusswaffe geben, aber ich kann dir das Messer anvertrauen, für den Fall der Fälle.«

Monica war innerlich im Konflikt mit sich selbst. Sie wollte dieses Messer mehr als alles andere. Sie wollte sich selbst schützen können, falls sie auf irgendwelche verirrten Randalierer stoßen sollten, aber sie wollte diesem SEAL nicht zu Dank verpflichtet sein. Es widersprach allem, was ihr beigebracht worden war.

Sobald ihr dieser Gedanke gekommen war, hörte sie in ihrem Hinterkopf, wie einer ihrer vielen Therapeuten ihr sagte, dass sie nicht mehr unter der Kontrolle ihres Vaters stand. Dass nicht jeder Mann in Uniform so war wie er.

»Keine Bedingungen«, sagte Stuart leise und bewies, dass er ihr zuvor genau zugehört hatte. »Aber ich würde es begrüßen, wenn du mir nicht in den Rücken stichst.«

Monica hob den Kopf und ihre Blicke trafen sich. Machte er Witze? Ohne das geringste Anzeichen eines Lächelns starrte er sie an. Er machte definitiv keine Witze. Sie wusste nicht, ob sie beleidigt oder zufrieden darüber sein sollte, dass er wirklich dachte, sie könnte ihn verletzen.

Langsam streckte sie ihre unversehrte Hand aus und nahm das Messer.

»Es ist scharf«, sagte Stuart zu ihr. »Ich empfehle dir, es in der Scheide aufzubewahren, es sei denn, du brauchst es.«

Monica zog die Waffe aus der Lederscheide und prüfte die Klinge. Er hatte nicht übertrieben – es war scharf, tödlich scharf. Monica spürte den unangenehmen Anflug von Dankbarkeit gegenüber dem Mann, der vor ihr stand, und nickte. Sie hatte keine schicke Weste, an der sie das Messer befestigen könnte, daher hakte sie es an den Hosenbund ihrer Jeans und vergewisserte sich, dass es fest war, bevor sie wieder zu Stuart aufsah.

Er hatte sich nicht von seiner Position im Türrahmen bewegt und sein Blick war auf sie gerichtet. »Gut?«, fragte er.

»Ja.«

»Halte dich wie zuvor an mir fest und lass nicht los. Egal was passiert, okay?«, bat er.

Ärger stieg wieder in Monica auf, was eine Erleichterung war. Sie war es gewohnt, sich über andere zu ärgern. Es war ... bequemer als das Gefühl der Dankbarkeit, das sie vor ein paar Sekunden empfunden hatte. Sie presste die Lippen zusammen und nickte.

»Ich versuche nicht, dich wie ein Kind zu behandeln«, sagte Stuart mit unendlicher Geduld und bewies, dass er ihre Stimmung irgendwie deuten konnte. »Ich habe einfach keine Ahnung, worauf wir bei unserer Abreise stoßen werden, und wenn du dich an meinem Gürtel festhältst, weiß ich, wo du bist, und kann entsprechend handeln.«

Das machte Sinn und Monica wusste es zu schätzen,

dass er sich die Zeit genommen hatte, es zu erklären. Das hatte ihr Vater nie getan. Wenn er etwas sagte, erwartete er ihre sofortige Zustimmung und machte sich nicht die Mühe, seine Beweggründe zu erläutern.

»Mit etwas Glück sind wir in weniger als zehn Minuten beim Helikopter und du wirst mit deinen Schützlingen wiedervereint, sobald es arrangiert werden kann. Jetzt halt dich fest und lass uns von hier verschwinden.«

Monica war sich nicht sicher, warum sie sich plötzlich nicht mehr darauf freute, August und Remington wiederzusehen. Vielleicht weil sie nicht nur sie sehen würde, sondern auch mit ihren Eltern sprechen müsste. Tief in ihrem Inneren ärgerte sie sich darüber, dass sie von ihnen im Haus zurückgelassen worden war. Und es war nicht der Botschafter oder seine Frau gewesen, die den Soldaten auf ihren Aufenthaltsort aufmerksam gemacht hatte. Es war ihr Sohn gewesen. Sie wusste, dass sie nur eine von vielen Hausangestellten war, aber es schmerzte trotzdem, dass sie nicht sofort Alarm geschlagen hatten, dass eine weitere amerikanische Staatsbürgerin allein in ihrem Haus zurückgeblieben war.

Der Weg durch die Straßen war unheimlich. Es war fast vollkommen still bis auf das gelegentliche Bellen eines Hundes. Monica konnte in der Ferne das flackernde Licht der Feuer sehen, das aus allen Richtungen zu kommen schien. Die Aufständischen waren offenbar sehr beschäftigt gewesen.

Sie konnte auch hören, dass Slate über das Funkgerät in seinem Ohr mit jemandem sprach. Er gab ständig ihren Standort durch und bestätigte die Position, wo der Helikopter sie abholen sollte.

Nach ungefähr zehn Minuten Fußmarsch kamen sie an einen großen Park. Monica war in der Vergangenheit mit August und Remington dort gewesen. Es gab nicht viele

Bäume. Die offene Fläche, wo die Kinder sonst Fußball spielten, war der perfekte Landeplatz für einen Helikopter.

Sie hörte, wie Slate ihre Koordinaten bestätigte, während Stuart ihr bedeutete, sich neben eine Art Schuppen am Rand des Feldes zu hocken.

»In wenigen Minuten wird alles sehr schnell gehen«, erklärte er.

Monica holte tief Luft und nickte. Instinktiv sah sie sich nach möglichen Gefahren um. Es war spät ... oder früh, je nachdem, wie man es betrachtete. Während die meisten Anwohner in der Gegend in Anbetracht der Geschehnisse sicher hinter den Türen ihrer Häuser sein sollten, bestand nach wie vor die Möglichkeit, dass noch Leute unterwegs waren, die auf der Suche nach Ärger waren.

Slate schaute in den Himmel und lauschte, ob er das Geräusch des Helikopters hören konnte, während Stuart dasselbe wie Monica tat ... die Umgebung am Boden überwachen.

Nach etwa drei Minuten, die ihr viel länger erschienen waren, hörte Monica in der Ferne das unverwechselbare Geräusch eines herannahenden Hubschraubers.

»Wir werden warten, bis wir ihn sehen können, bevor wir die Deckung verlassen«, sagte Slate.

Monica wollte am liebsten »Sag bloß!« sagen, hielt aber den Mund. Es war niemals gut, einen Soldaten zu verärgern, wenn sein Adrenalinspiegel hoch war.

Als Slate das Zeichen gab, sich in Bewegung zu setzen, konnte sie den Hubschrauber am schwarzen Himmel immer noch nicht sehen, aber sie konnte definitiv hören, dass er fast über ihnen sein musste. Selbst im Licht des Vollmonds war der schwarze Helikopter kaum zu sehen, bis er direkt über ihnen war.

Sie liefen zur Mitte des Feldes. Für den Bruchteil einer Sekunde glaubte Monica, etwas auf der anderen Seite des

Parks zu sehen. Es war nur eine dunkle Gestalt, aber sie zögerte nicht, Stuart darauf aufmerksam zu machen.

»Bewegung auf ein Uhr«, sagte sie beim Laufen zu ihm und benutzte die Terminologie, die ihr Vater ihr beigebracht hatte, um im Kampf Anweisungen zu geben.

Stuart sah in die Richtung, die sie genannt hatte. Sie bemerkte erneut eine Bewegung und öffnete den Mund, um Stuart auf dem Laufenden zu halten, als er seinem Teamkameraden zurief.

»Slate, zwei Uhr!«

Die Worte hatten kaum seinen Mund verlassen, als Schüsse durch die stille Nacht hallten.

»Scheiße!«, fluchte Slate. »Wir sind unter Beschuss!«, rief er.

Monica nahm an, dass er die Information über sein Funkgerät durchgab, denn sie und Stuart hatten die Schüsse selbstverständlich gehört.

Plötzlich drehte Stuart sich zu ihr um, packte sie an der Taille und warf sie praktisch zu Boden. Er tat ihr nicht weh, denn er hatte sie fest in seinem Griff und verhinderte, dass sie auf den Boden knallte. Dann kauerte er sich zu ihrer Überraschung über sie, mit seiner Brust auf ihrem Rücken, die Ellbogen im Gras zu beiden Seiten ihres Kopfes. Er hatte ihren Körper fast vollständig mit seinem umschlossen und suchte die Umgebung ab.

Der Helikopter war jetzt direkt über ihnen. Die Rotorblätter wirbelten Dreck auf und es war fast unmöglich, etwas anderes als das Motorengeräusch über ihren Köpfen zu hören.

»Bring sie rein!«, rief Slate, als er sich neben sie kniete und sein Gewehr anlegte.

Monica konnte nicht sagen, ob noch Schüsse fielen. Sie hatte auch keine Ahnung, ob sie versuchten, sie oder den Hubschrauber zu treffen, aber sie nahm an, dass es in diesem Moment nicht wirklich wichtig war. Wenn der Helikopter abstürzte, würde er die drei wie Maden zerquetschen. Eine Kugel im Kopf oder zerquetscht unter Tonnen von Metall und Stahl, das Ergebnis wäre dasselbe.

Sie hatte keine Zeit, darüber nachzudenken, was passierte. Plötzlich tauchte eine Leiter vor ihr auf und Stuart riss sie hoch. Er hielt sie am Oberarm fest und griff mit der anderen Hand nach der Metallleiter.

Dann ließ er sie zu ihrer Überraschung los und kletterte ein paar Sprossen hinauf.

Monica war sich sicher, dass er sie zurücklassen würde, um sich selbst zu retten, und war nicht wirklich überrascht. Doch dann blieb er stehen, als ihr Kopf auf Höhe seiner Knie war. Die Leiter schwankte unter der Bewegung des Hubschraubers, der etwa sechs Meter über ihnen schwebte. Er fummelte an etwas an der Leiter herum, bevor er sich nach unten beugte und seine Hand ausstreckte.

Monica starrte auf seine Finger und war plötzlich wie erstarrt.

Die helfende Hand eines anderen Menschen und die damit verbundenen Konsequenzen rasten ihr durch den Kopf.

»Monica, nimm meine Hand!«, rief Stuart.

Aber sie rührte sich nicht, sie konnte nicht. Ihre Muskeln wollten nicht kooperieren. Wenn sie seine Hilfe annahm, würde etwas Schlimmes passieren, das wusste sie.

Wie am anderen Ende eines langen Tunnels hörte sie Stuart fluchen. Dann war er wieder vor ihr. Er nahm ihr Kinn und hob ihren Kopf, damit er ihr in die Augen sehen konnte. Monica wusste, dass dafür keine Zeit war. Jemand da draußen schoss auf sie und sie mussten in diesen Hubschrauber steigen und die Gefahrenzone verlassen.

»Du musst auf die Leiter steigen«, sagte eine tiefe Stimme. »Kannst du das tun?«

Monica nickte, ohne nachzudenken.

»Okay, ich halte sie still. Jetzt, einen Fuß hoch ... sehr gut ... jetzt den anderen.«

Monica folgte den Anweisungen, ohne zu zögern.

»Halte dich an den Seiten fest, ja, genau so. Jetzt noch einen Schritt. Gut.« Er ermutigte sie in ruhigem Ton, zwei weitere Sprossen hinaufzusteigen. »Halt dich fest. Was auch immer du tust, lass nicht los. Schaffst du das?«

Natürlich konnte sie das schaffen. Sie war die kleine Soldatin ihres Vaters. Sie würde sich festhalten, so wie er es ihr sagte. Sie wollte nicht wissen, welche Folgen es hätte, wenn sie es nicht täte.

Ein Teil von ihr wusste, dass dieser Mann nicht ihr Vater war. Sie war nicht mehr zehn Jahre alt und nicht auf dem Trainingsgelände ihres Vaters in Wyoming. Aber der Anblick dieser Hand, die zu ihr hinunterreichte, wollte ihr nicht aus dem Kopf gehen. Sie erinnerte sich noch zu gut daran. Ihr Gehirn hatte abgeschaltet, um sie davor zu bewahren, den Schmerz, der durch das Annehmen von Hilfe entstanden war, noch einmal zu durchleben.

»Jetzt erschrick dich nicht, aber ich werde hinter dich kommen«, hörte Monica den Mann noch sagen, bevor sie seine Körperwärme eine Sekunde später an ihrem Rücken spürte. Er war so viel größer als sie, obwohl er sogar eine Sprosse unter ihr stand. Sie beobachtete, wie er rechts von ihr einen Karabiner an der Leiter befestigte und einen Moment später dasselbe auf der linken Seite tat. Er legte seine linke Hand um ihre und hielt sie an der Leiter fest.

»Gesichert«, sagte er.

Und plötzlich kehrten Monicas Gedanken in die Gegenwart zurück. Stuart war hinter ihr und sprach in sein Funkgerät. Der Wind durch die Rotorblätter peitschte weiter um sie herum, als der Hubschrauber einige Meter höher stieg.

Sie blickte nach unten und sah, wie Slate auf eine

Sprosse unter ihnen trat. Die Leiter war lang genug, dass ein Teil davon auf dem Boden gelegen haben musste, als Stuart sie gesichert hatte.

»Wir sind so weit. Los!«, rief Slate laut genug, dass Monica ihn auch ohne Funkgerät im Ohr hören konnte.

Sofort stieg der Helikopter weiter in die Höhe und verließ das Gebiet.

Monica kniff die Augen zusammen, als sie durch die Luft flogen. Es war dunkel, aber die brennenden Häuser am Boden verrieten ihr, wie hoch sie waren.

»Das machst du großartig«, sagte Stuart in ihr Ohr, als er sich dichter an sie drängte. »Halte noch eine Minute oder so durch und dann werden sie uns hochziehen.«

Noch während er sprach, spürte Monica, wie die Leiter unter ihnen bebte und sie von den Männern im Hubschrauber nach oben gezogen wurden.

Sie wollte Stuart so viel sagen, aber es war vielleicht besser, dass der Lärm ein Gespräch fast unmöglich machte, als sie in Sicherheit flogen, denn die Worte blieben ihr im Hals stecken.

Ihr war die Luft weggeblieben. Sie hätten von der Person am Rand des Feldes erschossen werden können. Jetzt wurde ihr auch klar, dass Stuart zuerst auf die Leiter gestiegen war, um sie zu stabilisieren, bevor er ihr hinaufhalf. Und sie hatte alles noch komplizierter gemacht, indem sie seine Hilfe verweigert hatte. Die Position, in der er sich gerade befand, musste sehr unbequem sein, aber er hatte sie weder angeschrien noch war er ungeduldig geworden. Er hatte sich einfach einen anderen Plan überlegt.

Monica wurde schlecht. Es war Jahre her, seit sie unter solch intensiven Angstgefühlen gelitten hatte. Stuart hatte allen Grund, sie ordentlich zurechtzuweisen, wenn sie endlich in Sicherheit waren. Sie hatte sie alle in Gefahr gebracht, und das könnte er nicht einfach abtun.

Es bedurfte einiger Anstrengung, sie und Stuart in den Hubschrauber zu bekommen. Monica erkannte einen weiteren Grund, warum er zuerst auf die Leiter gestiegen und ein bisschen höher geklettert war als sie – es hätte den Einstieg in den Helikopter viel einfacher gemacht. Jetzt mussten die Männer sie und Stuart umständlich über die Kante der offenen Tür in die Kabine ziehen.

Er deutete auf eine Ecke und Monica kroch schnell hinüber und versuchte, sich so klein wie möglich zu machen, während sie beobachtete, wie Stuart sich wieder zur Öffnung umdrehte und dabei half, Slate hereinzuholen. In der Sekunde, in der die Tür zuging, sank der Geräuschpegel erheblich. Aber es war immer noch zu laut, um ein normales Gespräch zu führen.

Stuart nahm einem der Besatzungsmitglieder einen Kopfhörer ab und brachte ihn zu ihr. Er wollte ihn ihr gerade auf den Kopf setzen, hielt sich aber in letzter Sekunde zurück. Er deutete auf sie und hob dann eine Augenbraue.

Zu müde und aus dem Gleichgewicht geraten, um danach zu greifen, nickte Monica nur.

Stuart setzte ihn behutsam auf ihre Ohren und sie seufzte erleichtert, als der Motorenlärm sofort verstummte.

Stuart behielt sie einen langen Moment im Auge, bevor er nickte und sich wieder umdrehte, um sich seinen eigenen Kopfhörer zu schnappen. Monica hielt den Blick auf ihn gerichtet, als er sich in der Nähe niederließ. Er begann, über das Headset mit jemandem zu sprechen, aber sie war von ihrer Rückblende zu erschöpft, um auf das zu hören, was die anderen sagten.

Zehn Minuten später spürte Monica, wie sich die Vibrationen des Motors veränderten. Sie mussten die Geschwindigkeit gedrosselt haben oder so. Sie sah zu Stuart hinüber und stellte fest, dass er sie anstarrte. Er hob einen Daumen und lächelte sie an.

Dann spürte sie einen dumpfen Schlag, als der Hubschrauber auf dem Boden aufsetzte.

Sie seufzte erleichtert auf und wartete darauf, dass die Rotoren abgeschaltet wurden, damit sie den Kopfhörer abnehmen konnte. Die Tür ging auf und vier Männer standen draußen, die genau wie Stuart und Slate gekleidet waren.

»Schön, euch zu sehen«, rief einer der Männer aus.

»Hätte ich gewusst, dass ihr Achterbahn fahren wolltet, hätte ich euch auch für einen Ausflug nach Disney World freigegeben«, scherzte ein anderer.

Die anderen lächelten nur, als Slate aus der Kabine sprang.

Stuart folgte ihm, dann wandte er sich wieder ihr zu. »Komm schon, du bist jetzt in Sicherheit.«

Monica entging nicht, dass er ihr nicht die Hand hinhielt. Einerseits war sie dankbar, andererseits hasste sie es, dass er so aufmerksam war und genau wusste, wie sehr sie vorhin ausgeflippt war.

Sie rutschte zur Tür des Hubschraubers hinüber und ließ ihre Beine über die Kante baumeln. Sie war etwas empört darüber, dass sie aufgrund ihrer Größe noch ziemlich weit vom Boden entfernt war.

»Schaffst du das?«, fragte Stuart.

Monica nickte und sprang heraus. Ihre Beine gaben fast unter ihr nach, wahrscheinlich weil immer noch Adrenalin durch ihre Adern floss. Aber Stuart war da, um sicherzustellen, dass sie sich nicht lächerlich machte, indem sie hinfiel. Er griff nach ihrem Arm und ließ sofort wieder los, sobald er sicher war, dass sie nicht fallen würde.

Wieder war ein Teil von ihr froh, dass er so scharfsinnig war. Seltsamerweise wünschte sich ein anderer Teil, dass er sie länger festgehalten hätte. Zu behaupten, sie wäre verwirrt, wäre eine Untertreibung.

»Monica Collins, nehme ich an?«, fragte einer der Männer.

»Das bin ich«, sagte sie. Als sie sich umsah, stellte sie fest, dass der Hubschrauber auf der Landebahn eines Flugfeldes gelandet war. Es gab blinkende Lichter und sie konnte in der Ferne ein hell erleuchtetes Gebäude sehen.

»Da gibt es zwei kleine Jungen, die sich sehr freuen werden, dich wiederzusehen«, sagte ein anderer Mann.

Monica spürte, wie sich ihre Muskeln entspannten, als sie hörte, dass August und Remington offensichtlich in Sicherheit waren.

»Das sind meine Freunde«, sagte Stuart. »Midas, Aleck, Jag und der Typ mit dem Telefon am Ohr ist Mustang, unser Teamleiter.«

»Schön, euch kennenzulernen«, sagte Monica, schockiert darüber, dass sie nicht dieselbe Angst empfand, die sie für gewöhnlich spürte, wenn sie Männer in Uniform sah. Sie hatte keine Zeit, den Grund dafür herauszufinden, denn Mustang wandte sich stirnrunzelnd an Stuart und hielt ihm ein Telefon hin.

»Es ist der Kommandant. Er will mit dir reden.«

»Jetzt?«, fragte Stuart.

»Jetzt«, bestätigte Mustang.

Ihr wurde wieder flau im Magen, als Monica sah, wie Mustang sie kurz musterte, als ob etwas nicht stimmte.

Stuart nahm das Telefon und trat einen Schritt zur Seite, aber Monica streckte impulsiv die Hand aus und packte ihn am Ärmel. »Wenn es um mich geht, möchte ich es hören.«

Er schüttelte den Kopf, aber Monica trat einen Schritt näher.

»Das ist mein Recht«, beharrte sie.

Irgendetwas passierte zwischen ihnen, als sie sich

anstarrten. Aber gerade als sie sicher war, dass Stuart sie abweisen würde, nickte er.

»Ich glaube nicht ...«, begann Mustang, aber Stuart hob eine Hand und unterbrach seinen Kameraden.

Stuart warf einen Blick auf das Telefon und drückte dann auf einen Knopf, bevor er sagte: »Pid hier. Sie wollten mich sprechen, Sir?«

KAPITEL VIER

Pid hatte das Gefühl, dass ihm nicht gefallen würde, was Kommandant Huttner zu sagen hatte.

»Ich habe Mustang angeordnet, Monica Collins nach Hawaii zu bringen.«

»Wie bitte?«, fragte Pid verwirrt.

»Es ist eine Frage der nationalen Sicherheit. Ich muss mit ihr sprechen«, erwiderte sein Kommandant.

Pid war schockiert. Er wusste, dass Monica darüber definitiv nicht glücklich sein würde. Er sah sie an und tatsächlich stand ihr der Mund offen, als sie auf das Telefon in seiner Hand starrte.

»Sie ist eine Zivilistin, Sir«, stellte Pid klar.

»Dessen bin ich mir bewusst. Sie ist aber auch der einzige Mensch, der dieses Arschloch beschreiben kann, das behauptet hat, ein SEAL zu sein. Ich muss alles darüber erfahren, was passiert ist und was sie gesehen hat. Sie muss hierherkommen und mit einem unserer Forensiker ein Phantombild anfertigen.«

»Ähm ... ich bin sicher, dass sie bereit wäre, Ihnen in einem Videotelefonat alles zu erzählen, was sie weiß.«

»Das reicht nicht aus. Wir haben Hinweise darauf, dass dieser Mann das schon länger tut.«

»Was tut, Sir?«

»Konflikte rund um den Globus ausnutzen. Er reist in Länder mit zivilen Unruhen und hetzt Demonstranten auf. Er verbreitet Gerüchte und Lügen, um die Ausschreitungen anzustacheln. Sobald er die Lage genug angeheizt hat, dass die Dinge außer Kontrolle geraten, bricht er in bestimmte Gebäude ein, um alles zu stehlen, was er finden kann. Und der Mann weiß irgendwie genau, wo er zugreifen muss. Er hat Millionen von Dollar an Bargeld, Waffen, Aktien und Anleihen sowie Juwelen gestohlen. Er ist verdammt gut in dem, was er tut ... zu gut ... und er muss aufgehalten werden. Soweit ich weiß, ist diese Frau der einzige Mensch, der dem Mann von Angesicht zu Angesicht begegnet ist und überlebt hat. Ich will, dass sie morgen bis zum Ende des Tages auf dem Stützpunkt ist. Ist das klar?«

Pid schluckte schwer und behielt Monica im Auge. Sie war nicht glücklich und er konnte es ihr nicht verdenken. Sie wurde nicht gefragt, ob sie zur Kooperation bereit wäre. Es gab andere Wege, wie sein Kommandant an die Informationen kommen konnte, ohne sie den ganzen Weg bis nach Hawaii schleppen zu müssen, um sie persönlich zu verhören. Verdammt, Kommandant Huttner könnte selbst überall hinfliegen, wo Monica war.

»Und wenn sie nicht kommen will?« Pid konnte nicht anders, als nachzuhaken.

»Sie hat keine Wahl«, erwiderte Huttner geradeheraus.

Pid presste frustriert die Lippen zusammen. »Sie wollen also, dass wir sie zwingen, wenn sie nicht zustimmt«, konnte er sich nicht verkneifen festzustellen.

»Ja«, sagte der Kommandant, ohne zu zögern, und überraschte Pid. »Es ist eine Frage der nationalen Sicherheit.

Dieser Mann ist uns schon länger ein Dorn im Auge, als wir zugeben wollen.«

»Wie kommt es, dass wir noch nie von ihm gehört haben?«, fragte Pid.

»Weil es peinlich ist – der Navy und den Vereinigten Staaten.«

»Also ist er wirklich ein SEAL?«

»Ich bin nicht gewillt, weitere Einzelheiten am Telefon zu besprechen«, sagte der Kommandant. »Mustang hat mir erzählt, dass ihr bei der Extraktion der Frau unter Beschuss geraten seid.«

Pid gefiel es nicht, dass sein Chef Monica als »die Frau« bezeichnete, aber er bestätigte seine Frage.

»Woher glaubst du, wusste jemand, wo der Hubschrauber euch abholen würde?« Der Kommandant wartete nicht auf seine Antwort. »Weil er unsere Taktik kennt. Er wusste, dass ihr euch verstecken würdet, bis sich die Lage beruhigt, und dann den nächstbesten Ort aufsucht, wo ein Hubschrauber landen könnte. Er ist schlau. Und nochmals, er muss aufgehalten werden. Miss Collins ist unsere beste Möglichkeit, mehr über ihn zu erfahren. Bringt sie nach Hawaii. Das ist ein Befehl.«

Pid seufzte. »Jawohl.«

»Gib Mustang das Telefon zurück«, befahl Huttner.

Pid hielt seinem Teamleiter ohne ein weiteres Wort das Satellitentelefon hin.

Er wollte Monica so viel sagen, hatte aber keine Ahnung, wo er anfangen sollte. Ein Teil von ihm war froh, dass sie darauf bestanden hatte, dem Gespräch zuzuhören. Auf keinen Fall hätte er ihr die Nachricht überbringen wollen, dass sie gezwungen war, mit ihnen nach Hawaii zu fliegen, anstatt zu ihrem Leben als Kindermädchen für die Familie Laws zurückzukehren.

»Ich ...«

Das war alles, was er herausbekam, bevor Monica den Kopf schüttelte. »Nein, sag es nicht. Kann ich mich wenigstens von August und Remington verabschieden, bevor wir aufbrechen?«

Pid sah Mustang an, der gerade das Gespräch mit ihrem Kommandanten beendet hatte und genauso frustriert aussah wie der Rest des Teams. Sein Teamleiter nickte. »Ja.«

Die nächsten dreißig Minuten waren einige der qualvollsten in Pids Leben. Sie steuerten auf das Gebäude zu, in dem die amerikanischen Bürger auf ihren Rückflug in die Staaten warteten.

Es war offensichtlich, wie sehr Monica sich um ihre Schützlinge sorgte und sie sich um sie. Sie verbrachte eine Weile damit, den Jungs zu versichern, dass es ihr gut ginge, und hörte sich ihre Geschichte darüber an, wie sie in einem echten Hubschrauber mitgeflogen sind.

Mustang erklärte dem Botschafter, dass sie sich ein anderes Kindermädchen suchen müssten, da Monica nach Hawaii gebracht würde. Der kleine August weinte, als er erfuhr, dass sie nicht mitkommen würde, und Monica sah nicht glücklicher aus.

Sie hatte weder zu ihm noch zum Rest des Teams ein Wort gesagt, seit ihnen befohlen worden war, sie in die Staaten zurückzubringen. Es fühlte sich an, als wären alle Fortschritte, die er in den letzten Stunden mit ihr gemacht hatte, im Handumdrehen zunichte gemacht worden.

Pid konnte nicht aufhören, darüber nachzudenken, was in dem Park passiert war. Er hatte verzweifelt versucht, sie in den Hubschrauber und von demjenigen, der auf sie schoss, wegzubekommen. Er war zuerst auf die Leiter gestiegen, um sie zu stabilisieren, bevor er ihr beim Aufsteigen und Anschnallen helfen wollte. Über ihr auf der Leiter zu stehen hätte ihm auch eine bessere Sicht gegeben, um auf den

Schützen zurückzuschießen, wenn sich die Gelegenheit dazu ergeben hätte.

Aber sie war erstarrt, als er seine Hand nach ihr ausgestreckt hatte. Im Nachhinein kam ihm der Gedanke, dass es an dem lag, was mit ihrem Vater passiert war. Sie hatte ihm und Slate genug erzählt, dass Pid es besser hätte wissen sollen. Obwohl er nicht wissen konnte, dass sie durch den Vorfall unter einer posttraumatischen Belastungsstörung litt.

Das Entsetzen in ihren Augen hatte gereicht, um sofort zu erkennen, was geschah. Also war er zu Plan B übergegangen. Aber er hasste es, dass er ihr überhaupt solche Angst gemacht hatte. Er war erleichtert gewesen, im Hubschrauber etwas Anerkennung in ihren Augen gesehen zu haben und dass sie ihm erlaubt hatte, ihr mit dem Kopfhörer zu helfen.

Trotzdem war er sich sicher, dass alle Fortschritte, die er gemacht hatte, ihm auch nur ein bisschen zu vertrauen, jetzt dahin waren.

Sie sagte kein Wort, als er ihr mitteilte, dass es Zeit sei zu gehen. Auf dem Weg zu dem Militärflugzeug, das sie alle zurück in die Staaten und dann weiter nach Hawaii bringen würde, gab sie keinen Mucks von sich. Sie presste die Lippen zusammen, als sie sich auf einem Sitz niederließ und dann den Kopf von Pid und dem Rest des Teams abwandte.

Er seufzte, setzte sich ein paar Reihen weiter weg und ließ sie allein, wie sie es offensichtlich wollte.

Slate saß auf einer Seite neben ihm, Mustang auf der anderen.

»Die Sache gefällt ihr gar nicht«, merkte Mustang an, nachdem sie abgehoben hatten.

»Meinst du?«, fragte Pid sarkastisch.

»Sie hat nicht die beste Meinung über Männer beim Militär«, sagte Slate.

»Wieso?«, fragte Mustang.

»Ihr Vater war ein kontrollsüchtiges Arschloch«, erklärte Pid seinem Teamleiter. »Ich vermute, er hat sein Haus mit eiserner Faust geführt. Er hat seiner Tochter beigebracht, dass es strengstens verboten ist, um Hilfe zu bitten.« Er erzählte Mustang die Geschichte, wie Monica ihre Finger verloren hatte. Als er fertig war, war sein Freund genauso wütend, wie Pid es gewesen war, als er die Geschichte gehört hatte.

»Nun, das ist scheiße. Gezwungen zu werden, mit uns zu kommen, wird ihre Meinung über das Militär nicht verbessern, oder?«, fragte er.

»Nein. Apropos, hast du Kommandant Huttner schon einmal so aufgewühlt erlebt?« fragte Pid.

»Absolut nicht. Normalerweise ist er sehr ausgeglichen. Dieser Typ ist ihm wirklich unter die Haut gegangen«, antwortete Mustang.

»Genug, um uns im Grunde zu befehlen, eine Frau zu entführen, die wahrscheinlich nicht mal genügend Informationen hat, um das Arschloch zu identifizieren«, fügte Slate hinzu.

Pid stimmte zu. Er hatte sich nicht wirklich darauf gefreut, sich von Monica zu verabschieden, aber so wollte er *definitiv* nicht in ihrem Leben bleiben, soviel war sicher.

»Nun, hoffentlich erzählt sie Huttner, was er hören muss, und wird dann schnell dorthin gebracht, wo sie hinwill«, sagte Mustang kopfschüttelnd.

Die Männer verstummten, als das Flugzeug höher stieg, was Pid Zeit gab, über die Situation nachzudenken. Es war ehrlich gesagt beschissen. Monica hatte buchstäblich nichts außer dem, was sie an sich trug. Die Tatsache, dass sie ihren Pass dabeihatte, erleichterte ihnen das

Leben, was die Einreise in die Vereinigten Staaten anbelangte, aber alles andere war vollkommen ungewiss. Er nahm an, dass Huttner für sie eine Unterkunft auf dem Stützpunkt arrangieren würde. Das musste er. Sie brauchte auch Kleidung, Nahrung, möglicherweise ein Transportmittel.

Je mehr Pid darüber nachdachte, desto wütender wurde er auf seinen Kommandanten.

Er hätte sie durchaus per Videotelefonat befragen können. Er hatte auch genügend Kontakte, um jemanden dorthin zu schicken, wo der Botschafter und seine Familie bleiben würden. Stattdessen hatte er seine Position ausgenutzt, um sein Team zu zwingen, sie nach Hawaii zu bringen.

Kein Wunder, dass Monica eine schlechte Meinung über das Militär hatte.

Seufzend warf Pid einen Blick zu der Frau, die er nicht aus dem Kopf bekommen konnte. Sie hatte die Hände im Schoß gefaltet und starrte ausdruckslos ins Leere. Es würde eine lange Heimreise werden.

Als sie auf dem Marinestützpunkt in Honolulu landeten, war es draußen bereits dunkel. Sie waren über zwanzig Stunden unterwegs gewesen und Pid war erschöpft. Er wollte nur nach Hause fahren und sich ausruhen. Aber zuerst wollte er sicherstellen, dass Monica gut untergebracht war und alles hatte, was sie brauchte.

Mustang, Midas und Aleck konnten es kaum erwarten, ihre Frauen zu sehen, und sogar Jag und Slate hingen an ihren Telefonen, sobald die Räder des Flugzeugs die Landebahn berührten. Die beiden zuletzt genannten waren vielleicht nicht offiziell in einer Beziehung, aber man könnte es fast annehmen, wenn man sah, wie sehr sie darauf bedacht waren, mit Carly und Ashlyn Kontakt aufzunehmen.

Pid hielt sich zurück und wartete auf Monica, als seine Teamkameraden das Flugzeug verließen.

»Bist du okay?«, fragte er leise, als sie auf ihn zukam.

»Alles gut«, sagte sie steif.

Pid seufzte innerlich. Er konnte ihr keinen Vorwurf machen, schlecht gelaunt zu sein. Wenn er gerade in einen Aufstand geraten wäre, sich vor einem Mann hätte verstecken müssen, der ihm Schaden zufügen wollte, dann davonlaufen, um nicht in einem brennenden Haus gefangen zu sein, anschließend verstecken, beschossen werden und zu guter Letzt an einer Leiter unter einem fliegenden Hubschrauber zu baumeln, nur um danach mitgeteilt zu bekommen, dass er nicht zu seiner Arbeit und zu den Kindern zurückkehren könnte, die er liebte, sondern gezwungen wurde, mit Leuten, die er nicht kannte und denen er nicht vertraute, in einen Bundesstaat zu fliegen, in dem er noch nie gewesen war, ohne zu wissen, was die Zukunft für ihn bereithielt ... ja, dann hätte er auch schlechte Laune.

»Fürs Protokoll, es tut mir leid«, platzte er heraus.

Ihre Blicke begegneten sich zum ersten Mal, seit sie in das Flugzeug gestiegen waren. »Was?«

»Diese ganze beschissene Situation. Aber ich werde dafür sorgen, dass der Kommandant dich mit Respekt behandelt und dass du für alles angemessen entschädigt wirst.«

Monica starrte ihn einen Moment lang an, bevor ihre Schultern zusammensackten. Sie senkte den Blick und fokussierte einen Punkt auf seiner Brust. »Es ist wahrscheinlich keine große Überraschung, dass ich damit nicht zufrieden bin, aber ich möchte helfen. Wer auch immer dieser Typ war, er war selbstgefällig und sehr selbstsicher.

Der Blick in seinen Augen hat mich zu Tode erschreckt. Deshalb habe ich mich versteckt. Wenn er sich die unstete Lage in anderen Ländern auf der ganzen Welt zunutze macht und andere Frauen verängstigt oder möglicherweise sogar tötet … dann möchte ich meinen Teil dazu beitragen, ihn aufzuhalten.«

Pid war erleichtert, als er ein »Aber« hörte.

»Aber das heißt nicht, dass ich glücklich darüber bin, hier zu sein. Mit dem Gedanken, auf einem Militärstützpunkt zu sein, fühle ich mich absolut nicht wohl«, schloss sie.

Pid traf eine schnelle Entscheidung. Er hatte keine Ahnung, ob sein Kommandant oder ob Monica zustimmen würde, aber er hatte nicht die Absicht, seine Bedenken hinsichtlich der gesamten Situation unausgesprochen zu lassen.

»Komm schon, Pid«, rief Midas von draußen. »Beeilt euch! Ich möchte noch in diesem Jahrhundert nach Hause und Lexie wiedersehen.«

Pid wusste es besser, als Monica zu berühren, obwohl es ihm in den Fingern juckte, genau das zu tun. Er erinnerte sich noch lebhaft daran, wie sie sich an seinem Körper angefühlt hatte, als sie auf der Leiter unter dem Hubschrauber standen. Ihre Haut war warm. Das hatte er sogar durch ihre Kleidung hindurch gespürt. Und trotz ihres Größenunterschieds schmiegte sie sich perfekt an ihn an.

Es war lächerlich … aber trotzdem hatte sich die Erinnerung in sein Gehirn eingebrannt.

»Monica, kannst du mich kurz ansehen?« Er wartete, bis sie ihm in die Augen sah, bevor er fortfuhr: »Egal was passiert, du bist hier nicht allein. Ich weiß, dass du mir nicht vertraust, auch wenn es mir nicht gefällt. Aber ich verstehe es und mache dir keine Vorwürfe. Wenn du etwas brauchst, musst du es mir nur sagen. Wenn du Hunger hast, werde ich dir etwas zu essen besorgen, wenn du Angst hast, werde ich alles in meiner Macht Stehende tun, um dich zu beruhigen, und wenn dich jemand zu sehr unter Druck setzt, sag ihm, er soll sich verpissen. Dann werde ich dich rausholen, damit du eine Pause bekommst.«

Monica schluckte schwer und fragte so leise, dass Pid es kaum hören konnte: »Warum?«

»Weil du unbeabsichtigt in diese Lage geraten bist. Und weil ich dich mag.«

Sie senkte die Augenbrauen. »Du magst mich? Du kennst mich nicht einmal.«

»Ich weiß, dass du hart bist. Du kannst ein Reh schießen und häuten. Du hast mehr Integrität in deinem kleinen Finger als die meisten Menschen in ihrem gesamten Körper. Du liebst Kinder, bist mutig, und auch wenn du Angst hast, zögerst du nicht, das zu tun, was du für richtig hältst. In Situationen, in denen die meisten Menschen überfordert wären, gerätst du nicht in Panik. Ich kenne die einfachen Dinge über dich nicht, wie deine Lieblingsfarbe, oder ob du den Strand oder die Berge bevorzugst, oder was du gern isst ... aber das ist belanglos im Vergleich zu den Dingen, die ich für wirklich wichtig halte.«

Pid hatte keine Ahnung, woher das alles kam. Er wusste nur, dass er dieser Frau klarmachen wollte, dass sie in ihm einen Verbündeten hatte. Sie war nicht allein.

Dann erinnerte er sich an ihre Geschichte, wie sie ihren Vater um Hilfe gebeten hatte und was daraufhin passiert war.

Sie würde ihn nicht um Hilfe bitten, niemals.

Diese Tatsache machte ihn nur noch entschlossener, sie im Auge zu behalten. Wenn sie nicht um Hilfe bat, würde er versuchen vorauszusehen, was sie brauchte, und es ihr geben.

»Pid!« Diesmal war es Aleck, der ungeduldig seinen Namen rief.

»Wir sollten gehen«, sagte Monica.

»Richtig.« Pid drehte sich um und ging auf den Ausgang des Flugzeugs zu. Er war bereit, dafür zu sorgen, dass Monica alles hatte, was sie brauchte, bevor er den Navy-Stützpunkt verließ.

Kommandant Huttner erwartete sie bereits, als sie das kleine Terminal des Militärflugplatzes betraten.

»Willkommen zu Hause«, sagte er zu den SEALs. Dann wandte er sich an Monica. »Und willkommen in Hawaii, Miss Collins. Ich wünschte, es wäre unter anderen Umständen, aber ich weiß Ihre Bereitschaft zu schätzen, uns bei dieser sehr wichtigen Untersuchung zu unterstützen.«

»Ich kann mich nicht erinnern, eine Wahl gehabt zu haben«, erwiderte Monica. Ihr Tonfall war respektvoll, aber sie zögerte nicht, ihren Unmut laut und deutlich zu äußern.

Pid musste sich ein Lächeln über den überraschten Gesichtsausdruck des Kommandanten verkneifen.

»Richtig, in Ordnung, wenn Sie mir folgen würden, könnten wir das erste Gespräch gleich erledigen. Je eher Sie uns mitteilen, was Sie wissen, desto eher können Sie wieder abreisen«, sagte Kommandant Huttner.

Pid trat einen Schritt vor und stellte sich halb vor Monica. »Nein«, sagte er etwas härter, als er beabsichtigt hatte.

»Wie bitte?«, fragte Huttner.

»Es ist spät«, argumentierte Pid und bemühte sich, in Anbetracht der Person, mit der er sprach, seinen Tonfall zu mildern. »Wir waren stundenlang unterwegs. Ich habe Hunger und ich brauche eine Dusche. Monica wird es sicher genauso gehen. Sie ist hier und geht nirgendwo hin. Sie können morgen mit ihr reden, oder noch besser übermorgen. Je entspannter und ausgeruhter sie ist, desto besser wird sie sich erinnern können.«

Die beiden Männer starrten sich an. Es schien, als würden sie miteinander argumentieren, obwohl sie kein Wort sprachen.

Schließlich stieß der Kommandant den Atem aus. »Also gut«, sagte er. »Aber ich erwarte, dass sie übermorgen Punkt acht Uhr in meinem Büro ist.«

Pid schaute hinter sich und sah Monicas dankbaren Blick auf ihn gerichtet. Diesen Blick zog er der Verachtung, die er so oft in ihren Augen gesehen hatte, bei Weitem vor. Er zog eine Augenbraue hoch, als wollte er fragen, ob das akzeptabel für sie sei. Sie nickte und Pid wandte sich wieder seinem Kommandanten zu. »Jawohl, Sir«, antwortete er etwas verspätet.

Huttner fuhr sich mit der Hand durch sein bereits zerzaustes Haar und Pid bemerkte erst jetzt, dass sein Kommandant extrem aufgelöst war. Der mysteriöse Mann, der behauptete, ein SEAL zu sein, machte Huttner sichtlich zu schaffen.

Es weckte Pids Interesse, aber im Moment hatte er andere Dinge im Kopf. »Wo haben Sie Monica untergebracht?«, fragte er.

»Gabrunas Hall.«

Pid versteifte sich und sah, wie Mustang dasselbe tat. »In der Kaserne für alleinstehendes Personal?«, fragte er ungläubig.

»Es gab ein freies Zimmer und es ist in der Nähe meines Büros«, rechtfertigte sich Huttner.

»Warum nicht in der Navy Lodge?«, fragte Pid. Das war eher ein Hotel als eine Kaserne. Die Zimmer waren nicht schick, aber in den meisten gab es eine kleine Küche und, was für Monica wahrscheinlich noch wichtiger war, die meisten Anwohner dort waren pensionierte Militärangehörige mit Familie, die keine Uniform trugen. Sie würde sich dort wohler fühlen.

»Dort ist nichts frei«, antwortete Huttner. »Es ist Touristensaison und alle Zimmer sind ausgebucht.«

»Sie kann bei mir unterkommen«, platzte Pid heraus.

Er hatte bereits in Erwägung gezogen, ihr notfalls eine Unterkunft anzubieten, damit er sich besser um sie kümmern konnte, aber jetzt würde er darauf bestehen.

»Ich kann in der Kaserne bleiben«, warf Monica leise hinter ihm ein.

Pid drehte sich zu ihr um. »Die Männer und Frauen, die dort leben, sind alleinstehend. Es ist ein Kommen und Gehen zu den unmöglichsten Zeiten. Obwohl es verpönt ist, gibt es dort oft laute Feiern und du wirst den ganzen Tag von Matrosen in Uniform umgeben sein. Ich weiß, dass du mir weder vertraust noch mich wirklich kennst, aber ich schwöre bei meinem und dem Leben meiner Teamkameraden, dass du bei mir sicher bist. Ich habe ein Gästezimmer. Es ist ruhig und ich wohne außerhalb des Stützpunktes.«

Pid hielt den Atem an, als er auf Monicas Antwort wartete. Er war sich bewusst, dass er Huttner hätte um Erlaubnis bitten sollen, sie vom Stützpunkt zu entfernen. Ihr Aufenthalt in der lauten Kaserne würde sie aber definitiv stressen und wäre nicht förderlich für ihre Kooperation, damit der Kommandant an die gewünschten Informationen kam.

»Es wird kein Problem sein«, schmeichelte Pid. »Ich werde dich in Ruhe lassen. Du musst nicht einmal mit mir reden, wenn du nicht willst. Es ist nicht riesig, aber ich schwöre, es wird bequemer und entspannender sein als die Kaserne.«

»In Ordnung«, sagte Monica nach einer langen Pause.

Erleichtert wandte sich Pid wieder seinem Kommandanten zu. »Ich werde sie übermorgen um acht Uhr in Ihr Büro bringen.«

»Ich bin mir nicht sicher ...«, begann Huttner, aber Pid unterbrach ihn. Er wusste, dass er sein Glück auf die Probe stellte und höchstwahrscheinlich gerügt werden würde, aber es war ihm egal. Das hier war wichtiger.

»Sie hatte keine Wahl, hierherzukommen«, erinnerte er seinen Vorgesetzten. »Dafür zu sorgen, dass sie sich so wohl wie möglich fühlt, ist das Mindeste, was wir tun können. Sie wissen so gut wie ich, dass Gabrunas Hall keine angemessene Umgebung für jemanden ist, der nicht beim Militär ist.«

Für einen Moment dachte Pid, sein Kommandant würde sein Gesuch, Monica bei sich unterzubringen, ablehnen – was wahrscheinlich das Richtige war. Aber nach einem Moment unangenehmer Stille, in der er Pid aufmerksam musterte, nickte er schließlich. »Ich bin damit einverstanden, dass sie bei dir zu Hause unterkommt. Aber das bedeutet, dass du für sie verantwortlich bist.«

»Ich weiß«, sagte Pid und ignorierte die unbehagliche Art und Weise, in der sich Monica bei den Worten des Kommandanten bewegte.

»Und ich erinnere dich daran, dass es eine Frage der nationalen Sicherheit ist«, drängte Huttner.

Erneut wünschte Pid, er wüsste genauer, warum der Kommandant wegen des Mannes, den Monica gesehen hatte, so aufgewühlt war. Aber im Moment war ihm wichtiger, dass sie sich trotz der unangenehmen Situation, in der sie sich befand, beruhigte und wohlfühlte.

»Verstanden«, sagte Pid.

Huttner nickte ihm und dem Rest des SEAL-Teams zu, bevor er ohne ein weiteres Wort das Terminal verließ.

Als er außer Hörweite war, pfiff Aleck lange und leise.

»Es hört sich so an, als würden wir noch ein Gespräch mit unserem Kommandanten haben«, sagte er unnötigerweise.

»Ich werde morgen mit ihm reden«, sagte Mustang sofort.

»Das weiß ich zu schätzen«, sagte Pid. Dann wandte er sich an Monica. »Bereit zu gehen?«

»Ich werde in einem Hotel außerhalb des Stützpunktes übernachten«, sagte Monica steif.

»Geh mit zu Pid«, drängte Jag. »Bei ihm bist du sicherer.«

Monica drückte den Rücken durch. »Ich kann auf mich selbst aufpassen. Ich brauche keinen Babysitter.«

»Natürlich nicht«, sagte Aleck. »Du bist eine erwachsene Frau. Aber so merkwürdig wie sich der Kommandant verhält, stimmt hier etwas nicht. Ich bin mir nicht sicher, ob es die beste Idee wäre, jetzt allein zu sein.«

»Dieser Mistkerl hat dich gesehen«, warf Slate ein. »Er hat wahrscheinlich Verbindungen. Wir müssen uns vergewissern, dass niemand hinter dir her ist, um sicherzustellen, dass du ihn nicht identifizieren kannst.«

»Außerdem bist du in Hawaii«, sagte Mustang. »Vielleicht gegen deinen Willen, aber du bist hier. Also kannst du es genauso gut genießen. Wenn du ohne Wagen auf dem Stützpunkt oder in einem Hotel übernachtest, wirst du nicht viel sehen können. Pid kann dir zumindest etwas von der Insel zeigen.«

»Und Pids Zuhause ist ruhig ... auch wenn es dort verdammt unordentlich ist«, fügte Midas hinzu.

»Halt die Klappe«, maulte Pid. Er wusste, dass er nicht der geborene Hausmann war, aber er schätzte es nicht, dass sein Freund Monica das auf die Nase band, bevor sie zustimmte, bei ihm zu bleiben.

»Ich werde heute Abend mit Lexie über die Situation sprechen. Ich bin mir sicher, dass sie, Elodie und Kenna sehr gern ein paar Klamotten für dich besorgen und morgen vorbeibringen werden«, warf Midas ein.

»El wird wahrscheinlich auch etwas zu essen zubereiten wollen. Also sei nicht überrascht, wenn sie morgen mit einer Wagenladung davon vor der Tür steht«, fügte Mustang hinzu.

»Wenn ihr die Gelegenheit habt, schaut im Duke's vorbei. Kenna wird sich mit Sicherheit gern um dich kümmern«, ergänzte Aleck.

»Danke Jungs, aber vielleicht können wir Monica an ihrem ersten Tag nicht gleich überwältigen. Außerdem wissen wir nicht, wie lange sie hierbleiben wird. Elodie wird bestimmt nicht wollen, dass ihre Speisen in meinem Kühlschrank verderben, weil sie zu viel gemacht hat«, gab Pid zurück. Er war sich bewusst, dass Monica der Kopf schwirrte und sie während des Gesprächs zwischen den Männern verwirrt hin- und hergesehen hatte.

»Ich werde versuchen, El dazu zu bringen, es nicht zu übertreiben«, sagte Mustang mit einem Lächeln.

»Vielen Dank.«

»Ich fahre nach Hause«, sagte Aleck. »Wir sehen uns.«

»Ich auch«, stimmte Jag ein. »Fahrt alle vorsichtig.«

Innerhalb einer Minute standen Pid und Monica allein im Terminal. Er steckte die Hände in die Hosentaschen, um sicherzugehen, dass er sie nicht berührte. »Komm schon, es ist spät und ich weiß, dass du erschöpft sein musst.«

Sie stimmte weder zu noch widersprach sie ihm. Sie ging einfach neben ihm her, als er auf den Ausgang zuschritt. Wortlos gingen sie über den Parkplatz zu seinem Wagen.

Monica blieb abrupt stehen, als er auf den Schlüssel drückte, um die Türen zu entriegeln, und die Lichter blinkten. »Du fährst einen Minivan?«, fragte sie ungläubig.

Pid war es gewohnt, wegen seines Wagens aufgezogen zu

werden, aber das war ihm egal. Der Honda Odyssey war einfach großartig, um allen möglichen Scheiß zu transportieren. Er konnte alle fünf seiner Teamkameraden mitnehmen und hatte immer noch Platz für Ausrüstung. Für ihn war der Minivan das perfekte Fahrzeug.

Er grinste. »Ja«, antwortete er ohne jede Verlegenheit.

»Du überraschst mich immer wieder«, gab sie leise zu.

Pid hatte noch nie so schöne Worte gehört. »Gut.« Er öffnete die Beifahrertür für sie und sah erneut überrascht ihre Augen aufblitzen. Sie stieg kommentarlos ein.

Auf dem Weg zu seinem Haus sagte Pid: »Wenn du willst, können wir unterwegs anhalten und dir ein paar Sachen kaufen. Obwohl ich ziemlich fertig bin und weiß, dass du es auch sein musst. Du kannst dir für die Nacht ein T-Shirt und eine Jogginghose von mir ausleihen, wobei dir die Sachen wohl zu groß sein werden. Wir können deine Wäsche waschen, während du schläfst. Duschbad, Shampoo, Spülung und eine zusätzliche Zahnbürste habe ich da, bis du dir Dinge kaufen kannst, die du magst. Aber wenn du wirklich noch etwas besorgen willst, ist das kein Problem.«

»Ich kann warten«, sagte Monica. Dann überraschte sie ihn, indem sie hinzufügte: »Du hast Haarspülung?«

Pid lachte. »Ja, ich weiß, das ist nicht gerade männlich ... genau wie der Minivan. Aber mein Haar ist dick und die Spülung macht es weicher.« Er zuckte mit den Schultern.

»Das sollte keine Bewertung sein, ich bin nur neugierig«, erwiderte Monica.

Den Rest des Weges fuhren sie schweigend. Pid überlegte, ob er auf Sehenswürdigkeiten hinweisen sollte, aber es war dunkel und sie würde sowieso nicht wirklich etwas erkennen können. Also schwieg er und genoss es, dass es keinen Verkehr auf der Straße gab, weil es schon so spät war.

Er bog in seine Auffahrt ein und war erleichtert, dass die

Sicherheitsbeleuchtung, die er installiert hatte, funktionierte. Sie erhellte die Vorderseite des Hauses, sodass sein kleiner Bungalow gut zu sehen war. Er hatte Glück gehabt, dass er ihn zur Miete gefunden hatte. Er hatte die perfekte Größe für ihn und er mochte die Tatsache, dass das kleine Haus in einer Ecke des Grundstücks versteckt war. Auf der einen Seite war es durch eine große Wiese vom Haus des Vermieters getrennt und im Garten standen viele Bäume, die Schatten spendeten.

Elodie hatte sich darüber beschwert, dass sein Garten so dunkel war, aber das war eines der Dinge, die Pid am besten gefielen. Er war in Alaska aufgewachsen, wo es im Winter nur ein paar Stunden am Tag Sonnenlicht gab. Er mochte die Dunkelheit. Sie erinnerte ihn an zu Hause. Bis spät in den Abend hinein die Sonne durch die Fenster scheinen zu sehen, gefiel ihm nicht.

Und es war ruhig. Der ältere Mann, dem die beiden Häuser gehörten, bekam nur selten Besuch und störte Pid nicht. Solange er seine Miete pünktlich bezahlte, ließ sein Vermieter ihn in Ruhe. Der Highway war weit genug entfernt, sodass kein Straßenlärm zu hören war, nur die Geräusche der vielen Tiere, die die Gegend zu ihrer Heimat machten.

Er stieg aus und wollte Monica die Beifahrertür öffnen, aber sie war bereits ausgestiegen und kam um den Wagen herum auf ihn zu. Und plötzlich ... war Pid nervös. Er fragte sich, ob er einen Fehler gemacht hatte. Vielleicht hätte Monica sich in einem Hotel doch wohler gefühlt. Oder vielleicht hätte er Aleck bitten sollen, sie im Gästezimmer seines Penthouses unterzubringen. Die herrliche Aussicht von seinem Balkon würde sie wahrscheinlich mehr genießen als sein kleines, dunkles Haus. Und Kenna wäre da, um ihr Gesellschaft zu leisten.

Aber jetzt war es zu spät. Er würde auf keinen Fall etwas

tun, das Monica das Gefühl geben würde, nicht willkommen zu sein. Er schloss die Tür auf und bedeutete ihr,
vor ihm einzutreten.

Sie ging ins Haus. Er folgte ihr und schloss die Tür
hinter ihnen ab. Pid schaltete das Licht ein – und zuckte
zusammen, als er den Zustand des Wohnbereichs sah. Sein
Team wusste, dass er nicht gerade Mr. Sauber und Ordentlich war. Die anderen zogen ihn ständig damit auf. Aber als
er jetzt sein Zuhause in Begleitung eines fremden
Menschen sah, wurde ihm klar, wie lange es her war, seit er
sein Heim gründlich gereinigt hatte.

Der Bungalow war klein und kompakt. Es gab einen
offenen Wohnbereich mit einer Küchenzeile entlang der
Wand, die durch einen langen Tresen vom Rest des Raumes
abgetrennt war. Im Wohnzimmer standen ein Ledersofa mit
einem ovalen Couchtisch davor und ein Wildledersessel mit
einem kleinen Beistelltisch. Der Fernseher war an der
Wand befestigt, darunter stand ein langer, schmaler Tisch,
auf dem seine Videospielkonsole, sein DVD-Player und sein
Internetmodem standen.

Auf der rechten Seite befand sich ein Flur, der zu den
beiden Schlafzimmern und zum Badezimmer führte. Er
hatte nicht erwähnt, dass sie sich ein Badezimmer teilen
müssten, aber jetzt war es zu spät.

Es waren nicht seine Möbel oder die Eigenart des
Hauses, die Pid dazu gebracht hatten, geistig zusammenzuzucken, es war die allgemeine Unordnung. Es war an sich
nicht schmutzig, auch wenn in der Spüle noch Geschirr von
vor seiner Abreise nach Algerien stand. Aber überall war
sein Zeug verteilt. Er entdeckte mindestens zwei T-Shirts –
eines auf dem Boden und eines auf der Couch –, zwei Paar
Stiefel und ein Paar Turnschuhe, die im Raum verstreut
waren, und auf den Tischen standen zu viele Kaffeetassen
und Plastikbecher, um sie zu zählen. Auf der Anrichte, die

die Küche vom Wohnzimmer trennte, lag ungeöffnete Post und die frische Wäsche, die er nicht fertig gefaltet hatte, stapelte sich in einem Wäschekorb neben der Couch.

Es war ihm peinlich und er schwor sich, nie wieder zu einem Einsatz aufzubrechen, ohne vorher sein Zuhause zumindest ein wenig aufzuräumen.

»Ja, ähm ... ich muss hier wohl mal etwas Ordnung machen«, murmelte er.

Monica zuckte nur mit den Schultern. »Ich habe schon Schlimmeres gesehen«, sagte sie.

Pid nahm an, dass sie nur höflich sein wollte, wechselte aber gern das Thema. »Nimm dir in der Küche, was du magst. Ich muss allerdings erst einkaufen gehen. Im Kühlschrank findest du wahrscheinlich nur verdorbenes Grünzeug. Fass es lieber nicht an«, scherzte er. »Aber ich habe Müsliriegel und Zeug, um Proteinshakes zu machen. Die Waschküche ist hier«, sagte er und zeigte auf einen kleinen Raum zu seiner Linken. »Und zu den Schlafzimmern geht es da entlang.« Er deutete auf den Flur.

Sie gingen in den Korridor und Pid öffnete die Tür zum Gästezimmer. »Saubere Bettwäsche ist in dem Schrank im Flur. Ich werde das Bett für dich machen.«

»Das erledige ich schon«, gab Monica zurück.

»Okay, wie auch immer, das hier wird dein Zimmer sein. Es ist nichts Besonderes, aber ich verspreche dir, dass du dich hier wohler fühlen wirst als in der Kaserne.«

»Es ist gut«, sagte Monica.

Pid wünschte sich, es gäbe in dem Raum mehr als das Doppelbett, ein Bücherregal voller historischer Romane, die er so gern las, und den kleinen Schreibtisch voller Computerteile. »Das Badezimmer ist hier draußen auf der rechten Seite. Es gibt nur eins, aber ich werde nicht eintreten, wenn die Tür geschlossen ist. Saubere Handtücher und Hygieneartikel sind im Schrank über der Toilette. Und die versprochene Zahnbürste findest du in der Schublade rechts neben dem Waschbecken.«

»Danke.«

Sehr gesprächig war sie sicherlich nicht, aber Pid drängte sie nicht. Sie fühlte sich vermutlich unwohl und er war im Grunde ein Fremder. »Brauchst du noch etwas?«

»Nein.«

»Okay, ich hole dir ein T-Shirt und eine Jogginghose. Monica?«

»Ja?«, fragte sie und sah ihn endlich an.

»Es tut mir leid, was passiert ist ... aber es tut mir nicht leid, dass du hier bist. Ich hätte dir mein Gästezimmer nicht angeboten, wenn ich dich nicht hierhaben wollte.« Pid wusste nicht, warum er sich vergewissern wollte, dass sie das verstand, aber es war so.

Monica nickte und Pid konnte ihren Gesichtsausdruck nicht deuten. Da er wusste, dass er nicht die ganze Nacht im Gästezimmer stehen und sie anstarren konnte, ging er zurück zur Tür. »Ich bin gleich wieder da.«

Sie antwortete nicht, als er sich umdrehte und zu seinem Zimmer ging. Er nahm ein T-Shirt und eine alte Jogginghose und brachte sie ihr. Ihre Hände berührten sich kurz, als er ihr die Sachen gab ... und Pid hätte schwören können, dass er spürte, wie ein Ruck durch seine Finger fuhr.

»Du kannst gern die Waschmaschine benutzen, nachdem du dich umgezogen hast«, sagte er und fühlte sich wieder komisch.

»Das werde ich.«

»Okay, dann sehen wir uns wohl morgen früh.«

Monica nickte noch einmal und kam dann zur Tür. Pid verstand den Hinweis, trat einen Schritt zurück und zuckte zusammen, als die Tür vor ihm ins Schloss fiel.

»Scheiße«, murmelte er. Er wusste nicht, warum er wollte, dass diese leicht reizbare Frau lockerer wurde und mit ihm redete. Wahrscheinlich würde sie nur ein paar Tage in seinem Haus sein, höchstens drei oder vier, bevor sie zurück ins Ausland flog, um zu ihrem Job zurückzukehren. Es spielte keine Rolle, ob sie mit ihm sprach oder nicht ... aber für ihn tat es das.

Seufzend fuhr Pid sich mit der Hand durchs Haar. Er war erschöpft und brauchte etwas Schlaf. Er wollte auch nicht, dass Monica sich unwohl fühlte, wenn sie ihre Kleidung in die Waschmaschine tat. Sich rar zu machen war die beste Option, damit sie sich behaglicher fühlte. Nachdem er überprüft hatte, dass die Hintertür und die Fenster verschlossen waren, ging er in sein Schlafzimmer.

KAPITEL FÜNF

Obwohl sie erschöpft und gestresst war, konnte Monica nicht ins Bett gehen, bis ihre Kleidung gewaschen und im Trockner war. Sie musste dafür sorgen, dass sie morgen etwas anderes zum Anziehen hatte als das übergroße T-Shirt und die Jogginghose, die Stuart ihr gegeben hatte. Obwohl sie die Sachen mehr schätzte, als sie zugeben wollte. Sie waren bequem, auch wenn sie für ihren kleinen Körper viel zu groß waren.

Aber selbst, nachdem sie den Trockner gestartet und in das bequeme Bett im Gästezimmer geklettert war, konnte Monica nicht schlafen. Es war zu ruhig. Und sie war zu nervös wegen der ungewohnten Umgebung.

Sie lag mindestens eine Stunde wach, bevor sie schließlich in einen unruhigen Schlaf fiel und sich hin und her wälzte – bis etwas sie weckte.

Sie setzte sich auf und sah zur Uhr hinüber. Es war vier Uhr einundzwanzig und draußen war es stockfinster. Sie legte den Kopf zur Seite und versuchte herauszufinden, was sie geweckt hatte, als sie etwas im Wohnzimmer hörte.

Ihr Herz begann zu rasen und sie fragte sich, ob der

Mann, den sie in Algerien gesehen hatte, sie vielleicht irgendwie gefunden hatte. Monica warf die Decke zurück und kroch aus dem Bett. Sie griff nach dem Messer, das Stuart ihr gegeben hatte. Er hatte es nicht zurückverlangt und von sich aus hatte sie es nicht zurückgegeben. Sie zog es aus der Scheide und schlich auf Zehenspitzen zur Tür.

Sie hatte festgestellt, dass die Tür nicht quietschte, als sie zu Bett gegangen war, wofür sie jetzt dankbar war. Langsam öffnete sie die Tür und ging lautlos den Flur entlang, bis sie in den Wohnbereich von Stuarts Haus spähen konnte.

Überrascht blinzelte sie und ließ das Messer in ihrer Hand sinken, während sie auf die Szene vor sich starrte.

Stuart sprühte Reiniger auf den Couchtisch und wischte ihn mit einem Papierhandtuch ab. Das Geräusch, das sie gehört hatte, war das Spritzen der Flasche gewesen.

»Was machst du da?«, fragte sie.

Stuart zuckte überrascht zusammen und fuhr herum, um sie anzusehen. »Scheiße!«, hauchte er als Antwort.

»Danach sieht es nicht aus«, scherzte Monica und war über ihren Witz selbst überrascht.

Seine Lippen zuckten, als er sich aufrichtete und sie anstarrte. Wenn sie es nicht besser gewusst hätte, hätte sie gesagt, dass es ihm peinlich war. »Ich bin aufgewacht und konnte nicht mehr einschlafen. Da dachte ich mir, ich könnte ein bisschen aufräumen. Ich wollte dich nicht wecken.«

»Ich habe nicht gut geschlafen«, sagte sie zu ihm.

»Du bist scheinbar bereit, das zu benutzen?«, fragte Stuart und deutete auf das Messer in ihrer Hand.

Monica nickte. »Wenn es sein muss, ja.«

»Gut.«

Seine Antwort war nicht das, was sie erwartet hatte. Sie dachte, er würde ihr einen Vortrag darüber halten, wie scharf und gefährlich das Messer sei. Sie ging zurück in ihr Zimmer, steckte das Messer in die Scheide und ließ es neben dem Bett liegen. Dann ging sie zurück ins Wohnzimmer. Sie war jetzt hellwach und wusste aus Erfahrung, dass sie nicht mehr einschlafen könnte.

Außerdem machte Stuart sie immer neugieriger. Sie vertraute definitiv nicht darauf, dass er nur ihr Bestes im Sinn hatte. Ihr Vater hatte ihr beigebracht, dass man seine Feinde gut kennen muss. Obwohl Monica Stuart nicht wirklich als Feind betrachtete, war er auch nicht gerade ein Freund.

»Du musst meinetwegen nicht putzen«, sagte sie, während er weiter den Couchtisch abwischte. Obwohl das Zimmer zugegebenermaßen wesentlich besser aussah, nachdem er das Geschirr, die Schuhe und die herumliegenden Kleidungsstücke weggeräumt hatte.

Stuart zuckte erneut zusammen. »Doch, das muss ich. Ich hatte nicht bemerkt, wie chaotisch es hier war, bis wir gestern Abend hergekommen sind.«

Auch Monica war vom Zustand des Hauses überrascht gewesen. Ihrer Erfahrung nach waren Männer beim Militär akribische Ordnungsfanatiker. Ihr Vater war es auf jeden Fall gewesen. Sie hatte jeden Morgen ihr Bett machen und alle ihre Spielsachen wegräumen müssen. Und Gott bewahre, wenn sie eine Tasse in der Spüle oder noch schlimmer im Wohnzimmer stehen gelassen hätte, anstatt sie auszuspülen und in den Geschirrspüler zu stellen.

Im Laufe der Jahre hatte sie versucht, sich einige dieser zwanghaften Gewohnheiten abzugewöhnen, aber sie war immer noch ordentlicher als die meisten Leute. Stuarts Haus in diesem Zustand zu sehen war ein Schock gewesen.

»Ich dachte, ihr Typen beim Militär wärt Ordnungsfanatiker«, konnte sie sich nicht verkneifen zu sagen. Egal wie oft sie zu sich sagte, dass sie nichts über Stuart oder seine

Freunde wissen wollte, er überraschte sie immer wieder ... was sie dazu brachte, mehr über ihn erfahren zu wollen.

Er lachte und ging zum Küchentresen, um den Reiniger abzustellen. Dann warf er die Papierhandtücher in den Müll, bevor er zum Waschbecken ging, um sich die Hände zu waschen. »Ich glaube, weil ich während der Grundausbildung gezwungen war, ständig aufzuräumen, und keine einzige Falte im Bettzeug haben durfte, hat etwas in mir rebelliert. Als ich jünger war, war ich nicht so unordentlich.«

»Aber du hast bei deinen Eltern gewohnt, oder?«, fragte Monica.

»Ja. Und wenn du andeuten willst, dass meine Mutter hinter mir her gewesen ist, hast du recht. Ich habe in der Highschool Fußball gespielt, und sie hat mich immer gedrängelt, meine Schienbeinschoner und Bälle wegzuräumen. Dass meine Schwester einfach nur perfekt war, war auch nicht förderlich. Ihr Zimmer war immer aufgeräumt und sie hat ihre Sachen niemals irgendwo im Haus herumliegen lassen.«

»Du hast eine Schwester?«, hakte Monica nach.

Stuart nickte, während er sich die Hände an einem Handtuch abtrocknete, das am Kühlschrank hing. »Ja, sie ist ein Jahr jünger als ich und nervt.« Er lächelte, als er das sagte, um Monica wissen zu lassen, dass er Spaß machte.

»Steht ihr euch nahe?«

»So nahe wie die Umstände, dass ich bei der Navy und sie als Krankenschwester im Ausland unterwegs ist, es zulassen. Aber als wir aufwuchsen, war sie für mich eine Qual und ich für sie ein Idiot.«

»Warst du das?«, fragte Monica, ohne nachzudenken.

Stuart schien durch ihre Frage nicht beleidigt zu sein. »Wahrscheinlich. Ich nehme an, die meisten Teenager sind es. Hormone und zu versuchen herauszufinden, wer man ist und wo sein Platz in der Welt ist, tragen das Ihrige dazu bei«, sagte er locker und lehnte sich gegen die Theke.

Er trug ein marineblaues T-Shirt, auf dem in großen weißen Buchstaben NAVY stand, und eine graue Jogginghose. Sie hatte bis jetzt nicht verstanden, was Frauen daran so faszinierend fanden. Aber plötzlich musste sie sich zwingen, den Blick von Stuarts Schritt abzuwenden. Das weiche Material schmiegte sich an seinen Körper ... und es war offensichtlich, dass Stuart sehr gut ausgestattet war.

»Was ist mit dir?«, fragte er.

»Hm?«, fragte sie und trat sich in Gedanken in den Hintern, weil sie nicht besser aufgepasst hatte.

Stuart grinste, als wüsste er, worüber sie nachgedacht hatte. »Hast du Geschwister?«

»Oh, nein, Gott sei Dank. Ich bin sehr dankbar, dass niemand sonst eine Kindheit wie ich durchmachen musste.«

Stuart reagierte nicht sofort auf ihre Aussage und Monica bereute ihre Worte, sobald sie ihren Mund verlassen hatten. Sie erzählte nicht vielen Leuten von der Hölle, die sie im Haus ihres Vaters durchgemacht hatte. Die wenige Male, als sie es getan hatte, war sie sofort anders behandelt worden. Als wäre sie ein Pulverfass, das bereit zu explodieren war.

Aber Stuarts Gesichtsausdruck änderte sich nicht. Er sagte nur: »Deshalb bist du so ein gutes Kindermädchen. Du bist entschlossen, deine Schützlinge besser zu behandeln, als du behandelt wurdest.«

Monica war überrascht von dieser Einsicht. Er hatte recht. An dem Tag, an dem sie das Haus ihres Vaters verlassen hatte, hatte sie sich geschworen, niemals einem Kind dasselbe Gefühl zu geben wie ihr Vater ihr – unentwegt Angst davor zu haben, das Falsche zu sagen oder zu tun, und den Zorn ihres Vaters auf sich zu ziehen. Sie versuchte, auf die Bedürfnisse und Wünsche der Kinder einzugehen, bevor sie überhaupt danach fragen mussten.

Sie bekam einen Kloß im Hals und kämpfte damit, ihre Gefühle im Zaum zu halten. Wie um alles in der Welt konnte dieser Mann sie nach so kurzer Zeit so gut kennen? Es verunsicherte sie und Monica fühlte sich extrem unwohl.

Und wieder schien es, als wüsste er, wie sie sich fühlte, und wechselte das Thema. »Hast du Hunger?«

»Es ist noch nicht einmal fünf Uhr morgens«, erwiderte Monica.

Stuart zuckte mit den Schultern. »Du bist wach, ich bin wach, also können wir genauso gut in den Tag starten.«

»Ich könnte etwas zu essen vertragen«, sagte Monica vorsichtig.

»Wie ich gestern Abend gesagt habe, muss ich einkaufen gehen. Ich habe keine Eier da. Aber ich habe eine Pfannkuchenmischung und ich kann ein paar Brötchen aufbacken. Im Kühlschrank ist, glaube ich, auch noch etwas Speck. Und bevor du etwas sagst, mir ist klar, dass nichts davon gesund ist. Ich hole nachher Obst, Haferflocken, Eier und Milch. Ich habe noch eine Dose Pfirsiche, wenn du Appetit auf Obst hast.«

Monica starrte ihn verwirrt an. Er war sehr nett, aber sie wollte nicht noch mehr in seiner Schuld stehen, als sie es ohnehin schon tat. »Ich kann selbst etwas für mich machen«, sagte sie.

»Ich mache das schon ... es sei denn, du hast etwas dagegen, dass ich das Frühstück zubereite.«

»Ich verstehe dich nicht«, platzte Monica mit Frust in ihrer Stimme heraus.

Stuart runzelte die Stirn. »Ich weiß nicht, was in deinem Kopf vorgeht, aber da gibt es nichts zu verstehen. Du bist zu Gast in meinem Haus und ich biete dir an, dir etwas zu essen zu machen.«

»Was willst du als Gegenleistung?«, fragte Monica.

Auf seinem Gesicht zeigte sich Überraschung, schnell gefolgt von Verärgerung. Stuart richtete sich auf. Er stand jetzt nicht mehr entspannt an seinem Tresen. »Gar nichts, absolut gar nichts. Hat noch nie jemand etwas für dich getan, ohne eine Gegenleistung zu fordern?«

»Nein«, antwortete sie sofort.

»Nun, das ist traurig«, sagte Stuart. »Dann bin ich wohl der Erste ... wenn du mich lässt. Geh duschen, nimm dir Zeit. Das Bad sieht vielleicht nicht besonders aus, aber ich habe einen tollen Wasserboiler. Ich bereite ein bisschen von allem vor, was ich dahabe, und du kannst dir aussuchen, was du essen möchtest. Wenn du dich dadurch besser fühlst, kannst du später das Mittagessen machen, nachdem ich einkaufen war.«

Monica entspannte sich. »Ja, okay.«

Aber ihre Reaktion schien Stuart nicht wirklich zu überzeugen. Das Stirnrunzeln in seinem Gesicht blieb, bis er schließlich seufzte. »Du bringst mich um, Mo«, sagte er leise. So leise, dass Monica sich nicht sicher war, ob sie ihn richtig verstanden hatte. Dann deutete er mit dem Kopf auf den Flur. »Jetzt geh schon. Das Badezimmer gehört dir.«

Sie zögerte einen Moment und wollte bleiben und mehr mit Stuart reden, war aber erleichtert, eine Auszeit zu bekommen. Am Ende holten ihre alten Gewohnheiten sie ein und sie floh.

Stuart machte sie nervös. Sie verstand ihn nicht. Er verhielt sich anders, als die Leute es ihr gegenüber sonst taten. Sie wusste, dass sie distanziert war und anderen Leuten deutlich zu spüren gab, dass sie sich von ihr fernhalten sollten, aber Stuart schien das nicht zu bemerken oder zu spüren. Er behandelte sie, als wären sie alte Freunde. Es war seltsam.

Und gleichzeitig so unglaublich verlockend.

Monica hatte sich jahrelang danach gesehnt, einen Mann zu finden, dem sie vertrauen könnte. Einen Mann, in den sie sich verlieben und mit dem sie Kinder bekommen könnte ... aber doch nicht mit jemandem beim Militär. Nicht mit jemandem, der war wie ihr Vater.

Viele Menschen, die wie sie aufgewachsen waren, hatten Angst davor, eigene Kinder zu bekommen, aber nicht sie. Sie würde ihnen das Gefühl geben, die wichtigsten Menschen in ihrem Leben zu sein, denn sie würden es sein. Sie würde ihnen niemals wehtun und sie nie so behandeln, als wären sie entbehrlich, so wie sie es erfahren hatte.

Monica blickte auf die Überreste ihrer linken Hand, schloss die Augen und versuchte, die schlechten Erinnerungen zu verdrängen, die der Anblick ihrer zertrümmerten Hand immer zurückbrachte. Der Schmerz, die Verwirrung, die Angst.

Entschlossen, den Schutzschild, den sie ihr Leben lang aufrechterhalten hatte, vor diesem Mann nicht herunterzulassen, holte Monica tief Luft, nachdem sie sich im Badezimmer eingeschlossen hatte. Wenn Stuart ihr Frühstück machen wollte, in Ordnung. Sie würde es nicht überbewerten. In ein paar Tagen würde sie von hier verschwinden und zurück in ihrem berechenbaren, wenn auch etwas einsamen Leben sein.

KAPITEL SECHS

Der Tag war für Pid überraschend schnell vergangen. Er hatte Monica allein in seinem Haus zurückgelassen, während er sich früh auf den Weg zum Lebensmittelgeschäft gemacht hatte, bevor der Laden zu voll wurde. Er hatte gehofft, sie bei seiner Rückkehr entspannter vorzufinden, aber das war nicht der Fall gewesen.

Erwartungsgemäß war Elodie mit zwei Aufläufen und einem Topf Saimin vorbeigekommen. Sie übte sich derzeit in der Zubereitung hawaiianischer Gerichte. Saimin ist ein Suppengericht mit Nudeln, einer Brühe mit Meeresfrüchten, Frühlingszwiebeln und dünnen Kamaboko-Scheiben. Elodie hatte noch klein gehacktes Nori hinzugefügt. Anfangs war sich Pid bezüglich dieses Gerichts nicht so sicher gewesen, aber nachdem er eine Weile in Hawaii gelebt hatte, begann er, es zu mögen.

Monica war höflich, aber distanziert gewesen. Pid hatte gesehen, dass Elodie ein wenig enttäuscht war. In ihrem entschlossenen Blick hatte er erkannt, dass sie alles tun würde, um Monica etwas aufzulockern.

Nach dem Mittagessen war Lexie mit einer Ladung

Klamotten vorbeigekommen, aus denen Monica sich etwas aussuchen konnte. Die Zurückhaltung der anderen Frau schien sie nicht gestört zu haben. Sie plapperte fröhlich vor sich hin und sagte, wie leid es Kenna tat, dass sie nicht vorbeikommen konnte, aber dass sie hoffte, Monica noch kennenzulernen, bevor sie wieder abreisen würde.

Jetzt war es Zeit für das Abendessen. Pid hatte etwas von dem Reisauflauf mit Hühnchen aufgewärmt, den Elodie mitgebracht hatte, und nun saßen Monica und er auf seiner Terrasse und aßen. Er hatte dort einen kleinen Tisch, den er nur selten benutzte, aber es schien angebracht, dies jetzt zu tun.

Monica redete nicht viel, aber Pid versuchte, es nicht persönlich zu nehmen. Er hatte noch nie jemanden kennengelernt, der so still war wie sie. »Es tut mir leid, dass du noch nicht viel von Oahu gesehen hast«, sagte er und versuchte verzweifelt, ein Gespräch zu beginnen.

Monica sah ihn an und er beobachtete, wie sie vorsichtig schluckte, bevor sie eine Serviette nahm und sich zart über den Mund wischte. Die Frau hatte tadellose Manieren. Im Vergleich zu ihr fühlte Pid sich wie ein Neandertaler.

»Ich bin erst einen Tag hier«, sagte sie nach einem Moment.

»Trotzdem, es ist ein großartiger Ort und ich würde dir gern etwas davon zeigen.«

Monica zuckte mit den Schultern.

Mehrere Minuten vergingen, bis er es erneut versuchte. »Du redest nicht viel.« Es war eher eine Feststellung als eine Frage.

Sie seufzte und legte ihre Gabel zur Seite. »Bei mir zu Hause war es verpönt, am Tisch zu reden.«

»Wirklich? Ich dachte immer, das Abendessen sei die Zeit, in der Familien über ihren Tag sprechen«, sagte Pid.

»Nicht meine Familie«, erwiderte Monica. »Außerdem

wusste mein Dad immer, was meine Mutter und ich den Tag über getan hatten, weil er direkt vor Ort war.«

»Bist du nicht zur Schule gegangen?«, fragte Pid.

»Nein, ich wurde zu Hause unterrichtet.«

»Hast du Sport gemacht oder an anderen Aktivitäten außerhalb des Hauses teilgenommen?« Pid war sich ziemlich sicher, dass er die Antwort auf diese Frage bereits kannte, fragte aber trotzdem.

»Nein.«

Das war es. Einfach »nein«.

Pid war von ihren knappen Antworten enttäuscht. Jede Minute, die er in ihrer Nähe verbrachte, wollte er mehr wissen. Er stützte sich mit den Ellbogen auf den Tisch und sagte: »Wie du gesehen hast, mag ich konventionelle Regeln nicht sehr. Ich bin unordentlich, ich streite mit meinem Boss und es ist mir nicht allzu wichtig, immer höflich und vornehm zu sein.«

»So wie deine Ellbogen auf den Tisch zu stützen?«, fragte Monica.

Sie lächelte nicht, aber Pid wusste, dass sie Spaß machte.

»Genau«, entgegnete er grinsend. »Es ist offensichtlich, dass du nicht gern über deine Familie sprichst, und das ist in Ordnung. Aber bei mir zu Hause kannst du machen, was du willst. Du kannst mit offenem Mund kauen oder den Nachtisch zuerst essen. Du kannst den ganzen Tag herumliegen und fernsehen, es ist mir egal. Ich möchte nur, dass du dich entspannst, Mo. Ich habe das Gefühl, dass du dich in deinem Leben bisher nicht viel entspannen konntest. Und solange du hier in Hawaii bist, ist das die perfekte Zeit für dich, genau das zu tun. Niemand hier wird dich verurteilen, dir wehtun oder dich dazu zwingen, etwas zu tun, was du nicht willst ... na ja, abgesehen davon, dass du überhaupt hierhergebracht wurdest«, schob er nach.

Monica starrte ihn mit ihren großen blauen Augen an.

Er konnte die Verwirrung in ihrem Blick sehen und die Sehnsucht. Wonach wusste er nicht, aber er wollte ihr alles geben, was sie brauchte, um sich wohler zu fühlen. Die Herausforderung war, dass er wusste, dass sie nicht darum bitten würde. Ihre linke Hand war eine schmerzhafte Erinnerung daran, was passiert war, wenn sie um Hilfe bat.

»Mo?«, fragte sie.

Pid lachte leise. Von allem, was er gesagt hatte, war es das, worauf sie sich konzentrierte. »Ja, du wirkst auf mich wie eine Mo.«

»Wie wirkt eine Mo denn?«, hakte sie nach.

Pid zuckte mit den Schultern. »So wie du.«

Sie hob leicht die Mundwinkel, aber nicht genug, um ihre Grübchen zu zeigen. »Du bist komisch«, sagte sie.

Pid lachte. »Jawohl, ich bin ein Elektronik-Freak, wie du an der Menge von Computerteilen in deinem Zimmer sicher festgestellt hast. Ich bin höllisch ungeschickt und ich lebe in Hawaii, obwohl ich regnerische, bewölkte Tage bevorzuge. Und mein Haus ist immer unordentlich. Also ja, ich bin definitiv komisch. Aber ich bin, wer ich bin, und das ist gut so. Das Leben ist zu kurz, um sich über solche Dinge zu sorgen«, sagte er zu ihr. »Ich könnte versuchen, perfekt zu sein und die Erwartungen anderer zu erfüllen, aber das würde mich verrückt machen. Ich wäre unglücklich und ein Arschloch. Also lasse ich das meiste von diesem Mist von mir abprallen.«

Monica starrte ihm in die Augen, als würde sie seine Worte direkt in ihre Seele aufsaugen. Also fuhr Pid fort.

»Ich hatte eine gute Kindheit. Meine Eltern waren großartig und selbst als ich die Schule geschwänzt habe, um mit Freunden Gras zu rauchen, wusste ich, dass sie mich trotzdem liebten, und ich musste niemals Angst davor haben, was sie mir antun würden, wenn ich eine schlechte Entscheidung getroffen habe. Ich kann nicht behaupten zu verstehen, was du während deiner Kindheit durchmachen musstest, aber ich muss zugeben, dass ich froh bin, dass dein Vater tot ist. Deine Mutter tut mir leid, aber gleichzeitig bin ich auch sauer auf sie, weil sie dich nicht besser beschützt hat.

Aber Mo, irgendwie hast du es überlebt und du bist da rausgekommen. Und sieh dich an. Du bist erfolgreich und deine Schützlinge lieben dich so sehr, dass sie sichergehen wollten, dass du sicher aus Algerien herauskommst. Und du hast ein Rückgrat aus Stahl.«

»Ich schleppe eine Menge Mist mit mir herum«, gab sie zu.

»Wer tut das nicht?«, gab Pid zurück. Er war sich nicht sicher, wie es plötzlich zu dieser intensiven Unterhaltung gekommen war, aber es tat ihm nicht leid. »Ich nehme das, was dir passiert ist, nicht auf die leichte Schulter, aber ganz ehrlich gesagt, die gesamte Menschheit ist im Arsch. Ich habe Dinge gesehen, über die ich nie wieder nachdenken oder sprechen möchte, schreckliche Dinge. Aber ich habe mich bewusst entschieden, es nicht an mich heranzulassen. Wenn ich das täte, würde ich mich irgendwo zu einer Kugel zusammenrollen und mein Gehirn würde zu einem Haufen Brei werden. Was dir widerfahren ist, definiert nicht, wer du bist. Es sagt mehr darüber aus, was für Menschen deine Eltern waren, als über dich. Dein Vater war ein gewalttätiger Tyrann und deine Mutter war schwach. Du bist weder das eine noch das andere. Du bist dort herausgekommen und du bist stark. Du bist Monica Collins – und du bist verdammt großartig.«

Pid sah Tränen in Monicas Augen, bereute seine Worte aber nicht. Er wollte, dass sie wusste, wie sehr er sie bewunderte. Er hatte das Gefühl, dass sie noch nie jemand gelobt hatte.

Schließlich gewann sie die Kontrolle über ihre

Emotionen zurück – was Pid wiederum nicht überraschte –, bevor sie sagte: »Ich denke, Mo ist ein besserer Spitzname, als Stupid genannt zu werden.«

Er grinste. »Stimmt.«

»Stuart?«

Er liebte es, seinen Vornamen aus ihrem Mund zu hören. »Ja, Mo?«

»Ich bin nicht gut in diesen Dingen.«

»In was?«

»Das hier, reden, freundlich sein, außer mit Kindern.«

»Wenn du nicht reden willst, musst du nicht reden«, sagte Pid zu ihr. »Mich stört es nicht. Ich kann manchmal eine Menge Mist erzählen. Ich möchte nur, dass du keine Angst davor hast, mit mir zu reden. Wenn du über Make-up oder Nagellack reden willst, toll. Willst du lieber über Politik und die Geschehnisse in der Welt sprechen, gut. Und wenn du nur dasitzen willst, während ich mir den Mund fusselig rede, ist das auch völlig in Ordnung. Bei mir bist du in Sicherheit, Mo. Ich weiß, du glaubst mir jetzt vielleicht nicht, aber solange du hier bist, sei es einen Tag, eine Woche oder einen Monat, ich gebe dir mein Wort. Ich werde sogar so weit gehen, dasselbe über meine Teamkameraden zu behaupten. Bei Mustang, Midas, Aleck, Jag und Slate bist du ebenfalls in Sicherheit. Genau wie bei ihren Frauen, Elodie, Lexie und Kenna. Zur Hölle, sogar bei Carly und Ashlyn. Du musst dich nicht verstellen, wenn du mit ihnen zusammen bist. Verstehst du?«

»Nein.«

Pid lachte leise. »Ich mag deine Direktheit.«

»Es ist nur ... ich weiß, wie ich bin. Ich bin distanziert, manchmal geradezu unfreundlich. Viele Leute mögen mich nicht«, sagte Monica.

Pid brach bei ihren Worten beinahe das Herz. »Ich mag dich«, sagte er leise.

»Aber du bist komisch«, sagte sie.

Er konnte nicht anders, als zu lächeln. »Stimmt, aber um ehrlich zu sein, du bist es auch. Wir sind alle auf unsere Art komisch. Sei einfach auf deine eigene Art komisch und stehe dazu, Mo. Wen interessiert es, dass du introvertiert bist? Nicht jeder auf der Welt kann extrovertiert sein. Wir brauchen Menschen, die lieber etwas abseitsstehen, beobachten und die Stimme der Vernunft sind, wenn wir sie am meisten brauchen. Sei versichert, dass du Leute hast, die dir den Rücken stärken, solange du hier in Hawaii bist.«

Monica sah auf das Essen auf ihrem Teller hinunter und holte tief Luft, bevor sie den Kopf hob und erneut seinem Blick begegnete. »Das ist sehr gut. Elodie ist eine großartige Köchin.«

Und einfach so war das emotionale Gespräch vorbei. Für Pid war das in Ordnung. Er hatte seinen Standpunkt klargemacht. »Das ist sie. Ihre Geschichte ist auch ziemlich erstaunlich.«

»Ihre Geschichte?«, fragte Monica.

»Iss«, sagte Pid und deutete mit dem Kopf auf ihren Teller, »und ich erzähle dir, wie wir sie kennengelernt haben. Wir waren auf einem Schiff im Nahen Osten und planten, wie wir an Bord eines entführten Frachtschiffs kommen sollten, als eine weibliche Stimme über das Funkgerät ertönte ...«

Während der nächsten zwanzig Minuten erzählte Pid Elodies erschütternde Geschichte und wie es dazu kam, dass sie jetzt in Hawaii lebte und Mustang geheiratet hatte. Als er fertig war, hatte Monica aufgegessen und beugte sich vor, um ihm weiter interessiert zuzuhören.

»Es ist schwer zu glauben, dass das alles passiert ist und sie trotzdem so offen und freundlich ist«, sagte Monica.

»Ich denke, es hat viel mit Mustang zu tun. Außerdem ist sie von Natur aus ein freundlicher Mensch. Sie musste wachsam sein, solange sie auf der Flucht war. Aber jetzt, wo sie sicher und glücklich ist, kann sie wieder mehr sie selbst sein. Und mit ihrer Arbeit als Touristenbegleiterin auf einem Angelkahn ist sie definitiv fertig.«

Monica lachte und Pid sah endlich ihre Grübchen, so wie er es sich gewünscht hatte. »Das kann ich ihr nicht verdenken.«

»Sie arbeitet jetzt mit Lexie bei Food For All zusammen. Das ist eine Wohltätigkeitsorganisation, die Bedürftige mit Nahrung versorgt. Sie war nicht zufrieden mit den langweiligen Erdnussbutter und Marmelade Sandwiches und Kartoffelchips, die ausgeteilt wurden, und hat es sich zur Aufgabe gemacht, den Leuten gesunde Gerichte anzubieten.«

»Das ist cool.«

»Ja«, stimmte Pid zu. Er hatte nicht bemerkt, dass Wolken aufgezogen waren, bis er das Geräusch von Regentropfen auf dem Terrassendach hörte. Es war auch kühler geworden. »Willst du reingehen?«, fragte er.

Monica zuckte mit den Schultern. »Wenn du willst.«

»Was willst du?«, fragte Pid erneut. »Du musst nicht tun, was ich will.«

Sie biss sich auf die Lippe und seufzte. »Verzeihung, Gewohnheit.«

»Ich weiß«, sagte er sanft. Und das tat er. »Ich persönlich mag Regenschauer. Und obwohl ich mir nicht sicher bin, ob ich die extreme Kälte vermisse, in der ich in Alaska aufgewachsen bin, ist mir lieber zu kalt als zu warm. Aber wenn dir kalt ist, kannst du ins Haus gehen. Oder du holst dir eine Decke. Wenn du dich wohlfühlst, kannst du auch bleiben, wo du bist. Oder du kannst reingehen und fernsehen, oder dir etwas zum Nachtisch nehmen, oder ein Buch lesen, oder schlafen gehen.«

Zum zweiten Mal innerhalb weniger Minuten kicherte

Monica. »Schon gut, ich verstehe. Mir liegt die Welt zu Füßen.«

»Ganz genau«, sagte Pid zufrieden. »Und fürs Protokoll, ich denke, ich werde noch eine Weile hier draußen bleiben und dem Regen lauschen. Du darfst dich mir gern anschließen. Oder auch nicht. Ganz wie du magst.«

»Was ist mit dem Geschirr?«, fragte sie.

»Das bringe ich später rein.«

»Später heute Abend oder in drei Tagen?«, fragte Monica.

Pid schnaubte. »War das ein Witz?«

»Vielleicht«, entgegnete sie mit einem kleinen Grinsen.

»Klugscheißerin. Ich bringe es später rein. Und dir zu Ehren räume ich es sogar direkt in die Spülmaschine.«

»Ich kann es jetzt tun«, schlug sie vor.

»Nein, lass es stehen. Du bist mein Gast und Gäste spülen bei mir nicht das Geschirr.«

Er glaubte einen Moment, sie würde protestieren, aber dann nickte sie. »Ich hätte nichts dagegen, noch eine Weile hier draußen zu sitzen.«

Innerlich sprang Pid auf und ab und jubelte. Äußerlich lächelte er sie an und sagte: »Cool.«

Die nächsten dreißig Minuten saßen beide schweigend da und waren in Gedanken versunken, während sie dem Regen lauschten.

Dann sagte Monica: »Ich glaube, ich gehe hinein, wenn das in Ordnung ist.«

Pid gefiel es nicht, dass sie im Grunde um Erlaubnis bat, aber die Tatsache, dass sie den ersten Schritt machte hineinzugehen, war ein Schritt in die richtige Richtung. »Kein Problem. Ich werde noch eine Weile hier draußen sitzen.«

»Ich kann das Geschirr mitnehmen, wenn ich reingehe«, bot sie an.

»Nein, ich kümmere mich darum. Wir müssen morgen

früh gegen halb sieben losfahren, um pünktlich um acht Uhr auf dem Stützpunkt zu sein«, erklärte er ihr.

»Okay, ich werde bereit sein.« Sie schob ihren Stuhl zurück und stand auf.

Als sie die Tür erreichte, fragte Pid: »Mo?«

Sie drehte sich um und erwiderte: »Ja?«

»Es tut mir leid, dass du gezwungen wurdest hierherzukommen, um mit dem Kommandanten zu sprechen, aber ich freue mich, dass ich dich besser kennenlernen kann.«

Sie starrte ihn einen Moment lang an, bevor sie nickte und ins Haus ging.

Seufzend schloss Pid die Augen und lehnte den Kopf gegen die Stuhllehne. Das Geräusch des Regens beruhigte ihn, aber er wünschte, er wüsste, wie er dafür sorgen könnte, dass Monica sich wohler fühlte. Er hatte keine Ahnung, wie lange sie in Hawaii bleiben würde. Es war durchaus möglich, dass sie sich morgen, nach dem Gespräch mit Huttner, direkt auf den Weg zu der Familie des Botschafters machte.

Aber es war auch möglich, dass der Kommandant sie hierbehalten wollte, bis er diesen mysteriösen Mann gefunden hatte, nach dem er anscheinend suchte. Monica würde es wahrscheinlich nicht gefallen, aber Pid fand die Aussicht nicht im Geringsten unangenehm.

Er hatte es ernst gemeint, dass er Monica mochte. Ja, sie war etwas schrullig und schwer zu durchschauen, aber das machte es nur noch interessanter für ihn, den Schutzschild, den sie um sich herum errichtet hatte, zu knacken. Er hatte auch das Gefühl, dass Elodie und die anderen Frauen sie ebenfalls immer mehr mögen würden, je mehr Zeit sie mit ihnen verbrachte.

Pid blieb noch dreißig Minuten draußen sitzen, bis der Regen nachließ, dann ging er hinein. Er spülte das Geschirr kurz ab und stellte es wie versprochen in die Spülmaschine.

Im Haus gab es sonst nicht mehr viel aufzuräumen, also ging er in sein Schlafzimmer. Er blieb kurz vor Monicas Tür stehen. Von drinnen war nichts zu hören.

Während er vor der Tür stand, kam ihm eine Idee. Er dachte an das, was Monica gesagt hatte, als er sie zum ersten Mal getroffen hatte. Es war eine ziemlich verrückte Idee, aber je länger er darüber nachdachte, desto mehr wollte er es tun.

Er musste die Erlaubnis des Hausbesitzers einholen und sein Plan machte nur Sinn, wenn Monica länger als ein oder zwei Tage blieb. Er würde abwarten müssen, was morgen bei ihrem Treffen mit dem Kommandanten herauskam.

Als er in sein Zimmer ging, hatte Pid ein schlechtes Gewissen, weil er tatsächlich hoffte, dass Huttner sie bitten würde, in Hawaii zu bleiben. Es war nicht fair ihr gegenüber. Sie verdiente es, in ihr Leben zurückzukehren, aber Pid wollte ihr noch so viel zeigen. Seine Gedanken kreisten um die Orte, an die er sie mitnehmen würde, und all die besonderen Dinge über Hawaii, die er mit ihr teilen wollte.

Vermutlich sollte er besorgt sein, wie sehr er sich darauf freute, mehr Zeit mit dieser Frau zu verbringen, aber das war nicht der Fall.

Ein paar Stunden später schlief Pid ein und dachte an Monica ... und als er nur drei Stunden später aufwachte, hatte er plötzlich den Drang, aufzustehen und sich zu vergewissern, dass alles in Ordnung mit ihr war. So ein Gefühl hatte er noch nie gehabt. Aber mit Mo im Haus wollte er sichergehen, dass die Türen und Fenster fest verschlossen waren.

Pid stellte nicht einmal die Notwendigkeit infrage, sondern rollte sich aus dem Bett und ging lautlos durch das Haus, um die Schlösser noch einmal zu überprüfen. Alles war, wie es sein sollte, und als er wieder ins Bett stieg, war er zufrieden, dass Monica zumindest für diese Nacht in Sicherheit war.

Der Morgen würde hoffentlich mehr Antworten bringen, was in unmittelbarer Zukunft mit seinem Hausgast passieren würde, und hoffentlich darüber, was es mit dem Mann auf sich hatte, den ihr Kommandant so verzweifelt identifizieren wollte. Obwohl Pid von Huttners Aktionen nicht begeistert war, konnte er nicht leugnen, froh zu sein, Monica besser kennenlernen zu können.

KAPITEL SIEBEN

Monica saß steif auf dem Stuhl gegenüber Stuarts Navy-Kommandanten. Dylan Huttner war ein imposanter Mann und es half nicht gerade, dass er sie stark an ihren Vater erinnerte. Er hatte ähnlich braune Haare und Augen sowie eine stark autoritäre Ausstrahlung. Er war ein Mann, der es gewohnt war, dass man ihm ohne Widerworte gehorchte.

Abgesehen davon hatte er keine Ähnlichkeiten mit ihrem Vater. Der Kommandant war offensichtlich in bester Verfassung, im Gegensatz zu ihrem Vater, als sie ihn das letzte Mal gesehen hatte. Er war auch bemüht, sie zu beruhigen, worüber sich Darren Collins nie Sorgen gemacht hatte.

Sie konnte immer noch nicht glauben, dass Stuart bei ihrer Ankunft heute Morgen so mit seinem Vorgesetzten gesprochen hatte. Als ihm mitgeteilt wurde, dass er bei der Befragung nicht dabei sein durfte, hatte Stuart einen Anfall bekommen. Anders konnte man es nicht beschreiben. Monica war sich sicher, dass er vor ein Kriegsgericht gestellt werden würde, oder wie auch immer das bei der Navy genannt wurde. Aber nach einem Moment der Anspannung hatte der Kommandant schließlich nur einmal genickt.

»Es wird alles gut«, hatte Stuart ihr gesagt, bevor er sie in den Konferenzraum geleitet hatte, in dem sie sich jetzt befanden. Der Stuhl, auf dem sie saß, war überraschend bequem. Irgendwie hatte sie einen Klappstuhl aus Metall und einen Scheinwerfer erwartet. Das war natürlich lächerlich, aber mit gepolsterten Drehstühlen, gedämpfter Deckenbeleuchtung, Gläsern und einem Krug Wasser auf dem Tisch hatte sie nicht gerechnet. Wenn sie es nicht besser wüsste, würde sie denken, sich im Konferenzraum eines Privatunternehmens zu befinden. Aber das hier war doch die Navy und kein Privatunternehmen.

Sie richtete den Blick auf den anderen Mann im Raum. Mustang, Stuarts Teamleiter, nahm auch an der Vernehmung teil. Die Männer nannten es nicht so, aber so fühlte es sich an. Sie war gegen ihren Willen dort, und es fühlte sich tatsächlich so an, als würde man ihr die Schuld an irgendetwas geben.

»Erzählen Sie mir, was am Tag der Evakuierung passiert ist. Und lassen Sie nichts aus«, forderte Kommandant Huttner ohne Einleitung.

Monica wollte die Augen verdrehen, aber sie hielt sich zurück. Es hatte keinen Sinn, den Mann zu verärgern. Auch wenn er ihr keine Wahl gelassen hatte hierherzukommen, hatte er zugestimmt, sie in Stuarts Haus wohnen zu lassen.

Also begann sie, über die Ereignisse in Algerien zu erzählen. Sie erklärte, wie besorgt sie gewesen war, als die Familie Laws nicht zurückgekehrt war, und dass sie überlegt hatte, allein zur Botschaft zu gehen, als sie ein Geräusch von der Glasschiebetür auf der Rückseite des Hauses gehört hatte. Sie beschrieb den Mann, den sie gesehen, und das Gefühl, das er ihr gegeben hatte, und wie sie sich in dem Schutzraum in Desmonds und Ophelias

Schlafzimmer versteckt hatte. Sie erzählte dem Kommandanten, wie sie den Mann auf den Überwachungsmonitoren beobachtet hatte, während er die Räume durchsuchte.

Sie ließ bei ihrer Berichterstattung keine Details aus, auch nicht, dass sie bereit gewesen war, Stuart und Slate zu erschießen.

Sie beschrieb, wie sie aus dem Haus geflohen waren, als der Kommandant sie schließlich unterbrach.

»Können Sie mir mehr über den Mann erzählen, der die Tür zerschossen hat?«

»Was genau?«

»Beschreiben Sie noch einmal, wie er aussah.«

Monica seufzte innerlich. Sie hatte ihn bereits so gut wie möglich beschrieben. Aber sie ließ sich ihre Verärgerung nicht anmerken. Sie erzählte es ihm einfach noch einmal. »Er war kleiner als Stuart und Slate«, sagte sie. »Und älter. Ich weiß es nicht genau, aber wenn ich raten müsste, würde ich ihn auf fünfundvierzig bis fünfundfünfzig schätzen. Er hatte ein Tuch über Mund und Nase gezogen, aber seine Haare waren zu sehen und sie waren schwarz mit grauen Strähnen. Nicht sehr viele, aber sichtbar. Ich weiß, dass ihn das nicht automatisch älter macht, aber das ist der Eindruck, den ich durch die Falten um seine Augen und sein allgemeines Auftreten hatte. Er war gut in Form. Seine Augen waren dunkel. Ich würde sagen, sie waren schwarz, aber das ist nicht wirklich möglich. Also wahrscheinlich dunkelbraun.«

Monica hörte auf zu sprechen und wartete auf die nächste Frage des Kommandanten.

»Was sonst?«

Sie runzelte die Stirn. »Wie was sonst?«

»Was können Sie mir noch über ihn erzählen? Ich brauche mehr als das, wenn ich ihn identifizieren will.«

»Ähm ... er hatte eine Tätowierung auf seinem linken Unterarm«, ergänzte Monica.

Der Kommandant beugte sich vor. »Wovon?«

»Das weiß ich nicht.«

Monica zuckte zusammen, als der Mann mit der Handfläche auf den Tisch schlug und bellte: »Denken Sie nach!«

»Sir ...«, begann Mustang, aber Stuart war nicht so gefasst wie sein Freund.

Er stand abrupt auf und legte eine Hand auf den Tisch, während er sich zu seinem Chef hinüberbeugte. »Das wird nicht passieren«, sagte er in einem Ton, den Monica zuvor noch nicht von ihm gehört hatte. Seine Stimme war tief und klang extrem sauer. »Sie wissen genau so gut wie ich, dass es nicht ganz legal war, Miss Collins zu zwingen hierherzukommen, aber sie kam trotzdem. Sie versucht zu helfen. Wenn Sie sie zu Tode erschrecken, wird sie sich an nichts mehr erinnern können. Beruhigen Sie sich.«

Monica hielt den Atem an. Sie war sich sicher, dass Stuart jeden Moment im Bau landen würde. Sie hatte keine Ahnung, ob die Navy so etwas immer noch tat, aber sie glaubte nicht, dass der Kommandant es zulassen würde, dass einer seiner Untergebenen so mit ihm sprach. Und sie hatte recht.

»Du weißt, dass ich dich dafür Maßregeln könnte, weil du ständig auf diese Weise mit mir sprichst, oder?«, fragte der Kommandant Stuart mit strenger Stimme.

Monica spannte sich weiter an. Es gefiel ihr nicht, der Grund dafür zu sein, warum Stuart in Schwierigkeiten geraten könnte.

»Es tut mir leid, Sir«, antwortete Stuart, »aber Monica tut ihr Bestes.«

Zu ihrer Überraschung lehnte sich der Kommandant in seinem Stuhl zurück. »Ich weiß.« Er drehte sich zu ihr um. »Ich weiß Ihre Hilfe zu schätzen.«

Monica war überrascht über das plötzliche Einlenken des Mannes.

Dann stand er auf und begann, auf und ab zu gehen. »Diese Situation ist heikel«, sagte er.

»Dann erklären Sie es uns«, forderte Mustang. »Als ich Sie gestern gefragt habe, sagten Sie, Sie würden mich später aufklären. Jetzt ist später.«

»Nicht vor einer Zivilistin.«

»Monica mag Zivilistin sein, aber um im Haus des Botschafters zu arbeiten, hat sie sich einer Sicherheitsprüfung unterzogen«, betonte Stuart. »Und sie ist in die Sache involviert. Offensichtlich ist sie unsere beste Chance, diesen Kerl zu schnappen, wer auch immer er ist. Und es scheint immer offensichtlicher, dass ihr Leben seinetwegen in Gefahr sein könnte. Nachdem Sie sie gezwungen haben, ihr Leben auf den Kopf zu stellen und nach Hawaii zu kommen, wäre es das Mindeste, ihr mitzuteilen, warum es so wichtig ist, diesen Typen zu identifizieren.«

Der Kommandant seufzte frustriert. »Weil dieser Kerl gut ist, verdammt gut. Er hat eine unendliche Anzahl von Decknamen und kann sich in jedes Land schleichen, ohne eine Spur zu hinterlassen. Seine Vorgehensweise ist überall gleich. Er wählt Länder aus, in denen es zivile Unruhen gibt, und mischt sich unter die Demonstranten. Er stachelt sie zur Gewalt an, führt sie bei Plünderungen an, schnappt sich selbst, was er in die Finger bekommen kann, und verschwindet dann wie der Wind, wenn die Dinge außer Kontrolle geraten.«

»Woher wissen Sie das alles?«, hakte Mustang nach.

»Weil er uns schon eine Weile an der Nase herumführt«, gab der Kommandant zu.

»Wie?«, fragte Stuart.

»Durch das Versenden verschlüsselter E-Mails.«

»An wen?«, bohrte Stuart weiter.

»Hochrangige Navy-Kommandanten. An mich, Storm North, Dag Creasy, Patrick Hurt und andere – allesamt SEAL-Kommandanten«, stellte Huttner klar.

»Scheiße«, fluchte Mustang.

»Er ist wirklich ein SEAL?«, fragte Monica leise.

»Wahrscheinlich«, bestätigte der Kommandant. »Darauf würde ich meine Karriere verwetten.«

»Könnte es jemand aus einem Team sein, das in das Gebiet geschickt wurde?«, fragte Stuart.

»Nein, das habe ich schon überprüft. Es gab zwei weitere SEAL-Teams, die an der Evakuierung der Zivilisten in Algier beteiligt waren. Sie wurden bereits überprüft, nachdem Monica gesagt hatte, dass sie diesen Kerl gesehen hatte. Er ist älter, so wie Monica es vermutet hat. Ich denke, er ist im Ruhestand ... oder vielleicht wurde er aus der Navy geworfen und ist jetzt sauer.«

»Und nutzt jetzt seine Ausbildung, um sich an der Obrigkeit zu rächen, sozusagen«, warf Mustang ein.

»Genau. Aber es eskaliert. Vor einiger Zeit gab es in Hongkong einen besonders schweren Vorfall und dieses Arschloch hat behauptet, inmitten des Chaos drei Frauen geschlagen, vergewaltigt und getötet zu haben ... was sich später bestätigte. Das Gleiche gilt für Barcelona, Beirut, Santiago ... er ist sehr stolz darauf und schickt die Details über die Menschen, die er getötet hat, per E-Mail an uns.«

Der Kommandant hielt inne, um nach dem Tablet zu greifen, auf dem er sich während des Interviews mit Monica Notizen gemacht hatte. Er klickte ein paarmal auf den Bildschirm und reichte es Mustang. »Während eurer Rückreise aus Algerien hat er mir und den anderen Kommandanten diese E-Mail geschickt.«

Monica juckte es in den Fingern zu sehen, was in der E-Mail stand, aber sie saß ruhig da, während Mustang auf den Bildschirm schaute. Wortlos reichte er Stuart das

Tablet. Monica musterte sein Gesicht, während er las. Es war offensichtlich; was auch immer der mysteriöse Mann geschickt hatte, war nicht gut. Stuarts Kiefermuskeln zuckten vor Aufregung und sein Atem beschleunigte sich.

»Verdammt«, sagte er, als er fertig war, und gab Huttner das Tablet zurück.

»Dieses Verhalten ist zum Teil der Grund, warum ich darauf bestanden habe, dass Miss Collins hierherkommt«, sagte der Kommandant.

»Was hat er geschrieben?«, fragte Monica, die nicht mehr in der Lage war, ruhig zu bleiben.

»Es ist nicht das, was er geschrieben hat, sondern das Bild, das er seiner E-Mail beigefügt hat«, antwortete Huttner.

»Kann ich es sehen?«, fragte Monica.

Alle drei Männer spannten sich an. »Nein«, sagten Mustang und Stuart gleichzeitig, während der Kommandant »Ja« antwortete.

»Das muss sie nicht sehen«, beharrte Stuart.

»Vielleicht versteht sie dann, dass ich nicht einfach nur ein Arschloch bin«, konterte Huttner. »Sie ist einer der wenigen Menschen, von denen wir wissen, dass sie diesen Typen gesehen haben und möglicherweise identifizieren können. Wenn meine Vermutung stimmt und er ein ehemaliger SEAL ist, kann sie ihn vielleicht anhand von Bildern wiedererkennen.«

»Sie wissen, dass die Chancen dafür verschwindend gering sind«, argumentierte Stuart. »Er hatte sein Gesicht bedeckt und wir wissen nicht, wie lange es her ist, dass er im aktiven Dienst war.«

»Sie ist alles, was wir im Moment haben. Und je länger er da draußen ist, desto mehr Menschen sind in Gefahr«, betonte Huttner.

Stuart und sein Kommandant funkelten sich an, keiner gab nach.

»Du brauchst dir keine Sorgen zu machen, dass ich etwas Grausames sehe. Ich habe schon einmal eine Leiche gesehen.«

Bei ihren Worten drehten sich alle drei Männer um und starrten sie ungläubig an.

»Was?«, fragte Stuart.

Sie konnte ihm nicht wirklich vorwerfen, dass er geschockt war. Ihr Einwand war unerwartet gekommen. Aber sie wollte den Männern versichern, dass sie bei dem Bild nicht in Ohnmacht fallen würde, das der ehemalige SEAL per E-Mail verschickt hatte.

Sie wandte sich an den Kommandanten. »Mein Vater war kein guter Mann. Er war paranoid und besessen von der Absicherung unseres Grundstücks. Als ich zwölf war, hat sich ein Mann auf der Jagd versehentlich auf unser Land verirrt und ist in eine der Fallen getappt, die mein Dad aufgestellt hatte. Sein Bein war verstümmelt und er hatte starke Schmerzen. Mein Vater zwang mich, mit ihm zu kommen, als er den Mann konfrontierte. Als er seiner Geschichte, dass er sich auf der Jagd verlaufen hatte, nicht glaubte, schoss mein Vater ihm in den Kopf. Einfach so. Dann musste ich mit ihm die Leiche des Mannes zu seinem Wagen schleppen und mit ihm in die Berge fahren, wo ich helfen musste, ein Loch zu buddeln, um ihn zu vergraben.«

Monica hätte eine Stecknadel in dem Raum auf den Boden fallen hören können, so still war es plötzlich.

Sie war so erpicht darauf gewesen, den Männern zu versichern, dass sie mit dem umgehen könnte, was auf dem Bild zu sehen war, dass sie ihre Geschichte nicht durchdacht hatte. Sie begann zu zittern und fragte sich, ob sie nun selbst ins Gefängnis geworfen werden würde, nachdem sie zugegeben hatte, nicht nur Zeugin eines Mordes gewesen zu sein, sondern auch bei der Entsorgung der Leiche geholfen zu haben.

»Nachdem ich meinem Vater entkommen war, habe ich einen anonymen Brief an die Polizei geschrieben«, fuhr sie leise fort und konnte ihr Zittern nicht unterdrücken. »Ich habe den Beamten geschrieben, was passiert ist und wo sie die Leiche des Mannes finden können. Ich wusste, dass seine Familie die vielen Jahre gelitten haben musste, in denen er vermisst wurde. Seine Verwandten haben sich gefragt, wo er war und was mit ihm passiert war. Ich will nur sagen, dass ich nicht umkippen werde, wenn auf dem Bild etwas Gewalttätiges zu sehen ist.«

Anstatt sie sofort hochzuziehen und ihr Handschellen anzulegen, seufzte der Kommandant zu ihrer Überraschung und lehnte sich wieder in seinen Stuhl zurück, um sie zu mustern.

Stuart langte hinüber, nahm ihre linke Hand und hielt sie fest. Ausnahmsweise zuckte sie nicht zusammen wie sonst, wenn jemand ihre verstümmelten Finger berührte. Mit seinem Daumen strich er beruhigend über ihren Handrücken.

»Bitte sag mir, dass dein Vater ins Gefängnis gekommen ist«, sagte Mustang.

Monica schüttelte den Kopf. »Leider nein. Die Polizei hat ermittelt, aber ich kann nur vermuten, dass mein Vater die Leiche irgendwann verlegt haben muss. Es gab also keine Beweise gegen ihn außer mein Wort. Aber am Ende hat das Karma ihn erwischt. Er ist im Winter von seinem Hochstand gefallen und erfroren.«

»Gut.«

Das Wort war mit solch einem Gefühl der Befriedigung gesagt worden, dass Monica nicht anders konnte, als erleichtert auszuatmen.

»Zeigen Sie ihr das Bild«, sagte Stuart.

Der Kommandant schob das Tablet über den Tisch und Monica hob es mit ihrer rechten Hand auf, da Stuart ihre linke nicht losließ.

Sie atmete scharf ein, als sie das Bild in der E-Mail sah. Eine zierliche blonde Frau lag auf einer rosa Bettdecke. Sie war nackt, ihre blauen Augen starrten leer an die Decke und ihre Gliedmaßen waren zu allen Seiten gespreizt. Ihr Körper lag in einer leuchtend roten Blutlache, die sich von den hübschen rosa Blumen des Bettzeugs obszön abhob. Ein Messer ragte aus ihrer Brust, genau dort, wo ihr Herz war.

Sie schluckte schwer, als sie feststellte, dass die Frau ihr sehr ähnlich sah, und wandte ihre Aufmerksamkeit den Worten zu, die das Bild begleiteten.

Ich möchte, dass ihr mein neuestes Kunstwerk bewundert. Ist sie nicht hübsch? Rohes Fleisch, so wie Gott sie schuf. Hebt das Blut besser hervor. Wie immer wird es keine Fingerabdrücke und keine DNA geben, die beweisen könnten, dass ich jemals hier war. Ich bin kein Bulle im Porzellanladen. Ich wurde nur von den Besten unterrichtet. Sie sagten, ich sei verrückt ... sieht das wie die Arbeit eines Verrückten aus? Die Antwort ist nein. Ich habe die Kontrolle. Ich weiß genau, was ich tue, und ihr werdet mich nie erwischen, bis ich erwischt werden will.

»Heilige Scheiße«, hauchte Monica. So sehr sie das Bild nicht noch einmal ansehen wollte, sie richtete ihre Aufmerksamkeit wieder darauf.

»Was siehst du?«, fragte Stuart leise.

»Es ging schnell«, sagte Monica. »Es sieht nicht so aus, als hätte sie sich lange gewehrt. Es erinnert mich daran, wie man ein Tier aus seinem Elend erlöst, nachdem man es angeschossen hat. Das war der Lieblingsteil meines Vaters beim Jagen. Ein Messer in das Herz des Tieres zu stechen.«

»Sie hat recht«, sagte Huttner.

Monica ignorierte ihn und fuhr fort: »Und dieses Messer sieht dem ähnlich, das du mir gegeben hast.« Sie war sich bewusst, dass Stuart ihr nicht wirklich erlaubt hatte, sein Messer zu behalten, aber das war jetzt nicht der Punkt.

»Das ist mir auch aufgefallen«, sagte Mustang. »Es ist die Art, die den meisten SEALs ausgehändigt wird und die sie am liebsten verwenden.«

Monica holte tief Luft und schob das Tablet über den Tisch zurück zum Kommandanten. Sie hielt Stuarts Hand mit ihrem Daumen fester, da sie jetzt die Verbindung zu einem anderen Menschen brauchte. »Ich habe sein Tattoo nicht gut gesehen. Ich meine, ich habe es gesehen, aber in meinem Kopf ist es verschwommen. Es war komplett schwarz, so viel weiß ich. Und es bedeckte den größten Teil seines Unterarms. Es könnte eine Schlange darauf gewesen sein. Es tut mir leid. Ich habe mir mehr Gedanken darüber gemacht, wegzulaufen und mich zu verstecken, als mir Erkennungszeichen zu merken.«

»Es ist mehr, als wir vorher wussten«, sagte der Kommandant. »Danke.«

»Diese E-Mail hört sich irgendwie komisch an«, merkte Mustang an.

Stuart nickte. »Grammatikalisch ist alles korrekt, aber was soll das mit dem rohen Fleisch bedeuten?«

»Er behauptet, keine Spuren hinterlassen zu haben«, fuhr Mustang fort, »aber diese letzte Zeile klingt, als ob er möchte, dass jemand herausfindet, wer er ist.«

»Aber was ist sein Motiv?«, fragte Stuart.

»Rache?«, vermutete Mustang mit einem Schulterzucken.

»Wenn er rausgeschmissen wurde, versucht er vielleicht

zu beweisen, dass die Navy einen Fehler gemacht hat«, mutmaßte Stuart.

»Und der Teil, verrückt zu sein … vielleicht sollten wir nach Aufzeichnungen von jemandem suchen, der wegen einer psychischen Erkrankung entlassen wurde. Etwas, das vielleicht nicht für eine Invalidenrente qualifiziert«, ergänzte Mustang und wandte sich an den Kommandanten.

»Schon dran«, beruhigte sie der ältere Mann.

Es war faszinierend, Stuart und seinem Teamleiter bei ihren Überlegungen zuzusehen. Sie ergänzten sich nahtlos und dachten definitiv auf dieselbe Art und Weise.

»Sie können jetzt vielleicht verstehen, warum es so wichtig ist, diesen Kerl zu fassen«, sagte Kommandant Huttner zu Monica. Mit seinen schokobraunen Augen starrte er direkt in ihre, was es ihr schwer machte, den Blick abzuwenden. »Seine Taten sind von Anstiftung zu Aufständen über Diebstahl bis hin zu Mord eskaliert. Er muss gestoppt werden. Und Sie sind der einzige Mensch, der ihn persönlich gesehen und es überlebt hat. Sie hatten Glück, Miss Collins. Es besteht die Möglichkeit, dass Sie es gewesen sein könnten, die mit dem Messer im Herzen auf diesem Bett liegt. Ich brauche Ihre Hilfe. Unser Land braucht Ihre Hilfe. Frauen auf der ganzen Welt brauchen Ihre Hilfe, um zu verhindern, dass sie sein nächstes Opfer werden.«

Er trug sehr dick auf … aber es funktionierte. Monica wusste, dass sie sich schuldig fühlen würde, sollte jemand anderem etwas zustoßen, wenn sie es hätte verhindern können. Trotzdem … »Ich bin mir nicht sicher, was ich Ihnen sonst noch erzählen kann«, sagte sie leise.

»Vielleicht können Sie die Dossiers ehemaliger SEALs durchsehen. Vielleicht sehen Sie etwas, das Sie an ihn erinnert.«

»Von wie vielen Akten sprechen wir hier?«, fragte Monica.

Huttner zuckte zusammen und senkte den Blick. »SEALs machen nur etwa ein Prozent des Navy-Personals aus, aber wir werden unser Bestes tun, um die Auswahl einzugrenzen. Nach Alter und unehrenhafter Entlassung oder aus psychologischen Gründen.«

Monica hatte das Gefühl, dass er versuchte herunterzuspielen, wie viele Akten übrig bleiben würden. Aber es wäre immerhin etwas, wenn sie versuchten, die Anzahl einzuschränken. Andernfalls müsste sie wahrscheinlich ein Jahr lang acht Stunden am Tag Akten studieren und würde es trotzdem nicht schaffen, alle ehemaligen SEALs, die es da draußen gab, zu prüfen.

Aber welche Wahl hatte sie schon? Sie konnte nicht einfach gehen, dem Kommandanten »Viel Glück« wünschen und weiter ihrem Leben nachgehen. Was, wenn dieser Typ beschloss sicherzugehen, dass sie keine Informationen an die Regierung weitergeben konnte? Es war offensichtlich, dass sie entkommen war, und es würde nicht allzu schwer sein, sie zu finden, wenn sie weiterhin für den Botschafter arbeitete.

Sie sah zu Stuart hinüber und war überrascht, dass sein Blick auf sie gerichtet war. Sie erwartete, dass er ebenfalls versuchen würde, sie zum Bleiben zu überreden, so wie sein Vorgesetzter es getan hatte, aber er überraschte sie, als er sagte: »Wie auch immer du dich entscheidest, du hast meine volle Unterstützung. Es ist keine leichte Entscheidung und es tut mir leid, dass du in dieser Sache drinsteckst.«

»Wenn Sie bleiben, wird die Navy Sie entschädigen«, sagte der Kommandant. »Ich bin mir sicher, dass bald ein Zimmer in der Lodge frei wird und Sie dort einziehen können. Sie werden außerdem Geld für den Lebensunterhalt bekommen. Ich werde auch mit dem Botschafter sprechen und dafür sorgen, dass er weiß, dass Sie Ihrem Land dienen und nicht einfach so kündigen.«

»Er wird jemand anderen einstellen«, sagte Monica und sah den Mann über den Tisch hinweg an. Bei dem Gedanken, August und Remington nie wiederzusehen, verspürte sie einen Anflug von Reue. Aber ihr Vater würde ein anderes Kindermädchen für sie suchen, und obwohl sie hoffte, dass sie sie in guter Erinnerung behielten, würden sie sich schnell daran gewöhnen.

»Und sobald alles vorbei ist, wird die Navy Ihnen helfen, eine neue Position zu finden«, ergänzte der Kommandant.

Monica presste die Lippen zusammen. Sie hatte keine Ahnung, wie lange es dauern würde, diesen Mann zu identifizieren, aber sie hatte das Gefühl, dass es nicht sehr schnell gehen würde. Der Mann war offensichtlich sehr gut darin, unter dem Radar zu fliegen. Und wenn der Kommandant und all die anderen Ermittler der Navy bisher nicht in der Lage gewesen waren herauszufinden, wer er war, machte sie sich keine großen Hoffnungen, dass es für sie so einfach werden würde. Wenn sie sich entschied zu bleiben, würde sie wahrscheinlich noch eine ganze Weile hierbleiben müssen.

Könnte sie das tun? Würde sie es ertragen können, den ganzen Tag vom Militär umgeben zu sein, während sie die Akten durchging? Sie war sich ehrlich gesagt nicht sicher.

Dann spürte sie, wie Stuart noch einmal ihre Hand drückte. Die Hand ohne Finger.

Die Erkenntnis traf sie hart und schnell. Sie kannte diesen Mann noch nicht einmal eine Woche und fühlte sich bei ihm wohl genug, um ihn ihre verstümmelte Hand berühren zu lassen. Sie verspürte weder Panik noch das Bedürfnis, sich aus seinem Griff zu befreien, wie noch vor wenigen Tagen. Es war verwirrend und sie fühlte sich wieder einmal völlig außerhalb ihrer Komfortzone.

Trotzdem sagte sie leise: »Ich bleibe und werde tun, was ich kann, um zu helfen.«

Huttner atmete erleichtert aus. »Wunderbar! Ich richte einen Computer ein, an dem Sie die Akten durchsehen können. Wenn Sie einverstanden sind, kontaktiere ich eine unserer Vernehmungspersonen, die wirklich gut ist. Sie kann Ihnen vielleicht helfen, sich an etwas zu erinnern, von dem Sie nicht wussten, dass Sie es wissen. Und die Navy hat einen Hypnotiseur, den wir in der Vergangenheit eingesetzt haben. Ich werde mich darum kümmern, das auch zu arrangieren.«

»Ganz ruhig, Sir«, sagte Stuart leise. »Monica hat gesagt, sie wird bleiben und helfen. Es ist nicht nötig, das alles an einem Tag zu erledigen. Sie braucht Kleidung und andere wichtige Dinge. Sie kam mit nichts in Hawaii an. Der Papierkram muss auch erledigt werden, um Ihre Unterhaltszahlungen einzurichten.«

»Richtig, sicher, aber sie muss jeden Wochentag vorbeikommen und Akten ansehen.«

»Das wird sie.«

Monica hätte sich ärgern sollen, dass die beiden Männer über ihr Leben redeten, als wäre sie nicht anwesend ... aber es fühlte sich zu gut an, wenn Stuart sich für sie einsetzte, obwohl er sie so nervös machte. Sie hätte nichts dagegen gehabt, sofort mit den Akten zu beginnen, aber zugegebenermaßen war sie auch überwältigt. Es bestand zwar die Möglichkeit, dass sie Glück haben und den Mann schnell identifizieren könnte, den der Kommandant unbedingt finden wollte, aber das war unwahrscheinlich.

»Ich werde Sie informieren, sobald ein Zimmer in der Lodge frei wird«, sagte Huttner.

Monica wusste nicht, ob er mit ihr oder mit Stuart sprach, nahm aber an, dass es keinen Unterschied machte.

»Ähm ... komme ich in Schwierigkeiten für das, was ich

Ihnen erzählt habe?«, fragte sie. Sie wollte es nicht wirklich noch einmal ansprechen, aber sie wollte besser sofort wissen, ob der Kommandant vorhatte, die Tatsache zu melden, dass sie der Beihilfe zum Mord schuldig war, anstatt später von der Polizei überrascht zu werden.

Seit sie den Kommandanten getroffen hatte, sah sie zum ersten Mal einen freundlichen Ausdruck in seinen Augen. »Nein, Sie waren erst zwölf. Es ist lange her ... und ich habe das Gefühl, dass Sie mit dem Mann, der sich Ihr Vater nannte, durch die Hölle gegangen sind.«

»Das bin ich«, flüsterte sie erschöpft. Sie fühlte sich aus dem Gleichgewicht gebracht. Das Treffen heute war nicht so verlaufen, wie sie es sich vorgestellt hatte. Ihrer Erfahrung nach waren Militärs geradlinige, hartgesottene Kerle, die sich nur für ihre eigenen Ziele interessierten. Obwohl Stuarts Kommandant offensichtlich professionell und sachlich war und seine Frustration für einen kurzen Moment Oberhand gewonnen hatte, war auch klar, dass er einen weichen Kern hatte, was verwirrend war.

Obwohl sie in einer Million Jahren nicht zugestimmt hätte, freiwillig hierherzukommen, war sie von sich selbst überrascht, dass sie nicht mehr nervös war, das zu tun, was von ihr verlangt wurde, anstatt so schnell wie möglich von Hawaii zu verschwinden. Vielleicht wusste die Therapeutin doch, wovon sie sprach, als sie vorgeschlagen hatte, sie solle mehr Zeit mit Militärangehörigen verbringen. Sie musste feststellen, dass die meisten Männer, mit denen sie seit der Scheiße in Algerien Zeit verbracht hatte, zwar intensiv, aber nicht wie ihr Vater waren.

Es war eine enorme Erleichterung.

Huttner stand auf und Stuart und Mustang taten es ihm gleich, also folgte Monica.

»Danke, dass Sie die Situation verstanden haben«, sagte der Kommandant. »Mir ist bewusst, dass ich meine Autorität ausgenutzt habe, um Sie nach Hawaii zu bringen, aber ich hoffe, Sie können die Dringlichkeit der Sache jetzt verstehen und wissen, warum ich so gehandelt habe.«

»Ja, Sir«, sagte Monica, nicht sicher, was sie sonst noch sagen könnte.

»Du bringst sie morgen wieder her?«, fragte der ältere Mann Stuart.

Er seufzte. »Nach dem Mittagessen haben wir unsere Nachbesprechung. Sie kann damit beginnen, die Akten durchzusehen, während wir in unserer Konferenz sind.«

Monica hielt den Atem an und wartete ab, ob der Kommandant zustimmte.

»Das ist in Ordnung.« Dann drehte er sich um und verließ den Konferenzraum.

Monica atmete mit einem langen Zischen aus.

»Bereit zu gehen?«, fragte Stuart, als wäre nichts während der letzten Stunde ungewöhnlich gewesen. Sie nickte.

»Ich werde mit dem Rest des Teams sprechen und die Jungs auf den neuesten Stand bringen«, sagte Mustang.

»Gut.«

»Ich will diesen Kerl fassen«, ergänzte Mustang.

»Ich auch«, stimmte Stuart zu.

»Ein SEAL zu sein ist einer der bedeutendsten Berufe, die man haben kann. Und zu wissen, dass dieser Typ das, was er gelernt hat, gegen sein Land, gegen andere Länder und gegen Frauen einsetzt ... ist abstoßend und inakzeptabel«, sagte Mustang in hitzigem Ton.

»Richtig.«

Monica blieb still. Sie spürte, wie aufgebracht Stuarts Freund war, und wollte nicht, dass er seinen Zorn auf sie lenkte.

Aber Mustang holte tief Luft und schien seine Wut im Zaum zu halten. »Entschuldigung«, sagte er zu ihr.

Monica blinzelte überrascht.

»Ich bin einfach nur stinksauer.«

»Ich wette, Elodie kann etwas dabei helfen, dass du dich wohler fühlst«, sagte Stuart mit einem kleinen Grinsen.

»Verdammt ja, das kann sie. Nur in ihrer Nähe zu sein entspannt mich. Monica, danke. Ich weiß, dass es eine beschissene Situation ist und du es nicht verdient hast, mittendrin zu sein. Aber wenn Elodie oder ich etwas tun können, um es dir leichter zu machen, lass es uns einfach wissen.«

»Ähm ... okay«, sagte Monica, wohl wissend, dass sie nichts dergleichen tun würde.

Stuart schüttelte Mustang die Hand. »Danke, dass du heute mit uns gekommen bist.«

»Keine Ursache. Der Kommandant hätte uns vorher über diesen Kerl informieren sollen. Wir hätten in Algerien die Augen offen halten können. Vor allem, wenn man bedenkt, dass es genau die Art von Situation war, die dieses Arschloch ausnutzt.«

»Richtig«, sagte Stuart erneut.

»Ach übrigens, hast du heute Morgen zufällig mit Aleck gesprochen?«

»Nein, warum?«

»Anscheinend ist er nicht mehr bereit, länger zu warten, Kenna zu heiraten. Sie planen derzeit eine Luau-Hochzeit«, sagte Mustang.

»Echt jetzt?«, fragte Stuart grinsend.

»Echt. Ich glaube, Robert, dieser Concierge-Typ, hat es sich zur Aufgabe gemacht, ihnen die beste Hochzeit aller Zeiten zu bereiten, direkt am Strand ihrer Eigentumswohnung in Coral Springs.«

»Genial. Ich kann es kaum erwarten, alle Details zu hören«, sagte Stuart.

»Ich auch nicht. Bis morgen«, sagte Mustang, als er den Flur entlangging.

»Luau?«, fragte Monica, nachdem Mustang gegangen war.

Stuart grinste. »Oh ja. Das ist das hawaiianischste Ding aller Zeiten. Du wirst es lieben.«

»Oh, aber ... warum sollte ich eingeladen werden?«, fragte sie, als Stuart seine Hand auf ihren Rücken legte und sie ermutigte, ihm voran den Flur hinunterzugehen.

»Meinst du das ernst?«

»Ja?«, fragte sie und sah zu ihm auf.

Stuart wartete, bis sie draußen waren, und ging zu seinem Minivan auf dem Parkplatz, bevor er sagte: »Ich weiß, das wird für dich schwer zu verstehen sein, aber solange du hier bist, bist du ein Teil unserer Gruppe. Du wirst zu Grillabenden und Mädelsabenden eingeladen und stehst unter dem Schutz meines Teams. Wenn Aleck und Kenna heiraten, während du hier bist, wirst du auf jeden Fall eingeladen.«

Monica war sprachlos. Sie hatte noch nie zuvor jemanden wie Stuart und seine Freunde getroffen. Sie waren so großzügig. Sie kannten sie gar nicht und würden sie wahrscheinlich nicht einmal sonderlich mögen, aber Stuart behauptete, dass sie so tun würden, als wäre sie eine ihrer besten Freundinnen. Das machte keinen Sinn.

»Du wirst es sehen«, fügte Stuart hinzu, als könnte er ihre Gedanken lesen und als wüsste er, wie verwirrt sie war.

Er wartete, bis sie sich auf den Beifahrersitz gesetzt hatte, bevor er die Tür schloss und zur Fahrerseite ging. »Ich dachte mir, wir könnten auf dem Heimweg im Alana Moana Einkaufszentrum vorbeischauen. Während Lexie gute Arbeit geleistet hat, deine Kleidergröße zu erraten und dir ein paar Dinge zur Überbrückung mitzubringen, möchtest du sicher selbst ein paar Dinge einkaufen. Und mach dir keine Sorgen um die Kosten. Die Zahlung, die du erhalten wirst, wird mehr als das abdecken, was du zum Leben brauchst.«

»Okay.« Monica hatte Einkaufen nie wirklich gemocht, aber es wäre schön, sich selbst ein paar Sachen auszusuchen.

»Und da ist noch etwas, über das ich gern mit dir sprechen würde.«

Monica versteifte sich.

»Ich weiß, der Kommandant hat gesagt, dass er uns Bescheid geben wird, wenn in der Lodge ein Platz frei wird ... aber ich möchte, dass du in Betracht ziehst, bei mir wohnen zu bleiben.«

Monica war ehrlich verblüfft. Sie hatte angenommen, dass Stuart froh sein würde, wenn sie eher früher als später aus seinem Haus ausziehen würde.

»Ich glaube ehrlich gesagt, dass du dich bei mir zu Hause wohler fühlen wirst als auf dem Stützpunkt. Ich habe bemerkt, wie du dich versteifst und wie unbehaglich du dich jedes Mal fühlst, wenn du Männer und Frauen in Uniform siehst. Und da du sehr viel Zeit damit verbringen wirst, dir diese Akten anzusehen, ist es wahrscheinlich besser für dich, wenn du einen Rückzugsort hast, an dem du nicht ständig auf der Hut sein musst.«

Er hatte recht, aber Monica würde nicht im Traum daran denken, eine Last zu sein, für niemanden. Wenn er sein Haus nur aus Pflichtgefühl anbot, würde sie sofort ablehnen.

Stuart fuhr fort: »Und ... ich mag es, dich bei mir zu haben. Ich hatte gar nicht gemerkt, wie ruhig und einsam mein Haus war, bis du gestern den ganzen Tag dort warst. Auch wenn wir nicht viel gesprochen haben, war es schön, nicht allein zu sein. Die anderen Männer sind immer mit ihren Frauen beschäftigt und ich muss zugeben, dass ich es vermisse, mit jemandem abzuhängen.«

»Mustang, Midas und Aleck sind aber die einzigen, die Freundinnen oder Ehefrauen haben, oder?«, fragte Monica, ohne seine Frage sofort zu beantworten.

»Du hast ein gutes Gedächtnis. Ja, aber obwohl Jag und Slate vielleicht nicht offiziell mit Carly und Ashlyn zusammen sind, sind sie definitiv an den Frauen interessiert. Und sie sind sehr geduldig. Jag verbringt viel Zeit damit, sich um Carly zu kümmern, die sich immer noch nicht von dem erholt hat, was ihr Ex-Freund ihr angetan hat. Und Slate verbringt die meiste Zeit damit, Ash im Zaum zu halten, ohne viel Erfolg. Sie ist auf jeden Fall ein Hitzkopf. Slate hat mit ihr alle Hände voll zu tun.«

Stuart lachte und Monica konnte nur dasitzen und ihn anstarren, als er sie zum Einkaufszentrum fuhr.

»Wie auch immer, wenn du wirklich nicht bei mir bleiben willst, ist das in Ordnung. Aber du sollst wissen, dass es mir definitiv nichts ausmacht, dass du da bist, und dass ich deine Gesellschaft genieße.«

Ehrlich gesagt wollte Monica nicht auf dem Stützpunkt wohnen. Sie versuchte, ihr Leben nicht von ihren Erfahrungen und ihrer Angst bestimmen zu lassen, aber die ganze Zeit von Militärangehörigen umgeben zu sein wäre nicht das Beste für ihre Psyche. »Ich werde bleiben, solange ich nicht im Weg bin«, sagte sie.

Stuart strahlte sie an. »Wunderbar. Wenn es dir nichts ausmacht, würde ich auch gern beim Baumarkt vorbeischauen, bevor wir nach Hause fahren.«

»Warum?«, fragte sie.

»Ich möchte ein besseres Schloss für deine Tür kaufen, damit du dich wirklich sicher fühlst.«

»Das ist nicht nötig«, sagte Monica, obwohl sie einen Anflug von Erleichterung nicht unterdrücken konnte. Sie mochte Stuart, aber das bedeutete nicht, dass sie ihm vollkommen vertraute. Er war immer noch ein Soldat und wenn sie sich besser kennenlernten, könnte er vielleicht auf dumme Ideen kommen. Egal wie sehr sie versuchte, sich einzureden, dass Stuart nicht wie ihr Vater war, der Zweifel blieb.

»Doch, das ist es. Aber ich habe noch etwas anderes geplant, und ich muss Vorräte einkaufen.«

»Was?«

»Es ist eine Überraschung«, sagte er mit einem kleinen Grinsen.

Monica konnte sich nicht helfen, jetzt war sie neugierig. Sie öffnete den Mund, um weitere Fragen zu stellen, aber er bog nach links in ein Parkhaus ein und sagte: »Wir sind da.«

Monica zuckte mental mit den Schultern und ließ es gut sein. Sie freute sich darauf, auf Stuarts Terrasse zu sitzen und eine Weile über nichts nachzudenken. Ihr brummte der Kopf. Sie hatte an diesem Tag an zu viele schlechte Erinnerungen denken müssen, ganz zu schweigen von der Tatsache, dass sie sich trotz aller Bemühungen nicht an das Tattoo auf dem Arm des SEALs erinnern konnte. Sie hatte das Gefühl, dass es ein wichtiger Schlüssel sein würde, um die Identität des Mannes herauszufinden.

Und obwohl sie erst seit kurzer Zeit dort war, fühlte sich das gemütliche Haus umgeben von Bäumen irgendwie mehr wie ein Zuhause an als jeder andere Ort, an dem sie bisher gelebt hatte.

KAPITEL ACHT

Es war kaum zu glauben, dass bereits eine ganze Woche vergangen war, seit Pid mit Monica aus Algerien zurückgekehrt war. Nach ihrer Besprechung hatte er um ein paar freie Tage gebeten, damit er die Überraschung für seinen Hausgast fertigstellen konnte. Jeden Morgen fuhr er sie zum Stützpunkt und begleitete sie zu dem kleinen Büro, in dem Kommandant Huttner den Computer für sie eingerichtet hatte, um die Akten ehemaliger SEALs durchzusehen.

Es war ein mühsames Vorhaben, aber Monica schien sich davon nicht abschrecken zu lassen. Es war offensichtlich, dass sie nicht sehr begeistert darüber gewesen war, sich die Fotos in allen Akten ansehen zu müssen, aber sie hatte es auch nicht abgelehnt.

Während sie auf dem Stützpunkt war, arbeitete Pid so effizient wie möglich in seinem Haus, um die geplante Überraschung fertigzustellen. Sie war fasziniert von dem Chaos, das er beim Abmessen und Sägen von Brettern anrichtete, und beschwerte sich nicht über das Sägemehl auf dem Boden oder das Werkzeug, das er herumliegen ließ.

Aber heute war es so weit, dass er Monica zeigen konnte,

woran er gearbeitet hatte. Am Morgen war sein Vermieter vorbeigekommen, der Bauunternehmer war, und hatte ihm bei einem Teil des Projekts geholfen.

Dann hatte Pid Aleck gebeten, am Nachmittag vorbeizukommen, um ihm beim Abschluss zu helfen. Irgendwie war das gesamte Team aufgetaucht, aber er war dankbar dafür. Außer einmal zum Abmessen war er nicht mehr in Monicas Zimmer gegangen, weil er ihr die Überraschung nicht verderben wollte. Daher war es äußerst praktisch, ein paar zusätzliche Helfer zu haben. Bis zum Ende des Tages hatten sie es als Team geschafft, das gesamte Projekt abzuschließen.

Als Pid zurücktrat und ihre Arbeit begutachtete, klopfte Midas ihm auf den Rücken. »Sieht gut aus, Pid.«

»Wenn ich nicht wüsste, wonach ich suche, würde ich nicht einmal bemerken, dass es da ist«, stimmte Jag zu.

Pid beäugte kritisch den Raum. Es war nicht perfekt. Er hatte weder die Zeit noch das Wissen, das Fenster zu versetzen, um die Seitenabstände auszugleichen, aber er dachte, es wäre in Ordnung.

»Wie stehen die Chancen, dass Monica diesen Kerl identifizieren kann?«, fragte Slate.

Mustang war vor fünf Minuten aufgebrochen, um Monica vom Stützpunkt abzuholen und nach Hause zu bringen. Sie würde wahrscheinlich überrascht sein, dass Pid sie nicht abholte, so wie er es an den anderen Tagen diese Woche getan hatte, aber er musste zumindest ein wenig aufräumen, bevor sie nach Hause kam.

Pid seufzte und beugte sich vor, um Werkzeug vom Boden aufzuheben. Die anderen Männer folgten seinem Beispiel und begannen aufzuräumen, damit Monica das Zimmer genauso vorfinden würde, wie sie es an diesem Morgen verlassen hatte – fast genauso.

»Ganz ehrlich? Verschwindend gering«, sagte er zu Slate.

»Das dachte ich mir«, antwortete sein Freund.

»Es ist wirklich eine unmögliche Aufgabe«, warf Midas ein. »Es gibt Tausende ehemaliger SEALs im Alter zwischen fünfundvierzig und fünfundfünfzig. Und wenn sie sich mit seinem Alter verschätzt hat, kommen noch mehr hinzu. Ich vermute, sie muss alle Akten durchsehen, wenn es nicht geholfen hat, die Liste basierend auf dem Grund der Entlassung einzugrenzen. Außerdem könnte das Foto in der Akte vor langer Zeit gemacht worden sein, als der Kerl noch viel jünger war.«

»Ich weiß«, sagte Pid.

»Und das Tattoo ist auch nicht wirklich hilfreich, da er es vielleicht bekommen hat, nachdem er die Navy verlassen hatte«, ergänzte Midas.

»Ganz zu schweigen von der Tatsache, dass sein Gesicht verdeckt war«, warf Aleck ein.

»Ich weiß«, sagte Pid noch einmal.

»Also, was ist der Plan?«, fragte Jag. »Sie wird für immer hier in dieser kleinen Festung leben, die du für sie gebaut hast?«

»Nein«, gab Pid verärgert zurück.

Es bestand kein Zweifel, dass Monica ein stacheliges kleines Ding war, aber er sollte verdammt sein, wenn sie in der einen Woche, in der sie sich kannten, nicht an ihm gewachsen war. Er wollte nicht, dass sie für den Rest ihres Lebens in seinem Gästezimmer lebte. Es würde ihm nichts ausmachen, irgendwann herauszufinden, ob sie vielleicht mehr als nur Freunde sein könnten.

Ihm war durchaus bewusst, dass es einige Zeit dauern könnte, bis sie ihm vertrauen würde. Soweit er das beurteilen konnte, vertraute sie niemandem, schon gar nicht Angehörigen des Militärs. Eine Frau wie sie, die nach allem, was sie durchgemacht hatte, so stark und mutig war, sollte nicht wegen eines Mannes verschlossen und verängstigt durchs Leben gehen.

Er hatte keine Ahnung, ob er derjenige sein könnte, der Monica dabei helfen könnte, ihre Ängste zu überwinden und zu lernen, das Leben zu genießen, aber er wollte es versuchen.

»Das ist alles? Einfach nein?«, bohrte Slate nach.

»Das ist alles«, sagte Pid zu seinem Freund.

»In Ordnung, um das Thema zu wechseln, haltet eure Terminkalender für diesen Tag in einem Monat frei. Kenna und ich werden heiraten und wenn ihr nicht alle kommt, muss ich euch wehtun.«

Die Männer klopften Aleck auf den Rücken und gratulierten ihm.

»Wie schaffst du es, in so kurzer Zeit eine Hochzeit zu planen?«, fragte Slate. »Ich dachte, Frauen brauchen Monate, um den ganzen Scheiß auszuarbeiten.«

»Nun, wir haben Robert, der sich um alles kümmert«, sagte Aleck mit einem Grinsen.

»Ah, der magische Concierge. Ein weiterer Vorteil, reich zu sein«, scherzte Jag.

»Eigentlich glaube ich, dass er die Aufgabe auch ohne Bezahlung übernommen hätte. Das liegt an Kenna. Irgendwie bringt sie die Leute einfach dazu, alles für sie zu tun«, sagte Aleck.

Noch vor einem Jahr hätte Pid nicht daran geglaubt, heute hier zu stehen und über Alecks Hochzeitspläne zu reden. Aber als er ihnen erzählte, dass seine Eltern kommen würden und dass Robert irgendwie eine Genehmigung bekommen hatte, für die Luau auf dem Grundstück der Wohnanlage ein Schwein auf hawaiianische Art im Erdloch zu garen, konnte Pid sich ein Lächeln nicht verkneifen. Einige Männer würden es ihren Freunden verübeln, wie sehr sich ihre Freundschaft verändert, sobald

Freundinnen und Ehefrauen auf der Bildfläche erscheinen, aber nicht Pid. Er liebte es, seine Freunde so glücklich zu sehen.

»Oh, und Kenna veranstaltet einen Junggesellinnenabschied und hat mir gesagt, dass sie sich sehr freuen würde, wenn Monica kommt«, sagte Aleck zu ihm.

Sein Lächeln verblasste ein wenig. »Ich weiß nicht«, sagte er. Obwohl er Monica versichert hatte, dass sie jetzt zu ihrem Stamm gehörte, war es eine Sache, sie zur Hochzeit mitzunehmen, aber eine Junggesellinnenparty mit Frauen, die sie nicht kannte, war eine andere Geschichte.

»Ich habe Kenna gesagt, dass es seltsam ist, eine Frau einzuladen, die sie nicht kennt, aber sie bestand darauf und hat gesagt, dass sie auch ihre Freundin sei, wenn sie deine Freundin ist.«

»Monica fällt es schwer, mit Leuten warm zu werden«, erklärte Pid. Er hasste es, etwas Negatives über die Frau zu sagen, die ihm mehr am Herzen lag, als er sich eingestehen wollte, da sie irgendwann gehen würde, aber er wollte seine Freunde vorwarnen, damit ihre Freundinnen nicht überrascht wären.

»Ich denke, das ist offensichtlich«, sagte Midas. »Lexie hat ihr eine SMS geschrieben und erfolglos versucht, sie dazu zu bewegen, sich etwas zu öffnen.«

»Sie hat einfach Schwierigkeiten, anderen zu vertrauen«, sagte er.

»Wegen ihres Arschloch-Vaters«, knurrte Slate.

Pid nickte.

Alle wussten jetzt, dass ihr Vater sie gezwungen hatte, dabei zu helfen, eine Leiche zu verscharren. Ganz zu schweigen davon, wie ihre Hand verstümmelt worden war.

»Wie wäre es, wenn wir ein paar Abende vor der Junggesellinnen-Sache im Duke's zusammen essen gehen? In neutraler Umgebung fällt es ihr vielleicht leichter, sich mit den anderen Frauen besser vertraut zu machen«, schlug Aleck vor.

Pid nickte. Er wollte wirklich, dass Monica mit den Frauen seiner Freunde gut auskam, aber was, wenn nicht? Ihm wäre es egal. Er mochte Monica genau so, wie sie war, ruhig, introvertiert. Sie war definitiv eher der Typ dafür, zuzusehen und zuzuhören, als bei irgendwelchen Feierlichkeiten im Mittelpunkt zu stehen. Er hatte keinen Zweifel, dass sie mit Elodie, Lexie und Kenna auskommen würde, aber ihre beste Freundin zu werden war für ihn keine Voraussetzung, um seine Freundin zu sein.

Worüber zum Teufel dachte er eigentlich nach? Monica war nur zu einem einzigen Zweck in Hawaii – um den Mann zu identifizieren, der in das Haus des Botschafters eingebrochen war, nichts weiter. Sobald das passiert war, oder so bald absehbar war, dass es nicht passieren würde, wäre sie wieder weg, zurück in ihrem Leben als Kindermädchen.

»Großartig, ich werde Kenna fragen, wann es am besten passt«, fuhr Aleck fort.

»Und ich werde mit Lexie sprechen, die dann auch Elodie Bescheid geben wird.«

»Irgendwelche Einwände, wenn Ashlyn mitkommt?«, fragte Slate.

»Nicht von mir«, antwortete Aleck. »Je mehr es sind, desto besser.«

»Es wäre gut, wenn Carly auch einmal wieder aus ihrer Wohnung käme, aber es könnte zu früh für sie sein, wieder ins Duke's zu gehen«, sagte Jag.

»Glaubst du, sie wird zu unserer Hochzeit kommen können?«, fragte Aleck.

Jag zuckte mit den Schultern. »Ich weiß es nicht. Aber ich werde mein Bestes tun, sie zu überzeugen.«

»Schau uns an«, scherzte Midas. »Wir arrangieren einen Mädchenabend für unsere Frauen.«

Alle lachten und Pid konnte nicht anders, als mitzulachen. In diesem Moment klangen sie sicherlich nicht wie ein Haufen knallharter Navy SEALs, aber er wusste, dass es keinen von ihnen interessierte.

Sein Telefon vibrierte mit einer SMS und Pid sah auf den Bildschirm. Mustang ließ ihn wissen, dass er Monica abgeholt hatte und auf dem Rückweg war. »Okay, Zeit für euch zu gehen. Ich schätze eure Hilfe mehr, als ihr euch vorstellen könnt, aber Mo ist auf dem Weg hierher.«

Er hatte ihnen bereits erklärt, warum er sie nicht alle dort haben wollte, wenn er ihr zeigte, was er für sie vorbereitet hatte, und seine Freunde waren damit einverstanden. Monica mochte es nicht, im Mittelpunkt zu stehen, und es würde ihr nicht gefallen, von seinem gesamten Team angestarrt zu werden, während alle auf ihre Reaktion warteten.

Pid konnte nicht glauben, wie nervös er war. Er ging auf und ab und wartete darauf, dass Mustang mit Monica eintraf. Er wollte, dass sein Hausgast sich wohlfühlte. Sie hatte nicht hierherkommen wollen und tat damit dem Kommandanten und ihrem Land einen großen Gefallen. Im Gegenzug wollte er wenigstens dafür sorgen, dass sie sich so sicher wie möglich fühlte.

Bei dem Geräusch von Reifen auf dem Kies vor seinem Haus ging Pid zur Haustür. Er winkte Mustang zu, der hinter dem Steuer seines verbeulten Wagens saß. Der alte Pritschenwagen mochte wie ein Stück Scheiße aussehen, aber Mustang kümmerte sich sorgfältig darum. Der Motor war vermutlich in besserem Zustand als in neunzig Prozent aller Fahrzeuge, die auf der Straße herumfuhren.

Pid musterte Monica, als sie auf ihn zukam. Sie sah müde aus. Es gefiel ihm nicht, wie sehr ihr das Ansehen der Akten den ganzen Tag die Energie zu rauben schien. Pid nahm sich vor, mit Monica und dem Kommandanten darüber zu sprechen, die Zeit, die sie jeden Tag auf dem

Stützpunkt verbrachte, zu verringern. Auch wenn das bedeutete, dass es länger dauern würde, alle Profile durchzugehen. Er lächelte seinem Gast zu.

»Geht es dir gut?«, fragte sie stirnrunzelnd.

»Mir? Na sicher. Warum?«

»Mustang wollte mir nicht wirklich verraten, warum du mich heute nicht abgeholt hast. Er hat nur gesagt, dass du beschäftigt bist. Ich wusste nicht, ob das Männersprache dafür war, dass du krank bist ... oder keine Lust mehr hast, mich die ganze Zeit herumzuchauffieren.«

»Ich bin nicht krank und ich habe definitiv Lust, dich überall hinzufahren, wo du hinmusst«, erwiderte Pid. »Du erinnerst dich, dass ich an etwas gearbeitet habe?« Er wartete, bis sie nickte, bevor er fortfuhr: »Nun, ich habe es heute fertiggestellt.«

Interesse leuchtete in ihren Augen auf. »Hast du das?«

»Jawohl. Möchtest du es sehen?«

»Ich bin mir nicht sicher.«

Pid zog die Augenbrauen zusammen. »Nicht sicher?«

»Ich bin kein großer Fan von Überraschungen«, erklärte sie.

»Lass mich raten«, sagte Pid, »wegen deines Vaters?«

Monica warf ihm einen verlegenen Blick zu. »Ja, ich erinnere mich noch sehr gut, wie er mir sagte, ich solle nach draußen gehen, wo eine ›Überraschung‹ auf mich wartete. Es waren fünf Hühner, die über Nacht von einem Raubtier getötet worden waren. Ein sechstes war noch am Leben, aber nicht mehr in der Lage zu gehen. Es wand sich auf dem Boden und hatte offensichtlich Schmerzen. Er sagte mir, ich solle es töten, dann allen die Federn ausreißen, die Köpfe und Füße abschneiden, sie ausweiden und dann meiner Mutter bringen, damit sie sie waschen und einfrieren kann. Ich war sechs Jahre alt.«

Pid schloss die Augen, holte tief Luft und versuchte, die Fassung zu bewahren.

Erst als er spürte, wie sie seinen Arm berührte, öffnete er seine Augen wieder. Monica stand mit besorgtem Gesichtsausdruck direkt vor ihm. »Es war nicht so schlimm«, sagte sie.

»Tu das nicht«, sagte Pid mit energischem Kopfschütteln. »Versuch nicht zu verteidigen, was dieser Scheißkerl getan hat. Es hat Narben hinterlassen. Du bist eine tolle Frau, die ich sehr bewundere, aber alles, was er getan hat, ist an dir hängengeblieben. Und ich hasse es, dass du darunter leidest.«

Sie starrten sich einen langen Moment an und Pid sehnte sich danach, sie zu umarmen. Aber er wollte sie nicht verschrecken oder dass sie dachte, er würde sie bemitleiden. Weil er das nicht tat. Wie könnte er eine Frau bemitleiden, die alles getan hatte, um zu überleben?

»Vielleicht werde ich einmal anders darüber denken, wenn ich einige positive Überraschungen erlebt habe«, sagte sie nach einem Moment und schenkte ihm ein kleines Lächeln.

Verdammt, diese Grübchen, die er viel zu selten sah, waren Pids Schwäche. Sie musste ihn nur anlächeln und er würde alles tun, was sie von ihm verlangte, und sei es nur, um die Grübchen noch einmal zu sehen.

»In Ordnung, ich muss noch etwas aufräumen, also ignoriere bitte das Chaos und das Sägemehl.«

»Du meinst, so wie ich es die ganze Woche getan habe?«, neckte sie ihn.

Pid lachte. »Ja, so in der Art.«

»Weißt du was?«, sagte sie beim Hineingehen.

»Was?«

»Ich gewöhne mich langsam daran, in einem nicht ganz makellosen Haus zu leben. Mir war nicht bewusst, dass dieser Teil meiner Kindheit so stark an mir haften geblieben ist. Überall, wo ich gelebt habe, habe ich mein Zimmer immer sauber gehalten und stets mein Bett gemacht. Nichts war fehl am Platz. Ich habe sogar die Wohnungen meiner Arbeitgeber geputzt. Es ist irgendwie befreiend, sich keine Sorgen um Sägemehl auf dem Boden oder schmutziges Geschirr im Spülbecken zu machen.«

Pid lachte. »Ich bin mir nicht sicher, ob ich entsetzt oder stolz darauf sein sollte, dass ich dich so negativ beeinflusst habe.«

»Auf jeden Fall stolz«, sagte Monica zu ihm, während sie ihre Handtasche auf die Küchentheke legte und sich umsah.

Der Wohnbereich sah gar nicht so übel aus. Die Männer hatten ihm beim Aufräumen geholfen, aber das Sofa und der Couchtisch waren immer noch gegen die Wand geschoben und mit einem Laken abgedeckt, um sie vor Staub und Schmutz zu schützen.

»Wow, hast du hier Breakdance gemacht oder was?«

Pid brach in Gelächter aus. Als er sich wieder unter Kontrolle hatte, fragte er: »Kannst du dir ernsthaft vorstellen, mich beim Breakdance zu sehen?«

Sie sah ihn mit ernstem Gesicht an und sagte: »Ich denke, du könntest wahrscheinlich alles tun, was du dir in den Kopf setzt.«

Scheiße, sie brachte ihn um.

»Danke, Mo. Okay, die Überraschung ist in deinem Zimmer. Geh voraus und sieh es dir an.«

Sie warf ihm einen nervösen Blick zu, ging aber langsam den Flur entlang zu dem Zimmer, in dem sie seit einer Woche lebte.

Pid folgte ihr und hoffte, dass ihr gefallen würde, was er für sie getan hatte.

Sie stand einen Moment in der Tür und sah sich verwirrt um. Alles war genau so, wie sie es am Morgen hinterlassen hatte. Pid hatte dafür gesorgt, dass alles wieder an seinem Platz war, nachdem er und seine Freunde fertig gewesen waren.

Monica sah ihn an. »Ähm ... danke?«

Pid lächelte. »Bemerkst du etwas ... an den Abmessungen des Raumes?«, fragte er.

Sie drehte sich um, um das Zimmer zu begutachten. In dem Moment, in dem sie nach Luft schnappte, wusste Pid, dass sie es gesehen hatte.

»Oh mein Gott, Stuart! Hast du ...«

»Ja«, sagte er, immer noch grinsend. »Ich konnte mir den Schutzraum im Haus des Botschafters in Algier nicht genau ansehen, aber ich habe versucht, ihn nachzubauen. Die Wand auf der linken Seite des Zimmers ist nicht echt. Es sind nur etwa achtzig Zentimeter zwischen der neuen und der ursprünglichen Zimmerwand. Das ist nicht viel Platz, aber ich dachte, für jemanden deiner Größe wäre es genug, um sich darin bewegen zu können.«

Monica sagte kein Wort. Sie drehte sich nur um und starrte die Wand an, als hätte sie einen Röntgenblick und könnte dahinter sehen. Also ging Pid an ihr vorbei zu dem versteckten Schalter, der die Tür öffnen würde. Er war in Bodennähe und er drückte mit dem Fuß gegen einen Teil der Fußleiste.

Neben ihm öffnete sich eine kleine Tür. Sie war nur etwa einen Meter dreißig hoch, weit entfernt von der normalen Höhe einer Tür. Er musste sich tief bücken, um durchzukommen. Aber er hatte den Raum nicht für sich selbst gebaut, sondern nur Monicas Seelenfrieden zuliebe.

»Ich wollte, dass du die Tür auch mit vollen Händen öffnen kannst, deshalb habe ich mich entschieden, den Schalter in Bodennähe zu platzieren«, erklärte er. »Im Moment sind eine Decke, ein Kissen, ein Handy, ein Radio mit Kopfhörern und ein kleiner Hocker drin. Ich bin noch nicht dazu gekommen, den Strom für die Steckdose an der neuen Wand anzuschließen. Das mache ich später. Aber die Steckdose an der ursprünglichen Wand funktioniert noch, um das Radio anzuschließen und das Handy aufzuladen. Und es gibt noch eine große Sache.«

»Noch etwas?«, flüsterte Monica.

Pid nickte. »Als ich an den Raum in Algerien dachte, kam mir der Gedanke, dass du dort gefangen gewesen wärst, als die Randalierer das Haus in Brand steckten, wenn Slate und ich nicht gekommen wären.« Satellitenbilder hatten bestätigt, dass die gesamte Nachbarschaft vom Mob zerstört worden war.

»Ich wollte nicht, dass du in diesem Schutzraum in der Falle sitzt, also hat mein Nachbar mir geholfen, einen Notausgang zu installieren. Er ist noch kleiner als die Tür. Du musst also auf Händen und Knien herauskriechen. Aber ich habe es getestet und bin durchgekommen. Also wirst du es auch schaffen. Ich habe vor Kurzem auf dieser Seite des Hauses ein paar Büsche gepflanzt. Es gibt also genügend Deckung, um ungesehen zu entwischen. Wenn du dann Hilfe brauchst, kannst du zum Haus meines Nachbarn oder so laufen.«

Pid wusste, dass er zu schnell redete, aber er konnte nicht deuten, was Monica von seiner Überraschung hielt.

»Ich wollte nur, dass du dich sicher fühlst«, sagte er leise. »Und dieser Raum in Algerien hat dich vor diesem Arschloch gerettet, das dir definitiv Schaden zugefügt hätte. Ich erwarte nicht, dass Gefahr an meine Tür klopft, aber ich kann auch nicht sicher sein, dass es niemals passieren könnte. Durch meine Arbeit habe ich mir einige Feinde gemacht. Und obwohl meine Identität in der Regel geheim gehalten wird, besteht immer die Möglichkeit, dass etwas durchgesickert ist. Oder ein durch die Gegend ziehendes Arschloch könnte mein Haus ins Visier nehmen, weil es abseits der Straße liegt. Wie auch immer ... ich dachte nur, dass du dich hier wohler fühlst, wenn du einen Ort zum Verstecken hast.«

Pid stand neben der offenen Tür zum Schutzraum und bewegte sich unruhig. Monica hatte immer noch kein Wort gesagt und er wurde nervös. Er behielt sie im Auge, als sie langsam auf ihn zukam. Sie beugte sich vor und sah in den Raum hinter der neuen Wand, die er gebaut hatte. Er hatte eine kleine Lampe angeschlossen, damit sie besser sehen konnte.

Dann richtete sie sich auf und er sah Tränen in ihren Augen.

Pid geriet ein wenig in Panik, weil er dachte, dass etwas nicht stimmte und dass es ihr nicht gefiel. Also fing er wieder an zu plappern und versuchte, die Tränen daran zu hindern, über ihre Wangen zu laufen. Er hatte das Gefühl, dass ihn nichts mehr erschüttern würde, als Monica weinen zu sehen.

»Du musst den Raum nicht benutzen. Es war nur so eine Idee von mir. Ich weiß, dass das Zimmer dadurch insgesamt etwas kleiner ist, aber nicht sehr viel. Und wenn es dir nicht gefällt, können wir auch die Schlafzimmer tauschen. Ich kann hier schlafen und du nimmst das größere Zimmer.«

Monica legte ihre Hand auf Pids Brust und er hörte sofort auf zu sprechen. Er konnte kaum atmen, als er sie ansah und darauf wartete, dass sie etwas sagte.

»In meinem ganzen Leben hat noch niemals jemand etwas so Erstaunliches für mich getan«, sagte sie nach einem Moment. »Niemand, Stuart. Danke.«

»Gern geschehen.«

»Ich kann nicht glauben, dass du das alles an einem Tag geschafft hast«, sagte sie und ließ ihre Hand auf seiner Brust ruhen, während sie sich noch einmal zu der Tür neben ihnen umdrehte.

»Ich habe die Konstruktion im Laufe der Woche gebaut und die Bretter in meinem Zimmer aufbewahrt. Ich musste nur noch alles ins Zimmer bringen und aufstellen.«

Monica verdrehte die Augen. »Und dann noch Trockenbau- und Malerarbeiten und ein Loch in dein Haus sägen, um den Notausgang zu installieren.« Sie sah wieder zu ihm. »Ich gehe davon aus, dass deine Freunde dir geholfen haben?«

Pid nickte.

»Ich bin ehrlich gesagt sprachlos«, flüsterte sie.

Pid hob die Hand, legte sie auf ihre auf seiner Brust und sagte: »Du musst nichts sagen. Ich hoffe nur, dass du mich jetzt nicht für einen verrückten Prepper oder so hältst.«

Er wollte nicht lustig sein, aber bei seinen Worten warf Monica den Kopf zurück und lachte hysterisch. Er konnte sie nur verwundert anstarren, während sie versuchte, sich unter Kontrolle zu bekommen.

Pid hatte noch nie etwas so Schönes wie Monicas Lachen gesehen. Er wollte sich diesen Moment gut einprägen, für den Fall, dass er es nicht noch einmal sehen sollte. Er wollte am liebsten die Zeit anhalten und ihr Lachen in sich aufsaugen.

Allzu schnell hatte sie sich wieder unter Kontrolle und schüttelte den Kopf. »Mein Vater war einer dieser verrückten Prepper und daran wirst du niemals heranreichen, nicht einmal annähernd. Seine Vorstellung von Sicherheit war ein Betonbunker in unserem Garten. Ich hasste das Ding. Jedes Mal wenn wir dort hineinmussten, fühlte es sich an, als würde ein Sargdeckel über uns zugeschlagen werden. Es roch komisch, es tropfte von der Decke und der einzige Ausweg war die Luke, über die wir eingestiegen waren. Das ist damit nicht zu vergleichen. Und es ist die beste Überraschung, die ich jemals bekommen habe. Danke schön!«

Dann haute sie ihn fast von den Socken, als sie sich vorbeugte und ihn umarmte. Es dauerte nicht lange, aber Pid war von der Berührung einer Frau noch nie so ergriffen gewesen wie von dieser kurzen Umarmung.

Sie trat von ihm zurück und fragte schüchtern: »Kann ich versuchen, selbst die Tür zu öffnen?«

»Natürlich.« Pid trat zurück und schloss die Tür. Sie klickte fast lautlos ins Schloss und er musste zugeben, dass er gute Arbeit geleistet hatte. Als die Tür geschlossen war, konnte er fast nicht erkennen, wo sie war. Wenn jemand nicht wusste, dass sie existierte, würde er die leichte Unvollkommenheit in der Wand niemals bemerken.

Mit einem Grinsen sah er zu, wie Monica mit ihrem Fuß gegen die ihm wohlbekannte Stelle auf der Fußleiste drückte und die Tür aufging. Sie duckte sich und ging hinein, um den Raum zu inspizieren. »Kann ich den Notausgang ausprobieren?«, fragte sie.

Pid beugte sich hinunter, um in den Raum zwischen den beiden Wänden zu spähen. »Na sicher. Für diese Tür gibt es keinen versteckten Mechanismus, aber sie ist doppelt verriegelt. Entriegle sie einfach und drücke dann auf den Knauf.«

Sie tat, wie geheißen, und Sonnenlicht strömte von außen in den Raum. Sie ließ sich auf Hände und Knie nieder und kroch halb heraus. Dann wich sie zurück, um ihn anzusehen. »Kann ich von draußen wieder reinkommen?«

Pid schüttelte den Kopf. »Nein, bei der Menge an Regen, die wir hier bekommen, hielt ich es für keine gute Idee, einen elektrischen Mechanismus an der Außenwand zu installieren. Einen Knauf wollte ich auch nicht anbringen. Das wäre ein sicheres Zeichen dafür, dass hier eine Tür ist. Im Moment ist es also nur ein Ausgang, kein Eingang.«

Monica kroch wieder hinein und zog die Außentür zu.

Sie verriegelte die Schlösser und ging dann auf ihn zu. Pid trat zurück, als sie den kleinen Raum verließ. Sie schloss die Tür, blieb einen Moment stehen und starrte mit einem nachdenklichen Gesichtsausdruck an die Wand.

»Alles in Ordnung?«, fragte Pid.

Sie drehte sich um, um ihn anzusehen. »Ja, alles in Ordnung«, bestätigte sie mit einem Grinsen und schenkte ihm einen Blick auf ihre Grübchen.

»Gut, hast du Hunger?«

»Ich bin am Verhungern.«

Pid runzelte die Stirn. »Hast du nicht zu Mittag gegessen?«

»Doch, aber das ist schon Stunden her.«

Er lachte leise. »Richtig, was hältst du von Steak zum Abendessen?«

»Klingt köstlich. Wie kann ich helfen?«

»Möchtest du einen Salat machen?«

»Sicher.«

Sie gingen zurück in den Wohnbereich, in Richtung der winzigen Küche. Sie war wirklich nicht groß genug, sodass beide bequem darin arbeiten könnten, aber Pid beschwerte sich nicht. Er mochte es, sie in der Nähe zu haben. Er liebte das Gefühl, wenn sie zusammenstießen, wenn er sich zu schnell bewegte. Und er konnte nicht umhin, als zu bemerken, dass Monica nicht wirklich zurückwich, wenn er sie versehentlich berührte.

Als er die Steaks zubereitete, fragte er: »Hattest du heute Glück?«

Sie wusste genau, wovon er sprach. »Nein.«

»Aber es läuft gut? Fühlst du dich in dem Raum, in den der Kommandant dich gesteckt hat, wohl?«

»Es ist in Ordnung«, sagte Monica. »Aber ehrlich gesagt glaube ich nicht, dass es funktionieren wird.«

»Warum nicht?«, fragte Pid. Er war nicht gerade überrascht von ihrer Aussage, wollte aber hören, warum sie keine Zuversicht hatte, den Mann zu erkennen, den sie gesehen hatte.

»Weil die Bilder anders aussehen als der Kerl in echt. Die Männer auf den Fotos sehen viel jünger aus und sind formeller gekleidet. Und der Ausdruck in ihren Augen ist anders.«

»Inwiefern?«

»Ich weiß nicht, ob ich es erklären kann. Der Mann an der Tür hatte den unteren Teil seines Gesichts bedeckt, aber ich wusste, dass er lächelte. Ich konnte Lachfalten um seine Augen sehen. Aber ich wusste, dass es kein freundliches Lächeln war, sondern eher wie ... böse Vorfreude. Seine Augen waren kalt«, sagte sie flüsternd. »Ich konnte sehen, dass er mir wehtun und etwas Schreckliches antun wollte.«

»Mo«, sagte Pid sanft, drehte sich um und zog sie vorsichtig an seine Brust, wie er es vor einer Weile bereits tun wollte. Er dachte nicht darüber nach, was er tat, sondern reagierte nur auf die Angst und den Schmerz in ihrer Stimme.

Zu seiner Überraschung stieß sie ihn nicht weg. Stattdessen schien sie sich näher an ihn zu kuscheln. Ihre Arme waren zwischen ihnen eingeklemmt und er spürte, wie ihre Finger gegen seine Brust drückten und sie ihre Stirn an ihn lehnte.

»Die Männer auf den Bildern wirken alle ... stolz. Sie wirken glücklich, dass ihr Foto für diese offiziellen Akten gemacht wird. Und warum sollten sie es nicht sein? Sie waren SEALs. Sie haben sehr hart gearbeitet, um es bis dorthin zu schaffen. Wenn ich Bilder von den Männern in Tarnanzug und verdreckt sehen würde, könnte ich vielleicht jemanden erkennen. Aber in ihren gebügelten Uniformen mit Stolz in den Augen ... ich glaube nicht, dass es mir möglich sein wird, jemanden herauszupicken.«

Pid war frustriert, für sie und für seinen Kommandanten. Die Situation war scheiße. Irgendwo da draußen war ein Mann, der nicht vorhatte, von seinem Kurs abzuweichen, Chaos und Gewalt zu schüren, Frauen zu töten, Dinge zu stehlen, die ihm nicht gehörten, und insgesamt so viel Leid zu verursachen, wie er konnte.

Mit seinen Händen auf ihrem Rücken drückte Pid Monica an sich und gab ihr so viel Halt, wie er aufbringen konnte, ohne dass sie sich gefangen fühlte.

Er spürte, wie sie tief einatmete, und wusste, dass sie sich gleich zurückziehen würde, bevor sie sich bewegte. Sofort nahm er die Hände herunter und ließ sie los.

»Ich schätze, das bedeutet, dass du länger einen Hausgast haben wirst, als du erwartet hast, oder? Wie lange, glaubst du, wird der Kommandant mich hierbehalten, um mir Akten anzusehen, auch wenn es offensichtlich ist, dass ich niemanden wiedererkenne?«

»Ganz ehrlich? Ich habe keine Ahnung«, antwortete Pid.

»Er ist ziemlich aufgebracht wegen dieses Typen, nicht wahr?«, fragte sie.

»Ja.«

»Kann ich dir etwas erzählen?«, fuhr sie fort.

»Du kannst mir alles erzählen«, sagte Pid gefühlvoll.

»Ich dachte, dass ich es hassen würde, hier zu sein, aber ich tue es nicht. Ich meine, die ganze Zeit von Militärangehörigen umgeben zu sein, ist nicht gerade meine Vorstellung von Spaß, aber bisher waren die Leute, die ich auf dem Stützpunkt kennengelernt habe, sehr nett. Oder zumindest nicht *nicht* nett, wenn das Sinn macht.«

»Das tut es.«

»In der Nähe von dir und deinen Freunden zu sein hat mir klargemacht, dass ich im Laufe der vielen Jahre mit den Therapeuten, die ich gesehen habe, nicht wirklich Fortschritte gemacht habe.«

»Wie meinst du das?«, hakte Pid nach.

»Sie haben mir alle gesagt, dass mein Hass auf jeden, der etwas mit dem Militär zu tun hat, irrational ist. Dass die Persönlichkeit meines Vaters nicht repräsentativ für alle Leute sei, die eine Uniform tragen. Aber während ich nickte und sagte, dass ich es verstanden habe ... glaube ich nicht, dass ich es tat, nicht wirklich, bis jetzt. Ich hasse es, dass er mich so lange Zeit später immer noch kontrolliert.«

»Mach dich etwas locker, Mo.«

»Ich versuche es«, sagte sie und sah zu ihm auf. »Und du hilfst mir sehr dabei. Du bist so nett zu mir, auch wenn ich dir keinen Grund dazu gegeben habe.«

Er lächelte sie an. »Ich habe nichts gegen deine Stacheligkeit.«

Sie verdrehte die Augen. »Aber vielleicht macht es mir auch nur nichts aus, hier zu sein, weil das Wetter so schön ist.«

Er lachte.

»Ich vermisse es, mit Kindern zusammen zu sein, aber es ist auch eine willkommene Auszeit.«

Pid nickte. »Möchtest du mehr von der Insel sehen? Etwas hier rauskommen?«

»Mit dir?«

»Nein, ich dachte, ich gebe dir einfach den Schlüssel zu meinem kostbaren Minivan und eine Landkarte und schiebe dich aus der Tür«, scherzte Pid.

Sie grinste ihn an. »Dein kostbarer Minivan?«, fragte sie.

»Jawohl.«

Monica verdrehte die Augen. »Ich hätte nichts dagegen, etwas anderes als dein Haus zu sehen. Nicht dass ich glaube, dass es hier nicht schön ist. Es ist eigentlich sehr gemütlich und ich mag den Garten. Aber ja, wenn ich schon in Hawaii bin, kann ich mir wohl auch einige der Sehenswürdigkeiten ansehen. Es kann später vielleicht noch nützlich sein, um den Kindern in meiner Obhut Geschichten zu erzählen.«

Pid wollte nicht daran denken, dass sie gehen würde, auch wenn es unvermeidlich war. »Wunderbar! Oh, und noch etwas.«

»Ja?«, fragte sie misstrauisch.

»Kenna würde dich gern zu ihrem Junggesellinnenabschied einladen. Ich weiß, es ist etwas seltsam, wenn man bedenkt, dass sie dich nicht kennt, aber das ist einfach ihre Art. Sie ist superfreundlich.«

»Ich weiß nicht«, überlegte Monica.

»Ich habe mit den anderen Männern darüber gesprochen und wir dachten, dass wir uns vielleicht vorab an einem Abend im Duke's treffen könnten. Es wird superentspannt, ohne Druck. Es wäre vielleicht eine gute Idee, die anderen Frauen kennenzulernen, bevor du entscheidest, ob du zu der Junggesellinnen-Sache gehen möchtest.« Er hielt den Atem an, als er auf Monicas Antwort wartete.

»Und wenn ich danach nicht gehen möchte?«, fragte sie.

Pid spürte einen Anflug von Enttäuschung, stellte aber sicher, dass sie nichts davon in seinem Gesicht sah. »Dann gehst du nicht.«

»Ich bin nicht gut darin, Freunde zu machen, Stuart. Es ist nicht so, dass ich Kenna oder die anderen Frauen nicht für gute Menschen halte, aber ich weiß einfach nie, worüber ich reden soll. Viele Leute denken dann, ich sei hochnäsig oder so, wenn ich mich nicht an Gesprächen beteilige.«

»Das werden sie nicht denken«, versicherte Pid ihr.

Monica sah ihn skeptisch an.

»Ich verspreche es dir.«

Sie seufzte. »Ich werde gehen. Aber wenn wir uns nicht gut miteinander verstehen, dann sag nicht, ich hätte dich nicht gewarnt.«

Pid juckte es in den Fingern, Monica noch einmal zu

umarmen, aber er schaffte es, sich zurückzuhalten. »Okay, abgemacht.«

In diesem Moment knurrte ihr der Magen und Pid lachte. »In Ordnung, genug geredet. Ich muss dir etwas zu essen machen.« Er wandte sich wieder den Steaks zu, die auf der Arbeitsplatte lagen.

»Stuart?«

»Ja, Mo?«

»Danke.«

»Wofür?«

»Für alles, den Schutzraum, deine Geduld mit mir, dass ich hier bei dir wohnen darf, einfach alles.«

»Mit dir zusammen zu sein ist Belohnung genug, Mo«, sagte Pid und zwang sich dann, sich wieder auf die Zubereitung des Abendessens zu konzentrieren. Wenn er das nicht täte, würde er wahrscheinlich mehr sagen, als sie zu hören bereit war. Hauptsächlich, dass er ihr vielleicht die Welt zu Füßen legen würde, wenn sie ihn ließe.

Es war verrückt, wie sehr er in diese Frau vernarrt war, aber Pid war das egal. Er hatte keine Ahnung, ob sie noch einen Tag, eine Woche oder einen Monat in seinem Leben sein würde, aber er hatte vor, alles zu tun, um ihr zu zeigen, dass sie hier bei ihm, seinen Freunden und seinem Team sicher war. Sie könnte ihre Wachsamkeit aufgeben, sie selbst sein und würde immer noch gemocht ... und geliebt werden.

Nicht dass Pid in Monica verliebt wäre, noch nicht. Aber er hatte das Gefühl, wenn er weiterhin Zeit mit ihr verbringen würde, würde es früher oder später dazu kommen.

Und das brachte ihn nicht einmal aus der Fassung, in keiner Weise.

Einen Tag nach dem anderen, sagte er zu sich. Alles könnte passieren. Sie könnte den Mann identifizieren, nach dem der Kommandant suchte, und verschwinden ... oder, mit viel Glück, würde sie sich vielleicht entscheiden zu bleiben, unabhängig davon, ob sie jemals den Mann in Algerien identifizierte.

Wie auch immer, Pid war entschlossen, keinen Tag vergehen zu lassen, ohne Monica zum Lächeln zu bringen. Sein Ziel war es, diese Grübchen so oft wie möglich zu sehen, bis sie ging.

»Worüber lächelst du da drüben so?«, fragte Monica und beäugte ihn misstrauisch.

»Ich denke nur an das Abendessen«, sagte Pid zu ihr.

»Dann mach weiter, mein Bauch knurrt schon.«

»Jawohl, Ma'am«, sagte er mit einem weiteren Lächeln.

Ja, es gefiel ihm definitiv, diese Frau hier bei sich zu haben.

KAPITEL NEUN

Die nächste Woche verging ähnlich wie die vorherige, außer dass Stuart jeden Tag in einem anderen Gebäude auf dem Stützpunkt seiner Arbeit nachging, während sie Stunden damit verbrachte, die offiziellen Navy-Akten durchzusehen.

Monica war sich nicht sicher, was er den ganzen Tag tat, aber anscheinend war er immer beschäftigt. Außerdem verließ er jeden Morgen sehr früh das Haus, um mit seinem Team zu trainieren. Manchmal schwammen sie »locker« acht Kilometer im Meer, manchmal liefen sie einen Halbmarathon und an anderen Tagen trainierten sie gemeinsam mit anderen Soldaten auf dem Stützpunkt.

Zuerst war Monica unsicher gewesen, allein in seinem Haus zu bleiben, aber schließlich entspannte sie sich. Wie konnte sie das nicht? Auf seiner Terrasse umgeben von Obstbäumen zu sitzen und gelegentlich wilde Hühner beim Picken in der Erde zu sehen, gab ihr ein Gefühl von zu Hause, wie sie es noch nie zuvor gehabt hatte.

Es beunruhigte Monica, wie wohl sie sich in Stuarts Haus fühlte. Und seit sie aus ihrem Elternhaus geflohen war, war sie noch nie so lange ohne Arbeit gewesen. Aber sie musste zugeben, dass es sich gut anfühlte, etwas Zeit für sich zu haben und sich nicht darum kümmern zu müssen, ihre kleinen Schützlinge zu wecken, anzuziehen, ihnen etwas zum Frühstück zu machen oder Millionen anderer Dinge, die mit der Kinderbetreuung einhergingen.

Hier konnte sie einfach sie sein ... Monica.

Das Problem dabei war nur, dass sie sich ohne ihre Arbeit, bei der jede ihrer Bewegungen durch andere Leute bestimmt war, nicht ganz sicher war, wer Monica Collins eigentlich wirklich war.

Seufzend nahm sie einen weiteren Schluck von ihrem Kaffee und genoss den ruhigen Wochenendmorgen. In der Vergangenheit war sie keine große Kaffeetrinkerin gewesen, aber nachdem sie einmal Kona-Kaffee probiert hatte und das Zeug mit Peaberry – was auch immer das war –, war sie förmlich süchtig danach.

Ihre Gedanken wanderten zurück zu Stuart ... zu dem Menschen, an den sie in letzter Zeit sehr oft dachte. Er war sehr großzügig gewesen, das wusste sie. Sie war nicht nur ein einfacher Hausgast. Sie war eine Fremde gewesen, die für seine und Slates Hilfe in Algerien nicht allzu dankbar gewesen war. Tatsächlich wusste Monica, dass sie geradezu streitlustig gewesen war. Aber er hatte sie trotzdem eingeladen, bei ihm unterzukommen, da er wusste, wie unwohl sie sich auf dem Militärstützpunkt fühlen würde.

Nicht nur das, er hatte sich auch alle Mühe gegeben, diesen erstaunlichen Schutzraum für sie zu bauen. Es fiel ihr immer noch schwer zu glauben, dass er das tatsächlich getan hatte. Die erste Nacht, nachdem er ihr diese Überraschung gemacht hatte, hatte sie einfach nur in dem kleinen Raum gesessen und geweint.

Sie hatte geweint, weil Stuart so verdammt nett zu ihr war, genau wie seine Freunde. Geweint, weil zum ersten Mal in ihrem Leben jemand wirklich ihre Ängste zu verstehen schien. Es war verdammt beängstigend, denn Stuart kannte sie nicht einmal richtig. Er wusste nicht, was sie während ihrer Kindheit alles durchgemacht hatte. Und doch wusste er instinktiv, was sie brauchte, und tat alles dafür, damit sie sich in seinem Zuhause sicher fühlte.

Mit jedem Tag, der seitdem vergangen war, hatte Monica sich ein wenig mehr entspannt. Aber jetzt hatte sie ein anderes Problem als bei ihrer Ankunft auf der Insel.

Zuvor hatte sie es kaum erwarten können, mit dem SEAL-Kommandanten zu sprechen und wieder in ihr altes Leben zurückzukehren. Jetzt, nach nur zwei Wochen, hatte sie sich eingelebt. Sie wachte gern auf, ohne feste Pläne zu haben. Sie begann, sich an die Männer und Frauen zu gewöhnen, die sie regelmäßig in dem Bürogebäude sah, in dem sie jeden Tag verbrachte.

Und dann war da noch Stuart.

Monica war mit sich selbst in Konflikt geraten. Sie mochte den Mann, sie mochte ihn sehr. Aber sie war sich immer noch nicht sicher, ob sie ihm vollständig vertraute. Und sie hasste ihren Vater erneut dafür, dass er ihr das angetan hatte. Es war ihm sehr gut gelungen, sie dazu zu bringen, stets die Motive anderer Menschen infrage zu stellen. Er hatte sie gelehrt, bei jedem, den sie traf, nach Anzeichen von Betrug zu suchen. Das war einer der Gründe gewesen, warum sie angefangen hatte, mit Kindern zu arbeiten. Sie wussten noch nicht, wie man andere täuscht, insbesondere die jüngeren Kinder nicht.

Monica nahm noch einen Schluck von ihrem Kaffee und schloss die Augen. Vertrauen oder nicht, sie musste sich selbst eingestehen, dass der Drang, mehr über den Mann zu erfahren, mit dem sie im Grunde zusammenlebte, von Tag zu Tag stärker wurde. Da sie nicht über ihre Familie sprechen wollte, war Stuart ihrem Beispiel gefolgt. Sie wusste, dass er in Alaska aufgewachsen war und eine Schwester hatte, aber das war es auch schon.

Monica drehte sich um, als sie im Haus hinter sich ein Geräusch hörte, und sah Stuart in der Küche. Das war eine weitere Kleinigkeit, die er tat, um sie zu beruhigen. Er machte immer Lärm, wenn er kam und ging, damit sie sich nicht erschreckte. Sie zweifelte nicht daran, dass er sich so lautlos wie ein Geist bewegen könnte, wenn er wollte, schließlich war er ein SEAL. Aber der Mann trampelte in seinem Haus herum, als wäre er eines der Kinder, um die sie sich im Laufe der Jahre gekümmert hatte.

Lächelnd nahm sie einen weiteren Schluck, als Stuart die Tür öffnete und sich zu ihr auf die Terrasse gesellte.

»Wow, das ist ein Anblick, zu dem man gern nach Hause kommt«, sagte er leise, zog einen Stuhl näher an ihren heran und setzte sich.

»Was?«, fragte sie und schaute sich im Garten nach dem um, was ihm so gut gefallen hatte.

»Du«, sagte er leichthin und haute sie förmlich um. »Dich lächeln zu sehen. Das machst du nicht oft.«

»Doch, das tue ich«, konterte Monica, obwohl sie wusste, dass er recht hatte.

Stuart zuckte mit den Schultern. »Ich sag nur, dass es mir gefällt.«

Monica fühlte sich unwohl bei seinem Lob und fragte: »Wie war dein Training?«

»Anstrengend, aber gut. Mustang hat entschieden, dass es Zeit für eine weitere Runde auf dem Hindernisparcours mit voller Ausrüstung war.«

»Ich kann nicht glauben, dass ihr am Sonntag zum Training gegangen seid«, sagte Monica.

Stuart trank einen Schluck Kaffee und entspannte sich auf seinem Stuhl. Er streckte die Beine aus, schlug sie übereinander und seufzte. Dann stellte er die Tasse auf seinen

Bauch und schloss die Augen. »Wochentage bedeuten uns nicht viel«, sagte er leichthin. »Es ist wichtig, dass wir in Form bleiben. Und am Wochenende ist es meistens einfacher, die Ausrüstung auf dem Stützpunkt zu nutzen, da nicht so viele Leute da sind.«

Das konnte Monica verstehen.

Sie schwiegen für eine Weile und genossen den milden Morgen. Aus Erfahrung wusste Monica, dass es tagsüber ziemlich warm werden konnte, besonders wenn die Sonne schien.

»Wenn du willst, könnte ich dir heute eine kleine Tour über die Insel geben. Ich dachte mir, ich zeige dir die Moanalua Gärten und den riesigen Regenbaum, der dort steht. Es ist interessant, weil die Baumkrone so breit ist wie der Baum hoch. Es ist auf jeden Fall sehenswert. Es gibt dort allerdings nicht viele Blumen, obwohl es Moanalua Gärten heißt. Anschließend könnten wir in die Innenstadt fahren. Und bei einem Ausflug auf Oahu kommst du nicht daran vorbei, auch den National Memorial Cemetery of the Pacific und den Punchbowl zu sehen.«

»Punchbowl?«, fragte Monica.

»Der Punchbowl ist der Krater eines erloschenen Vulkans. Der hawaiianische Name ist Puowaina, was häufig als ›Opferhügel‹ übersetzt wird. Was angemessen ist, da der Friedhof dort ist. Es gibt aber auch einen tollen Aussichtspunkt.«

Monica konnte nicht anders, als sich auf den Tag zu freuen. Sie war nicht viel rausgekommen, seit sie hier war. Ein bisschen von der Insel zu sehen klang lustig.

»Und wenn Aussichtspunkte dein Ding sind, könnten wir noch zum Tantalus Lookout im Puu Ualakaa State Park fahren. Von dort hat man eine großartige Aussicht auf Diamond Head, Waikiki, die Innenstadt von Honolulu und das Meer in der Ferne. Warte, du wirst im Auto nicht seekrank, oder?«

Monica schüttelte den Kopf. »Auf See vielleicht ja, aber nicht im Auto.«

»Puh, denn die Straßen dorthin sind ziemlich kurvig. Den Nachmittag könnten wir in Waikiki ausklingen lassen, wo du ein paar Souvenirs kaufen kannst, bevor wir uns mit den anderen im Duke's treffen.«

Monica seufzte und starrte in den Garten hinaus. Sie wusste, dass heute das Treffen im beliebten Waikiki-Restaurant stattfand. Sie war immer noch nicht begeistert, aber wenn Kenna entschlossen war, sie am nächsten Wochenende zu ihrem Junggesellinnenabschied und zu ihrer Hochzeit einzuladen, hielt sie es für eine gute Idee, zumindest zu versuchen, sie und die anderen Frauen kennenzulernen.

»Es wird gut werden«, sagte Stuart, legte seine Hand auf ihren Arm und drückte ihn leicht.

Monica fühlte sich schrecklich, weil sie so zögerlich war, seine Freunde zu treffen. Aber sie hatte Stuart nichts vorgemacht, als sie gesagt hatte, dass es ihr schwerfiel, Freunde zu finden. Mit den meisten Menschen schien sie nichts gemeinsam zu haben, und es war ihr irgendwie immer peinlich, Small Talk zu führen. Also saß sie normalerweise nur da und hörte zu, was die Leute manchmal verstörte. »Ich weiß«, sagte sie.

»Ich würde es nicht vorschlagen, wenn ich nicht wüsste, dass sie dich mögen werden«, sagte Stuart leise.

Monica nickte.

Er seufzte. »Ich werde dich nicht darum bitten, mir zu vertrauen, weil ich weiß, dass es dir sehr schwerfällt, aber du wirst es sehen. Es wird gut werden. Außerdem wirst du so auch Duke's berühmten Hula Pie probieren können. Der ist ein Traum. Trinkst du?«

Monica schüttelte den Kopf. »Nein, warum? Ist das ein Problem?«

»Keineswegs.«

»Es ist komisch«, murmelte sie und sah auf ihren Kaffee hinunter. »Ein weiterer Grund, warum ich mit vielen Leuten nicht klarkomme, vor allem im privaten Umfeld.«

»Es ist gut. Ich habe nur gefragt, weil es im Duke's einige gute Cocktails gibt. Sie machen sie auch ohne Alkohol. Es wird niemanden interessieren, ob du trinkst oder nicht, Mo.«

»Ich habe schon mal Wasser in einem Martiniglas bestellt«, gab sie zu. »Das hält die Leute davon ab, mich zu nerven, warum ich nicht trinke.«

»Clever, aber du musst nicht auf Tricks zurückgreifen, wenn du mit Elodie und den anderen zusammen bist. Es wird ihnen wirklich egal sein.«

Je mehr Monica von den Frauen seiner Freunde hörte, desto mehr hoffte sie, dass sie sie mochten. Aber das war ein gefährlicher Weg für sie. Erstens, weil sie sich nicht sicher war, wie realistisch das war, und zweitens, weil sie die Insel wahrscheinlich bald wieder verlassen musste. Der Kommandant war frustriert, dass sie noch niemanden erkannt hatte. Stuart sagte ihr immer wieder, sie solle Geduld haben, aber das war schwer, wenn sein Chef offensichtlich so ungeduldig war. Und sie selbst wurde auch immer besorgter, dass sie vielleicht nie herausfinden könnte, wer dieser mysteriöse Kerl war.

»Mo, sieh mich an.«

Monica schluckte schwer und sah zu Stuart hinüber. Es war lächerlich, dass er so verdammt gut aussah, nachdem er anderthalb Stunden oder länger trainiert hatte. Er hatte weiße Ränder auf seinem T-Shirt, von getrocknetem Schweiß. Sein Haar stand ihm zu Berge und sein Gesicht war unrasiert. Sie konnte ihn sogar bis zu ihrem Platz riechen ... und es war kein frischer, sauberer Duft.

Aber das alles tat ihrer Anziehung zu diesem Mann keinen Abbruch.

Bei dieser Erkenntnis hätte Monica ausflippen sollen, aber stattdessen konnte sie nur in seine dunkelbraunen Augen starren ... und sich fragen, ob sie dieselbe Farbe haben würden, wenn er erregt war.

Scheiße.

Sie musste ihre Gedanken unter Kontrolle bringen und sich auf das konzentrieren, was er sagte.

»Es wird Spaß machen. Und wenn du dich aus irgendeinem Grund nicht amüsierst, musst du es mich nur wissen lassen und wir werden gehen.«

Monica blinzelte. »Was?«

»Wenn es dir nicht gut geht, lass es mich irgendwie wissen. Wir können uns auch ein Stichwort einfallen lassen, damit es niemand sonst bemerkt, und dann werden wir gehen. Diese Woche ist ein neues Buch erschienen, das du noch nicht lesen konntest, oder? Du kannst es dir in deinem Zimmer gemütlich machen und lesen.«

Monica konnte ihn nur anstarren. Sie hatte Stuart tatsächlich von einem gerade erschienenen Buch erzählt, das sie lesen wollte, aber sie hatte nicht geahnt, dass er so genau aufpasste. Und die Tatsache, dass er bereit wäre, ein Treffen mit seinen Freunden ihretwegen, die er gerade erst kennengelernt hatte und die wahrscheinlich bald wieder aus seinem Leben verschwinden würde, abzubrechen, machte sie fassungslos.

Warte ... was hatte sie gerade gedacht? Wahrscheinlich? Es war nicht nur wahrscheinlich. Sie würde mit Sicherheit gehen.

»Mo?«, fragte Stuart. Die Besorgnis in seinem Tonfall war leicht zu hören.

»Entschuldige, ich höre zu. Und es wird in Ordnung sein.«

»Ich will nicht, dass es für dich nur in Ordnung ist«, sagte er. »Ich möchte, dass du dich wirklich amüsierst. Und dafür musst du weder trinken noch viel reden. Elodie, Lexie und Kenna sind verdammt lustig. Und wenn Ashlyn auftaucht, wird es noch verrückter. Warte, bis du siehst, wie Slate und sie aufeinander losgehen. Sie mögen sich, wollen es aber nicht wahrhaben. Es ist urkomisch.«

Monica überkam plötzlich ein merkwürdiges Gefühl, das sie nie zuvor empfunden hatte. Sie hatte keinen engen Freundeskreis und als Stuart über seine Freunde sprach, begann sie, sich nach etwas zu sehnen, das sie nie gehabt hatte.

»Wie wäre es, wenn du an deinem rechten Ohrläppchen ziehst, wenn du gehen willst«, schlug Stuart vor.

Monica starrte ihn einen Moment lang an, bevor sie grinste. Dann lachte sie so heftig, dass sie fast ihren Kaffee verschüttet hätte.

»Was?«, fragte Stuart und lächelte sie an.

»An meinem Ohrläppchen ziehen?«, fragte Monica. »Für einen SEAL, der eine Art Supersoldat-Spionagetyp sein will, ist das ziemlich lahm.«

Stuart lächelte. »Okay, was schlägst du vor?«

Sie war froh, dass sie ihn nicht beleidigt hatte. »Ich weiß nicht, aber Gott, das ist wie aus einem kitschigen Spionagefilm.«

»So mag ich dich«, stellte Stuart fest.

Monica rümpfte die Nase. »Wie?«

»Fröhlich.«

Sie musste zugeben, dass sie sich auch so mochte. Aber das sagte sie nicht laut. »Wie wäre es, wenn ich dir einfach sage, wenn ich gehen will?«, schlug sie vor.

»Okay Mo, das könnte funktionieren.«

Stuart lehnte sich wieder gegen seinen Stuhl zurück und atmete tief ein.

»Also ... du bist in Alaska aufgewachsen?«, fragte Monica. Sie hatte keine Ahnung, warum er bei ihrer Frage ein breites Lächeln auf seinem Gesicht bekam, aber er nickte.

»Jawohl, in Palmer, einer kleinen Stadt nördlich von Anchorage. Dort leben nur etwa siebentausend Menschen, was dem Ort eine ziemlich intime Atmosphäre verleiht. Und damit meine ich, dass jeder die Angelegenheiten der anderen kennt.« Er lachte leise.

»War es sehr kalt?«, fragte Monica.

»Es ist Alaska, also ja«, neckte er. »Aber ich habe nicht viel darüber nachgedacht, weil ich daran gewöhnt war. Die Leute haben sich immer beschwert, wie kurz die Tage im Winter waren, aber ich habe die Dunkelheit gemocht und tue es noch. Wir lebten nicht weit genug im Norden, um vierundzwanzig Stunden Dunkelheit zu haben, aber wir hatten Tage, an denen es nur etwa vier Stunden lang Sonnenlicht gab. Und im Sommer ist es natürlich genau umgekehrt. Für meine Mutter war es die Hölle, wenn sie versuchte, meine Schwester und mich ins Bett zu bekommen, wenn es draußen noch so hell war. Alle haben im Sommer Verdunkelungsvorhänge an den Fenstern.«

»Das kann ich mir nur schwer vorstellen.«

»Ich werde ...« Stuart verstummte.

»Du wirst was?«, fragte Monica.

»Gar nichts. Es ist mit Sicherheit ein einzigartiger Ort zum Leben. Meine Eltern lieben es dort und werden nie von dort wegziehen.«

Sie fragte sich, was er ihr nicht erzählen wollte. Hatte er gerade sagen wollen, dass er es ihr zeigen würde? Nein, das wäre verrückt, wenn man bedachte, dass sie nur eine Mitbewohnerin auf Zeit war. »Also leben sie noch dort?«, fragte sie.

»Ja, beide sind gesund und munter. Mom arbeitet ehrenamtlich in einem der Obdachlosenheime und mein Dad ist Arzt am Alaska Heart and Vascular Institute.«

»Beeindruckend, beeindruckend.«

Stuart zuckte mit den Schultern. »Für mich ist er nur mein Dad. An einem Tag nervt er mich und am nächsten bin ich so stolz auf ihn, dass ich es kaum ertragen kann.«

Monica konnte sich das nicht vorstellen.

»Es tut mir leid.«

Sie sah zu Stuart hinüber. »Was tut dir leid?«

»Dass ich zu viel über meine Familie rede.«

»Ich habe gefragt«, sagte Monica. »Und es muss dir nicht leidtun, dass du eine tolle Familie hast und ich nicht. Dafür musst du dich nicht entschuldigen.«

»Ich hasse es nur, dass du nicht dieselbe Erfahrung haben konntest«, sagte Stuart.

»Ich auch, aber ich denke, es geht mir gut«, sagte Monica. Und zum ersten Mal seit langer Zeit glaubte sie das tatsächlich. Ihr war so oft gesagt worden, dass sie nie etwas erreichen würde, dass sie nur gut dazu sei, Hausfrau und Mutter zu werden, dass ihr Lebenswert daran geknüpft war, regelmäßig die Bedürfnisse eines Mannes zu befriedigen und den Haushalt in Ordnung zu halten. Aber im Laufe der letzten Wochen, in denen Monica Zeit hatte, über sich selbst und ihr Leben nachzudenken, hatte sie erkannt, dass Stuart vielleicht recht hatte ... sie war verdammt stark. Sie hatte eine Menge Mist durchgemacht, den viele Leute nicht glauben würden, wenn sie es ihnen erzählte.

Monica sah auf ihre linke Hand und starrte die Fingerstummel an. Ja, man konnte mit Sicherheit behaupten, dass sie trotz ihrer beschissenen Kindheit ziemlich gut überlebt hatte.

»Alles gut?«, fragte Stuart.

Bei dem besorgten Tonfall in seiner Stimme wandte sie den Blick von ihrer Hand ab. »Ja, alles gut«, entgegnete sie und meinte es ernst.

»Gut, hast du schon geduscht?«

»Nein.«

»Willst du zuerst gehen oder ich?«

Monica rümpfte die Nase und sagte: »Auf jeden Fall du.«

»Hey«, protestierte er. »Versuchst du, mir zu sagen, dass ich stinke?«

»Ich versuche es nicht nur, ich sage es dir«, stellte sie klar.

Sie konnte Stuart nur anstarren, als er den Kopf zurückwarf und lachte. Gott, sie könnte den ganzen Tag hier sitzen und ihn anstarren. Es war ein schöner Anblick, so viel stand fest.

»In Ordnung, ich werde gehen. Hast du schon gefrühstückt?«

»Nein, aber ich kann etwas machen, während du unter der Dusche bist«, schlug sie vor.

»Nein, ich kümmere mich darum. Wie wäre es mit Rührei, Speck und Brötchen?«

»Ich bin mir nicht sicher, ob ich so viel essen muss.«

»Wir werden heute viel herumlaufen. Du wirst es brauchen.« Stuart stand auf und versetzte Monica einen Schock, als er sich vorbeugte und sie auf den Kopf küsste.

Es war eine spontane Geste. Er sah selbst verblüfft aus von dem, was er getan hatte.

»Entschuldige ... ich wollte keine Grenze überschreiten.«

»Schon okay«, sagte Monica und sah zu ihm auf.

Stuart starrte sie einen Moment lang an, als wollte er sich vergewissern, dass sie es ernst meinte, dann nickte er. »Okay, ich gehe duschen.« Er funkelte sie an. »Und nicht in die Küche gehen, Frau, das meine ich ernst. Ich mache Frühstück.«

»Alles klar, werde ich nicht. Ich werde hier sitzen und Däumchen drehen, bis du fertig bist«, sagte Monica.

»Gut, ich habe das Gefühl, dass du dich in deinem Leben bisher nicht genug entspannen konntest.« Dann drehte er sich um und ging.

Monicas Herz schlug heftig und zum ersten Mal machte sie sich Sorgen, dass sie umso mehr Gefühle für Stuart entwickeln würde, je länger sie bei ihm blieb.

Ihr Vater würde begeistert sein, dass sie sich in einen Soldaten verliebt hatte, aber er wäre weniger erfreut darüber, wie ehrenhaft Stuart war. Er würde definitiv glauben, dass seine Teamkameraden Weicheier waren, weil sie ihren Frauen so viel Zuneigung schenkten. Er würde Stuart dafür hassen, dass er sanft zu ihr war.

Sie konnte sich nicht erinnern, dass ihr Vater jemals für sie und ihre Mutter eine Mahlzeit zubereitet hatte. Er hatte erwartet, dass sie sich um alle »Frauenangelegenheiten« im Haus kümmerten. Kochen, putzen, die Wäsche machen ... alles. Er saß nur herum und beschwerte sich über alles und jeden.

Die Tatsache, dass Stuart so häufig darauf bestand zu kochen, war so ungewöhnlich für sie, dass es nicht einmal mehr lustig war. Aber Monica gefiel es – es gefiel ihr sehr. Nicht bedient zu werden, aber die Tatsache, dass Stuart bereit war, seinen Teil der Hausarbeit zu erledigen.

Seit ihrem Auszug aus dem Haus ihres Vaters hatte Monica noch nie mit einem Mann zusammengelebt. Als Kindermädchen für jemanden zu arbeiten zählte nicht. In den Häusern, in denen sie gelebt hatte, war sie nicht Gast, sondern Angestellte gewesen. Es wurde von ihr erwartet, dass sie sich um die Kinder kümmerte und das Notwendige tat, um sie zu ernähren, glücklich zu machen und zu unterhalten.

Mit Stuart zu leben war anders als alles, was sie sich jemals hätte vorstellen können – im positiven Sinne.

Monica trank den letzten Schluck aus ihrer Kaffeetasse, stand auf und ging ins Haus. Stuart brauchte nie lange unter der Dusche und plötzlich freute sie sich darauf, den Tag zu beginnen. Sie wollte all die Sehenswürdigkeiten sehen, die er erwähnt hatte ... und sie spürte sogar einen kleinen Funken Vorfreude auf das Abendessen mit seinen Freunden später am Tag.

KAPITEL ZEHN

Pid machte sich zunehmend Sorgen. Monica hatte ihn gewarnt, dass sie mit solchen Situationen nicht gut umgehen konnte, und sie hatte nicht untertrieben.

Sie hatten sich alle im Duke's getroffen und der Abend hatte gut begonnen. Kenna hatte diesen Abend frei und konnte mit ihnen am Tisch sitzen und das Essen genießen, anstatt sie bedienen zu müssen. Elodie und Lexie waren da und Ashlyn war auch gekommen. Carly war nicht aufgetaucht, worüber Jag sichtlich aufgebracht war. Aber im Allgemeinen waren alle gut gelaunt.

Außer Monica.

Sie saß neben ihm an dem großen rechteckigen Tisch, schlürfte Eistee und konzentrierte sich hauptsächlich auf das Essen vor ihr. Sie hatte alle begrüßt, ansonsten aber kein Wort mehr gesprochen.

Elodie hatte versucht, sie in das Gespräch einzubeziehen, aber da es sich um die Pläne für die Luau-Hochzeit in ein paar Wochen drehte, hatte Monica nicht viel beizusteuern. Pid hatte die besorgten Blicke bemerkt, die seine Freunde ihm zuwarfen, aber er hatte nur mit einem leichten

Kopfschütteln geantwortet und sie hatten ihre Aufmerksamkeit wieder auf das Gespräch gelenkt.

Der Tag selbst, bevor sie im Duke's angekommen waren, war sehr gut verlaufen. Monica hatte mehr gelächelt, als er je zuvor gesehen hatte, und sie hatte sogar zugestimmt, ein Selfie von ihnen am Aussichtspunkt im Puu Ualakaa State Park zu machen. Pid wusste, dass er dieses Bild für immer aufbewahren würde. Sie hatte die Augen geschlossen und lachte, was ihre Grübchen voll zur Schau stellte. Ihr blondes Haar wehte im Wind und ein paar Strähnen verhedderten sich in seinem Haar. Sie sah aus wie eine Frau ohne Sorgen. Und genau so wollte er sich für immer an sie erinnern.

Sie hatten einen fantastischen Tag gehabt und sie hatte sogar darauf bestanden, ihm eine Hula-Puppe für das Armaturenbrett seines Minivans zu kaufen. Er hatte nicht die Absicht, sein kostbares Gefährt mit diesem widerlichen Spielzeug zu ruinieren, plante aber, es auf die Fensterbank über seiner Küchenspüle zu stellen, wo er es jeden Tag sehen und es an sie erinnern würde.

Er mochte Monica mehr, als er je erwartet hätte. Er hatte noch nie so viel Zeit damit verbracht, eine Frau als seine Freundin kennenzulernen. Und wenn es nach ihm ginge, verwandelte sich diese Freundschaft langsam in mehr. Er freute sich darauf, sie zu sehen, wenn er aufstand, und zögerte es jeden Abend so lange es ging hinaus, Gute Nacht zu sagen und allein in sein Schlafzimmer zu gehen.

Aber die Frau, die er während der letzten Wochen kennengelernt hatte, war nicht dieselbe wie die Frau, die jetzt neben ihm saß. Sie hatte ein grimmiges Gesicht und schien nicht daran interessiert zu sein, mit jemandem in Kontakt zu treten.

»Möchtest du den Strand sehen?«, fragte er, nachdem ihre Teller abgeräumt worden waren und sie auf das Dessert warteten.

»Klar«, sagte sie leise.

»Wir sind gleich wieder da«, erklärte Pid der Gruppe.

»Wir werden hier sein«, scherzte Elodie.

Pid hielt Monicas Stuhl, als sie aufstand, und legte seine Hand auf ihren Rücken, während sie durch das Restaurant auf die Treppe zugingen, die zum Sandstrand führte.

Als sie sich von den hellen Lichtern und dem Lärm des Restaurants entfernten, fragte er: »Alles in Ordnung?«

Sie seufzte. »Ich habe dir gesagt, dass ich nicht gut mit anderen Leuten umgehen kann.«

»Du kannst gut mit mir umgehen«, konterte er. »Und als du mit den anderen Männern zusammen warst, warst du auch entspannt.«

»Ich passe da einfach nicht rein«, sagte sie leise. »Ich habe noch nie irgendwo reingepasst. Ich weiß nicht, was ich zu dem Gespräch beitragen soll, und ich will nichts Peinliches sagen, wonach alle denken könnten, dass ich ein Freak bin.«

»Mo«, sagte Pid, blieb stehen und drehte sich zu ihr um. Er legte seine Hände auf ihre Schultern. »Du musst nur du selbst sein.«

Sie schüttelte den Kopf. »Davor habe ich Angst. Monica Collins ist nicht sehr interessant.«

»Das ist Quatsch«, sagte Pid. »Du hast einen großartigen Sinn für Humor und du hast mehr Mitgefühl in deinem kleinen Finger als die meisten Menschen in ihrem ganzen Körper. Du musst dich nur entspannen. Hör auf, dir Gedanken darüber zu machen, was andere sagen könnten, bevor sie es tun. Die Frauen in diesem Restaurant werden dich nicht vorverurteilen, egal was du sagst.«

»Ich werde es versuchen.«

Ohne um Erlaubnis zu fragen, zog Pid sie an sich. Er legte seine Arme um sie und zog sie in eine lange, herzliche Umarmung. Er fühlte, wie sie sich an ihm entspannte, und konnte nicht anders, als zufrieden zu seufzen. Ihre Wange ruhte an seiner Brust, genau über seinem Herzen, und sie hielt ihn an seinem Hemd an seinen Seiten fest, während sie ruhig in seiner Umarmung stand.

»Fühlst du dich etwas besser?«

Sie nickte. »Das Essen war köstlich.«

»Du wirst den Hula Pie lieben, versprochen.«

Nach einem weiteren Moment gingen sie zurück ins Restaurant. Die Pasteten waren während ihrer Abwesenheit bereits serviert worden. Pid zögerte nicht, einen großen Bissen in den Mund zu nehmen, sobald er und Monica sich wieder gesetzt hatten.

Alle lachten über sein übertriebenes genussvolles Stöhnen.

»Ich weiß nicht, was sie da hineintun, aber es sollte verboten werden«, sagte er mit vollem Mund.

Im Gegensatz zu ihm nahm Monica einen kleinen Bissen, aber er hörte, wie sie anerkennend leise stöhnte, als sie zum ersten Mal den Hula Pie des Duke's erlebte.

»Ich habe es dir gesagt«, kommentierte er und stupste ihren Arm mit seiner Schulter an.

»Das hast du«, stimmte sie zu.

Pid sah zu, wie sie Luft holte, sich Elodie zuwandte und leise sagte: »Stuart hat erwähnt, dass du eine großartige Köchin bist, und er hat nicht untertrieben. Die Aufläufe, die du uns gebracht hast, waren köstlich. Was machst du am liebsten?«

Das war die richtige Frage gewesen. Elodie strahlte und begann sofort mit einem Vortrag über einige ihrer Lieblingsgerichte. Und während Monica sich nicht gerade viel an dem folgenden Gespräch beteiligte, hörte sie besser zu und nickte bei einigen der Dinge, die die anderen sagten.

Pid war stolz auf sie. Es war offensichtlich, dass sie sich

immer noch unwohl fühlte, aber sie versuchte es. Das war alles, was er verlangen konnte.

Als Ashlyn fragte, was er und Monica an diesem Tag gemacht hatten, erzählte er ihnen von ihrer gemütlichen Fahrt und wie froh er war, dass das Wetter für die Bilder an den Aussichtspunkten mitgespielt hatte.

»Du solltest sie zur Nordküste bringen, damit sie Baker kennenlernen kann«, sagte Elodie mit einem Grinsen.

»Baker?«, fragte Monica.

»Er ist ein SEAL im Ruhestand. Er ist heiß und er surft«, erklärte Elodie.

»Hey, pass auf, was du sagst. Am Ende glaube ich, du magst ihn mehr als mich«, grummelte Mustang.

Elodie beugte sich vor, küsste ihren Mann auf die Wange und tätschelte seine Brust. »Niemals.« Dann wandte sie sich wieder Monica zu. »Er ist mysteriös und ein bisschen gruselig, aber mein Gott, der Mann ist ein Augenschmaus.«

»Jesus, El«, sagte Mustang und verdrehte die Augen.

Pid sah, wie sich Monicas Lippen zu einem kleinen Lächeln verzogen. Er war noch nie in seinem ganzen Leben so froh gewesen, das zu sehen.

»Elodie hat recht«, fügte Kenna hinzu. »Ich dachte, ich würde mir in die Hose pinkeln, als er sich vorbeugte und in tödlichem Tonfall zu mir sagte: ›Niemand legt sich mit den SEALs an‹«, ahmte sie ihn dramatisch nach. »Er ist wie James Bond ohne den Akzent und er sieht viel besser aus.«

»Welcher?«, fragte Ashlyn. »Es gab viele Männer, die James Bond gespielt haben, und sie sehen alle verdammt gut aus.«

»Nein, keiner von ihnen kommt an Baker heran«, warf Lexie ein.

»Okay, können wir bitte aufhören, darüber zu reden, wie heiß Baker Rawlins ist?«, beschwerte sich Jag.

Alle Frauen lachten.

»Elodies Vorschlag ist nicht verkehrt«, sagte Mustang, als die Damen sich wieder unter Kontrolle hatten. »Baker ist sozusagen immer noch im Spiel und er hat viele Kontakte. Vielleicht kann er helfen, den Mann zu finden, den Monica zu identifizieren versucht.«

Pid nickte. Daran hätte er selbst schon früher denken sollen. »Du hast recht. Ich werde sehen, ob ich ein Treffen arrangieren kann, und ich werde auch mit Huttner darüber reden. Er hat vielleicht schon mit Baker über alles gesprochen.«

»Richtig«, stimmte Mustang zu.

»Ähm, wenn dieser Typ so beängstigend ist, wie ihr sagt ... können wir ihn vielleicht einfach anrufen?«, wandte Monica ein.

Kenna stützte sich mit den Ellbogen auf den Tisch und durchbohrte Monica mit ihren Blicken. »Baker ist beängstigend, daran besteht kein Zweifel, aber der Mann ist gut in dem, was er tut. Er hat sich mit einem verdammten Mafiaboss getroffen, um dafür zu sorgen, dass Elodie sicher war und nicht mehr verfolgt wurde. Und er hat geschworen, alles zu tun, um Shawns Sohn zu finden, damit ich in Sicherheit bin. Er hat einen so rechtschaffenen Kern, der in seiner Intensität beängstigend ist. Er ist einer von den Guten, egal wie er rüberkommen mag.«

Lexies Telefon klingelte, bevor jemand noch etwas sagen konnte. Sie machte sich nicht die Mühe, vom Tisch aufzustehen, entschuldigte sich nur und sagte: »Das ist Natalie. Sie würde mich an einem Sonntag nicht so spät anrufen, wenn etwas nicht in Ordnung wäre.«

Alle verstummten, als sie Lexies Gespräch mit ihrer Chefin bei Food For All zuhörten.

»Hey, Nat, was ist los? Oh mein Gott, ernsthaft? Alles klar, ich kann sofort losfahren. Ich bin in Waikiki, also werde ich ungefähr zwanzig Minuten brauchen, um dorthin zu gelangen. Ist das in Ordnung? Gut, aber die Polizei ist schon da? Gut. Werde ich, danke. Nein, genieß deinen Urlaub. Ich rufe dich an, sobald ich mit der Polizei gesprochen und den Schaden begutachtet habe. Richtig. Okay, wir reden später. Bis dann.«

»Was ist los?«, fragte Aleck, sobald sie aufgelegt hatte.

»Natalie sagt, dass der Alarm bei Food For All unten am Barbers Point ausgelöst wurde. Sie hat gefragt, ob ich nach dem Rechten sehen und die Polizei informieren kann, falls etwas entwendet wurde. Sie meint, dass offensichtlich niemand verletzt wurde, da wir geschlossen haben. Die Fensterscheibe ist jedoch zertrümmert, was höchstwahrscheinlich den Alarm ausgelöst hat.«

»In Ordnung, lass uns gehen«, sagte Midas.

»Ich komme mit«, sagte Ashlyn. »Ich will mich davon überzeugen, dass die Eindringlinge meine Ordnung mit all unseren Vorräten nicht durcheinandergebracht haben.«

»Ich nehme dich mit«, sagte Slate zu ihr.

»Ich komme auch mit«, warf Elodie ein. »Ich möchte meine Küche inspizieren.«

»Wenn ihr alle geht, komme ich auch«, warf Kenna ein.

»Scheiße, sieht so aus, als würden wir alle nach Barbers Point fahren«, sagte Jag und stand auf.

»Ich kümmere mich morgen um die Rechnung, wenn ich zur Arbeit komme«, sagte Kenna.

»Falsch, ich kümmere mich um die Rechnung, wenn ich dich morgen zur Arbeit bringe«, sagte Aleck.

»Wie auch immer«, sagte Kenna mit einem Augenrollen.

Pid nahm Monicas Ellbogen, als sie aufstanden. »Bist du damit einverstanden, mit zu Food For All zu fahren, um nach dem Rechten zu sehen?«

»Klar«, sagte sie. »Ich bin interessiert, den Ort selbst zu

sehen, nachdem Lexie und Ashlyn darüber gesprochen haben.«

Es war beruhigend zu hören, dass sie dem Gespräch beim Abendessen zugehört hatte. Pid hatte das Gefühl, dass sie sich noch ein paarmal treffen müssten, damit sie sich wohlfühlte, aber er nahm an, dass es schließlich so kommen würde.

Die gesamte Gruppe steuerte auf den Ausgang zu. Pid war sich nicht sicher, was sie in der Zweigstelle von Food For All vorfinden würden, aber er hoffte, dass es sich um einen zufälligen Einbruch handelte und nichts mit den Problemen zu tun hatte, die die Frauen in der Vergangenheit durchgemacht hatten. Die SEALs wollten um jeden Preis vermeiden, dass Elodie, Lexie oder Kenna so etwas noch einmal erleben mussten.

KAPITEL ELF

Monica hatte nicht damit gerechnet, dass der Abend so enden würde. Sie wartete mit Elodie, Lexie, Kenna, Ashlyn und Slate zwei Blocks von Food For All entfernt auf einem Parkplatz, während der Rest des Teams die Straße hinunterging, um mit der Polizei vor Ort zu sprechen und sich zu vergewissern, dass es sicher für die anderen war.

Sie hatte beobachtet, wie sich die unbekümmerten Männer in tödliche Soldaten verwandelten, während sie darauf bestanden, dass die Frauen warteten und sie ihr Ding machten. Es war überraschend für sie gewesen, dass sie sich in ihrer Nähe nicht unwohl fühlte. Sogar mit Slate, der extrem imposant war, während er auf die Frauen auf dem Parkplatz aufpasste.

Es war eine Erfahrung, über die Monica später noch nachdenken würde, aber im Moment war sie darauf bedacht, dass bei Food For All alles in Ordnung war. Sie arbeitete nicht dort und hatte das Gebäude noch nicht einmal zu Gesicht bekommen, aber sie hatte gehört, wie leidenschaftlich die anderen Frauen über die Menschen gesprochen hatten, denen sie halfen, und wie besorgt sie waren, welchen Einfluss der Einbruch auf ihre Arbeit haben könnte. Jetzt war Monica ebenso besorgt.

Slate erhielt eine SMS auf sein Telefon und sah darauf hinab. »Okay, es ist sicher«, informierte er alle.

Lexie und Elodie waren schon unterwegs, bevor er ausgesprochen hatte. Sie konnten es offensichtlich kaum abwarten, mit eigenen Augen zu sehen, was passiert war.

Aber bevor sie weit gekommen waren, trat ein Mann vor ihnen aus dem Schatten.

Slate bewegte sich schneller, als Monica ihn zuvor gesehen hatte. Er war vor den beiden Frauen, bevor sie blinzeln konnte.

»Schon gut, Slate, es ist Theo«, sagte Lexie und legte dem SEAL eine Hand auf den Arm.

Monica wusste nicht, wer Theo war, aber Slate wusste es offensichtlich, denn er nickte und sie konnte sehen, wie sich seine Muskeln entspannten.

»Hallo Theo. Heute Abend herrscht hier etwas Aufregung, hm?«, fragte Lexie ihn.

Monica erkannte fast sofort, dass der Mann nicht bei Verstand war. Er hielt den Blick auf den Asphalt zu seinen Füßen gerichtet und wippte leicht hin und her.

»Theo, geht es dir gut?«, fragte Lexie.

Monica vermutete, dass der Mann ungefähr Mitte vierzig war, aber wenn er sprach, klang er viel jünger. »Schlimme Dinge sind passiert«, sagte er.

»Hast du etwas gesehen?«, fragte sie sanft.

»Kevin McCallister«, sagte Theo, ohne vom Boden aufzusehen, als gäbe es dort etwas Interessantes zu sehen.

»Wer ist das?«

»Heute Abend. Kevin McCallister«, wiederholte Theo.

Lexie sah zu Slate auf und zuckte die Achseln. »Ich kenne niemanden mit diesem Namen.«

»Ich auch nicht«, stimmte Elodie zu. »Aber vielleicht ist er ein Obdachloser, den er von der Straße kennt.«

»Komm schon, willst du mit uns zu Food For All kommen? Ich kann dir einen Snack besorgen, wenn du willst. Hast du heute Abend etwas gegessen?«, fragte Lexie.

»Nein, kein Snack«, sagte Theo aufgeregt.

Monica war sich nicht sicher, ob es ihr zustand, sich einzumischen, aber sie hatte das Bedürfnis zu helfen. Neben Kindern waren geistig Behinderte anscheinend die Art von Menschen, mit denen sie leichter zurechtkam. Vielleicht weil sie in vielerlei Hinsicht wie Kinder waren, die in erwachsenen Körpern steckten. Sie stellte sich näher neben Lexie und Elodie, die mit dem Mann sprachen, und sagte: »Hi Theo, ich bin Monica. Es ist schön, dich kennenzulernen.«

Er sah kurz zu ihr auf, dann richtete er den Blick wieder auf den Bürgersteig und wand sich verzweifelt hin und her.

»Theo ist einer meiner Freunde«, sagte Lexie zu ihr. »Er war für mich da, als ein böser Mann versucht hat, mich zu verletzen. Dabei wurde er verletzt. Er lebt hier in der Nähe in einem kleinen Apartment«, erklärte sie.

Monica wollte gern die Geschichte hören, auf die Lexie sich bezog, aber sie war im Moment mehr daran interessiert, Theo zu beruhigen.

Slates Telefon klingelte erneut mit einer SMS. »Die Jungs machen sich Sorgen«, sagte er. »Wir sollten loslegen.«

»Komm Theo, du kommst mit uns«, drängte Lexie.

Er schüttelte heftig den Kopf. »Kevin McCallister«, wiederholte er.

»Ihr geht und ich werde sehen, ob ich ihn dazu bringen kann, mit mir zu reden«, meldete Monica sich freiwillig.

»Bist du dir sicher?«, fragte Lexie.

»Ich bin mir sicher und ich kann von hier aus den Eingang des Gebäudes sehen, also wird es mir gut gehen.«

»Ich schicke Pid her, sobald ich bei Food For All ankomme«, sagte Slate.

»Das ist nicht nötig ...«, begann Monica zu protestieren, aber bei dem Gesichtsausdruck des Mannes presste sie die Lippen zusammen und unterbrach ihren Satz.

»Danke, dass du mit ihm sprechen willst«, sagte Lexie leise, nachdem sie sich von dem aufgewühlten Mann abgewandt hatte. »Er ist eigentlich viel ruhiger, seitdem er hierhergezogen ist. So aufgebracht habe ich ihn schon lange nicht mehr gesehen.«

Monica nickte und als die Gruppe in Richtung Food For All aufgebrochen war, versuchte sie noch einmal, mit Theo zu reden. »Kannst du mir etwas über Kevin McCallister erzählen?«, fragte sie.

»Er ist ich. Ich bin er«, sagte Theo.

Monica runzelte die Stirn. Sie wusste, dass Theo versuchte, ihr etwas zu sagen, aber sie war sich nicht sicher, was es war. Es musste frustrierend für ihn sein. »Hast du gesehen, wer bei Food For All eingebrochen ist?«, fuhr sie fort.

Theo nickte und wiegte sich hin und her.

»Hast du mit ihm geredet?«

Er schüttelte den Kopf.

»Hast du ihn schon einmal gesehen?«

Er nickte noch einmal.

Monica wusste, dass sie diese Informationen an die Polizeibeamten weitergeben musste. Wenn Theo den Mann kannte, war es wahrscheinlich, dass Lexie und Elodie ihn auch kannten. »Hast du Angst, zu Food For All zu gehen?«

Theo nickte.

»Der Mann, der eingebrochen ist, ist weg. Die Polizei ist da. Die Beamten werden dich beschützen.«

Monica sah, wie die Farbe aus Theos Gesicht wich. »Nein, sie werfen mich ins Gefängnis.«

»Theo, kannst du mich ansehen?« Es dauerte eine volle Minute, aber sie war so stolz auf ihn, als er endlich aufsah und ihrem Blick begegnete. »Niemand wird dich ins Gefängnis werfen. Du hast nichts falsch gemacht«, sagte Monica.

»Kevin McCallister«, sagte Theo noch einmal.

Monica runzelte die Stirn. Was wollte er ihr mitteilen?

Aus dem Augenwinkel sah sie Stuart auf sich zukommen. Sie musste Theo warnen, damit er nicht erschrak. »Da kommt Stuart ... du kennst ihn wahrscheinlich als Pid.«

Theo warf einen Blick hinter sich und nickte dann wieder.

Es musste einen Grund geben, warum der Mann immer noch hier war. Wenn er so verängstigt war, wie er zu sein schien, wäre er wahrscheinlich längst in die sichere und vertraute Umgebung seiner Wohnung zurückgekehrt. Aber stattdessen hatte er Lexie aufgesucht und ging nicht einmal jetzt, obwohl Monica ihm fremd war. Was immer er ihnen zu sagen versuchte, musste wichtig sein.

»Hey«, sagte Stuart, als er näher kam.

Plötzlich kam Monica eine Idee. Sie war sich nicht sicher, ob sie auf dem richtigen Weg war, aber es war einen Versuch wert. Sie streckte eine Hand in Stuarts Richtung aus, der etwa einen Meter von ihr und Theo entfernt stehen blieb. Sie hatte keine Zeit, ihm zu erklären, was vor sich ging, aber hoffentlich würde er ihr und Theo etwas Raum geben, damit ihr neuer Freund nicht abgelenkt oder erschreckt wurde.

»Kevin McCallister war der Junge, der allein zu Hause gelassen wurde, richtig?«, fragte sie, als sie sich daran erinnerte, wie sehr ihre Schützlinge diesen Film geliebt hatten.

Theo hob hastig den Kopf und begegnete ihrem Blick, als er nickte. »Ja.«

»Und du hast gesagt, du bist er und er ist du?«, hakte sie nach.

Theo nickte enthusiastischer. »In New York, nicht Chicago.«

»Richtig, der zweite Film, als er ins falsche Flugzeug stieg und allein in New York ankam«, stellte Monica fest.

»Ja. Spielzeugladen. Tauben«, stimmte Theo zu.

»Warum bist du Kevin?«, fragte sie.

Theo senkte die Augenbrauen und seine Lippe begann zu zittern.

Monica hasste es, ihn so verzweifelt zu sehen. »Darf ich dich berühren?«, fragte sie. Sie wusste es besser, als jemanden wie Theo ohne seine Erlaubnis anzufassen.

Theo streckte die Hand so schnell aus, dass Monica sich erschreckte. Er packte ihre linke Hand und hielt sie so fest, als wäre sie eine Rettungsleine. Normalerweise wäre sie vor jedem zurückgeschreckt, der ihre verstümmelte Hand berührte, aber sie war zu besorgt darüber, was Theo ihr sagen wollte.

»Spielzeugladen. Räuber, die sich im Puppenhaus verstecken«, sagte er eindringlich.

»Stimmt, sie haben sich im Laden versteckt, bis er geschlossen war, um ihn dann auszurauben. Ist das bei Food For All passiert?«, drängte sie.

Theo schüttelte den Kopf. »Danach.«

Monica zerbrach sich den Kopf und versuchte, sich zu erinnern, was als Nächstes in dem Film passierte. Dann fiel es ihr ein. Ohne den Kopf zu drehen, erhob sie ihre Stimme und fragte: »Was wurde an dem Gebäude beschädigt, Stuart?«

Er hielt die Stimme gesenkt und Monica wusste es sehr zu schätzen, dass Stuart so umsichtig war. »Es sieht nicht so aus, als wurde das Schloss geknackt oder die Tür aufgehebelt. Aber die Frontscheibe wurde mit einem Stein zertrümmert.«

Monica nickte und drückte Theos Hand. »Du hast den Mann drinnen gesehen und das Fenster eingeschlagen, nicht wahr?«

Theos Augen füllten sich mit Tränen. »Er ist weggelaufen. Die Polizei wird mich ins Gefängnis stecken.«

Monica schüttelte den Kopf. »Nein, das wird sie nicht. Du hast es getan, um den Alarm auszulösen und Hilfe zu rufen, richtig?«

Theo nickte noch einmal und sah wieder auf den Bürgersteig hinunter.

»Das hast du gut gemacht, Theo. Es ist ein Glück, dass du dort warst und den Mann gesehen hast. Woher wusstest du, dass er ein Einbrecher war, als du das Fenster eingeschlagen hast, damit die Polizei kommt?«

»Er hatte schwarze Sachen an. Und er hat kein Licht angemacht. Es war dunkel und ich habe gesehen, wie er Sachen in eine große Tasche steckte. Das würde Lexie nicht gefallen.«

»Nein, das würde es nicht. Danke, dass du mir erzählt hast, was passiert ist. Wenn ich dir verspreche, dass dir nichts Schlimmes passieren wird, kommst du dann mit mir zu Food For All? Ich bleibe an deiner Seite und werde nicht zulassen, dass die Polizei dich ins Gefängnis steckt.«

»Versprochen?«

Der verängstigte Klang seiner Stimme berührte Monica. »Ich verspreche es.«

»Okay, wenn du bei mir bleibst.«

»Das werde ich. Lexie und Elodie werden so stolz auf dich sein. Genauso wie Mr. Duncan stolz auf Kevin war.«

Monica sah, wie ein kleines Lächeln über Theos Gesicht huschte. »Ich vertraue dir«, sagte er.

Seine Worte ließen Monica leicht erzittern. Dieses

Mann-Kind, das sie buchstäblich gerade erst kennengelernt hatte, vertraute ihr ... und sie schaffte es nicht, jemandem zu vertrauen, den sie bereits seit Wochen kannte. Es war etwas deprimierend.

Monica schob den Gedanken beiseite und drehte sich zu Stuart um, ohne Theos Hand loszulassen. Der Ausdruck von Bewunderung in seinem Gesicht ließ sie fast über ihre eigenen Füße stolpern. Sie konnte sich nicht erinnern, dass jemals jemand sie so angesehen hatte.

»Hey Theo, du wirst mir und dem Rest der Männer noch Komplexe machen. Wir sind hierhergekommen, um die Helden zu sein, nur um herauszufinden, dass du wieder einmal der Held des Abends bist«, sagte Stuart.

Monica spürte, wie der Mann neben ihr sich ein wenig aufrechter hinstellte. »Theo ist ein Held«, erklärte er.

»Ja, das bist du, Kumpel«, stimmte Stuart zu. Er trat neben Monicas rechte Seite und griff nach ihrer anderen Hand.

Mit ihr in der Mitte gingen Theo und Stuart den Gehweg in Richtung des Gebäudes von Food For All entlang, das jetzt hell erleuchtet war.

Bevor sie hineingingen, hielten sie inne und Monica fragte Theo: »Bist du bereit?«

»Bereit«, stimmte er zu.

Sie spürte ein Ziehen an ihrer rechten Hand und sah zu Stuart hinüber. »Du bist unglaublich«, sagte er leise, dann küsste er sie schnell auf die Schläfe, bevor er ihre Hand drückte und losließ.

Monica fühlte sich innerlich warm und weich, als sie Theo in das Gebäude führte, wobei sie auf die Glasscherben achtete, die direkt hinter der Tür überall auf dem Boden lagen.

Zwanzig Minuten, nachdem Theo zugegeben hatte, dass er das Fenster eingeschlagen, und nachdem er den Polizisten erzählt hatte, was er gesehen hatte, saßen er und Monica an einem der Tische. Jemand hatte Theo ein Blatt Papier und einen Bleistift besorgt und er beugte sich darüber und zeichnete.

Pid stand etwas abseits und behielt Monica im Auge. Die Art und Weise, wie sie geduldig mit Theo geredet und der Sache auf den Grund gegangen war, war beeindruckend. Kein Wunder, dass sie in ihrer Arbeit genauso gut war. Es überraschte ihn nicht, dass sich der Sohn des Botschafters in Algerien so große Sorgen um sie gemacht hatte.

Er spürte, wie jemand neben ihn trat, und drehte sich um, wo er Elodie sah. Sie legte einen Arm um ihn und lehnte ihren Kopf an seinen Bizeps.

»Ich mag sie«, sagte Elodie leise.

Pid konnte nicht anders, als zu lächeln. »Gut.«

»Ich meine, zuerst war ich mir bei ihr nicht sicher. Ihr beide scheint so unterschiedlich zu sein. Und sie schien nicht wirklich daran interessiert zu sein, jemanden von uns kennenzulernen.«

»Sie war nervös.«

»Das verstehe ich. Es ist nicht einfach, neu in einer Gruppe von Leuten zu sein, die sich sehr nahestehen. Mustang hat mir ein bisschen über sie erzählt, aber nicht viel. Ich war mir nicht sicher, was mich erwarten würde. Als sie beim Abendessen nicht einmal versucht hat, sich an unserem Gespräch zu beteiligen, war ich ein wenig verärgert. Aber nachdem ihr am Strand wart, ging es ihr besser.«

Pid nickte.

»Ich dachte mir, dass sie wahrscheinlich nur versucht hat, die Dynamik der Gruppe zu verstehen. Ich weiß, dass wir Frauen manchmal etwas überwältigend sein können. Aber nachdem ich gehört habe, wie sie mit Theo geredet und herausgefunden hat, was er mit Kevin McCallister gemeint hat, und sehe, wie sie jetzt ist, verstehe ich es.«

»Was verstehst du?«, fragte Pid aufrichtig interessiert.

»Sie ist still, introvertiert. Sie mag es nicht, auf sich aufmerksam zu machen. Sie wird nie sehr aufgeschlossen sein, besonders in der Öffentlichkeit. Aber wenn sie jemandem wie Theo begegnet, blüht sie auf wie eine Blume, die zum ersten Mal das Licht der Sonne sieht.«

Er nickte. »Sie braucht nur eine Weile, um mit den Leuten warm zu werden«, gab er zurück. »Sie hat zwei Wochen gebraucht, um in meiner Gegenwart wirklich sie selbst zu sein.«

Elodie nickte und ließ ihn los. »Wenn du sie nicht behältst, bist du verrückt, Pid.«

»Sie hat eine Karriere, Elodie«, erwiderte er. »Die Chance, dass sie bleibt, ist verdammt gering.«

»Dann ändere ihre Meinung«, argumentierte Elodie.

»Das ist nicht so leicht.«

»Warum nicht? Ich bin geblieben, genau wie Lexie. Gib ihr einen Grund zu bleiben, Pid.«

»Hey El, kannst du kurz herkommen?«, rief Lexie von der anderen Seite des Raumes, wo sie noch immer mit den Polizisten sprach.

»Ich komme!«, rief sie ihrer Freundin zu. Dann wandte sie sich noch einmal Pid zu. »Du siehst ... zufrieden aus. Ich habe dich in der ganzen Zeit, seit ich dich kenne, nur selten so entspannt gesehen. Wenn du sie gehen lässt, wirst du es bereuen.« Dann drehte sie sich um und ging durch den Raum zu Lexie.

»Tut mir leid, Mann«, sagte Mustang, als er näher kam.

»Hast du das gehört?«, fragte Pid seinen Freund.

»Das meiste. Elodie hat es sich zur Aufgabe gemacht, alle im Team so glücklich zu sehen, wie wir es sind.«

Pid nickte, kommentierte es aber nicht.

»Um eines festzuhalten, Monica scheint eine beruhigende Wirkung auf dich zu haben. In letzter Zeit scheinst du ausgelassener zu sein, wenn das Sinn macht«, ergänzte Mustang.

Für Pid ergab das vollkommen Sinn. Denn genauso fühlte er sich. Er freute sich darauf, seine Abende mit Monica zu verbringen. Es war entspannend, mit ihr zusammen zu sein. Und anstatt wie besessen die Nachrichten zu sehen und herauszufinden, wo ihre nächste Mission stattfinden könnte, verbrachte er seine Zeit damit, mit Mo zu reden und herauszufinden, wie er sie zum Lächeln bringen konnte.

Sein Freund klopfte ihm auf den Rücken und ging quer durch den Raum zu seiner Frau.

Slate war vor einiger Zeit gegangen, um Ashlyn nach Hause zu bringen, und Jag war bereits verschwunden, nachdem er sicher war, das sich um alles gekümmert wurde. Lexie und Elodie hatten darauf bestanden, dass Kenna und Aleck ebenfalls nach Hause gingen. Sie würden sich am nächsten Morgen mit Robert treffen, um einige Hochzeitsdetails zu besprechen. Es war bereits spät.

Pid war in Gedanken versunken und dachte darüber nach, was Elodie gesagt hatte, als er Monica auf sich zukommen sah. Sie hatte ein Stück Papier in der Hand.

»Was ist los?«, fragte er besorgt.

»Theo hat das hier gezeichnet. Ich glaube, es ist der Typ, den er heute Abend hier gesehen hat.«

Als Pid auf das Papier schaute, sah er ein perfektes Phantombild. »Heilige Scheiße, Theo kann zeichnen!«, rief er aus.

»Ich weiß. Ich meine, ich wusste, dass er es kann. Schau dir nur das schöne Wandbild an. Aber oft sind die Leute nur in einer Art des Zeichnens gut. Ich war mir nicht sicher, ob er gut darin sein würde, Gesichter zu zeichnen. Aber ich habe ihn ermutigt ... und das ist das Ergebnis.«

»Warum bringst du das nicht zu Lexie und den anderen und fragst, ob sie ihn erkennen? Nicht zuletzt wird die Polizei es brauchen, um herauszufinden, wer er ist.«

Monica zögerte. »Ich dachte, du könntest es rüberbringen.«

Pid streckte die Hand aus und legte seinen Finger unter ihr Kinn, damit sie seinem Blick begegnete. »Wovor hast du Angst?«, fragte er leise.

Monica zuckte mit den Schultern. »Heute Abend lief es nicht so toll. Ich weiß es, du weißt es, sie wissen es. Ich dachte mir, es wäre besser, wenn ich bei Theo bleibe, bis du gehen willst.«

»Mach dich etwas locker, Mo. Es hat eine Weile gedauert, bis wir uns aneinander gewöhnt haben. Warum dachtest du, dass es mit meinen Freunden anders sein würde?«

Der Ausdruck in ihren Augen brachte Pid fast um. Es war offensichtlich, dass sie mit den anderen Frauen befreundet sein wollte, aber sie war sich nicht sicher, wie sie das anstellen sollte.

»Ich werde mit dir gehen. Komm schon«, sagte er und gab ihr keine Gelegenheit zu protestieren. Er griff noch einmal nach ihrer Hand und zählte es als Gewinn, als sie sie nicht wegzog. Sie gingen zu Elodie und Lexie, die mit zwei Polizisten sprachen. Alle drehten sich zu ihnen um, als sie näher kamen.

»Ich habe Theo gebeten, ein Bild von dem Mann zu zeichnen, den er heute Abend im Gebäude gesehen hat«, sagte Monica ohne Einleitung, während sie ihnen das Blatt Papier hinhielt.

Lexie warf einen Blick darauf und schnappte nach Luft. »Heiliger Mist, das ist Cash!«

Elodie sah über ihre Schulter und nickte. »Ja, das ist er definitiv.«

»Wer ist Cash?«, fragte einer der Beamten.

»Er wurde vor Kurzem eingestellt, um meinen Platz in der Food For All Zentrale in der Innenstadt einzunehmen«, erklärte Lexie.

»Könnte es sein, dass er einen Schlüssel zu diesem Gebäude hat?«, fragte der Polizist.

»Das sollte er nicht. Aber es ist möglich, dass er irgendwann eine Kopie hat anfertigen lassen. Und es ist nicht unwahrscheinlich, dass er den Alarmcode herausgefunden hat. Er hätte also eintreten können, ohne den Alarm auszulösen.«

»Das werden wir überprüfen«, sagte der andere Beamte. »Diese Zeichnung sieht verdammt genau aus.«

»Danke«, sagte Lexie zu Monica.

Sie zuckte mit den Schultern. »Ich habe nichts getan.«

»Doch, das hast du. Du hast herausgefunden, dass es Theo war, der das Fenster eingeschlagen hat, um den Alarm auszulösen, und du hast ihn dazu gebracht, sich genug zu entspannen, um die Zeichnung anzufertigen. Du hast den Fall für die Polizei praktisch im Alleingang gelöst«, sagte Lexie zu ihr.

Monicas Wangen färbten sich rot. »Ich bin froh, dass ich helfen konnte«, sagte sie. »Aber ihr müsst euch bei Theo bedanken.«

»Wie auch immer, betrachte dich als Teil unseres Stammes«, sagte Lexie entschlossen. »Ich weiß, dass du dich bei uns noch nicht wohlfühlst, aber das wirst du.«

Monica sah sie überrascht an und ihre Wangen wurden röter. »Oh, ähm ... okay.«

»Und ich weiß, du bist dir nicht sicher, wie lange du bleibst, aber wenn du dir etwas mehr Zeit beim Durchsehen der Akten nimmst, lässt dich der Kommandant vielleicht

damit durchkommen, damit du sowohl bei Kennas Junggesellinnenabschied als auch bei ihrer Hochzeit dabei sein
kannst. Das würde uns sehr gefallen.«

Pid und Mustang brachen in Gelächter aus.

»Was?«, fragte Lexie. »Ich möchte nur, dass sie so lange
wie möglich hierbleiben kann.«

»Ich bin mir nicht sicher, ob es die beste Idee ist, sich in
eine offizielle Ermittlung einzumischen, während ihr vor
zwei Militärangehörigen und zwei Polizeibeamten steht«,
sagte Midas, als er neben Lexie trat und einen Arm um sie
legte.

»Ich mische mich nicht ein«, beharrte Lexie unschuldig.
»Ich will nur, dass Monica weiß, dass wir sie in ein paar
Wochen bei der Hochzeit dabeihaben wollen.«

Pid sah, wie Monica ihren neuen Freundinnen ein
kleines Lächeln schenkte. »Ich werde sehen, was ich tun
kann«, versprach sie.

»Toll!«, rief Lexie aus.

»Genial!«, fügte Elodie hinzu.

»Ich lasse euch hier weitermachen und werde nach
Theo sehen«, sagte Monica und deutete auf den Tisch auf
der anderen Seite des Raumes, an dem Theo über ein
weiteres Blatt Papier gebeugt war.

Nachdem sie gegangen war, wandte Lexie sich an Pid
und sagte: »Sie ist unglaublich.«

Er konnte sich ein Lächeln nicht verkneifen.
»Allerdings.«

»Wir sind hier fast fertig«, sagte einer der Beamten zu
Lexie.

Sie drehte sich wieder zu ihm um und Pid ging zurück
durch den Raum und stellte sich an die Wand in der Nähe
von Theo und Monica. Er konnte ihre Unterhaltung
mithören und Monica sah zu ihm hinüber. Er schenkte ihr
ein beruhigendes Lächeln und sie erwiderte es.

Der Anblick dieser entzückenden Grübchen ließ sein Herz noch einmal höherschlagen. Abwesend hörte er zu, wie Monica Theo versicherte, dass die Polizisten seine Zeichnung mochten. Sie sprachen darüber, dass Theo seine Sandwiches ohne Kruste mochte und dass er Waffeln hasste.

Monica fragte ihn, wie ihm seine Wohnung in der Nähe gefiel, und Theo sagte, sie gefalle ihm sehr. Er konnte schlafen, ohne sich Sorgen machen zu müssen, dass jemand seine Sachen stahl.

»Fühlst du dich dort sicher?«, fragte Monica.

»Ja, sicher.«

»Es ist wichtig, sich sicher zu fühlen«, sagte Monica sanft.

Theo sah zu ihr auf und fragte: »Fühlst du dich sicher?«

Pid verkrampfte sich, als er auf ihre Antwort wartete. Monica beantwortete Theos Frage, aber ihr Blick war auf Pid gerichtet, als sie sagte: »Weißt du was, das tue ich.«

»Gut«, sagte Theo zu ihr und tätschelte ihre linke Hand.

Pid wusste, dass sie sich nicht behaglich fühlte, wenn Leute ihre verstümmelten Finger berührten, aber es schien ihr nichts auszumachen, als Theo es tat.

»Pid ist ein guter Mann«, sagte Theo zu ihr. »Jetzt, wo er dich gefunden hat, wird er dich beschützen.«

Monicas Blick kehrte zu seinem zurück. »Wird er das?«, fragte sie.

Theo nickte, als könnte er in die Zukunft sehen und wüsste, was passieren würde. »Ja, Pid ist groß und stark.«

»Das ist er«, stimmte Monica mit einem kleinen Lachen zu.

Ihre Unterhaltung richtete sich wieder auf seine Lieblingsspeisen, aber Pid bewegte sich nicht von seinem Platz an der Wand. Er übersah nicht, wie Monica den Blick immer wieder zu ihm schweifen ließ, während sie Theo

Gesellschaft leistete und Lexie und Elodie ihre Unterhaltung mit den Polizisten beendeten.

Pid half Mustang und Midas, das Fenster mit Brettern zuzunageln, und nach weiteren dreißig Minuten waren alle bereit zu gehen. Midas kontaktierte eine Fensterfirma, die am nächsten Tag kommen würde, um die fehlende Scheibe zu ersetzen. Und die Beamten hatten ebenfalls alles, was sie im Moment brauchten.

Zum Abschied umarmte Theo erst Monica und dann alle anderen. Er ging den Bürgersteig hinunter in Richtung seiner Wohnung, während die anderen zum Parkplatz gingen, auf dem sie ihre Wagen abgestellt hatten.

Nachdem Lexie versprochen hatte, Monica über die Ermittlungen auf dem Laufenden zu halten, machten sie sich endlich auf den Weg.

Pid sah zu Monica hinüber. Sie hatte den Kopf zurückgelehnt und die Augen geschlossen. »Alles in Ordnung?«, fragte er.

»Ja«, antwortete sie, ohne zu zögern.

»Das war nicht gerade das Ende des Abends, wie ich es mir vorgestellt hatte«, kommentierte er trocken.

»Es war auf jeden Fall aufregend«, erwiderte sie, öffnete die Augen und drehte den Kopf zu ihm, ohne ihn von der Kopfstütze zu heben. »Tut mir leid, dass ich keinen besseren Eindruck gemacht habe.«

»Mo, hör auf. Du hast das gut gemacht. Außerdem lieben diese Frauen Theo. Und das nicht nur, weil er sich buchstäblich halb tot mit einem Messer im Körper über den Boden geschleppt hat, um Lexie zu retten, als sie in Schwierigkeiten steckte. Viele Leute behandeln ihn nicht gut. Es ist nicht zu leugnen, dass er nicht so toll riecht. Er ist seltsam, er ist manchmal schwer zu verstehen und doch hast du dich, ohne zu zögern, mit ihm angefreundet und ihn dazu gebracht, sich dir gegenüber zu öffnen. Allein das hat dir einen besonderen Platz in unseren Herzen verschafft.«

»Kinder und geistig behinderte Menschen mögen mich«, sagte sie. »Und ich mag sie. Ich weiß, dass es im Restaurant nicht so gut lief. Ich habe es versucht ... aber ich fühle mich in der Nähe der meisten Erwachsenen nicht wohl.«

»Ist schon okay«, beruhigte Pid sie. »Du brauchst einfach länger, um mit Leuten warm zu werden. Daran ist nichts auszusetzen. Und nach Lexies kleiner Ansprache heute Abend denke ich, es ist offensichtlich, dass du dir keine Sorgen machen musst.«

Monica kicherte. »Ich dachte, Mustang würde gleich tot umfallen, als sie mir sagte, ich solle mir mehr Zeit mit den Akten lassen.«

»Ja, allerdings«, stimmte Pid zu. »Gott, Lexie ist großartig, aber das war nicht der beste Zeitpunkt oder der beste Ort für dieses Gespräch, so viel ist sicher.«

»Kann ich dir etwas sagen?«

»Du kannst mir alles sagen«, stellte Pid klar.

»Zum ersten Mal in meinem Leben freue ich mich darauf, mit ein paar Frauen abzuhängen.«

»Das freut mich. Sie sind ein freundlicher Haufen Weiber und ich weiß, dass du viel Spaß mit ihnen haben wirst. Obwohl ich glaube, dass ich eifersüchtig bin.«

»Eifersüchtig?«, fragte Monica.

»Ja, wenn du mit ihnen zu Kennas Junggesellinnenabschied gehst, bedeutet das, dass ich einen Abend weniger mit dir verbringen kann.«

Als sie nicht reagierte, gab Pid sich geistig einen Tritt. Er hatte seine Karten zu früh ausgespielt und sie verunsichert – wieder einmal.

»Wir hängen jeden Abend ab«, sagte sie schließlich.

»Ja«, stimmte er zu.

»Es ist ... schön«, flüsterte Monica.

Pid richteten sich die Nackenhaare auf. Für manch andere Frau wären diese Worte bestenfalls bedeutungslos und würden einen Mann glauben lassen, dass sie nicht glücklich ist, Zeit mit ihm zu verbringen. Aber von Monica war es wirklich ein großes Lob.

»Ja, das ist es.«

Den Rest des Weges zurück zu seinem Haus schwiegen sie. Pid parkte und wartete vor dem Minivan auf sie. Er legte seine Hand auf ihren Rücken, als sie zur Haustür gingen. Pid schloss auf und schaltete das Licht ein, nachdem sie eingetreten waren.

Als sie zum Flur zu ihrem Zimmer ging, fragte Pid: »Mo?«

Sie blieb stehen und drehte sich zu ihm um. »Ja?«

Er ging langsam auf sie zu, den Blick auf ihren gerichtet. Hätte er das geringste Anzeichen dafür gesehen, dass sie sich unwohl fühlte oder nervös war, während er auf sie zuging, hätte er angehalten und nur Gute Nacht gesagt.

Aber alles, was er in ihren Augen sah, war dieselbe Sehnsucht, die er tief in seiner Seele spürte.

Monica leckte sich über die Lippen, als sie ihn anstarrte.

»Ich werde dich jetzt küssen«, platzte er heraus und wartete auf ihre Reaktion.

Ihre Augen weiteten sich – und oh Wunder aller Wunder, sie nickte.

Pid bewegte sich langsam und beugte sich vor. Seine Lippen bedeckten sanft die ihrigen und sofort spürte er, wie die Funken dieser zarten Verbindung bis in seine Zehen schossen. Er war noch nie so tief von einer Frau berührt worden. Er war sich nicht sicher, was er denken sollte ... außer, dass er nie mehr aufhören wollte, sie zu küssen.

Er griff jedoch nicht nach ihr. Er zog sie nicht an seine

Brust, obwohl er sich danach sehnte. Er legte einfach den Kopf zur Seite und vertiefte allmählich ihren Kuss. Sie streckte schüchtern ihre Zunge aus und berührte seine. Und plötzlich war Pid so hart wie noch nie in seinem Leben zuvor.

Dieser kleine Vertrauensbeweis besiegelte sein Schicksal. Er wollte diese Frau mit jeder Faser seines Seins, aber er wusste, dass er langsam vorgehen musste. Ihr Vertrauen zu gewinnen war ihm jetzt wichtiger als alles andere in seinem bisherigen Leben.

Obwohl er sie die ganze Nacht hätte küssen wollen, zwang Pid sich dazu, seine Lippen von ihren zu lösen. Ihre Pupillen waren geweitet und er musste sich zwingen, sie nicht zu packen, als sie sich erneut über die Lippen leckte, nachdem er sich zurückgezogen hatte.

»Ähm ... wow«, sagte sie leise.

Pid grinste. »Ja, wow.« Er beugte sich noch einmal herunter und küsste sie ehrfürchtig auf die Stirn. »Schlaf gut, Mo.«

Sie sah eine Sekunde verwirrt aus, dann nickte sie. »Du auch.«

Pid hatte das Gefühl, dass sie glaubte, er würde mehr verlangen, und stellte fest, dass es ihm gefiel, sie zu überraschen. Er wollte nicht wie andere Männer in ihrem Leben sein. Aber dieser Kuss ließ sie wissen, dass er an mehr als einer platonischen Freundschaft interessiert war. Er würde sich ihrem Tempo anpassen, aber die Veränderung in ihrer Beziehung fühlte sich gut an. Er betete, dass sie am nächsten Morgen noch genauso denken würde und ihre Beziehung voranbringen wollte.

Es tat fast weh, sich von ihr abzuwenden und in sein Zimmer zu gehen, aber er tat es. Monica musste wissen, dass sie ihm vertrauen konnte. Sie hatte Theo vorhin gesagt, dass sie sich in seinem Haus sicher fühlte, und er würde sich lieber einen Arm abschneiden, als irgendetwas zu tun, um diesen Fortschritt zunichtezumachen.

Monica war ihm unter die Haut gefahren und er konnte sie nicht mehr herausbekommen. Nichts hatte sich geändert. Sie würde wahrscheinlich immer noch bald abreisen, aber für ihn gab es jetzt kein Zurück mehr. Pid hoffte nur, dass es ihr genauso ging.

KAPITEL ZWÖLF

Monica verbrachte die folgende Woche jeden Tag auf dem Stützpunkt und sah sich weitere Profile an, ohne jemanden zu entdecken, der dem Mann, den sie gesehen hatte, auch nur im Entferntesten ähnlich sah. Ihre Abende verbrachte sie wie immer mit Stuart, aber nach diesem Kuss hatten sich die Dinge zwischen ihnen verändert. Stuart war empfindlicher. Er überschritt nie ihre Grenzen, tat nie etwas, wobei sie sich unsicher fühlte, aber er berührte ihren Rücken, wenn er in der Küche an ihr vorbeiging. Er küsste sie die ganze Zeit auf den Kopf. Er hielt sogar ihre Hand, wenn sie abends auf der Terrasse saßen.

Er erzählte ihr mehr Geschichten über seine Kindheit in Alaska und über einige der Orte, an denen er beruflich gewesen war, sofern die Navy ihm erlaubte, darüber zu sprechen. Als sie ihn fragte, was mit Lexie passiert war, erzählte er ihr, ohne zu zögern, die Geschichte und anschließend von Kennas schrecklichen Erfahrungen und auch mehr über Elodie.

Als sie hörte, was die drei Frauen durchgemacht hatten, fühlte Monica sich ihnen irgendwie näher. Sie hatte sie seit dem Tag nicht mehr gesehen, als sie zusammen zu Abend gegessen hatten und dann zu Food For All gefahren waren, aber sie hatten ihr alle eine SMS geschickt. Langsam hatte sie das Gefühl, sich mit ihnen identifizieren zu können, und sie sich mit ihr.

Diese Frauen wussten, wie es war zu leiden. Sie hatten ihre eigenen schrecklichen Erfahrungen gemacht, und sie hatten überlebt, genau wie sie. Obwohl Monica das Gefühl hatte, dass sie viel weniger in der Vergangenheit festhingen als sie. Aber sie arbeitete daran. In der Nähe von Stuart und seinen Freunden zu sein und zu sehen, wie sie ihre Frauen behandelten, ließ sie langsam das Vermächtnis ablegen, das ihr Vater ihr hinterlassen hatte. Sie wollte stark, lustig und sorglos sein. Sie wollte die Menschen nach ihrem Handeln beurteilen und nicht nach ihrem Beruf oder ihrer Uniform.

Der Junggesellinnenabschied war für das folgende Wochenende geplant. Samstagabend wollten sie in ein paar Kneipen in Waikiki gehen und dann zurück zu Kennas und Alecks Penthouse, um die Nacht dort zu verbringen. Monica war sich wegen der Übernachtung nicht sicher gewesen, aber als Kenna angerufen hatte, um ihr von den Plänen für den Abend zu erzählen, hatte Monica nicht Nein sagen können.

Aleck würde die Nacht bei Slate verbringen und den Frauen Raum geben, tun und lassen zu können, was sie wollten, ohne sich Sorgen machen zu müssen, dass die Männer sie beobachteten.

Als Stuart sie gestern vom Stützpunkt abgeholt und ihre blutunterlaufenen Augen gesehen hatte, hatte er ein finsteres Gesicht gemacht. Den ganzen Tag auf einen Computer zu starren fing an, sie zu nerven, obwohl sie ihr Bestes tat, es Stuart nicht merken zu lassen.

Natürlich war er in das Büro seines Kommandanten marschiert und hatte ihm gesagt, dass Monica sich am

Freitag freinehmen würde, dass sie eine Pause brauchte. Zum Glück hatte der Kommandant damit kein Problem. Es war nicht so, als wäre er ihr Chef. Ja, sie war auf seine Aufforderung hin da, aber trotzdem.

Nicht nur das, der Kommandant hatte sich auch noch einmal entschuldigt ... und Monica mehr oder weniger gesagt, dass sie gehen könnte, wann immer sie wollte. Er war immer noch verzweifelt auf der Suche nach dem abtrünnigen SEAL, aber er hatte nicht das Recht gehabt, sie zu zwingen, gegen ihren Willen nach Hawaii zu kommen.

Sie war gelinde gesagt geschockt gewesen. Aber sie hatte Huttner versichert, dass sie jetzt, wo sie einmal hier war und ihre Agentur die Position des Kindermädchens des Botschafters neu besetzt hatte, die Sache durchziehen wolle. Sie wollte bleiben und weiter versuchen, den Mann zu identifizieren, den sie gesehen hatte.

Ihre Reaktion hatte sowohl Kommandant Huttner als auch Stuart überrascht, aber beide hatten versucht, ihre Reaktionen zu verbergen. Der Kommandant hatte ihr gedankt ... aber den Ausdruck auf Stuarts Gesicht hatte sie nicht deuten können. Aber sie nahm an, dass er mit ihrer Entscheidung zufrieden war.

Heute, an ihrem unerwartet freien Tag, wollte Stuart sie dem berüchtigten Baker vorstellen, von dem sie so viel gehört hatte. Als sie den anderen Frauen per SMS erzählt hatte, was Stuart vorhatte, gab es eine Flut von Antworten über den Mann. Elodie hatte sie gebeten, ein Foto zu machen, und Lexie und Kenna waren ebenfalls dafür gewesen.

Monica kicherte bei dem Gedanken daran, so zu tun, als würde sie die Landschaft fotografieren oder so, nur um heimlich ein Bild dieses Baker-Typen zu machen. Nachdem sie gehört hatte, wie intensiv und irgendwie beängstigend er war, würde sie kein Risiko eingehen, dabei erwischt zu werden. Außerdem würde sie es auch nicht mögen, wenn jemand so etwas mit ihr machte ... aber sie konnte nicht umhin, neugierig zu sein, ob der Mann wirklich so gut aussah, wie die anderen behaupteten.

»Du scheinst heute irgendwie anders zu sein«, sagte Stuart, als er zu den beliebten Stränden der Nordküste fuhr. »Entspannter oder so.«

»Das bin ich«, entgegnete Monica. »Zu wissen, dass ich gehen kann, wann ich will, hat etwas Druck von mir genommen.«

»Hast du von deiner Agentur schon etwas über eine neue Position gehört?«

Monica versuchte erfolglos, Stuarts Gesichtsausdruck zu deuten. Wollte er, dass sie ging? Wollte er nur höflich sein oder hatte er einen Hintergedanken?

Als könnte er ihre Gedanken lesen, sagte Stuart: »Fürs Protokoll, ich bin hundertprozentig damit einverstanden, dass du bleibst, solange du willst. Ich glaube, ich habe neulich Abend deutlich gemacht, wie sehr ich dich mag, Mo.«

Bei seinen Worten breitete sich ein warmes Gefühl in ihr aus. Hatte ihr jemals jemand so deutlich gesagt, dass er nicht wollte, dass sie ging? Nein. Während ihrer vielen Anstellungen als Kindermädchen hatte sie niemals einer ihrer Chefs gebeten, über ihren Vertrag hinaus zu bleiben. »Ich habe der Agentur eine E-Mail geschickt, in der ich die Mitarbeiter dort über meine Situation informiert habe, aber ich habe sie gebeten, mich noch nicht auf die Vermittlungs-liste zu setzen.«

Das Lächeln, das Stuart in ihre Richtung schoss, verwandelte die Wärme in ihr zu Hitze.

»Gut.«

Ein Wort, mehr brauchte es nicht, damit Monica die Knie weich wurden.

Ihre Gefühle für Stuart änderten sich schnell von Dankbarkeit, dass er ihr eine Bleibe gegeben hatte, damit sie nicht auf dem Navy-Stützpunkt wohnen musste, zu etwas ... Intimerem ... Persönlichem. Der Kuss, den sie vor einer Woche geteilt hatten, war anders als jeder Kuss, den sie je bekommen hatte, zufriedenstellender. Und auf jeden Fall heißer.

Sie mochte Stuart wirklich. Sie mochte es, in seiner Nähe zu sein, mochte ihn als Menschen, und sie musste zugeben, dass sich dieses »Mögen« vertiefte, je länger sie blieb. Was sie zu Tode erschrecken sollte. Wenn sie darüber nachdachte, tatsächlich eine Beziehung mit Stuart zu haben, wurde ihr bei der Vorstellung fast schwindelig.

»Weißt du«, fuhr er fort, »es gibt auf Oahu auch viele Leute, die Kindermädchen brauchen.«

Monica verstummte, als seine Worte in ihr Gehirn eindrangen. Es war unglaublich, dass ihr nicht einmal der Gedanke in den Sinn gekommen war.

»Ich versuche nicht, dir vorzuschreiben, wie du dein Leben leben sollst. Du bist eine erwachsene Frau, die schon seit Langem allein Entscheidungen trifft. Aber das Gute an deinem Beruf ist, dass es überall Kinder mit berufstätigen Eltern gibt.«

Damit lag er nicht falsch.

Monica nickte, während ihre Gedanken sich im Kreis drehten. Sie war sich nicht sicher, ob ihre Agentur ihr bei der Vermittlung hier helfen könnte, da sie mehr auf Bedienstete im Ausland spezialisiert war. Aber sie glaubte nicht, dass sie mit ihrer Erfahrung Probleme haben würde, eine Anstellung als Kindermädchen zu finden. Vielleicht allerdings keine Position als Vollzeitkindermädchen inklusive Unterkunft.

»Ich mag diesen Gesichtsausdruck«, sagte Stuart.

Sie warf einen Blick zu ihm und sah ihn lächeln, während er fuhr.

Es gab so viel, was Monica sagen wollte, aber ihre Gedanken drehten sich um ihre Zukunft. War sie verrückt, dass sie tatsächlich daran dachte hierzubleiben? Wahrscheinlich. Aber zum ersten Mal seit Ewigkeiten – vielleicht zum ersten Mal überhaupt – freute sie sich auf ihre Zukunft.

Ihr fehlten die Worte, Stuart zu sagen, was sie dachte, aber sie wollte ihm zeigen, dass sie seinen Vorschlag nicht ablehnte. Also streckte sie die Hand aus und berührte seine, die zwischen ihnen auf der Armlehne ruhte.

Erst als sich seine Finger um ihre Hand schlossen, wurde ihr klar, dass sie ihre linke Hand benutzt hatte. Das allein sollte genug sein, um sie vor Schock erstarren zu lassen. Sie vergaß nie ihre verstümmelten Finger. Aber ihr einziger Gedanke war es gewesen, Stuart zu berühren, als sie nach ihm griff.

Das Lächeln auf seinem Gesicht war so breit geworden, als sie ihn berührte, dass Monica es nicht übers Herz brachte, jetzt loszulassen. Also fuhren sie Händchen haltend in Richtung Norden, Stuart mit einem albernen Grinsen im Gesicht und Monica, die zu viel darüber nachdachte, was sie als Nächstes in ihrem Leben machen sollte, während sie sich darüber wunderte, dass ein so erstaunlicher Mann wie Stuart sich für sie zu interessieren schien.

Eine Stunde später fuhr Stuart auf einen großen Strandparkplatz, der fast voll war. Sie fanden einen Platz im hinteren Teil des Parkplatzes. Als er den Motor abstellte und Monica aussteigen wollte, drückte er ihre Hand. »Mo?«

Sie drehte sich wieder zu ihm um. »Ja?«, fragte sie und war aus irgendeinem Grund plötzlich schüchtern.

»Ich weiß, dass du auf dem Weg hierher ziemlich lange nachgedacht hast. Es tut mir leid, dass Huttner dich im

Grunde gezwungen hat, nach Hawaii zu kommen, aber ich bin froh, dass ich dich besser kennenlernen durfte. Ich würde mich freuen, wenn du dich entscheiden würdest zu bleiben. Aber wenn nicht, möchte ich trotzdem in Kontakt mit dir bleiben. Denn ich finde dich ziemlich großartig.«

Monica schluckte schwer. Sie war noch nicht bereit, alles, was sie dachte und fühlte, preiszugeben. Sie mochte Stuart ... aber vertraute sie ihm? Er könnte sie verletzen und sie hatte sich zu lange vor solchen Enttäuschungen beschützt, um jetzt damit aufzuhören.

Aber sie wollte, dass er wusste, wie sehr sie es schätzte, was er für sie getan hatte. Er hätte sie nicht bei sich wohnen lassen müssen. Er hätte seinem Kommandanten nicht die Stirn bieten müssen. Er musste nicht versuchen, alles zu tun, um sie in seinen Freundeskreis zu integrieren. Aber er tat es.

»Ich weiß noch nicht, was ich tun werde, aber im Moment möchte ich weiterhin die Akten nach dem Mann durchsuchen, den ich gesehen habe. Er muss aufgehalten werden und wenn ich die Einzige bin, die ihn identifizieren kann, muss ich weitersuchen. Aber ... ich hätte nichts dagegen, auch mit dir in Kontakt zu bleiben.«

Sie konnte sehen, dass ihre Worte nicht genau das waren, was Stuart hören wollte, aber sie schätzte es sehr, dass er nicht weiter drängte. Sie wusste, dass er sie nie zu etwas zwingen würde, was sie nicht wollte oder nicht bereit war, freiwillig zu tun.

»Komm schon, lass uns einigen Surfern zusehen, wie sie Wellen reiten.« Dann hob er ihre verstümmelte Hand an seine Lippen und küsste sie auf den Handrücken.

Monica hielt den Atem an, als sie seinen Gesichtsausdruck beobachtete. Sie sah keinen Ekel, kein Mitleid. Wenn sie sich nicht irrte, sah sie Bewunderung und Zuneigung.

Dann ließ er los und drehte sich um, um aus dem Minivan zu steigen.

Ohne nachzudenken, tat sie dasselbe und traf Stuart hinter dem Wagen. Als wäre es die natürlichste Sache der Welt, nahm er wieder ihre Hand – ihre linke – in seine und ging auf den Strand zu.

Der Wind blies stetig, sodass Monica sich wünschte, sie hätte daran gedacht, ihr Haar zurückzubinden, bevor sie gegangen waren. Die blonden Strähnen wehten über ihr Gesicht und sie rümpfte die Nase, als sie sie wegwischte.

»Hier.«

Als sie auf Stuarts Hand hinunterschaute, war sie überrascht, eines ihrer Haargummis auf seiner Handfläche liegen zu sehen.

»Was ... Wie ...«, stammelte sie.

Er zuckte mit den Schultern. »Ich habe bemerkt, wie oft du diese Dinger vergisst, also habe ich mir vor unserer Abfahrt eines in die Tasche gesteckt, nur für alle Fälle.«

Hätte er nicht ihre Hand gehalten, wäre Monica wahrscheinlich vor Schock und Überraschung umgefallen. Er war ein Kerl. Ein verdammter Navy SEAL! Und er hatte eines ihrer Haargummis in der Tasche? Nur für alle Fälle?

Heilige Scheiße.

Sie griff danach und blieb stehen, damit sie ihre Haare zurückbinden konnte. Sie war sich Stuarts Blicken auf ihr bewusst, als sie die eigensinnigen Strähnen zusammenzog und schnell und effizient zu einem unordentlichen Knoten zusammenband.

»Das sieht so einfach aus, wenn du das tust«, kommentierte er, als sie fertig war und sie weitergingen.

»Das ist kein Hexenwerk«, antwortete sie ernst.

Stuart grinste sie nur an. Mit einem Lächeln auf dem Gesicht gingen sie Hand in Hand auf den Strand zu, während riesige Wellen ans Ufer krachten.

»Wow«, sagte Monica, als sie einen Blick auf die größten Wellen warf, die sie je in ihrem Leben gesehen hatte. »Ich kann nicht glauben, dass die Leute freiwillig da raus gehen.«

Stuart lachte. »Auch nicht mein Ding, aber Surfer sehnen sich nach dieser Art von Wellen.«

»Hallo!«, sagte eine weibliche Stimme zu ihrer Rechten.

Monica drehte sich um und sah eine Frau in den Vierzigern oder Fünfzigern an einem Picknicktisch im Schatten sitzen. Sie hatte eine große Kühlbox neben sich und ein Fernglas stand auf dem Tisch. Ihr dunkelbraunes Haar wehte in der Brise und ihre braunen Augen sahen freundlich und einladend aus.

»Wenn ich raten müsste, würde ich sagen, dass ihr Bakers Freunde seid«, sagte die Frau mit einem wissenden Lächeln.

Stuart nickte und ging zu der Frau hinüber. »Da würdest du richtig raten. Ich bin Pid und das ist Monica.«

»Ich bin Jodelle, aber alle nennen mich Jody.«

»Schön, dich kennenzulernen«, sagte Monica, während Stuart ihr zunickte.

»Habt ihr Hunger?«, fragte sie. »Ich habe ein paar Sandwiches.«

»Nicht für mich. Mo?«

Monica schüttelte den Kopf. Dann platzte sie heraus: »Bietest du jedem Fremden, den du am Strand triffst, etwas zu essen an?«

Jody lachte. Es war ein sorgloser und einfacher Klang. »So ziemlich, ja. Aber ich bringe hauptsächlich Snacks für meine Jungs. Ich komme jeden Morgen vor der Schule hierher und sorge dafür, dass meine Jungs den Unterrichtsbeginn nicht verpassen, weil sie die Zeit in den Wellen vergessen. Die meisten gehen von hier direkt zur Schule und ich weiß, dass sie nichts zum Frühstück essen würden, wenn ich ihnen nicht ein paar Tortillas gebe, bevor sie in ihre Fahrzeuge springen. Und nach der Schule will ich sichergehen, dass sie genügend Energie haben, um da draußen in den Wellen sicher zu sein. Also mache ich Sandwiches und verteile sie.«

»Wow«, sagte Monica.

Jody kicherte wieder. »Ich weiß, die meisten Leute halten mich für verrückt, aber das ist mir egal. Die Surfergemeinschaft hat sich um mich gekümmert, als ich sie am dringendsten gebraucht habe, und ich zeige meine Wertschätzung gern auf diese Weise.«

Monica musterte sie genau. Unter dem offenen und einladenden Gesichtsausdruck der Frau sah sie ... Schmerz. Dieser Frau war etwas Schlimmes zugestoßen und es verfolgte sie noch heute.

Monica wusste, wovon sie sprach.

»Woher weißt du, dass ich ein Freund von Baker bin?«, fragte Stuart.

Jody verdrehte die Augen. »Hast du dich selbst mal angesehen?«, fragte sie rhetorisch.

Monica konnte ein Kichern nicht unterdrücken, als sie den verwirrten Ausdruck auf Stuarts Gesicht bemerkte.

»Was?«, fragte er mit gerunzelter Stirn.

Das brachte Monica nur noch mehr zum Lachen. Bald stimmte Jody mit ein.

Als Antwort verdrehte Stuart die Augen.

Offensichtlich hatte Jody Mitleid mit ihm und erklärte: »Es ist einfach dein Aussehen. Du siehst definitiv nicht wie ein Surfer aus, aber du hast die gleiche Ausstrahlung wie Baker.«

»Ausstrahlung, hm?«, sagte Stuart.

»Wenn jemand auch nur falsch atmet, bist du da, um dich darum zu kümmern«, platzte Monica heraus.

Stuarts Blick traf auf ihren.

»Genau«, bestätigte Jody mit Nachdruck.

»Und das ist gut?«, fragte er. Aber seine Frage richtete sich an Monica, nicht an die Frau, die neben ihnen am Tisch saß.

»Oh ja«, sagte sie leise. Zur gleichen Zeit sagte Jody: »Natürlich.«

Monica starrte Stuart in die Augen, unfähig wegzusehen. Schließlich machte er den ersten Schritt, um den intimen Bann zu brechen, der sich um sie gelegt hatte, indem er sich Jody zuwandte. »Ist er hier?«

»Ja, er ist da draußen und behält meine Jungs im Auge.« Jody deutete mit ihrem Kinn auf das Meer.

Monica sah auf das Wasser hinaus und konnte zwischen dem Auf und Ab der Wellen ein paar Köpfe ausmachen, aber das war es auch schon. Dann sah sie, wie jemand aufstand, als würde er auf dem Wasser laufen, und auf einer der Monsterwellen ritt, die zum Ufer rollte.

Es war nahezu poetisch und gleichzeitig höllisch beängstigend. Auf keinen Fall wollte sie der Kraft des Meeres so schutzlos ausgesetzt sein und ganz bestimmt wollte sie nicht auf einer dieser Wellen reiten, die irgendwann unvermeidbar auf die Erde krachen würden.

Aber irgendwie verschwand die Person auf dem Surfbrett in letzter Sekunde in den Fluten und paddelte zurück aufs Meer hinaus, als die Welle, auf der sie geritten war, in einem Wirbel aus Schaum und wütenden Spritzern brach.

»Es ist wunderschön, nicht wahr?«, fragte Jody.

Das war es, obwohl Monica dachte, dass die Intensität der Wellen die Schönheit irgendwie übertönte. Aber sie nickte trotzdem.

»Ich schätze, wenn er dich hier sieht, wird er an Land kommen«, erklärte Jody ihnen.

»Weil er hier jemanden sieht, der mit dir spricht«, sagte Stuart. Es war keine Frage.

Jody zuckte mit den Schultern. »Er beschützt jeden, den

er kennt«, antwortete sie betont lässig, aber nicht sehr erfolgreich.

Monica hatte das Gefühl, dass da mehr als nur eine Freundschaft zwischen Jody und dem mysteriösen Baker war, aber sie kannte beide nicht gut genug, um wirklich spekulieren zu können.

Zehn Minuten vergingen, bis sie einen Mann aus den tosenden Fluten auftauchen sahen. Er erinnerte Monica ein wenig an Aquaman, der sich aus den Wellen erhob, als wäre er immun gegen ihre Gewalt. Er hatte ein Surfbrett unter dem Arm und kam mit langen Schritten in ihre Richtung.

Unbehagen wirbelte in Monicas Bauch herum. Sie erinnerte sich an all die Geschichten, die die anderen Frauen über Baker erzählt hatten, und sie hatte das Gefühl, er würde sich von Stuart und seinen Teamkameraden unterscheiden.

Als der Mann näher kam, sah Monica, dass er einen Neoprenanzug mit langen Ärmeln trug. Das Material schmiegte sich wie eine zweite Haut an seinen Körper und umriss seine muskulöse Brust und die Oberschenkel. Die Hosenbeine des Anzugs endeten knapp über seinen Knien und seine Waden spannten sich an, als er über den Sand schritt.

Monica konnte nicht anders, als sie anzustarren, während er sich näherte. Elodie und die anderen hatten recht – der Mann war umwerfend schön. Obwohl er wahrscheinlich in den Fünfzigern war, hielt er sich offensichtlich in Topform. Die silbernen Strähnen in seinem Haar und der sorgfältig gestutzte Bart betonten nur seine Männlichkeit, anstatt ihn alt aussehen zu lassen. Er war definitiv ein Silberfuchs, ein Begriff, den sie kürzlich online gesehen hatte, als jemand einen Hollywood-Frauenschwarm beschrieben hatte.

Aber er war auch höllisch einschüchternd. Monica

ertappte sich dabei, wie sie einen Schritt zurücktrat, als er zum Picknicktisch kam.

Er brauchte einen Moment, um sein Surfbrett gegen einen Baum in der Nähe zu lehnen, bevor er sich ihnen näherte. »Pid«, sagte er mit einem Nicken.

»Hey Baker.«

»Was führt dich in meine Gegend? Geht es den Frauen gut? Hat Carly vom Sohn ihres Ex-Freundes gehört?«

»Es geht allen gut. Und ich weiß nichts über Carly, aber ich glaube nicht. Jag hätte etwas gesagt«, sagte Stuart zu ihm.

Baker nickte.

»Ich bin sicher, du hast von Alecks und Kennas Hochzeit in ein paar Wochen gehört?«

»Die Luau am Strand? Ja.«

Monica beobachtete, wie Stuart und Baker sich unterhielten, und bemerkte den offensichtlichen Respekt, den die beiden Männer füreinander hatten. Dann richtete Baker seine jadegrünen Augen auf sie.

»Monica Collins, nehme ich an?«, fragte er.

Sie konnte nur nicken.

»Schön, dich kennenzulernen. Vielen Dank, dass du beim Generalinspekteur keine Missbrauchsanzeige gegen Kommandant Huttner eingereicht hast. Er hat definitiv seine Befugnisse überschritten, als er Pid und das Team aufgefordert hat, dich nach Hawaii zu bringen. Aber er hatte gute Absichten im Sinn.«

»Ähm ... gern geschehen.«

»Noch kein Glück mit den Fotos, oder?«, fragte Baker und fuhr dann fort: »Aber du bist erst bis zum Anfangsbuchstaben H gekommen, also war das zu erwarten.«

Monica hatte keine Ahnung, woher er so viel über das wusste, was sie tat. Am Tag zuvor hatte sie gerade begonnen, die Akten von Männern durchzusehen, deren Nachname mit H anfing. »Ja«, sagte sie lahm.

»Nun, wir alle wissen deine Arbeit zu schätzen«, sagte er zu ihr. »Niemand kommt damit davon, den guten Ruf der SEALs zu beschmutzen.«

Monica schluckte schwer, weil sie nicht wissen wollte, was genau er damit meinte und welche Konsequenzen es hatte, wenn jemand ein abtrünniger SEAL war.

»Wie ich sehe, habt ihr Jodelle kennengelernt.«

»Wie sind die Bedingungen da draußen, Baker?«, fragte Jody.

Wenn Monica den älteren Mann nicht angesehen hätte, hätte sie nicht bemerkt, wie sanft seine Gesichtszüge plötzlich wurden, als er mit Jody sprach.

»Nicht schlecht. Den Jungs geht es gut. Ich habe ihnen gesagt, dass es langsam Zeit wird. Sie sollten also bald rauskommen, um nach Hause zu fahren und ihre Hausaufgaben zu machen.«

Jody schenkte ihm ein zufriedenes Lächeln. »Gut.«

Baker wandte sich wieder Stuart zu. »Also? Was bringt euch hierher, wenn es nicht um die Mädchen geht?«

Monica kicherte in Gedanken über Baker, der Elodie, Lexie und Kenna als »Mädchen« bezeichnete. Aber sie stellte sicher, dass man ihr diese Gedanken nicht ansah.

»Mo brauchte eine Pause vom Büro und ich wollte sie dir vorstellen. Und vielleicht halten wir auf dem Rückweg bei Matsumoto an, damit sie das beste geraspelte Eis der Insel probieren kann. Ich wollte aber auch sehen, ob du einen Einblick hast, wer dieses Arschloch sein könnte, das dem Kommandanten so das Höschen verdreht hat.«

Monica musste sich ein Lachen verkneifen.

»Was?«, fragte Stuart mit einem Lächeln. »Es ist definitiv verdreht. Aber ich kann es ihm nicht verdenken.«

»Ich wünschte, ich hätte eine Ahnung«, sagte Baker. »Ich

war mit Huttner in Kontakt und wir sind ein paar Möglichkeiten durchgegangen, aber ohne weitere Informationen sind wir in einer Sackgasse gelandet.«

»Du meinst, ohne dass ich euch mehr Informationen über ihn geben kann«, merkte Monica leise an.

Baker zuckte die Achseln, was Monica als ein Ja interpretierte.

Sie hasste es, den Mann nicht deutlich genug beschreiben zu können, damit jemand ein Bild von ihm zeichnen könnte. Sie hatte in Erwägung gezogen, Theo zu bitten, es auszuprobieren, nachdem sie das Bild gesehen hatte, das er von dem Mann gezeichnet hatte, der bei Food For All eingebrochen war. Aber sie hatte nicht das Gefühl, dass sie genug von dem Kerl gesehen hatte, als dass irgendjemand ein Phantombild des Mannes hätte zeichnen können. Sie fühlte sich, als hätte sie versagt, obwohl sie nicht darum gebeten hatte, die Verantwortung dafür zu übernehmen, herauszufinden, wer er war.

»Handtuch?«, fragte Jody Baker und hielt ihm ein flauschiges dunkelblaues Handtuch hin.

»Danke«, sagte Baker, als er es nahm.

Der sehnsüchtige Ausdruck auf Jodys Gesicht war unverkennbar. Und in der Sekunde, in der sie wegschaute, spiegelte sich derselbe Blick auf Bakers Gesicht wider.

Für eine Sekunde hatte Monica die Vision, die beiden zu verkuppeln. Sie könnte Kenna und den anderen erzählen, was sie beobachtet hatte, und versuchen, bei der Hochzeit irgendwie etwas zu arrangieren. Sie könnten Jody und Baker vielleicht etwas angetrunken machen und sehen, ob sie auf die Funken reagierten, die zwischen ihnen flogen.

Aber dann überlegte sie es sich anders. Sie hatte das Gefühl, dass sich niemand in Bakers Leben einmischen sollte. Er würde es nicht zulassen. Sie dachte auch, dass er nicht zögern würde, etwas zu unternehmen, wenn er Jody wirklich wollte. Es musste also einen Grund geben, warum er dieser Anziehungskraft nicht nachkam. Und Monica wollte ihn auf keinen Fall verärgern, indem sie sich einmischte oder Klatsch und Tratsch verbreitete und Elodie und die anderen dazu brachte, sich in sein Leben einzumischen.

Baker und Stuart unterhielten sich über Leute, die sie nicht kannte, und Monica blendete die Unterhaltung aus. Als Baker anfing, den Neoprenanzug auszuziehen, wandte sie sich ab und starrte auf das Meer hinaus. Es war nicht so, als würde er sich direkt am Strand entkleiden, er zog nur den Neoprenanzug herunter, um sich abzutrocknen, aber es war ihr trotzdem peinlich.

Sie hörte, wie Stuart Baker von einer ihrer jüngsten Trainingseinheiten erzählte, und konnte nicht anders, als zu dem älteren Mann hinüberzusehen. Sie begründete ihren Blick auf ihn, indem sie sich einredete, dass Lexie und die anderen einen vollständigen Bericht über ihr Treffen mit Baker würden hören wollen, wenn sie sie am nächsten Wochenende beim Junggesellinnenabschied sah. Sobald sie hörten, dass sie ihn in einem Neoprenanzug gesehen hatte, würden sie alle Details wissen wollen.

Aber in der Sekunde, in der sie Baker mit nacktem Oberkörper und dem Neoprenanzug um seine Taille sah, verschwanden alle Gedanken an die anderen Frauen – sie vergaß sogar, wo sie war. Abrupt und gewaltsam wurden ihre Gedanken in das Haus in Algier zurückgeworfen. Sie stand mitten im Wohnzimmer des Botschafters und starrte den Mann mit den bösen Augen an, als er ihr befahl, die Tür zu öffnen. Er sagte, dass er ein Navy SEAL war ... dass sie ihm vertrauen könnte.

Plötzlich konnte Monica an nichts anderes mehr denken, als zu fliehen, trat zurück und stolperte sofort über einen Stein hinter ihr. Sie fiel hart auf ihren Hintern, aber sie ließ die Bedrohung nicht aus den Augen.

»Scheiße ... Mo? Bist du in Ordnung?«, fragte Stuart, aber sie registrierte seine Worte nicht. Ihr einziges Ziel war es, so viel Abstand wie möglich zwischen sich und dem Mann mit dem schwarzen Tattoo auf dem Unterarm zu schaffen.

Im Krebsgang bewegte sie sich rückwärts und mühte sich ab, von ihm wegzukommen.

»Was ist los?«, fragte der Mann und trat mit ausgestreckter Hand einen Schritt auf sie zu.

Monica wimmerte und sprang auf. Sie begann zu laufen, kein Ziel im Sinn. Sie wusste nur, dass sie wegmusste. Sofort!

Zwei starke Arme packten sie um die Taille und zogen sie gegen eine harte Brust.

Sie kämpfte verzweifelt dagegen an. Aber es nützte nichts.

»Monica, ich bin es, Stuart. Beruhige dich!«

Seine Worte drangen nicht zu ihr durch. Sie war in einer anderen Zeit und an einem anderen Ort verloren. Szenen rasten durch ihr Gehirn, in denen sie den Mann mit der Tätowierung auf den Monitoren im Sicherheitsraum beobachtete. Der Gedanke daran, was er tun würde, wenn er sie in die Finger bekam, verwob sich mit den wütenden Worten ihres Vaters über die Jahre. Ihre Hand pochte, als sie ihn sagen hörte: *»Du musst allein dein Ding machen. Um Hilfe zu bitten wird dich auf lange Sicht nur ruinieren.«*

»Monica!«, sagte eine raue Stimme noch einmal.

Der Mann hinter ihr drückte sie auf den Sand und zwang sie auf seinen Schoß. Er hielt seine Arme um sie und sie spürte seinen warmen Atem an ihrem Ohr. Es dauerte einen langen Moment, bis seine Litanei von Worten Gehör fand ... aber als sie es tat, erstarrte sie und kämpfte nicht länger gegen ihn.

»Ich bin es, Stuart. Du bist sicher, glaub mir. Was auch immer passiert ist, wir werden es gemeinsam bewältigen. Komm zu mir zurück. So ist es gut, mein Mädchen. Ich halte dich. Atme, Mo. Atme tief ein ... gut. Noch einmal. Das ist mein Mädchen. Ich kann spüren, wie dein Herz rast. Beruhige dich.«

»Stuart?«, flüsterte sie.

»Ja, ich bin hier.«

Monica erkannte, wo sie war ... am Nordstrand mit Stuart und mit Jody und Baker – und sie hatte sich verdammt noch mal in Verlegenheit gebracht. Aber das war im Moment ihre geringste Sorge. Sie schloss die Augen und holte tief Luft, atmete die salzige Luft ein und spürte die Brise auf ihren Wangen.

»Du hast mich zu Tode erschreckt«, sagte Stuart leise. »Willst du mir sagen, worum es bei deiner Panikattacke ging?«

Sie wollte es nicht, aber Monica wusste, dass sie es musste. »Das Tattoo«, flüsterte sie und ihr ganzer Körper zitterte.

»Welches Tattoo?«, fragte er.

»Meins«, sagte eine tiefe Stimme über ihnen.

Monica hielt die Augen geschlossen, als Baker sprach. Sie nickte nur.

»Hast du es schon einmal gesehen?«, fragte er.

Sie nickte wieder. »Auf dem Arm des Mannes, der das Fenster zerschossen hat. Ich wusste, dass er ein Tattoo hatte, aber ich konnte mich nicht an das Motiv erinnern. Es war nur ein schwarzer Fleck. Aber als ich deins gesehen habe, fiel es mir wieder ein.«

»Scheiße«, sagte Baker mit einer so erschreckenden Stimme, dass Monica zusammenzuckte. Sie umklammerte

Stuarts Arme.

»Ganz ruhig, Mo. Du bist in Sicherheit.«

War sie das? Die Tatsache, dass der gruselige Mann, der über ihnen stand, das gleiche Tattoo hatte wie der Typ, der beschuldigt wurde, Frauen vergewaltigt und getötet zu haben sowie Aufständische zu Plünderung und Gewalt anzustiften, war nicht gerade beruhigend.

Gehörte Baker dazu? Gab er den anderen Typen Informationen? Stuart hatte gesagt, Baker sei extrem gut in elektronischen Sachen, sogar besser als er. Dass er Informationen finden konnte, die sonst niemand fand. Wenn er in die Pläne des anderen Mannes verwickelt war ... steckte sie in großen Schwierigkeiten.

Sie fühlte mehr, als dass sie hörte, wie sich jemand bewegte. Dann ertönte Bakers Stimme direkt vor ihr. »Öffne die Augen«, forderte er. »Sieh mich an.«

»Baker«, sagte Stuart. Das einzelne Wort war ein leises, bedrohliches Knurren.

Es war der beschützende Tonfall in Stuarts Stimme, der Monica die Kraft gab, die sie brauchte, um die Augen zu öffnen. Baker hockte auf den Fußballen vor ihr. Die Wut in seinen Augen ließ sie zurückschrecken, aber sie schluckte schwer und blieb standhaft ... im übertragenen Sinne.

»Du musst dir sicher sein«, sagte er schroff. Er streckte seinen Arm aus und zeigte ihr das Tattoo.

Bei dem Anblick der Tätowierung auf seiner Haut bekam sie eine Gänsehaut, aber Monica sah nicht weg.

Eine andere Erinnerung aus ihrer Kindheit tauchte in ihrem Kopf auf. Sie hatte einen Wurf Kätzchen einer streunenden Katze auf ihrem Grundstück gefunden und sie gestreichelt, als ihr Vater auftauchte. Er hatte sie gezwungen zuzusehen, wie er die eine Woche alten Kätzchen aufhob und tötete. Als sie versucht hatte wegzusehen, hatte er sie geschlagen. Er sagte ihr, wenn sie wegsah, würde er stattdessen ihre Mutter verprügeln.

Monica war fünf oder sechs gewesen. Schon damals wusste sie es besser, als sich ihrem Vater zu widersetzen. Er tat stets, was er androhte.

Sie glaubte nicht, dass Baker sie schlagen würde, wenn sie sich weigerte, seinen Arm anzusehen, aber sie war nicht bereit, ein Risiko einzugehen.

»Atme, Mo«, sagte Stuart zu ihr. Sie spürte sein Kinn auf ihrer Schulter und sein Haar an ihrer Wange. Sie fühlte sich von ihm umgeben ... und erstaunlicherweise entspannte sie sich ein wenig.

Sie sah wieder auf das Tattoo auf Bakers Arm. Es war ein Drache. Der Schwanz wickelte sich um seinen Bizeps und das Maul war offen und zeigte seine vielen Zähne. Sie erinnerte sich, dass sie dem Kommandanten gesagt hatte, dass vielleicht eine Schlange Teil des Motivs war. Jetzt erkannte sie, dass es der Schwanz des Drachen war, der sich um den Oberarm des Mannes wickelte.

»Es ist das gleiche«, sagte Monica.

»Bist du dir sicher?«

»Ja.«

»Wie sicher?«, fragte Baker.

Dann blickte sie ihm in die Augen und versuchte, bei der Wut, die sie dort sah, nicht zusammenzuzucken. Irgendwie wusste sie, dass sie nicht gegen sie gerichtet war. »So sicher wie ich mir war, dass ich in einem Monat tot gewesen wäre, wenn ich das Haus meines Vaters nicht verlassen hätte.«

Sie hatte keine Ahnung, ob der Mann vor ihr wusste, was das bedeutete, aber als er einmal nickte und aufstand, nahm sie an, dass er es verstand. Stuart hatte ihr erzählt, dass Baker alles über jeden herausfinden konnte. Sie hatte es damals irgendwie abgetan. Jetzt war sie sich sicher, dass er Nachforschungen über sie angestellt hatte. Wahrscheinlich in der Sekunde, in der er gehört hatte, dass der Kommandant sie gezwungen hatte, nach Hawaii zu kommen, um bei der Identifizierung des abtrünnigen SEALs zu helfen.

»Weißt du, wer er ist?«, fragte Stuart.

»Ich habe eine Vermutung«, sagte Baker.

Monica hörte und spürte Stuart frustriert knurren. Dann fragte er sie in sanftem Ton: »Glaubst du, du kannst aufstehen?«

Sie war sich nicht sicher. Aber sie nickte trotzdem. Und sie hätte sich keine Sorgen zu machen brauchen, denn Stuart ließ sie keine Sekunde los, als er ihr von seinem Schoß auf die Beine half. Er führte sie zu dem Tisch, an dem Jody immer noch saß, die jetzt sehr besorgt aussah, und bedeutete ihr, sich auf die Bank zu setzen.

Monica tat es dankbar. Sie war einmal vor diesen Leuten auf den Hintern gefallen, sie wollte es nicht noch einmal tun.

»Wer ist er?«, fragte Stuart.

»Shane ›Bull‹ Beyer. Er war in meinem SEAL-Team. Eines Nachts nach einer besonders harten Mission haben wir alle das gleiche Tattoo bekommen. Wir standen uns so nahe, wie sich ein Team nur stehen kann, aber im Laufe der Jahre ist in Bulls Kopf etwas passiert. Er wurde rücksichtslos und geriet außer Kontrolle, er wurde gefährlich. Es ging so weit, dass ich ihn meinem Kommandanten melden musste. Nach einer psychologischen Untersuchung wurde er aus dem Team genommen und zur Therapie beordert. Er hat sich geweigert und wurde aufgrund von AWPPE aus dem Dienst entlassen.«

Stuart pfiff leise.

Monica runzelte die Stirn. »Was ist das?«

»Andere wesentliche physische und psychische Erkrankungen«, erklärte Baker. »Der Begriff wird verwendet, wenn jemand keinen Anspruch auf Entlassung aufgrund einer Behinderung hat, aber dennoch aus medizinischen oder psychologischen Gründen seinen Pflichten nicht mehr nachkommen kann.«

»Er war darüber sicher nicht glücklich«, merkte Stuart an. Es war keine Frage.

Baker lachte leise, aber es war kein fröhliches Lachen. »Nein, er war definitiv nicht glücklich. Ich habe versucht, ihm Hilfe zu besorgen, als er draußen war, aber er sagte mir, ich solle mich verpissen. Ich hätte ihm schon genug geholfen. Für eine Weile habe ich ihn im Auge behalten, aber irgendwann verschwand er vom Radar. Ich gehe davon aus, dass er damals angefangen hat, falsche Identitäten zu verwenden.«

»Und was nun?«, fragte Stuart.

»Jetzt gehe ich auf die Jagd«, sagte Baker.

Monica zitterte bei dem bedrohlichen Ton in seiner Stimme.

»Wenn ich gewusst hätte, dass er so tief fallen würde, hätte ich das schon früher erledigt. Ich rufe Huttner an und erzähle ihm von dem Verdacht.«

»Brauchst du keine Beweise?«, traute Monica sich zu fragen. »Ich meine, woher weißt du, dass er es ist und nicht einer der anderen Männer aus deinem Team? Oder jemand, der zufällig Drachen mag und sich hat tätowieren lassen?«

»Ich habe deine Beschreibung des Mannes gelesen, den du gesehen hast«, sagte Baker. Er stand still vor ihr. Er sah nicht aufgewühlt aus. Die Ruhe, die er ausstrahlte, als er so vor ihr stand und sich erklärte, machte ihn irgendwie noch unheimlicher. »Sie passt perfekt auf Bull. So sehr, dass ich hätte schon vorher darauf kommen können. Aber es ist Jahre her, dass ich von ihm gehört habe, mindestens ein Jahrzehnt.«

»Was ist sein Ziel?«, fragte Stuart.

»Wer weiß? So viel Unordnung wie möglich zu verursachen, um es den Vereinigten Staaten heimzuzahlen? Wahrscheinlich gibt es ihm einen Kick, Frauen zu erzählen, dass er ein SEAL ist, bevor er sie terrorisiert. Vielleicht ist es seine Art der Rache an der Organisation, die ihn in seinen Augen verraten hat.«

»Ich werde helfen«, sagte Stuart.

Baker schüttelte sofort den Kopf. »Das ist absolut ausgeschlossen.«

»Ich habe ein persönliches Interesse«, argumentierte er.

»Das ist mir klar«, sagte Baker und richtete den Blick auf Monica, bevor er wieder Stuart ansah. »Aber du bist auch noch im aktiven Dienst. Ich werde nicht zulassen, dass du etwas tust, wodurch du in Schwierigkeiten geraten könntest. Außerdem ... das ist eine Sache zwischen mir und Bull.«

»Baker?«, fragte Jody.

Und sofort hatte Baker seine Wut unter Kontrolle. Seine Schultern entspannten sich sichtlich und er holte tief Luft, bevor er sich der Frau am Tisch zuwandte. »Es tut mir leid, Jodelle«, sagte er.

Sie schüttelte den Kopf. »Ich weiß nicht, was los ist, aber ich vermute, du wirst wieder für eine Weile weg sein?«

»Das ist möglich«, sagte Baker zu ihr.

»Sei nur vorsichtig«, sagte sie leise. »Ich kann niemanden verlieren, der mir wichtig ist.«

»Du wirst mich nicht verlieren«, beruhigte Baker sie.

Monica hatte fast das Gefühl, einem sehr intimen Gespräch beizuwohnen. Es war definitiv mehr zwischen diesen beiden, als einer von ihnen wahrscheinlich zugeben würde.

»Ich möchte über alles informiert werden, was du herausfindest«, sagte Stuart zu Baker. »Und ich denke, dass Mo in ernsthafter Gefahr sein könnte, wenn er herausfindet, dass wir ihm auf der Spur sind, da sie die Einzige ist, die diesen Kerl identifizieren kann.«

Baker schüttelte den Kopf. »Ich bezweifle, dass er ein Interesse an ihr hat. Er wird überglücklich sein zu wissen, dass er der Navy und mir unter die Haut gegangen ist. Er wird besonders froh sein, wenn er merkt, dass ich ihm auf der Spur bin. Für ihn ist es ein Spiel. Wahrscheinlich ist er sauer, dass er noch nicht identifiziert wurde, und hat absichtlich schlampig gearbeitet.«

»Du meinst, er wollte, dass Monica ihn sieht?«, fragte Stuart.

»Allerdings. Und es würde mich nicht wundern, wenn es noch andere Hinweise gibt, die jetzt offensichtlich erscheinen. Ich glaube nicht, dass deine Frau in Gefahr ist«, sagte Baker.

Monica hatte keine Zeit, die Sache mit »deine Frau« zu verarbeiten, als Stuart mit: »Ist deine es?«, konterte.

Die beiden Männer starrten sich einen langen Moment an, bevor Baker seufzte und sagte: »Ich halte dich auf dem Laufenden.«

»Gut, bist du bereit zum Aufbruch, Mo?«

Sie warf Stuart einen Blick zu. Er sah nicht glücklich aus. Die entspannte Atmosphäre, die bei ihrer Ankunft geherrscht hatte, war verschwunden. Und es war ihre Schuld – und sie hasste es.

Als Antwort nickte sie nur.

Stuart legte eine Hand unter ihren Ellbogen und sobald sie sich aufrichtete, legte er seinen Arm um ihre Taille. Es fühlte sich gut an. Monica wusste, dass sie sich zurückziehen sollte, aber sie hatte das Bedürfnis, noch eine Weile so viel von seiner Unterstützung wie möglich zu absorbieren.

»Es war schön, dich kennenzulernen«, sagte Monica zu Jody.

»Gleichfalls.«

»Es tut mir leid, wie sich das alles entwickelt hat«, fügte sie hinzu.

»Warum? Es scheint mir, dass das genau der Grund war, warum du hier auf unserer schönen Insel bist. Und das Rätsel wurde in den letzten zehn Minuten gelöst.«

Sie hatte recht. Monica hatte keinen Grund, noch länger zu bleiben. Sie könnte ihre Agentur anrufen und sie bitten, ihr sofort eine neue Stelle zu besorgen.

Vor zwei Wochen hätte sie die Gelegenheit genutzt. Jetzt war sie sich nicht mehr sicher, was sie wollte.

»Bis später«, sagte Stuart zu Baker und hob sein Kinn.

»Bis später«, gab Baker zurück.

Monica blickte zurück, als sie zum Parkplatz und zu Stuarts Minivan gingen, und sah Baker neben Jody auf der Bank sitzen. Er hob eine Hand und strich eine Locke ihres Haares zurück. Eine intime Geste, die bewies, dass ihre Verbindung mehr war als nur Freundschaft.

Und trotz allem, was gerade passiert war, musste Monica zugeben, dass Elodie, Lexie und Kenna recht hatten. Baker war ein hervorragendes Exemplar eines Mannes ... selbst wenn er sie zu Tode erschreckte.

KAPITEL DREIZEHN

Pid fiel es schwer, seine Frustration und Wut abzuschütteln. Er war verdammt sauer auf diesen Bull-Typen, aber noch frustrierter war er, dass er nicht wusste, was Monica vorhatte. Sie hatte ihn zu Tode erschreckt, als ihr die Farbe aus dem Gesicht gewichen war und sie diese Panikattacke hatte. Wenn er sie nicht erwischt hätte, bevor sie weglaufen konnte, hätte sie sich vielleicht verletzen können.

Er hatte keine Ahnung, was sie jetzt dachte. Würde sie wollen, dass er sie nach Hause brachte, damit sie packen und von Hawaii verschwinden konnte? Zurück zu ihrer Arbeit als Kindermädchen?

Er kannte sie noch nicht sehr lange, aber bei dem Gedanken, sie nie wiederzusehen, wurde Pid übel. Er hing an ihr. Er hatte es nicht gewollt, hatte sich eingeredet, dass er ihr nur einen Gefallen tat, indem er sie bei sich zu Hause wohnen ließ, obwohl er ihre Gesellschaft immer mehr genossen hatte. Aber spätestens nach zwei Tagen hätte er es besser wissen müssen ... als er zum ersten Mal auf die Idee gekommen war, den Schutzraum in ihrem Zimmer zu bauen. Für jemanden, der ihm egal war, hätte er das nicht getan.

Am Montag nach dem Wochenende, an dem sie Baker kennengelernt hatte und die Dinge irgendwie implodiert waren, war er mit ihr ins Büro gegangen, um mit Huttner zu sprechen. Der Kommandant hatte nicht viel gesagt. Er hatte nur zugehört, wie Monica erklärte, warum sie davon ausging, dass das Tattoo auf Bakers Arm dasselbe sei wie auf dem Arm des mysteriösen Mannes. Dann bedankte er sich bei ihr und sagte, sie könne sich den Rest des Tages freinehmen. Also hatte Pid sie zu sich nach Hause gebracht, wo sie ihm versichert hatte, dass es ihr gut ging und dass sie sich den Rest des Tages einfach nur ausruhen wollte.

Er hatte keine andere Wahl, als zur Arbeit zurückzukehren, obwohl er sich die ganze Zeit Sorgen um sie gemacht hatte.

Am Dienstag rief er seinen Kommandanten an, um zu fragen, ob Monica auf dem Stützpunkt gebraucht würde, anstatt den ganzen Weg hinzufahren, nur um möglicherweise umkehren zu müssen, um sie zurück zu seinem Haus zu bringen. Huttner sagte, er habe mit Baker gesprochen und die Dinge kämen voran. Monica müsse irgendwann noch einmal vorbeikommen, um Fragen zu beantworten und Bilder anzuschauen, aber bis auf Weiteres wurde sie nicht benötigt. Also hatte sie einen weiteren Tag zu Hause verbracht, während er im Büro war.

Ihre Abende waren verhalten gewesen. Monica war nicht wirklich nach Reden zumute gewesen, also hatte Pid ihr etwas Raum gegeben. Aber damit war er jetzt fertig. Er machte sich Sorgen um sie, sie musste mit ihm sprechen.

Nach dem Training mit dem Team und einigen Besprechungen am Morgen machte er sich am frühen Mittwochnachmittag auf den Heimweg. Er hatte eine Idee, wie er Monica etwas entspannen könnte. Er betete, dass es funktionierte und dass sie nicht denken würde, dass er zu weit ging.

Bevor er die Arbeit verließ, hatte er ihr eine SMS geschrieben und sie wissen lassen, dass er auf dem Rückweg war. Er wollte sie auf keinen Fall erschrecken, indem er unangekündigt auftauchte. Als er durch die Haustür trat, wartete sie ängstlich im Wohnzimmer und rang die Hände.

»Was ist los?«, fragte sie in dem Moment, als er durch die Tür trat.

»Gar nichts.«

»Warum bist du dann früher nach Hause gekommen? Haben sie ihn gefunden? Diesen Bull-Typen?«

»Ich bin hier, weil ich mir Sorgen um dich mache. Und nein, soweit ich weiß haben sie Bull noch nicht gefunden. Aber sie werden ihn finden, besonders wenn Baker so sauer auf ihn ist.«

Sie runzelte die Stirn. »Du machst dir Sorgen um mich? Warum?«

»Im Ernst?«

Monica sah noch verwirrter aus. »Ja.«

Pid ging auf sie zu und blieb nicht stehen, bis er direkt vor ihr war. Er nahm ihr Gesicht in seine Hände und legte ihren Kopf zurück, damit er ihre Augen sehen konnte. »Ich versuche, nicht beleidigt zu sein, dass du das fragen musst. Offensichtlich habe ich keine gute Arbeit geleistet, damit du weißt, wie wichtig du mir bist und wie gern ich dich hier in meinem Haus habe. Ich rede jeden Abend mit dir darüber, wie der Tag gelaufen ist, und wir verbringen einfach Zeit miteinander. Ich habe versucht, es langsam anzugehen, um dich mit meinem Interesse an dir nicht einzuschüchtern. Aber vielleicht bin ich zu behutsam vorgegangen. Seit ich dich geküsst habe, sind meine Gefühle nur noch intensiver geworden, Monica. Und jetzt, wo du einfach gehen könntest, kann ich nur noch daran denken, dich zum Bleiben zu überreden.«

Er holte tief Luft und fuhr fort: »Ich mache mir Sorgen um dich, denn du steckst in deinem Kopf fest, seit wir von der Nordküste zurück sind. Du warst sehr still, noch mehr als sonst ... und ich befürchte, du wirst mir bald sagen, dass du mit deinem Chef gesprochen hast und abreist.«

Monica starrte ihn mit weit aufgerissenen blauen Augen an, sagte aber nichts.

Pid wusste nicht, ob das ein gutes Zeichen war oder nicht, also redete er weiter. »Ich habe mir heute den Rest des Tages freigenommen, um dich aus diesen vier Wänden herauszuholen. Um dich hoffentlich von allem abzulenken, was passiert ist. Ich habe etwas arrangiert, von dem ich hoffe, dass es genau das tun wird.«

»Wo?«, fragte sie leise.

»Das ist eine Überraschung.«

Monica rümpfte die Nase. »Noch eine Überraschung?«

Pid lachte leise. »Die letzte hat dir gefallen.«

»Stimmt«, sagte sie.

»Falls ich mich nicht klar genug ausgedrückt habe ... ich möchte nicht, dass du gehst. Ich habe Angst, dass die Gefühle, die ich für dich habe, einseitig sind und du dein Leben, ohne zurückzublicken, fortsetzen wirst.«

Sie leckte sich über die Lippen und er hielt den Atem an, als sie zu sprechen begann. »Sie sind nicht einseitig.«

Pid atmete mit einem langen Zischen aus.

»Aber ich bin keine gute Wahl für eine Beziehung, Stuart. Ich weiß nicht, ob ich jemals wieder einem Mann vertrauen kann, nach allem, was mein Vater getan hat. Ich habe es genossen, hier zu leben, aber ich bin es gewohnt, auf mich selbst aufzupassen, meinen eigenen Weg zu gehen. Es schien in Ordnung, bei dir zu bleiben, solange ich gezwungen war hierzubleiben. Aber jetzt, wo ihr wisst, wer dieser Typ ist ... jetzt, wo ich die Wahl habe, zu bleiben oder zu gehen ... ist es mir unangenehm, dir auf der Tasche zu liegen, während ich über meine Entscheidung nachdenke.«

»Du liegst mir nicht auf der Tasche«, sagte Pid zu ihr. »Und so sehr es allem in mir widerspricht, lasse ich dich Miete zahlen, wenn es dir dadurch besser geht.«

Sie sah überrascht aus. »Wirklich?«

»Ja, wie wäre es mit hundert Dollar im Monat?«, fragte er mit einem Lächeln.

Monica verdrehte die Augen. »Du nimmst mich nicht ernst.«

Der Humor verflog aus seinem Gesicht. »Ich nehme dich ernst, Mo. Ich hasse es, dass du so denkst, aber ich verstehe es. Wir können uns etwas einfallen lassen, das sich für uns beide richtig anfühlt. Ich werde dir niemals deine Unabhängigkeit nehmen. Aber denke nicht, dass meine Sorge um dich oder mein Widerwille, dein Geld anzunehmen, bedeutet, dass ich überheblich oder kontrollierend bin. Ich habe gerade erst auf die harte Tour gelernt, dass Geld so gut wie nichts bedeutet. Ja, es macht das Leben in vielerlei Hinsicht einfacher, aber wenn der Sensenmann kommt, ist es ihm scheißegal, wie viel Geld jemand auf der Bank hat oder wie viel Schnickschnack man im Laufe der Jahre zusammengetragen hat.«

Monica nickte.

Pid wusste, dass er ihr Gesicht loslassen sollte, aber er genoss es zu sehr, sie zu berühren. Er strich mit einem Daumen über ihre Wange und wunderte sich, wie glatt ihre Haut war ... wie weich. »Also? Bleibst du hier?«, fragte er.

Er konnte die Angst in ihren Augen sehen und er hasste es. Er wollte ihr sagen, dass sie ihm absolut vertrauen konnte, dass er sie nicht verletzen oder ihr irgendetwas antun würde, was ihr emotional noch mehr schaden würde. Dass er kurz davor war, sich in sie zu verlieben, was ihr die

Angst wahrscheinlich nicht nehmen würde, da alles so schnell ging. Er konnte ihr nur durch seine Taten zeigen, dass sie bei ihm in Sicherheit war. Körperlich, geistig und emotional.

»Ich bleibe vorerst. Wenn du versprichst, mich wissen zu lassen, sobald ich deine Gastfreundschaft ausgereizt habe und die Dinge nicht mehr funktionieren.«

Pid bemerkte, dass sie *sobald* gesagt hatte, nicht *falls*. Aber er erwähnte es nicht. »Abgemacht«, stimmte er sofort zu, da er wusste, dass dieser Tag nie kommen würde. Es war viel wahrscheinlicher, dass Monica entscheiden würde, dass sie nicht mit einem Mann in der Navy zusammen sein konnte, der zu oft zum Einsatz musste, und sie nicht wüsste, wohin er ging und wann oder ob er überhaupt zurückkommen würde.

»Ich bin nicht bereit für …« Sie verstummte.

»Kein Druck, Mo. Ja, ich möchte eine Beziehung mit dir, aber ich bin kein außer Kontrolle geratener Teenager oder ein Arschloch, das Sex erwarten würde, wenn du nicht bereit oder interessiert bist. Ich möchte dich berühren, so wie ich es jetzt tue. Deine Hand halten und vielleicht ab und zu ein paar Küsse austauschen. Wäre das in Ordnung?«

Er liebte die Röte, die über ihre Wangen strich, als sie nickte.

»Ich kann eine Nervensäge sein«, warnte er sie. »Aber ich verspreche dir, niemals meine schlechte Laune an dir auszulassen oder dich zu etwas zu drängen, das du nicht willst. Sexuell oder mit meinen Freunden oder selbst, wenn wir reden. Ich möchte alles über dich wissen, alles, was deine Arschlocheltern dir angetan haben … aber ich kann warten, bis du bereit dazu bist, es mit mir zu teilen.«

»Ich rede nicht gern über so etwas«, sagte Monica.

»Weil du noch niemanden gefunden hast, dem du genügend vertraust, um dich zu öffnen. Ich weiß. Mein Ziel ist es, dass du mir vertraust, Mo. Ich will der Mensch sein, von dem du weißt, dass du ihm alles erzählen kannst, ohne dass ich über dich urteilen oder wütend oder dir die Schuld an irgendetwas geben werde.«

»Stuart, ich bin mir nicht sicher ...«

Pid unterbrach sie, indem er sanft einen Finger auf ihre Lippen legte. »Ich bin mir sicher«, flüsterte er und beugte sich dann langsam zu ihr vor, um ihr Zeit zu geben, sich zurückzuziehen.

Aber sie tat es nicht. Stattdessen stellte sie sich auf die Zehenspitzen, legte eine Hand hinter seinen Nacken und zog ihn näher an sich.

Als ihre Lippen sich trafen, lächelte Pid, weil er es liebte, dass sie genauso begierig auf seine Berührung war wie er auf ihre. Ihr Kuss war lang und tief und genauso intensiv wie beim ersten Mal.

Er wusste, dass er es abbrechen musste, bevor die Dinge weiter gingen, als sie bereit war. Außerdem wollte er nicht riskieren, dass sie ihre Meinung darüber änderte, in seinem Haus zu bleiben. Also zwang Pid sich, den Kopf zu heben. Monicas Lippen waren von ihrem Kuss geschwollen und ihre Augen waren glasig. Sie sah durch und durch zufrieden aus ... und er konnte nicht anders, als sich vorzustellen, wie sie in seinem Bett genauso aussehen würde, nachdem er sie langsam und leidenschaftlich geliebt hatte.

»Ich werde mich umziehen, dann müssen wir uns auf den Weg machen, wenn wir pünktlich sein wollen«, sagte er.

»Pünktlich wofür?«, fragte sie.

»Du wirst schon sehen.«

Sie runzelte die Stirn. »Kannst du mir nicht wenigstens einen Hinweis geben?«, fragte sie schmollend.

»Nö.« Pid beugte sich hinunter und küsste sie auf die Stirn. »Ich weiß, dass die Entscheidung, ob du in Hawaii bleiben sollst oder nicht, eine große Sache ist. Aber ich werde alles in meiner Macht Stehende tun, damit du es nicht bereust, solltest du bleiben.« Dann ließ er sie los und wandte sich dem Flur zu den Schlafzimmern zu, bevor er etwas Unüberlegtes tat – wie zum Beispiel all seine Pläne für den Nachmittag über den Haufen zu werfen, um zu Hause zu bleiben und mit Monica rumzumachen.

***

Zwei Stunden später sah Pid zu, wie Monica auf dem Boden der Head Start Kinderbetreuungseinrichtung saß und mit zwei kleinen Mädchen spielte. Die Grübchen auf ihren Wangen, die er so gern sah, waren schon bei ihrer Einfahrt auf den Parkplatz in Erscheinung getreten.

Er hatte ihr erklärt, dass er angerufen und gefragt hatte, ob die Einrichtung freiwillige Helfer brauchte, und die Leiterin hatte sich gern bereit erklärt, sich mit ihr zu treffen. Sie war noch begeisterter gewesen, als sie von Monicas Berufserfahrung erfuhr.

Pid hatte einige Zeit damit verbracht, in einem der Zimmer Regale aufzubauen – dann hatte er sich um ein Baby gekümmert, das ungefähr sieben Monate alt war und seit seiner Ankunft mit Monica nicht aufgehört hatte zu weinen. Er war sich nicht ganz sicher, was er tat, aber nachdem er den Säugling ein paar Minuten in seinen Armen gewiegt und gegen seine Brust gedrückt hatte, war das erschöpfte Kind schließlich in seinen Armen eingeschlafen.

Monica hatte nicht einmal bemerkt, dass er an der Wand stand, und Pid störte es nicht. Es sah so aus, als wäre sie in ein Gespräch mit den kleinen Mädchen über die Abenteuer, die ihre Puppen in letzter Zeit erlebt hatten, vertieft.

Es war eine der besten Ideen, die er je hatte. Monica sah hundertmal weniger gestresst aus als an diesem Morgen. Es war offensichtlich, dass die Nähe von Kindern ihre Seele auf eine Weise beruhigte wie nichts anderes. Sie hatte eine Verbindung mit ihnen, wie er es noch nie gesehen hatte. Ihr Wohlergehen lag Monica wirklich am Herzen, und ihr offenherziger Umgang mit ihnen strahlte wie ein Leuchtfeuer.

Als er sie mit dem schlafenden Säugling in seinen Armen beobachtete, sah sie auf und ihre Blicke trafen sich. Sie starrte ihn einen Moment lang an, bevor sie sich bedankte.

Pid nickte, bevor eines der kleinen Mädchen an Monicas Hemd zog und sie sich wieder umdrehte, um darauf zu achten, was ihr gesagt wurde.

Und einfach so wusste Pid, dass es das war, was er wollte. Monica mit ihren beiden Töchtern spielen zu sehen, während er ihren Sohn hielt. Es war eine plötzliche, instinktive Sehnsucht in ihm und er würde alles tun, um sie zu stillen.

Das war seine Zukunft – und er wäre verdammt, wenn er sie sich durch die Finger gleiten ließe. Er hatte keine Ahnung, wie er es umsetzen sollte, außer weiterhin zu versuchen, Monicas Vertrauen zu gewinnen, damit er ihr genau das geben konnte. Eine Familie und Liebe.

»Sie ist großartig mit ihnen«, sagte Sylvia, die Leiterin, leise, als sie näher kam.

»Das ist sie«, stimmte Pid zu.

»Und du bist selbst auch nicht so schlecht«, erwiderte sie grinsend und deutete auf den Jungen in seinen Armen.

Pid zuckte mit den Schultern. »Er war erschöpft vom Weinen. Ich habe nichts damit zu tun.«

Sylvia schüttelte den Kopf. »Du wärst überrascht. Er nimmt nicht viele Leute an. Glaub mir, ich habe ihn so vielen Leuten in den Arm gelegt und er hat weitergeschrien, egal was sie versucht haben. Du hast ihn genommen und es hat keine zwei Minuten gedauert, bis er sich beruhigt hat.«

Pid sah auf das Kind in seinen Armen hinab. Seine warme braune Haut glänzte und sein schwarzes Haar hob sich von der babyblauen Decke ab, in die er gehüllt war. Die Lippen des Kindes waren geschürzt und Pid stellte sich vor, dass er im Babytraumland war. Es war das vielleicht hübscheste Baby, das er je gesehen hatte.

»Ich nehme an, sie sucht Arbeit?«, fragte Sylvia.

Pid konnte sich ein Lächeln nicht verkneifen. »Könnte sein.«

Sylvia strahlte. »Genial. Und wenn du deinen Job bei der Navy kündigen möchtest, könnten wir wahrscheinlich auch eine Stelle für dich finden.«

Es war offensichtlich, dass sie scherzte. »Ich werde das im Hinterkopf behalten«, sagte Pid zu ihr.

»Tu das.« Dann wurde Sylvia ernst. »Ich bin schon lange in diesem Beruf. Ich habe fast mein ganzes Leben mit Kindern gearbeitet und ich habe selten jemanden gesehen, der so schnell eine Verbindung mit den Kleinen aufbauen kann wie deine Freundin. Sie hat etwas Besonderes an sich, zu dem sich die Kinder einfach hingezogen fühlen. Ich kann es nicht erklären und ich weiß, dass manche Leute mich verrückt nennen würden, weil ich glaube, dass es überhaupt so etwas gibt. Aber ich habe es nur ein paarmal erlebt. Monica hat definitiv das gewisse Etwas.«

Pid musste zustimmen. Er hatte es bei dem Sohn des Botschafters in Algerien gesehen und er sah es jetzt. Die Welt war ein besserer Ort, wenn Monica darin war. Er wusste nicht, ob es an dem lag, was sie als Kind durchgemacht hatte, aber am Ende war es egal. Sie brauchte Kinder zum Leben, genauso wie sie sie brauchten.

Ihr Gespräch wurde unterbrochen, als eine Frau das Gebäude betrat, die offensichtlich ihr Kind abholen wollte.

Pid hatte nicht vorgehabt, so lange zu bleiben, aber er hatte es nicht übers Herz gebracht, Monica von den Kindern wegzureißen. Es war etwa halb sechs Uhr abends, bevor sie das Gebäude verließen. Monica hatte Sylvia ihre E-Mail-Adresse gegeben, nachdem sie ihr Interesse bekundet hatte, mehr über die Freiwilligenarbeit oder eine Festanstellung in der Einrichtung zu erfahren. Der zufriedene Ausdruck auf Monicas Gesicht war etwas, das Pid öfter sehen wollte.

»Hunger?«, fragte er, als er ihr die Beifahrertür seines Minivans aufhielt.

Sie setzte sich auf den Sitz und nickte. »Ich bin am Verhungern.«

Pid entfernte sich nicht von der Tür. Er konnte nicht. Das Lächeln auf ihrem Gesicht war so großartig, so anders als das, was er von ihr gewohnt war, dass es ihn überwältigte.

»Stuart, stimmt etwas nicht?«

Als Antwort trat er näher, streckte die Hand aus und berührte ihren Nacken. Er legte seine Stirn während einer innigen Umarmung auf ihre. »Ich hätte früher wissen sollen, wie sehr du das brauchst.«

Monica drückte leicht gegen seine Schultern und er zog sich sofort zurück. Sie überraschte ihn, als sie seine Wangen in ihre Hände nahm. Pid glaubte, es war vielleicht das zweite Mal, dass sie ihn freiwillig mit ihrer beschädigten Hand berührte. »Ich wusste nicht, dass ich es brauche«, konterte sie. »Wie hättest du es wissen können?«

Pid legte eine Hand auf ihren Oberschenkel, wobei er darauf achtete, dass sie in der Nähe ihres Knies blieb. Die andere legte er über ihre Hand auf seine Wange. »Ich bin gar nicht so schlecht im Überraschungen machen, oder?«, neckte er.

Monica kicherte. »Bis jetzt hast du es mit zwei von zwei Versuchen ganz gut hinbekommen.«

In diesem Moment hörte er ihren Magen knurren.

Er lächelte, nahm ihre Hand von seiner Wange, küsste ihre Handfläche und sagte: »Lass uns etwas essen gehen. Was hältst du von Vietnamesisch?«

»Hatte ich noch nie. Aber ich finde normalerweise überall etwas, das mir schmeckt.«

»Gut, auf dem Heimweg liegt ein tolles Restaurant namens The Pig and The Lady. Wir können etwas zum Mitnehmen bestellen.«

»Klingt interessant«, sagte sie zu ihm.

Pid schloss ihre Tür und joggte zur Fahrerseite. Er konnte sich nicht zurückhalten, die Hand nach ihr auszustrecken und eine Locke ihres zerzausten Haares zurückzustreichen, sobald er eingestiegen war.

Monica rümpfte die Nase. »Ich sehe wahrscheinlich schrecklich aus«, sagte sie verlegen.

»Du bist wunderschön«, entgegnete er ehrlich.

Sie wurde rot und Pid schwor sich, ihr öfter Komplimente zu machen. Er hatte das Gefühl, dass sie in ihrem Leben nicht genügend Komplimente bekommen hatte.

Als er vom Parkplatz fuhr, griff sie hinüber und nahm seine Hand in ihre.

Seine Frau mochte ein wenig schüchtern sein und sie mochten es langsam angehen, aber er konnte nicht leugnen, dass sich bei ihrer Berührung alles richtig anfühlte.

KAPITEL VIERZEHN

Monica war sich bei dieser Sache mit dem Junggesellinnen-abschied nicht so sicher.

Erstens hatte sie noch nie an so etwas teilgenommen, also war sie sich nicht sicher, was sie erwartete. Stripper? Alberne Kostüme? Alle betranken sich, bis sie nicht mehr stehen konnten?

Und zweitens war sie definitiv nicht begeistert davon, mit den anderen zusammen zu übernachten. In ihren dreißig Lebensjahren hatte sie noch nie eine Übernach-tungsparty gemacht ... und sie glaubte nicht, dass es zählte, dass sie bei Stuart wohnte. Als Kind hätte sie auf keinen Fall jemanden zu sich nach Hause eingeladen. Sie konnte sich nicht sicher sein, was ihr Vater getan hätte. Es wäre ohnehin nicht erlaubt gewesen. Und während ihrer Jugend hatte sie keine Freundinnen gehabt.

Es war irgendwie traurig, dass sie mit dreißig Jahren zum ersten Mal bei Freundinnen übernachtete. Stuart hatte gesagt, sie könne ihm eine SMS schreiben und er würde sie holen, sollte sie sich zu irgendeinem Zeitpunkt unwohl fühlen.

Eigentlich mochte sie Kenna, Lexie und Elodie. Ashlyn kannte sie nicht so gut und Kenna hatte gesagt, dass sie hoffte, dass ihre Freundin Carly auch auftauchen würde, auch wenn sie sich nicht sicher war, ob sie es tun würde. Unabhängig davon hatte Kenna sich bei so vielen ungeklärten Fragen in Bezug auf Luke Keyes – und ganz zu schweigen von diesem Bull-Typen – dagegen entschieden, durch die Kneipen von Waikiki zu ziehen. Also würden sie den ganzen Abend in dem Penthouse verbringen, in dem sie mit Aleck lebte.

Für Monica war das vollkommen in Ordnung. Da sie nicht trank, waren Kneipen für sie ohnehin nicht sehr einladend.

Stuart hielt vor dem Wohngebäude von Coral Springs an und drehte sich zu ihr um. »Atme, Mo. Das wird Spaß machen.«

»Ich weiß«, sagte sie zu ihm.

»Sei einfach du selbst. Alle wissen bereits, dass du nicht supergesprächig bist, und sie werden nicht plötzlich erwarten, dass sich das geändert hat.«

Monica nickte. Er hatte recht. Elodie, Lexie und Kenna hatten ihr mehrmals per SMS versichert, dass sie sich darauf freuten, mehr Zeit mit ihr zu verbringen. Und zugegeben, wenn sie sich entschloss, in Hawaii zu bleiben, wollte sie gut mit diesen Frauen auskommen.

Es fiel ihr schwer zu glauben, dass sie wegen eines Mannes darüber nachdachte zu bleiben. Das war sehr untypisch für sie. Andererseits war Stuart anders als jeder andere Mann, den sie zuvor getroffen hatte. Vertraute sie ihm? Nicht ganz ... und sie fühlte sich schrecklich deswegen. Aber sie mochte ihn sehr. Sie fühlte sich sicher bei ihm – so sicher wie möglich in der Nähe eines Mannes. Aber ihm hundertprozentig zu vertrauen, ihr Leben in seine Hände zu legen? So weit war sie noch nicht.

Monica wusste, dass sie geschädigt war, wenn es um Vertrauen ging. Ihr Vater hatte es mit der Zeit erfolgreich aus ihr herausgeprügelt. Wenn sie sich für eines entscheiden musste, für das sie ihn am meisten hasste, dann war es das.

Aber sie versuchte es, in kleinen Schritten. Sie liebte es, auf Stuarts Terrasse zu sitzen und über nichts Besonderes zu plaudern. Sie mochte es, mit ihm zu kochen. Und sie mochte es wirklich, ihn zu küssen. Das musste reichen ... für den Moment.

»Mo?«, fragte Stuart besorgt.

Sie merkte, dass sie zu lange in Gedanken versunken im Wagen gesessen hatte. Sie drehte sich um und schenkte ihm ein tapferes Lächeln. »Es wird gut.«

Er streckte die Hand aus und strich mit seinem Daumen über ihre Wange, über die Stelle, an der ihr Grübchen war. Er hatte ihr neulich gestanden, wie sehr er diese Grübchen liebte. Sie hatte immer gedacht, es würde sie ein bisschen unreif aussehen lassen, aber angesichts der Tatsache, dass es ihm offensichtlich so sehr gefiel, begann sie zu glauben, dass es nicht so schlimm war.

»Natürlich wird es das. Du unterschätzt dich selbst und die anderen. Aber wenn du dich zu irgendeinem Zeitpunkt unwohl fühlst, lass es mich wissen und ich hole dich ab. Auch wenn es zwei Uhr morgens ist. Ich meine es ernst, okay?«

»Warum fühle ich mich, als ob ich acht Jahre alt wäre und du mich auf einer Party absetzt oder so?«, murmelte Monica.

»Ich sehe dich definitiv nicht als acht Jahre alt«, antwortete Stuart. Die Leidenschaft war leicht in seiner Stimme zu hören, und ihr wurde heiß als Reaktion darauf.

Wie sehr Stuart sie anmachte, überraschte Monica ebenfalls. Sie hatte früher schon Sex gehabt, aber es war nicht so toll gewesen und sie verstand Frauen in Liebesromanen und Filmen nicht, wenn sie über Funken und Kribbeln sprachen und jemanden mehr wollten als zu atmen.

Sie begann, es jetzt zu verstehen.

Sie beugte sich über die Armlehne zu Stuart und er kam ihr sofort entgegen. Der Kuss, den sie teilten, fuhr Monica bis in die Zehenspitzen. Noch eine Sache, die sie vor diesem Mann noch nie erlebt hatte.

Er zog sich zurück und streichelte noch einmal ihre Wange, bevor er sagte: »Geh jetzt, bevor ich dich entführe und zurück in meine Höhle bringe.«

Monica konnte nicht anders, als zu lachen. »Ähm ... ich lebe in dieser Höhle«, sagte sie zu ihm.

Stuart hob die Augenbrauen, als er gedehnt erwiderte: »Du wohnst in meinem Haus, nicht in meiner Höhle.«

Monica wusste, dass sie rot wurde, also stieß sie ihre Tür auf, um zu versuchen, es zu verbergen. Sie fühlte sich mit Stuarts Berührungen immer wohler, sehnte sich fast danach. Er war definitiv ein empfindsamer Mann, was sie begeisterte. Er griff ständig nach ihrem Gesicht, legte seine Hand auf ihren Rücken oder wollte ihre Hand halten. Gestern Abend hatte er sich beim Fernsehen hinter sie auf die Couch gekuschelt. Monica hatte sich zuerst versteift, aber schließlich hatte sie sich an ihm entspannt.

Sie war nur einmal in seinem Schlafzimmer gewesen, als sie eine Führung durch das Haus bekommen hatte. Der Gedanke daran, dass er sie von hinten umarmte, während sie in seinem Bett lagen, ließ ihre Wangen noch heißer werden. Wollte sie das? Ja und nein. Sie hatte seine Umarmung gestern Abend mehr genossen, als sie es für möglich gehalten hätte ... und vermutete, dass es sie umso mehr zerstören würde, je näher sie diesem Mann kam, wenn es zwischen ihnen nicht funktionierte.

Sie öffnete die seitliche Schiebetür des Minivans und

schnappte sich ihre Reisetasche. Dann stand sie vor dem offenen Beifahrerfenster und winkte Stuart kurz zu. »Bis morgen.«

»Viel Spaß«, sagte er. »Wie du weißt, fahre ich mit den anderen Männern zu Slates Haus. Wir werden ein Lagerfeuer am Strand machen und dort abhängen.«

Monica nickte. Stuart hatte erwähnt, dass sein Freund ein kleines Haus mit Zugang zum Strand nicht weit von Coral Springs entfernt hatte. Das Haus war eine Straße vom Strand entfernt, aber nahe und groß genug, damit sich alle Jungs bequem entspannen konnten.

Sie winkte noch einmal und ging tapfer auf die Türen des Wohngebäudes zu. Stuart wartete, bis sie wirklich drinnen war, bevor er wegfuhr. Es war eine weitere Art, wie er immer auf sie aufzupassen schien.

»Hi, Sie müssen Monica sein«, sagte ein älterer Mann, der hinter dem Empfangstresen in der großen Eingangshalle saß.

»Das bin ich«, stimmte sie zu.

»Ich bin Robert und der Rest der Damen ist schon oben. Aber keine Sorge, Miss Greene ist gerade erst gekommen, Sie sind also nicht zu spät. Wenn ich Ihren Ausweis sehen dürfte und Sie hier unterschreiben, werde ich Ihnen den Weg zeigen.«

Monica war beeindruckt von der Effizienz des Mannes und von den Sicherheitsvorkehrungen, aber sie war nicht wirklich überrascht. Kenna hatte viel über den Ort gesprochen und über Robert und wie sehr er ihnen bei der bevorstehenden Hochzeit half.

In wenigen Minuten war sie im Aufzug auf dem Weg in die Penthouse-Etage. Sie versuchte, nicht zu hyperventilieren und sich einzureden, dass alles in Ordnung wäre, stieg aus dem Aufzug und ging den Flur entlang zu Kennas und Alecks Wohnung.

Die Tür öffnete sich, bevor sie überhaupt davor stand.

»Herzlich willkommen!«, rief Kenna aus. »Und bevor du ausflippst und glaubst, ich könnte durch die Tür sehen, Robert hat angerufen und gesagt, dass du auf dem Weg nach oben bist.« Kenna lächelte breit und einladend und Monica sah keine Spur von Falschheit darin.

»Danke«, sagte sie zu ihr.

»Ich bin so froh, dass du gekommen bist. Ich weiß, dass du dich vielleicht immer noch ein bisschen unwohl fühlst, da du uns noch nicht lange kennst, aber ich verspreche dir, dass wir harmlos sind«, sagte Kenna. Sie gab ihr keine Chance, etwas zu erwidern, was wahrscheinlich besser war, da Monica nicht wusste, was sie dazu sagen sollte, und griff nach ihrer Tasche. »Ich stelle die vorerst neben die Tür und später werden wir entscheiden, wo alle schlafen.« Sie senkte die Stimme, als würde sie Monica ein Geheimnis verraten. »Aber wenn du einen Platz auf dem Balkon haben möchtest, solltest du ihn frühzeitig beanspruchen, denn es ist einer der beliebtesten Plätze zum Entspannen.«

Monica konnte sich ein Lächeln nicht verkneifen. »Okay.«

»Okay«, stimmte Kenna strahlend zu. »Komm schon, Elodie ist in der Küche und versucht, das richtige Verhältnis zwischen Margarita-Mix und Tequila herauszufinden. Ich habe die Befürchtung, dass sie uns mit nur einem Drink betrunken machen wird, wenn niemand sie zurückhält. Sie ist ein bisschen schwerfällig mit Alkohol.«

Monica fühlte sich bereits ein wenig wohler, als sie gedacht hatte, und folgte Kenna in das andere Zimmer. Die Wohnung war wunderschön und die Aussicht vom Balkon war genauso toll, wie ihr berichtet worden war.

»Monica!«, riefen Lexie und Elodie aus, als sie sie sahen.

»Hallo!«, warf Ashlyn ein. »Schön, dich wiederzusehen.«

»Carly ist nicht gekommen«, sagte Kenna und ging

weiter durch die Küche auf Elodie zu. »Ich habe gebettelt, aber sie sagte, es sei sicherer für uns, wenn sie nicht käme. Das ist natürlich Quatsch, aber sie wollte nicht von ihrer Meinung abweichen.«

»Ihr Ex-Freund ist mit einer Bombe vor der Brust ins Duke's marschiert«, erklärte Lexie Monica. »Er hat sich am Ende selbst in eine Million Teile gesprengt. Supereklig, obwohl man es jetzt am Strand nicht mehr sehen kann. Allerdings ist sein Sohn untergetaucht und nicht einmal Baker kann ihn finden, worüber er wirklich sauer ist. Deshalb hat Carly ihre Anstellung gekündigt und sperrt sich in ihrer Wohnung ein, sehr zu Jags Leidwesen.«

»Wow, das waren eine Menge Informationen«, neckte Ashlyn.

»Hey, du hast es ohne Probleme verstanden, oder?«, fragte Lexie. »Macht das einen Unterschied?«

»Wie viele Margaritas hattest du schon?«, fragte Kenna mit hochgezogener Augenbraue.

Lexie kicherte. »Ein paar.«

»Oh Gott, das wird eine lange Nacht«, sagte Kenna und blickte an die Decke. »Es wird nicht auf den Teppich gekotzt, verstanden?«, mahnte sie.

Alle lachten. »Es wird überhaupt nicht gekotzt«, entgegnete Elodie. »Wir sind alle respektvolle, reife Erwachsene. Wir müssen uns nicht volllaufen lassen.«

»Nur einen antrinken«, erwiderte Lexie.

»Vielleicht ein bisschen betrinken«, konterte Ashlyn.

»Monica ist ab jetzt für die Getränke zuständig«, erklärte Kenna.

Monica sah sie überrascht an.

»Da sie nicht trinkt, kann sie dafür sorgen, dass wir uns beherrschen. Wenn sie denkt, dass jemand zu viel getrunken hat, gibt es nur noch Wasser. Und wir müssen zustimmen, es zu trinken, okay?«

Monica wollte protestieren. Sie war sich nicht sicher, ob sie die Alkoholpolizei sein wollte, aber als alle sofort zustimmten, hatte sie wohl keine andere Wahl.

»Verwende nicht alles von dem Margarita-Mix, Elodie«, fügte Kenna hinzu. »Monica soll auch ein paar Getränke ohne Alkohol machen können.«

Monica war wieder einmal überrascht. Sie hatte angenommen, den ganzen Abend nur Wasser zu trinken. Sie war sogar davon ausgegangen, dass die anderen ein wenig verärgert sein könnten, weil sie nicht mit ihnen trank. Stattdessen achteten sie darauf, sie so gut wie möglich einzubeziehen. Es fühlte sich gut an.

Eine Stunde später klopfte es an der Tür. Kenna sprang auf und rief: »Das Essen ist da!«, bevor sie zur Tür ging.

Sie kehrte zurück, gefolgt von vier Männern, die Taschen trugen, die bis oben mit Speisen vollgestopft waren. Robert hatte sich darum gekümmert, dass die Frauen alles bekamen, was sie sich nur wünschen konnten. Es war eine riesige Auswahl an Gerichten, von denen sie den ganzen Abend naschen konnten, wenn sie hungrig wurden. Es gab Frühlingsrollen, Hähnchenflügel, Hummus und Gemüse, Kartoffelchips, gefüllte Eier, hawaiianische Fleischbällchen, Ananassalsa, Fruchtspieße, Luau Thai Hühnchen, japanische Rindfleischröllchen und natürlich Malasadas zum Nachtisch.

Nachdem alle ihre Teller vollgeladen hatten, versammelten sie sich auf dem Balkon, um den Sonnenuntergang zu beobachten und sich zu unterhalten.

Monica hörte hauptsächlich den Gesprächen der anderen Frauen zu, aber es schien niemanden zu stören, dass sie sich nicht aktiv an der Unterhaltung beteiligte. Und irgendwie fühlte sich ihr Schweigen jetzt angenehmer an als im Duke's.

Schließlich drehte sich Elodie zu ihr um und fragte: »Also, hatten wir recht mit Baker?«

Monica kaute vorsichtig den Bissen, den sie gerade genommen hatte, dann schluckte sie, bevor sie fragte: »Recht womit?«

»Wie heiß er ist.«

Alle lachten und sahen Monica erwartungsvoll an.

»Ähm ... ja?«

»Erzähl mehr, Mädchen. Wir brauchen mehr Details«, forderte Lexie.

»Wartet, ist es okay, über ihn zu reden?«, fragte Kenna. »Ich meine, Aleck hat mir erzählt, wie du auf sein Tattoo reagiert hast. Es hat dich an den Typen erinnert, den du gesehen hast und der versucht hat, dir wehzutun.«

Es war wirklich sehr nett von ihr, sich zu vergewissern, dass es für sie in Ordnung war, darüber zu sprechen. Wieder überkam Monica dieses warme Gefühl. »Mir geht es gut. Und ja, ich hatte eine Art Panikattacke, als mir klar wurde, dass das Tattoo auf seinem Unterarm das gleiche war wie das des anderen Kerls. Wenn Stuart nicht dort gewesen wäre, wäre ich wahrscheinlich direkt ins Meer gelaufen oder so. Ich konnte an nichts anderes mehr denken, als zu fliehen.«

»Mir gefällt es, wenn du ihn Stuart nennst«, seufzte Elodie.

Ashlyn verdrehte die Augen. »Das liegt nur daran, dass du Mustang auch bei seinem Vornamen nennst.«

Elodie zuckte die Achseln. »Wahrscheinlich.«

»Pst, lasst Monica reden«, sagte Kenna.

Alle drehten sich zu ihr um und Monica versuchte, sich nicht unbehaglich zu fühlen, als sie im Rampenlicht stand. »Ich bin über meine Füße gestolpert und auf dem Hintern gelandet, bevor ich versucht habe wegzulaufen«, scherzte sie.

»Ich wette, Pid war sauer«, sagte Lexie. »Nicht auf dich, aber dass du dir vielleicht wehgetan hast.«

Monica wusste, dass er zwar besorgt, aber auch irgendwie sauer gewesen war. Sie hatte es in dem Moment nicht bemerkt, da sie sich auf Bakers Tattoo konzentriert hatte, aber Lexie hatte recht. »Er war nicht glücklich«, sagte sie nach einem Moment.

»Bei unseren Männern ist das die Untertreibung des Jahrhunderts«, warf Kenna ein.

»Also, Baker? Er sieht unglaublich gut aus, oder? Und gleichzeitig superintensiv?«, fragte Elodie.

Monica verspürte den Drang, einen Spaß zu machen, was ihr überhaupt nicht ähnlich sah. »Er ist okay«, sagte sie so lässig, wie sie konnte.

»Willst du mich verarschen? Nur okay?«, fragte Lexie ungläubig. »Mit diesen silbernen Strähnen im Haar? Und diesem Bart?«

»Ja, er ist in Ordnung«, sagte Monica. »Ich war überrascht, auch etwas Grau in seinem Brusthaar zu sehen.«

Den anderen vier Frauen fielen beinahe die Augen aus dem Kopf.

Elodie fand zuerst ihre Stimme. »Du hast seine nackte Brust gesehen?«, fragte sie.

»Ja, er war beim Surfen, als wir dort ankamen. Er kam aus dem Wasser, mit dem Surfboard unter dem Arm, und trug einen Neoprenanzug. Lange Ärmel, hauteng, die Hosenbeine reichten ihm bis knapp über die Knie ...« Monica schnaufte.

»Jesus«, hauchte Elodie.

»Ernsthaft?«, fragte Kenna.

»Ich möchte diesen Mann unbedingt kennenlernen«, grummelte Ashlyn.

»Ernsthaft«, sagte Monica. »Dann hat er den Anzug ganz langsam ausgezogen. Erst die Ärmel und dann zog er ihn über seine Brust hinunter ... und dann habe ich das Tattoo gesehen.«

»Er kommt zu deiner Hochzeit, oder?«, fragte Ashlyn Kenna.

Sie zuckte geistesabwesend mit den Schultern. »Hoffentlich. Wir haben ihn eingeladen.«

»Wow, also hast du ihn fast nackt gesehen«, sagte Lexie.

Monica lachte und verdrehte die Augen. »Nicht wirklich. Ich habe nicht aufgepasst, nachdem ich das Tattoo entdeckt hatte. Außerdem glaube ich, dass Jody etwas dazu zu sagen gehabt hätte, wenn ich ihn zu sehr angehimmelt hätte.«

»Wer ist Jody?«, fragte Ashlyn.

»Ihr Name ist eigentlich Jodelle. So nennt Baker sie, was zum Dahinschmelzen ist, wenn ihr mich fragt, denn sie sagte, alle anderen nennen sie Jody. Sie hängt am Strand rum und bringt den jüngeren Surfern Sandwiches und so. Sie kümmert sich irgendwie um sie. Und es war ziemlich offensichtlich, dass Baker und sie sich mögen.«

»Warte, ist sie superzierlich, in den Vierzigern oder Fünfzigern, dunkle Haare und fährt einen bunten VW-Bus?«, fragte Lexie.

Monica zuckte mit den Schultern. »Ich habe nicht gesehen, was für einen Wagen sie fährt, aber ja, der Rest der Beschreibung passt.«

»Ich habe sie gesehen, als wir dort oben waren«, erklärte Lexie. »Ich habe sie nicht kennengelernt, aber Baker ist definitiv auf ihren Bus zugegangen, als er sie ankommen sah.«

»Also steht er auf sie?«, fragte Elodie.

»Das würde ich sagen«, bestätigte Monica.

»Das ist so cool. Ich meine, er kommt mir irgendwie wie ein Einzelgänger vor«, sagte Kenna. »Ich kann mir nicht vorstellen, dass er tatsächlich in einer Beziehung ist.«

»Ja, zuerst war er ein ziemliches Arschloch zu mir«, sagte

Lexie. »Aber er machte sich nur Sorgen um Midas, also habe ich es nach einer Weile verstanden. Aber dennoch.«

»Aber er ist schön anzusehen«, sagte Elodie. »Konntest du ein Foto machen?«

Monica konnte nicht anders, als zu lachen. »Entschuldige, aber nein. Ich war zu sehr mit meiner Panikattacke beschäftigt, um zu versuchen, ein Foto zu machen, ohne dass er es merkt.«

Elodie seufzte. »Das ist okay. Aber ich wette, er sah in diesem Neoprenanzug ziemlich großartig aus.«

»Er ist vielleicht in den Fünfzigern, aber er achtet definitiv auf sich«, stimmte Monica zu.

»Ich schätze, in zwanzig Jahren werden alle unsere Männer so aussehen«, sagte Kenna. »Ich kann mir nicht vorstellen, dass einer von ihnen einfach aufhört zu trainieren, wenn er sich aus der Navy zurückzieht.«

Als das Gespräch anfing, sich um ihre Männer zu drehen und wie sie aussehen könnten, wenn sie in ihren Fünfzigern waren, und dass es nicht fair war, dass einige Männer so viel besser alterten als Frauen, stand Monica auf und sammelte die Teller ein. Sie ging in die Küche und entschied, dass es, nachdem alle gegessen hatten, sicher wäre, eine weitere Runde Getränke einzuschenken.

Sie brachte den Krug auf den Balkon und wurde von den anderen mit lautem, fröhlichem Jubel begrüßt.

Stunden später, lange nachdem die Sonne untergegangen war und nach zwei weiteren Runden Drinks, saßen alle drinnen auf dem Boden im Wohnzimmer und spielten Tat oder Wahrheit. Monica hatte vergessen, wer es vorgeschlagen hatte, aber es wäre ihr peinlich gewesen, nicht mitzumachen, also spielte sie mit.

Elodie, Lexie, Kenna und Ashlyn waren von den Margaritas, die sie den ganzen Abend über konsumiert hatten, definitiv gut gelaunt. Sie kicherten und waren in fröhlicher

Stimmung. Monica beteiligte sich nicht an ihrem Gespräch über frühere Freunde und hörte interessiert zu, als Kenna über die Pläne für ihre Hochzeit plapperte.

»Tat oder Wahrheit?«, fragte Kenna Elodie.

»Wahrheit«, antwortete sie.

»Wie viele Orgasmen hattest du in deiner Hochzeitsnacht?«, fragte Kenna.

»Wirst du versuchen, mich zu schlagen?«, fragte Elodie.

»Vielleicht«, sagte Kenna mit einem Grinsen.

»Drei«, antwortete Elodie.

»Drei?«, fragte Ashlyn, die es offensichtlich nicht glauben konnte. »Das ist Quatsch.«

»Ich meine es ernst«, sagte Elodie. »Und das nur, weil wir müde waren.«

Alle lachten.

»Du bist dran«, sagte Kenna zu Lexie.

Lexie sah sich im Raum um und fixierte schließlich Ashlyn. »Tat oder Wahrheit?«

»Tat«, sagte Ashlyn entschlossen. »Ich habe eine Ahnung, was ihr fragen werdet, wenn ich mich für Wahrheit entscheide.«

»Du meinst, was zum Teufel zwischen dir und Slate läuft?«, platzte Elodie heraus.

Ashlyn wurde rot. »Richtig, aber da ich Tat gewählt habe, kannst du das nicht fragen.«

Monica wollte lachen, aber stattdessen lächelte sie nur.

»In Ordnung, Tat, Tat, Tat ...«, murmelte Lexie. »Ich fordere dich heraus, in diesem Moment ein Foto von dir an Slate zu schicken.«

»Wie unreif«, sagte Ashlyn, aber ihre Wangen wurden noch rosiger als zuvor.

»Also weigerst du dich?«, fragte Lexie. »Dann wirst du verlieren.«

»Was verlieren?«, fragte Ashlyn.

»Ich weiß nicht, das Spiel?«, sagte Lexie.

»Oooh, das wäre eine Tragödie«, konterte Ashlyn sarkastisch.

»Komm schon«, flehte Lexie.

»Also gut, ich werde es tun. Monica, du machst das Foto, da du die Einzige bist, die nicht betrunken ist. Und lass mich gut darauf aussehen«, verlangte Ashlyn.

Monica nahm ihr Telefon und nickte, um zu signalisieren, dass sie bereit war.

Ashlyn legte den Kopf schief, streckte die Zunge heraus, verdrehte die Augen und machte ein Friedenszeichen mit den Fingern neben ihrem Gesicht. Monica drückte auf den Auslöser, obwohl sie so sehr lachen musste, dass sie kaum etwas sehen konnte. Alle anderen stimmten ein.

»Oh, das wird ihm sicher gefallen«, scherzte Kenna.

Ashlyn lächelte nur und nahm Monica ihr Handy ab. Sie drückte ein paar Tasten und sagte: »So, erledigt.«

»Warte, ich will sehen, was er sagt, wenn er das bekommt«, sagte Elodie.

Alle warteten gespannt auf Slates Antwort. Als Monica auf die Uhr schaute, war sie überrascht, dass es fast ein Uhr morgens war. »Ähm, Leute, er ist vielleicht nicht mehr wach. Es ist schon spät.«

»Heiliger Mist, ich hatte keine Ahnung, dass es schon nach Mitternacht ist«, sagte Elodie.

»Verwandelst du dich normalerweise um zwölf in einen Kürbis oder was?«, fragte Kenna.

»Nein, ich gehe normalerweise um neun schlafen«, gab Elodie zurück.

»Du bist so lahm«, neckte Lexie.

»Du bist nicht besser, und das weißt du«, sagte Elodie zu ihrer Freundin.

Monica gefiel es, wie unbeschwert die Frauen miteinander scherzen konnten. Und sie musste zugeben, dass sie

Elodie und Lexie jetzt noch mehr mochte, seit sie wusste, dass sie so früh ins Bett gingen wie sie. Es gab ihr das Gefühl, als hätten sie etwas gemeinsam, auch wenn es nur eine Kleinigkeit war.

»Oh, er tippt!«, sagte Ashlyn. »Verdammt, ich hasse diese drei Punkte ... er muss lernen, schneller zu tippen.« Dann starrte sie auf das Telefon und fing an zu kichern.

»Was? Was hat er geschrieben?« In ihrem leichten Rausch lachte Ashlyn so sehr, dass sie nicht antworten konnte, also reichte sie Monica ihr Handy. Sie las laut vor, was Slate gesendet hatte. »›Sieht so aus, als würdet ihr euch amüsieren.‹ Oh, wartet ... er hat gerade noch etwas geschickt«, sagte sie und las dann auch diese Nachricht laut vor. »›Wenn du damit versuchen wolltest, mich abzuturnen, hat es nicht funktioniert. Ich finde dich sexy, egal was für ein Gesicht du machst.‹«

Alle waren eine Weile still, dann brachen sie in Gelächter aus, als Ashlyn schnell nach ihrem Handy griff.

»Ich wusste es!«, rief Lexie aus. »Ich wusste, dass etwas zwischen euch läuft!«

»Das tut es nicht«, beharrte Ashlyn. »Er ist ein Frauenheld. Und er will mich nur, weil ich ihm gesagt habe, dass ich kein Interesse habe.«

Elodie hörte abrupt auf zu lachen. »Slate ist kein Frauenheld«, sagte sie ernst. »Keiner der Männer ist das.«

»Richtig«, sagte Ashlyn. »Er ist groß, gebräunt, gut aussehend und er ist ein Navy SEAL, der sich jede Muschi holt, wann immer er will.«

»Nein, das tut er nicht«, beharrte Elodie. »Ich meine, ich habe kein Insiderwissen, aber Scott sagt, dass alle Männer diese Zeit in ihrem Leben hinter sich gelassen haben. Sicher, mit Anfang zwanzig sind sie oft ausgegangen, aber jetzt nicht mehr.«

»Ich bin nicht daran interessiert, mit jemandem auszugehen«, sagte Ashlyn.

Monica glaubte, einen Anflug von Verzweiflung in ihren Worten zu hören. Fast, als würde sie sie anflehen, ihr zu glauben.

»Seit ich Franklin nach Hawaii gefolgt bin, bin ich fertig mit Männern. Carly und ich werden noch sehr lange Single bleiben«, erklärte Ashlyn.

»Viel Glück dabei«, murmelte Lexie.

»Ich bin dran«, sagte Ashlyn und wandte sich an Monica. »Tat oder Wahrheit?«

Monica erstarrte. Sie war ein Feigling und sie wollte definitiv kein Bild von sich an Stuart schicken oder etwas ähnlich Peinliches tun müssen. Aber sie hatte auch Angst davor, was die andere Frau fragen könnte, wenn sie sich für Wahrheit entschied.

Nach einer langen Pause platzte sie schließlich mit »Wahrheit« heraus.

»Ich kann auch eine andere Frage stellen, wenn du lieber nicht antworten möchtest, aber ich habe mich gefragt ... was ist mit deiner Hand passiert? Wurdest du so geboren?«

Monica schluckte schwer. Sie hatte die Wahl. Sie könnte feige sein und auf einer anderen Frage bestehen oder sie könnte ehrlich antworten. Wenn sie sich entschied zu bleiben und sich die Freundschaft dieser Frauen wirklich verdienen wollte, musste sie sich öffnen.

Also erzählte sie ihnen die Geschichte. Und sie behielt keine Details für sich. Sie erklärte, warum und wie ihr Vater es getan hatte. Sie sprach darüber, wie sehr es wehgetan und wie sehr sie unter der Infektion gelitten hatte – wie sie schweigend gelitten hatte, da sie es besser wusste, als ihren Vater zu bitten, sie zum Arzt zu bringen. Sie erzählte den Frauen, wie sie nach der Operation allein und mit Todesangst aufgewacht war und dass ihre Finger noch heute schmerzten, obwohl sie nicht mehr da waren.

Als sie fertig war, war es totenstill im Raum – und Monica bedauerte es, die Stimmung so abgesenkt zu haben.

Gerade als sie sich entschuldigen wollte, rief Kenna aus: »Was für ein verdammtes Arschloch!«

»Ja! Für wen zum Teufel hielt er sich? Ein kleines Kind verletzen? Und dazu noch seine eigene Tochter!«, stimmte Lexie zu.

»Ich hoffe, sein Schwanz ist zusammengeschrumpft und abgefallen!«, fügte Elodie hinzu.

Monica konnte nicht anders, als darüber zu kichern.

»Wie kannst du jetzt lachen?«, fragte Ashlyn leise.

»Es ist nur ... ich vermute, sein Schwanz ist tatsächlich zusammengeschrumpft«, sagte Monica, bevor sie erklärte, wie ihr Vater erfroren war.

»Gut.«

»Er hat bekommen, was er verdient hat.«

»Dreckskerl!«

»Hast du Pid diese Geschichte erzählt?« Die Frage kam von Elodie.

»Ja.«

»Ich wette, er war sauer.«

»Ja, das war er«, gab Monica zu.

Elodie nickte, als wäre damit etwas erledigt, worüber sie nachgedacht hatte. »Du bist dran«, sagte sie zu Monica.

»Was?«

»Du bist dran, jemanden für Tat oder Wahrheit auszuwählen.«

Es fiel Monica schwer, ihr Gehirn von den Erinnerungen abzulenken. Sie hatte irgendwie erwartet, dass die Party nach ihrer Geschichte aufhören würde, aber stattdessen hatten ihre neuen Freundinnen ihren Abscheu gegenüber ihrem Vater ausgedrückt und jetzt ging es weiter. Das gefiel ihr. »Lexie, Tat oder Wahrheit?«

»Tat.«

Monica zerbrach sich den Kopf über eine gute Mutprobe. Dann erinnerte sie sich an etwas, das sie vor ein paar Tagen im Internet gesehen hatte. Sie nahm ihr Handy, suchte schnell nach einem passenden Bild und schickte es an Lexie.

»Du machst mir Angst, Monica«, sagte Lexie lachend.

»Tut mir leid. Ich habe dir gerade ein Bild geschickt. Du musst Midas dieses Bild schicken und ihn nach seiner Größe fragen, weil du ein passendes Paar für dich und ihn bestellen willst.«

»Oh mein Gott, das ist urkomisch!«, sagte Lexie, nachdem sie auf ihr Handy geschaut hatte. »Das sollten wir alle tun und dann die Antworten vergleichen.«

»Was? Was ist auf dem Bild?«, wollte Kenna wissen.

Lexie drehte ihr Handy herum und zeigte den anderen, was Monica ihr geschickt hatte. Es war ein Bild von einem Mann vor einem weißen Hintergrund. Er trug ein langes T-Shirt, das bis zu den Knien reichte. Es sah im Wesentlichen aus wie ein Nachthemd. Es war hellblau mit marineblauen Paspeln am Saum, an den Ärmeln und am Kragen. Es gab sogar eine kleine Tasche links auf der Brust.

»Oh verdammt, ja, ich will wissen, was Scott dazu sagt«, sagte Elodie.

»Marshall wird ›Nein verdammt‹ sagen«, murmelte Kenna.

»Du auch, Monica«, beharrte Lexie, als sie das Bild an die anderen schickte.

»Nur wenn Ashlyn es auch macht«, überraschte Monica sich selbst.

»Gut, aber da Slate und ich nicht zusammen sind, wird es bei ihm nicht funktionieren«, sagte Ashlyn.

Sie waren still, als sie alle eine Nachricht tippten.

»Bereit?«, fragte Lexie. »Wenn ich bis drei gezählt habe, drücken wir alle auf Senden. Eins, zwei, drei!«

Alle kicherten, während sie darauf warteten, was ihre Männer antworten würden, sobald sie die Nachricht bekamen. Nach und nach trudelten die Antworten ein.

Marshall: Ich liebe dich Baby, aber nein.

Scott: Wie viel habt ihr getrunken?

Midas: Ich trage das nur, wenn du auch das anziehst, was ich für dich kaufe.

Slate: Ich habe diesen Scherz neulich im Internet gesehen. Da spiele ich nicht mit.

»Was hat Pid geschrieben?«, fragte Lexie Monica.

Ungläubig starrte sie auf den Text. Sie sah zu den anderen auf und las seine Antwort laut vor. »Mir gefällt das Blau.«

Alle lachten so heftig los, dass ihnen Tränen über die Wangen strömten.

»Oh mein Gott, er ist so verknallt in dich«, sagte Kenna zu ihr.

Monica konnte das kleine Lächeln nicht aufhalten, das sich auf ihrem Gesicht zeigte. Kein Mann würde jemals zustimmen, ein Nachthemd wie das auf dem Bild zu tragen, es sei denn, er war sich seiner Männlichkeit vollkommen sicher – was Stuart definitiv war – oder er wollte der Frau, die es für ihn kaufen wollte, wirklich, wirklich gefallen.

Während das Spiel weiterging, versuchte Monica, Stuarts Antwort aus ihrem Gedächtnis zu verbannen, aber es war unmöglich. Sie konnte nicht glauben, dass er so etwas tatsächlich tragen würde, nur weil sie ihn darum bat.

Nach ein paar weiteren Runden Tat oder Wahrheit war es offensichtlich, dass die Party zu Ende ging. Lexie war die Erste, die in das Gästezimmer ging, das sie mit Ashlyn teilte. Elodie schlief wenig später auf der Couch ein und nachdem sie ein wenig beim Aufräumen geholfen hatte, ging Ashlyn ebenfalls ins Bett.

Kenna bedeutete Monica, ihr auf den Balkon zu folgen. Obwohl Monica müde war, war sie noch nicht ganz zum Schlafen bereit. Ihre Gedanken waren zu sehr damit beschäftigt, den Abend und wie gut sie mit allen ausgekommen war noch einmal Revue passieren zu lassen.

Sie und Kenna machten es sich in den Liegestühlen bequem, jede mit einer Flasche Wasser ausgestattet, und starrten auf den Mond, der in der Ferne über dem Meer schwebte.

»Das war der beste Junggesellinnenabschied aller Zeiten«, sagte Kenna.

»Obwohl es keine Stripper, Diademe oder Schärpen gab, die dich als zukünftige Braut verkündeten?«, scherzte Monica.

»Vor allem deswegen«, sagte Kenna. »Es tut mir leid, aber Stripper sind irgendwie eklig. Warum sollte ich wollen, dass ein Fremder seine Genitalien an meinem Gesicht reibt? Igitt. Es macht mir nichts aus, einen gut aussehenden Mann aus der Ferne zu bewundern, aber dass sich jemand eingeölt an mir reibt? Nein danke.«

»So wie Baker?«, hakte Monica nach.

»Genau«, sagte Kenna mit einem Lächeln. »Bist du okay?«, fragte sie.

Monica sah zu ihr hinüber. »Was meinst du?«

»Ich weiß, dass du wahrscheinlich nicht damit gerechnet hast, heute Abend etwas von deiner Vergangenheit mit uns zu teilen, und ich hoffe, du hast dich nicht unter Druck gesetzt gefühlt.«

»Damit habe ich tatsächlich nicht gerechnet«, sagte Monica. »Aber weißt du was? Ich fühle mich ziemlich gut dabei.«

»Gut. Ich wollte dir sagen, dass diese Geschichte mehr über deinen Arschlochvater aussagt als über dich ... aber das stimmt nicht ganz. Die Tatsache, dass du nach allem, was du durchgemacht und erlebt hast, immer noch so süß und nett bist, sagt alles darüber, wer du bist. Du bist eine verdammt starke Frau, Monica, und ich bin stolz, dich meine Freundin nennen zu dürfen.«

Monica wusste, dass Kenna beschwipst war, aber ihre Worte bedeuteten ihr trotzdem die Welt. »Gleichfalls«, antwortete sie. Es fühlte sich zu erbärmlich an zuzugeben, dass Kenna und die anderen im Grunde die einzigen wahren Freundinnen waren, die sie in ihrem Leben hatte, also behielt sie diesen Teil für sich. »Bist du aufgeregt wegen deiner Hochzeit?«, fragte sie.

»So aufgeregt, dass ich es kaum aushalten kann«, gab Kenna zu. »Ich interessiere mich weder für traditionelle hawaiianischen Tänzer noch das Essen, und sogar die Zeremonie am Strand ist mir egal. Ich interessiere mich nur für Marshall. Ich liebe ihn so sehr. Er akzeptiert mich genau so, wie ich bin. Eine Extrovertierte, die es als ihre Lebensaufgabe sieht, sich mit jedem anzufreunden, den sie trifft, die glücklich damit ist, für den Rest ihres Lebens als Kellnerin zu arbeiten, und die sich kein bisschen darum schert, wie viel Geld auf dem Bankkonto ihres Mannes ist.«

»Er ist reich, oder?«

Kenna lachte und deutete auf die Wohnung hinter ihnen. »Jawohl.«

»Du hast Glück gehabt.«

»Das habe ich«, stimmte Kenna sofort zu. »Ich bin froh, dass unsere Eltern hier sind, aber ehrlich gesagt wäre ich genauso gern einfach zum Standesamt gegangen, ohne große Feierlichkeiten. Es geht mehr darum, den Rest meines Lebens mit dem Mann verbringen zu können, den ich liebe und dem ich mehr vertraue als jedem anderen Menschen, den ich je getroffen habe, als darum, eine Party zu feiern.«

Monica nickte und nippte an ihrem Wasser. Dann überraschte sie sich selbst mit der nächsten Frage: »Wie hast du gemerkt, dass du ihm vertraust?«

»Du meinst wann?«

Das tat sie nicht, aber Monica nickte trotzdem. Sie wollte wirklich wissen, wie man jemandem vertrauen konnte. Sie hatte keine Ahnung, wie das ging.

»Ich bin mir nicht sicher, ob ich das beantworten kann. Es kam allmählich. Aber als Shawn mich an diesem Strand entführen und foltern wollte, wusste ich nur, dass Marshall das nicht zulassen würde. Ich wusste ohne den geringsten Zweifel, dass der Mann, den ich liebte, nicht aufgehört hätte, nach mir zu suchen, bis er mich gefunden hätte ... und er hätte jeden getötet, der Hand an mich gelegt hätte, wenn tatsächlich das Schlimmste passiert wäre und Shawn mich entführt hätte.«

Monica seufzte. Sie freute sich für ihre Freundin. Aber es beantwortete ihre Frage nicht wirklich.

Als wüsste sie, dass sie noch mehr sagen musste, ergänzte Kenna: »Ich denke, Vertrauen ist etwas, das einfach da ist oder nicht. Du denkst nicht viel darüber nach, aber wenn du es am meisten brauchst, weißt du einfach bis in dein Innerstes, dass die Person hinter dir steht, wenn es hart auf hart kommt.«

Und genau davor hatte Monica Angst. Darauf zu vertrauen, dass jemand für sie da wäre, wie ihr Vater es hätte sein sollen, nur um erneut enttäuscht zu werden.

»Danke, dass du mich heute Abend eingeladen hast«, sagte sie und wechselte das Thema.

»Danke fürs Kommen und dass du dich um uns gekümmert hast. Ich weiß, dass wir manchmal ziemlich anstößig waren«, gab Kenna zu.

»Nicht wirklich.« Und das waren sie nicht gewesen. Ja, sie waren alle etwas angeheitert und albern gewesen, aber sie waren keine gemeinen oder widerlichen Betrunkenen. Der Abend hatte wirklich viel Spaß gemacht.

»Willst du hier draußen bei mir schlafen?«, fragte Kenna.

»Ja.«

»Gut, weil ich zu müde bin, um wieder hineinzugehen.«

Monica stand auf und schnappte sich zwei Decken, die über der Lehne eines Stuhls hingen, und deckte Kenna sanft zu.

»Danke«, murmelte sie schläfrig.

Monica machte es sich auf dem Liegestuhl unter ihrer eigenen Decke bequem und zog ihr Handy heraus. Es war zwei Uhr fünfundvierzig, aber sie konnte nicht anders, als noch eine SMS zu schreiben.

Monica: Ich wollte dich nur wissen lassen, dass alles in Ordnung ist. Mir geht es gut und ich gehe jetzt schlafen.

Sie wusste nicht, warum sie den Drang verspürte, Stuart zu schreiben. Wahrscheinlich schlief er schon. Aber sie wollte sich mit ihm verbinden, auch wenn es einseitig war.

Überraschenderweise blinkten drei Punkte am unteren Rand des Bildschirms auf und ließen sie wissen, dass er eine Antwort eintippte.

Stuart: Ich wusste, dass es dir gut gehen wird. Und, Mo?

· · ·

Er hatte mehr Vertrauen in sie als sie selbst.

Monica: Ja?

Stuart: Wenn du mir dieses schreckliche Nachthemd kaufst, werde ich einen Weg finden, mich an dir zu rächen. :)

Sie lachte. Offensichtlich hatte er gewusst, dass sie einen Streich gespielt hatten, aber er hatte mitgespielt. Sie schickte einen Smiley-Emoji zurück und legte ihr Handy auf den kleinen Tisch neben sich. Sie schloss die Augen und schlief fast sofort ein, zufrieden und glücklich.

———

Shane »Bull« Beyer saß mit einem leistungsstarken Fernglas um seinen Hals am dunklen Sandstrand, nicht weit von den Eigentumswohnungen von Coral Springs entfernt. Er rauchte eine Zigarette und starrte mit einem kleinen Grinsen im Gesicht aufs Meer hinaus.

Es hatte Jahre gedauert, den richtigen Moment zu finden, es dem Mann heimzuzahlen, dem er Rache geschworen hatte. Jetzt war es so weit.

Als er aus der Navy geworfen worden war, hatte er sein Leben verloren. Die Navy war sein Ein und Alles gewesen. Ein SEAL zu sein war, wofür er gelebt hatte. Nach allem, was er getan hatte, nach allem, was er geopfert hatte, war er einfach rausgeworfen worden, als wäre er nichts anderes als ein Psychopath.

Er war das, was die Navy aus ihm gemacht hatte.

Und er hatte viel Zeit gehabt, über alles nachzudenken, was passiert war. Das Ergebnis war, dass nur ein einziger Mensch an seiner Demütigung schuld war.

Baker »Meat« Rawlins.

Es war seine Beurteilung gewesen, die Bull letztendlich seine Position gekostet hatte. Und er hatte geschworen, es Baker heimzuzahlen.

Die Navy hielt Baker für den Inbegriff des perfekten Seemanns. Er war der perfekte SEAL. Er hatte eine Auszeichnung nach der anderen erhalten, obwohl er in Wirklichkeit nur halb so gut als SEAL war wie Bull. Und er war neidisch auf Bulls Tötungsrekord.

Bull hatte jahrelang alles getan, um die Institution zu diskreditieren, die ihn im Stich gelassen hatte. Er hatte mehreren SEAL-Kommandanten Hinweise geschickt, aber keiner dieser Idioten hatte es verstanden. Die Teams waren offensichtlich nicht mehr so wie früher zu seiner Zeit. Er selbst hätte die versteckten Hinweise in seinen E-Mails in zwei Sekunden entziffert.

Er hatte dieser Schlampe in Algerien sogar erlaubt, sein Gesicht zu sehen. Er hatte nicht vorgehabt, sie zu töten. Er wollte nur ein wenig mit ihr spielen und sie dann entkommen lassen, um den Spezialteams, die mit der Evakuierung der Botschaft beauftragt waren, die Geschichte zu erzählen. Aber sie war ihm entkommen.

Er war so frustriert und sauer gewesen, dass sein Plan gescheitert war und er keinen Spaß mit ihr haben konnte, dass er bei der anderen Schlampe die Kontrolle verloren hatte.

Mit der Mitarbeiterin des Botschafters als Augenzeugin hatte er damit gerechnet, dass die Angestellten der Regierung ihn innerhalb von Tagen identifizieren würden, insbesondere nach der E-Mail mit dem Bild der toten Schlampe, die er verschickt hatte.

Aber das hatten sie nicht. Und die Frau, die ihm entwischt war, musste ziemlich dumm sein, wenn sie bis jetzt nicht hatte herausfinden können, wer er war.

Jetzt war er in Hawaii. Direkt vor ihrer Nase und sie hatten immer noch keine Ahnung, wer er war.

Wie auch immer, er hatte diese subtilen Andeutungen satt. Er wollte, dass die Navy-Arschlöcher wussten, wer er war ... und die Frustration aufrechterhalten, dass sie ihn niemals fassen würden. Aber es gab nur einen Mann, den er persönlich konfrontieren wollte, seinen ehemaligen Teamleiter Meat.

Und er wusste genau, wie er das anstellen wollte.

Lächelnd sah Bull zu dem Balkon auf, den er schon seit einiger Zeit beobachtete. Anscheinend waren einige von Bakers SEAL-Freunden verheiratet oder zumindest in ernsthaften Beziehungen. Und ihre Frauen waren miteinander befreundet. Es wäre nicht schwer, eine von ihnen zu entführen und als Köder zu verwenden. Praktischerweise war die perfekte Kandidatin dafür genau hier, Tausende Kilometer von dem Ort entfernt, an dem er sie zuletzt gesehen hatte.

Die Schlampe aus Algerien.

Er hatte sein Glück kaum fassen können, als er sie hier in Hawaii entdeckt hatte. Er hatte nach einem Weg gesucht, an Meat heranzukommen, und dieser Weg war sie. Er hatte zunächst erwogen, die Frau zu benutzen, die morgens immer am Strand war. Aber nachdem seine Nachforschungen gezeigt hatten, dass Baker abseits des Strandes keine Zeit mit ihr verbrachte, hatte er es sich anders überlegt.

Nein, die Schlampe aus Algerien war die bessere Wahl. Er hatte sie mit einem anderen SEAL neulich oben an der Nordküste gesehen. Er hatte ihr Treffen mit seinem ehemaligen Teamleiter verfolgt und war begeistert gewesen, als sie beim Anblick des Tattoos eine Panikattacke bekommen hatte. Es war offensichtlich, dass sie den Drachen wiedererkannt hatte.

Meats Sorge über ihre Reaktion war ihm nicht entgangen.

Die Schlampe hatte aber auch lange genug gebraucht, es herauszufinden. Er hatte absichtlich die Ärmel hochgekrempelt, bevor er sich dem Haus in Algerien genähert hatte, und trotzdem hatte die dumme Regierung eins und eins nicht zusammenzählen können.

Als sie Meats Tattoo gesehen hatte, hatte es klick gemacht. Und jetzt wusste die Navy endlich, wer er war ... aber jetzt war es zu spät, viel zu spät. Jetzt würden sie ihren Goldjungen, Baker Rawlins, verlieren.

Die Schlampe aus Algerien zu benutzen würde auch dem anderen SEAL, mit dem sie sich zusammengetan hatte, schaden. Das war ein süßer Nebeneffekt. Je mehr Regierungssklaven er schaden konnte, desto besser.

Pläne wirbelten durch seinen Kopf. Pläne, die seit Wochen in Arbeit waren, seit er herausgefunden hatte, dass Meat in Hawaii lebte.

»Genieße die Zeit mit den anderen Mädchen«, sagte Bull leise, bevor er aufstand. »Weil dein Leben schon bald sehr interessant werden wird.« Dann ging er zu seinem Wagen, den er ein paar Blocks entfernt geparkt hatte, und lächelte.

KAPITEL FÜNFZEHN

Pid warf einen Blick hinüber zu Monica, die in seiner Küche stand. Mit einem kleinen Grinsen im Gesicht schaute sie auf ihr Handy. Seit Kennas Junggesellinnenabschied vor zwei Abenden hatte ihr Telefon ununterbrochen mit SMS geklingelt. Kenna hatte anscheinend einen Gruppenchat für alle eingerichtet und sie schrieben sich unentwegt Nachrichten.

Monica beteiligte sich nicht sehr oft, soweit er das beurteilen konnte, aber der glückliche Ausdruck auf ihrem Gesicht machte deutlich, dass sie gern Teil der Gruppe war.

»Worüber schreiben sie jetzt?«, fragte er.

Monica sah ihn an und ihr Lächeln wurde breiter, was Pid anzog wie eine Pflanze zur Sonne. Er ging auf sie zu, streckte die Hand aus und strich ihr eine Haarsträhne hinters Ohr. In letzter Zeit konnte er die Finger nicht mehr von ihr lassen und zum Glück schien es ihr nichts auszumachen.

»Kenna sagt, sie will Hula-Puppen anfertigen lassen, die wie sie und Aleck aussehen, um sie als Partygeschenke an die Gäste zu verteilen«, sagte Monica.

Pid verdrehte die Augen. Die allgegenwärtigen Hula-Puppen, die bei Touristen so beliebt waren, waren lächerlich. Trotzdem hatte er die Puppe, die Monica für ihn gekauft hatte, auf sein Armaturenbrett gestellt, obwohl er vorgehabt hatte, sie in seiner Küche aufzustellen und sie nicht näher als drei Meter an seinen kostbaren Minivan heranzulassen.

Er lachte. »Ich wette, Aleck hat dagegen sein Veto eingelegt«, sagte er.

Monica neigte fragend den Kopf. »Das hat er. Woher weißt du das?«

»Nun, ich würde auf keinen Fall wollen, dass jemand den ganzen Tag eine halb nackte Hula-Puppe mit deinem Gesicht auf seinem Armaturenbrett anstarrt.«

Monica lachte.

Das war eine andere Sache, die ihn begeisterte. Mo lachte jetzt öfter. Als er sie zum ersten Mal getroffen hatte, lächelte sie kaum. Jetzt lächelte und kicherte sie die ganze Zeit. Es war wunderschön anzusehen.

»Was?«, fragte sie. »Warum siehst du mich so an?«

»Weil du so verdammt schön bist.«

Sie errötete. »Was auch immer.«

»Das bist du«, beharrte er. »Und ich bin so froh, dass du noch hier bist.« Er wollte fragen, ob sie von ihrer Agentur etwas über eine neue Stelle gehört hätte, aber ehrlich gesagt wollte er es gar nicht wissen. »Bist du bereit zu gehen?«

Er wollte sie auf dem Weg zur Arbeit bei der Head Start Kinderbetreuungseinrichtung absetzen und sie mussten bald losfahren, wenn er pünktlich auf dem Stützpunkt sein wollte. Sie hatte zugestimmt, vorerst auf freiwilliger Basis dort auszuhelfen. Pid wusste, dass sie sich mit den Kindern noch mehr entspannen würde. Sie war wie eine Blume, die endlich die Nährstoffe bekam, die sie zum Blühen brauchte.

»Ich bin bereit. Stuart?«

»Ja?«

Sie schaute über seine Schulter, dann auf ihr Handy, dann auf seine Brust, bevor sie tief Luft holte und sagte: »Mir gefällt es hier.«

Pid streckte die Hand aus, legte einen Finger unter ihr Kinn und neigte ihren Kopf nach oben, bis sie seinem Blick begegnete. »Das freut mich.«

»Das hätte ich nicht erwartet. Ich meine, ich habe es genossen, andere Länder zu besuchen und neue Kulturen kennenzulernen. Aber Hawaii ist faszinierend, auch wenn ich noch nicht einmal angefangen habe, mich mit der Kultur zu beschäftigen und die Inseln zu erkunden. Ich dachte auch nicht, dass ich Freunde finden würde. Mir ist klar, dass es noch nicht so lange her ist und immer noch alles passieren kann ... aber du hattest recht. Elodie und den anderen scheint es egal zu sein, dass ich nicht so aufgeschlossen bin wie sie. Es ist ihnen egal, wenn ich nur dasitze und zuhöre, anstatt mich an der Diskussion zu beteiligen.«

»Das ist gut, Mo«, sagte Pid und ließ seine Hand zurückgleiten, um sie in ihren Nacken zu legen.

»Und ich lebe gern hier mit dir.«

Pids Lächeln wurde breiter. »Ich mag es auch, dass du hier bei mir wohnst.«

Sie trat näher und legte ihre Hände zögerlich auf seine Seiten. Selbst diese unschuldige Berührung ließ sein Herz höherschlagen, und sein Verlangen nach ihr stieg. Sie schluckte schwer und kam näher, entspannte sich an ihm.

Es war das erste Mal, dass sie eine intimere Berührung als Händchenhalten initiierte. Und wie ein begeisterter Teenager wurde sein Schwanz sofort steinhart. Es gab keine Möglichkeit, diese Reaktion vor ihr zu verbergen, so dicht wie sie sich an ihn gepresst hatte.

Sie neigte den Kopf nach oben, damit sie Blickkontakt halten konnten, und flüsterte: »Ich will dich.«

Das war definitiv eine abrupte Änderung – und so hart er auch war, Pid war sich nicht sicher, woher es kam. Ja, sie hatten sich in letzter Zeit viel geküsst, aber von Küssen zu der Aussage zu kommen, dass sie mit ihm schlafen wollte, war für jemanden wie Monica ein ziemlich großer Sprung. Er musterte sie und versuchte herauszufinden, was diese Wandlung veranlasst hatte.

»Kein Kommentar?«, fragte sie und ihr Gesichtsausdruck verdunkelte sich ein wenig.

»Ich will dich auch«, erwiderte er, denn er wollte nicht, dass sie dachte, er täte es nicht, nicht einmal für eine Millisekunde. »Aber ich habe eine Frage.«

Sie zog eine Augenbraue hoch.

»Vertraust du mir?«

Das leichte Lächeln auf ihrem Gesicht verschwand. »Was hat das mit irgendwas zu tun?«, fragte sie.

»Ich will mehr als nur deinen Körper, Mo. Ich will dich ganz. Und ich vermute, du hast in der Vergangenheit Liebe gemacht, während du immer den wichtigsten Teil von dir zurückgehalten hast. Ich will, was du anderen nicht gegeben hast. Ich will deine Hoffnungen und Träume, deine Ängste, deine Unvollkommenheiten und deine Leidenschaft ... so wie ich dir meine geben möchte. Sex ist großartig, aber das ist nicht alles, was ich von dir will. Ich will alles.«

Pid konnte nicht glauben, dass er das sagte. Er hätte begeistert sein sollen, dass Monica Sex haben wollte. Aber wenn er an oberflächlichen Abenteuern interessiert wäre, könnte er das an jedem Tag der Woche haben. Für diesen Unsinn war er zu alt. Er wollte, was Mustang, Midas und Aleck hatten. Er wollte eine Verbindung zu der Frau haben, die er mit in sein Bett nahm. Mit Monica.

»Ich ... du weißt, dass ich niemandem vertraue«, antwortete sie leise.

»Das tue ich«, sagte Pid mit einem Nicken.

Sie sah von ihm weg und Pid wartete mit angehaltenem Atem, um zu sehen, was sie als Nächstes sagen würde.

»Die meisten Männer würden die Chance, Sex zu haben, sofort ausnutzen«, grummelte sie.

»Ich bin nicht wie die meisten Männer«, gab Pid zurück.

»Ich weiß«, antwortete Monica. Dann sagte sie flüsternd: »Ich kann nicht … ich kann es nicht riskieren.«

Die Enttäuschung traf Pid hart, aber mit sanfter Stimme sagte er: »Du kannst es mit mir. Ich weiß, was für ein Geschenk dein Vertrauen ist, und ich würde dich niemals enttäuschen, so wie andere es getan haben.«

»Du verstehst es nicht«, sagte sie.

»Du hast recht«, entgegnete Pid, »aber ich versuche es. Es ist so, ich bin drauf und dran, mich in dich zu verlieben, Monica. Will ich in deinen heißen, feuchten Körper gleiten? Auf jeden Fall. Aber ich will mehr als nur etwas Körperliches. Ich möchte nächtelang auf der Terrasse mit dir sitzen und reden. Ich will dich mehr lachen und lächeln und diese entzückenden Grübchen sehen. Ich möchte dich glücklich und entspannt sehen, nachdem du einige Zeit mit den anderen Frauen verbracht hast. Nach einer schwierigen Mission bist du diejenige, von der ich zu Hause erwartet werden möchte. Ich möchte mit dir in meinen Armen einschlafen und genauso wieder aufwachen. Und im Endeffekt, wenn es zwischen uns so funktioniert, wie ich es mir wünsche … möchte ich dich mit unseren Kindern sehen. Du wärst eine tolle Mutter, Mo. Und obwohl ich dich noch nicht so lange kenne und nie wirklich daran gedacht habe, Vater zu werden, weiß ich, dass ich das will. Mit dir.«

Ihre Augen füllten sich mit Tränen, als sie sichtlich darum kämpfte, ihre Emotionen zu beherrschen.

»Aber du musst das alles auch wollen. Sei nicht nur mit mir zusammen, weil du glaubst, du könntest mich ein bisschen mögen. Oder weil es angenehm ist, hier zu sein. Du musst mir vertrauen, Mo. Ich weiß, dass ist viel verlangt. Und es ist wahrscheinlich nicht fair von mir, so früh in unserer Beziehung darum zu bitten ... aber es ist die Wahrheit.«

»Stuart ...«, begann sie. Ihre Verzweiflung wurde durch dieses einzige Wort deutlich.

»Nein.« Er schüttelte den Kopf. »Sag nicht, du kannst es nicht. Ich glaube daran, dass du es kannst. Ich weiß, dass du es kannst, weil ich weiß, dass ich dein Vertrauen wert bin. Ich werde dich nicht im Stich lassen, Mo. Du musst es nur genauso wollen wie ich.«

»Das ist nicht fair«, sagte sie zu ihm. »Es ist nicht so einfach, dreißig Jahre Konditionierung zu vergessen.«

»Ich weiß, dass es nicht einfach ist«, erwiderte Pid. »Und es wird eines der schwierigsten Dinge sein, die du je gemacht hast. Aber wenn du es nicht tust, dann hat er gewonnen. Er kontrolliert immer noch dein Leben, auch nach all diesen Jahren. Dein Kopf steht deinem Herzen im Weg. Du kannst mir vertrauen, Mo. Und wenn du das zulässt, verspreche ich dir, dass du dich frei fühlen wirst. Befreit von diesem Arschloch, das dich vor all den Jahren verletzt und dich dazu gebracht hat zu glauben, dass es schlecht ist, sich auf jemand anderen zu verlassen. Du glaubst, du willst mich? Du hast keine Ahnung, wie schwer es mir fällt, dich nicht den Flur entlang zu zerren, auf mein Bett zu werfen, nackt auszuziehen und dir zu zeigen, wie sehr ich dich will. Und das werde ich ... sobald du ehrlich sagen kannst, dass du mir vertraust, dass ich immer hinter dir stehen werde. Dass ich stets dein Bestes im Sinn haben und dein Geliebter, dein Freund und dein Beschützer sein werde. Ich weiß, das ist archaisch, aber so bin ich.«

Pid starrte die Frau in seinen Armen an und betete, dass sie es schaffen würde, alles hinter sich zu lassen, was ihr sogenannter Vater ihr angetan hatte.

»Ich verstehe«, sagte sie schließlich.

Pid wischte ihr die wenigen Tränen aus dem Gesicht und fühlte, wie ihm das Herz brach. Er konnte nicht zurücknehmen, was er gesagt hatte, und das wollte er auch nicht. Er hatte aus seinem Herzen gesprochen. Aber er konnte auch nicht mit einer Frau zusammen sein, die ihm nicht vertraute.

Monica beugte sich vor und legte ihre Wange an seine Brust. Pid wollte es als gutes Zeichen ansehen, dass sie sich nicht zurückzog und ihm gesagt hatte, dass er verrückt sei. Er hielt sie fest und staunte erneut darüber, wie perfekt sie zu ihm passte.

Schließlich zog sie sich zurück, wischte sich über die Wangen und sagte: »Wir müssen los, damit du nicht zu spät kommst.«

Pid wollte, dass die Arbeit sich zum Teufel scherte. Er wollte, dass sie mit ihm redete, damit sie das überwinden konnten, aber er wusste, dass es nicht so einfach war. Außerdem wollte er nicht, dass Monica ihm nur sagte, was er hören wollte. Es würde ihn zerreißen, wenn er später herausfände, dass sie es nicht ernst gemeint hatte, nur damit er mit ihr schlief.

Es war eine seltsame Situation, in der er sich befand. Eine, in der er noch nie zuvor gewesen war. Er sagte eigentlich niemals Nein zu Sex. Aber er hatte wirklich das Gefühl, dass er ihr Vertrauen gewinnen musste, wenn eine langfristige Beziehung funktionieren sollte.

»Bist du okay?«, fragte er leise.

Monica nickte. »Ich verstehe, was du meinst«, sagte sie zu ihm. »Ich bin mir nur nicht sicher, ob ich das schaffen kann.«

»Willst du all das Zeug, über das ich gesprochen habe?« Pid konnte nicht anders, als zu fragen.

»Ja.«

»Das ist alles, was ich wissen muss. Ich habe Geduld und ich gebe dir all die Zeit, die du brauchst.«

»Aber woher werde ich es wissen?«, fragte sie und klang frustriert. »Ich habe noch nie jemandem vertraut. Ich habe keine Ahnung, wie es sich überhaupt anfühlt, jemandem zu vertrauen.«

»Du wirst es wissen«, antwortete Pid.

»Du nervst irgendwie«, erwiderte Monica seufzend.

Pid lachte. »Ja. Und, Mo?«

»Was?«

»Nur weil ich nicht bereit bin, mit dir zu schlafen, heißt das nicht, dass ich dich nicht küssen und berühren möchte.«

Sie schenkte ihm ein kleines Lächeln. »Das möchte ich auch.«

»Schön, dass wir uns zumindest in dieser Sache einig sind«, sagte Pid und beugte sich nach unten.

Für eine gefühlte Ewigkeit machten sie mitten in der Küche herum. Als Pid sich schließlich zurückzog, war sein Schwanz wieder hart und Monica hielt Pid fest, als wollte sie ihn nie mehr loslassen. Sie atmeten beide schwer und ihre Lippen waren geschwollen und rot.

Sie war höllisch sexy und Pid wollte fast sagen, dass er unrecht hatte und nicht warten müsste, bis sie ihm vertraute. Aber er hielt sich zurück, da er wusste, dass er für sie beide stark sein musste, wenn es auf lange Sicht funktionieren sollte.

»Jetzt kommen wir beide zu spät«, sagte sie, löste sich aber nicht aus seiner Umarmung.

»Es lohnt sich«, sagte Pid. »Außerdem kann ich dir nicht einmal sagen, wie oft Mustang, Midas und Aleck zu spät gekommen sind.«

Monica kicherte.

Hand in Hand verließen sie das Haus und obwohl die Dinge an diesem Morgen eine seltsame Wendung genommen hatten, war Pid darüber nicht besorgt. Er fühlte sich gut damit, wo er und Monica standen. Wie er ihr gesagt hatte, würde er ihr so viel Zeit geben, wie sie brauchte, um ihre Gefühle zu verarbeiten. Er vermutete, dass sie ihm bereits zu einem gewissen Grad vertraute, auch wenn es ihr nicht bewusst war. Sie hätte nicht zugestimmt, bei ihm wohnen zu bleiben, wenn es nicht so wäre. Es ging jetzt darum, ihre Kindheit aufzuarbeiten und die Schäden zu überwinden, die ihr Vater ihrer Psyche zugefügt hatte.

Das war natürlich leichter gesagt als getan und er könnte ihr ein paar wirklich gute Psychologen empfehlen, mit denen sie reden könnte. Das hätte er schon längst zur Sprache bringen sollen und nahm sich vor, es bald zu tun. Pid wollte nur, dass Monica verstand, was für eine tolle Frau sie war, genauso wie sie war. Sie musste sich nicht ändern, um zu lieben und geliebt zu werden.

———

Monica dachte den ganzen Tag darüber nach, was Stuart gesagt hatte, als sie sich mit den Kindern im Head Start Center beschäftigte. Eine Sache stach hervor wie ein helles Neon-Blinklicht.

Er wollte Kinder.

Mit ihr.

Sie hatte davon geträumt, eine Familie zu haben, aber diesen Gedanken oft verbannt. Sie war keine Frau zum Heiraten. Und obwohl sie wusste, dass sie Kinder haben könnte, ohne zu heiraten, würde sie das für ihr Kind nicht wollen.

Tief in ihrem Inneren schlummerte die Sehnsucht nach dem, was sie in Büchern las und in Filmen sah. Sie wollte einen Ehemann, der sie bedingungslos liebte. Der für sie da sein würde, wenn sie ihn brauchte. Der hundertprozentig involiert war, wenn es um die Erziehung ihrer Kinder ging. Der mit zu Ballettaufführungen und Fußballspielen kam. Der Windeln wechselte und im Haushalt half. Der nie ausflippen würde, wenn jemand etwas kaputt machte oder Chaos anrichtete.

Sie hatte immer gedacht, das sei ein Wunschtraum. Die reale Welt funktionierte nicht auf diese Art. Also hatte sie sich darauf konzentriert, das beste Kindermädchen zu sein, das sie sein konnte. Ein Leben stellvertretend durch die Kinder anderer Leute leben.

Dann hatte sie Stuart kennengelernt.

Er war nicht perfekt. Er machte mehr Unordnung als einige der Kinder, die sie betreut hatte, und war nachlässig mit der Sauberkeit seines Hauses, obwohl es offensichtlich war, dass er sich mehr bemühte, seit sie bei ihm wohnte. Er ließ immer den Toilettensitz oben. Wenn sie zusammen fernsahen, neigte er dazu, die Fernbedienung in Beschlag zu nehmen. Überraschenderweise war er nicht zu Multitasking fähig. Sie war davon ausgegangen, dass das Mitglied einer Spezialeinheit durchaus dazu in der Lage sein sollte, zwei Dinge gleichzeitig zu tun. Aber das war bei Stuart nicht der Fall. Zumindest nicht, soweit Monica es gesehen hätte.

Aber war das auf Dauer wirklich wichtig? Die Liste der Dinge, die an ihm erstaunlich waren, war viermal so lang wie die Liste der kleinen Dinge, die sie nervten. Angefangen damit, ihr einen verdammten Schutzraum zu bauen. Und sie bei sich wohnen zu lassen. Und sie in seinen Freundeskreis zu integrieren.

Und jetzt hatte er offen zugegeben, dass er Kinder mit ihr haben wollte.

Monica spürte, wie ihr wieder Tränen in die Augen traten, blinzelte sie aber zurück. Sie wollte auch Kinder. Sie war sich nur nicht sicher, ob sie einem Mann jemals so vertrauen konnte, wie Stuart es von ihr wollte. Und das war scheiße.

Als er sie am Ende des Tages abholte, hatte sie ihre Emotionen größtenteils unter Kontrolle. Es half, dass er sich ihr gegenüber nicht anders verhielt, als er es normalerweise tat. Nachdem sie in seinen Minivan gestiegen war – ein Minivan, um Gottes willen, er war jetzt schon mehr auf Kinder vorbereitet als die meisten Männer –, beugte er sich vor, zog sie an sich und küsste sie lange, heiß und fest.

»Wofür war das?«, fragte sie atemlos.

»Ich habe dich vermisst«, sagte er. »Ich habe mich daran gewöhnt, dich auf dem Stützpunkt zu sehen, wann immer ich wollte. Hattest du einen guten Tag?«

»Ja, Sylvia hat gefragt, ob ich das Bewerbungsformular ausgefüllt habe, das sie mir per E-Mail geschickt hat«, gab Monica zu.

»Und?«

»Ich habe es ausgefüllt, bisher aber nicht abgegeben«, sagte sie.

»Es ist eine große Entscheidung«, sagte Stuart, als sie zu seinem Haus fuhren. »Ich vermute, es wird nicht so gut bezahlt wie deine Arbeit als Kindermädchen.«

»Das stimmt«, bestätigte Monica.

»Und Tagesbetreuung ist nicht dasselbe, wie Vollzeit bei den Kindern zu sein«, sagte er.

»Nein, ist es nicht.«

»Und diese Kinder unterscheiden sich sehr von denen, die du sonst betreut hast«, fügte Stuart hinzu.

»Und?«, fragte Monica ein wenig defensiv.

»Und nichts, es ist nur eine Beobachtung. Die meisten Kinder bei Head Start kommen aus benachteiligten Haushalten und du bist es gewohnt, für Botschafter und andere wohlhabende Familien zu arbeiten.«

Monica war sich nicht sicher, worauf Stuart hinauswollte. »Vielleicht brauchen mich diese Kinder mehr«, sagte sie ein wenig verärgert. »Die Farbe ihrer Haut oder wie viel Geld ihre Eltern haben macht für mich keinen Unterschied. Außerdem ist das ein Grund mehr, mit ihnen zusammenzuarbeiten und zu versuchen, eventuelle Defizite auszugleichen, bevor sie in die Schule kommen, um sie auf denselben Stand wie ihre zukünftigen Mitschüler zu bringen.«

Stuart grinste beim Fahren, was sie noch mehr ärgerte. »Worüber lächelst du so?«

»Über dich. Ich könnte dir nicht mehr zustimmen. Die Kinder hier brauchen dich, Mo.«

Plötzlich wurde ihr klar, dass sie irgendwie von ihrer Rechtfertigung für die nicht eingereichte Bewerbung dazu übergangen war, die Arbeit für Head Start im Gegensatz zu der Arbeit als Kindermädchen für einen anderen Botschafter oder eine andere wohlhabende Familie anzupreisen. »Du bist unmöglich«, murmelte sie.

Stuart lächelte nur. »Hey, ich habe nur gefragt, wie dein Tag war.«

In diesem Punkt musste Monica ihm zustimmen. Sie hatte das Thema mit der Bewerbung aufgebracht. »Ich sollte wahrscheinlich eine eigene Wohnung finden, wenn ich mich entscheide zu bleiben«, sagte sie leise und sprach ein Thema an, worüber sie an diesem Tag nachgedacht hatte.

»Nein.«

Monica wartete. Er sagte nichts weiter. »Nein?«

Er seufzte. »Du weißt bereits, dass ich dich in meinem Haus mag. Und du magst es in meinem Haus. Du hast dein eigenes Zimmer und ich bemühe mich, kein idiotischer Mitbewohner zu sein. Ich habe dir schon gesagt, dass ich dich zu nichts drängen werde, und ich sage es dir noch einmal. Es gibt keinen Grund für dich auszuziehen. Wenn du beweisen möchtest, dass du unabhängig sein kannst, ist das nicht notwendig. Ich weiß bereits, dass du es sein kannst. Du bist eine erwachsene Frau und hast verdammt gut für dich gesorgt, seit du mit sechzehn aus dem Haus deiner Eltern ausgezogen bist. Ich mag es, mit dir abzuhängen und über unseren Tag zu sprechen. Ich mag es, jemanden zu haben, für den ich Frühstück machen kann. Ich mag alles an dir, Mo. Wenn es etwas gibt, das dich stört, sag es einfach und ich ändere es.«

»Es liegt nicht an dir«, erwiderte sie automatisch. Aber es stimmte. Er verwirrte sie. Er gab ihr das Gefühl, sicher zu sein. Er machte sie glücklich.

»Dann bleib«, schmeichelte er. »Wenn du dich unabhängiger fühlen möchtest, finden wir einen zuverlässigen Gebrauchtwagen für dich, damit du allein deine Wege erledigen kannst. Ich möchte nur nicht, dass du gehst«, endete er leise.

Es war schwer für sie zu glauben, dass sie diese Unterhaltung überhaupt führten, aber immerhin fuhr er. Das machte es einfacher. Sonst würde er sie wahrscheinlich in die Arme nehmen und sie küssen, wie er es an diesem Morgen getan hatte, was zu einem Kurzschluss in ihrem Gehirn geführt hatte.

»Okay, ich werde bleiben.«

»Gut. Was wollen wir zum Abendessen machen?«

Sie musste zugeben, dass es ihr gefiel, wie er intensive Themen nicht so ... nun ... intensiv erscheinen ließ. »Hamburger.«

»Abgemacht«, sagte er mit einem Lächeln.

Sie fuhren ein paar Kilometer, bevor Monica zögernd fragte: »Haben sie ihn gefunden?«

Stuart wusste, von wem sie sprach. »Noch nicht«, antwortete er. »Aber sie glauben, ein paar seiner Decknamen herausgefunden zu haben. Es ist nur noch eine Frage der Zeit«, sagte er selbstbewusst.

Monica fühlte sich schlecht, dass sie Shane Beyer nicht

erkannt hatte, als sie sich sein Profil angesehen hatte. Aber alle hatten gewusst, dass es ein schwieriges Unterfangen war. Der Mann, den sie gesehen hatte, hatte die Hälfte seines Gesichts bedeckt und war zwanzig Jahre älter als die Bilder, die sie sich angesehen hatte. Aber das milderte ihre Schuldgefühle nicht.

»Haben sie eine Ahnung, was seine Pläne sind?«, fragte sie.

Sie übersah den besorgten Blick, den Stuart ihr zuwarf, nicht.

»Ich weiß, dass es wahrscheinlich alles der Schweigepflicht unterliegt, aber das betrifft mich, Stuart«, sagte sie ernst.

Stuart seufzte. »Nein, sie wissen es nicht. Aber jetzt, wo Huttner weiß, nach wem er sucht, machen manche Briefe und E-Mails mehr Sinn.«

»Zum Beispiel?«, fragte Monica, als er nicht näher darauf einging.

»Erinnerst du dich an das Bild der ermordeten Frau, das Huttner dir gezeigt hat, als du in Hawaii ankamst?«

Monica würde es niemals vergessen. Das Bild der armen Frau, die auf der Bettdecke verblutete, auf hübschen rosa Blumen, die mit Blutspritzern bedeckt waren, war in ihr Gehirn eingebrannt. Das hätte sie sein können, wäre da nicht der Schutzraum im Haus des Botschafters gewesen. »Ja«, sagte sie schlicht.

»Der Text zum Bild war voller Hinweise.«

Monica zerbrach sich den Kopf und versuchte, sich erfolglos daran zu erinnern, was in der E-Mail gestanden hatte. Sie war zu sehr auf das Bild fixiert gewesen. »Was stand drin?«

Stuart zitierte die Notiz so leicht, als hätte er sie jeden Tag gelesen, und betonte die wichtigen Wörter.

. . .

*Rohes Fleisch, so wie Gott sie schuf ... Ich bin kein **Bulle** im Porzellanladen ... Sie sagten, ich sei verrückt ... sieht das wie die Arbeit eines Verrückten aus?*

»Oh mein Gott«, sagte Monica.

»Ja, er hat uns praktisch Hinweise gegeben und niemand hat es verstanden«, sagte Stuart angewidert. »Rohes Fleisch, so wie eine Kombination aus Bakers Spitznamen *Meat* und seinem Nachnamen *Raw*lins. Und auch der Hinweis auf Beyers eigenen Spitznamen *Bull*, das war alles kein Zufall. Es gibt weitere Nachrichten ähnlicher Natur, die Huttner im Laufe der Jahre erhalten hat.«

»Und was jetzt?«, fragte Monica aufgewühlter, als sie zugeben wollte.

»Wir sind dran«, sagte Stuart mit Nachdruck. »Und du kannst darauf wetten, dass Baker im Moment kein glücklicher Mann ist. Zu wissen, dass jemand, dem er vertraut und mit dem er zusammengearbeitet hat, geradezu psychopatisch ist, ist nicht gut. Er wusste schon vor all den Jahren, dass der Mann Hilfe brauchte, aber das hier ...« Stuart schüttelte den Kopf. »Es ist nicht gut.«

Monica war sich nicht sicher, ob sie die Antwort auf ihre nächste Frage wissen wollte, aber sie stellte sie trotzdem. »Bin ich in Gefahr? Weil ich ihn gesehen habe?«

»Das glauben wir nicht«, sagte Stuart und streckte ihr die Hand entgegen.

Monica legte ihre Hand, ohne nachzudenken, in seine. Sie machte sich keine Sorgen mehr, dass er ihre verstümmelte Hand hielt. Er hatte niemals auch nur angedeutet, dass er davon abgestoßen war, und sie hatte sich an seine Berührung gewöhnt.

»Bull scheint mehr daran interessiert zu sein, dass die Navy schlecht dasteht und dass die leitenden Offiziere verstehen, dass er nur das tut, was ihm als SEAL beigebracht wurde.«

»Man hat euch beigebracht, Frauen zu vergewaltigen und zu ermorden?«, platzte Monica heraus, bevor sie es sich anders überlegen konnte.

»Auf keinen Fall. Aber wir wissen, wie man in Länder eindringt und wieder verschwindet, ohne entdeckt zu werden. Und wir töten Menschen, aber nur die, die unser Land bedrohen. Baker hatte vor all den Jahren recht gehabt. Bull ist definitiv mental instabil.«

»Warum geht ihr dann einfach davon aus, dass er nicht hinter mir her ist?«, hakte Monica nach.

»Weil er es am meisten auf Baker abgesehen hat. Nachdem er alle E-Mails und Briefe gelesen hat, ist es offensichtlich, dass seine Wut sich gegen den ehemaligen Teamleiter richtet. Er macht ihn dafür verantwortlich, dass er aus der Navy geworfen wurde, und alles, was er geschrieben hat, deutet direkt auf Baker hin.«

»Das ist verrückt«, sagte Monica leise.

»Ja, Huttner wollte Baker schon in Schutzhaft nehmen.« Monica konnte nicht anders als zu lachen.

»Ja, genau. Das war auch Bakers Reaktion auf diesen Vorschlag. Er ist durchaus bereit, sich selbst als Köder einzusetzen, wenn das bedeutet, Bull aufzuhalten.«

Monica wurde wieder nüchtern. »Das ist nicht gut.«

»Nein, ist es nicht. Aber ich vertraue Baker.«

»Er ist nicht in deinem Team«, betonte Monica.

»Nein, ist er nicht. Aber er ist ein SEAL. Es ist mir egal, ob er seit einem Jahrzehnt oder länger im Ruhestand ist. Er hat mein Team auch mehr als einmal unterstützt. Er hat mehr Integrität in seinem kleinen Finger als Bull in seinem ganzen Körper. Jetzt, wo wir mit Sicherheit wissen, dass es Bull ist, den du gesehen hast und der hinter dem Chaos in einigen Ländern steckt, die keine weiteren Unruhen und

Eskalationen gebrauchen können, indem er dort Frauen tötet und vergewaltigt, werden wir ihn finden. Wenn er es wagt, sich Baker zu nähern, dann wird es das Letzte sein, was er jemals tut.«

Monica zitterte. Sie mochte diese Situation überhaupt nicht. Aber sie war erleichtert, dass sie nicht das Ziel des Zorns von diesem Bull zu sein schien. Dann fiel ihr etwas anderes ein. »Ist Jody sicher?«

»Wer?«

»Die Frau, die Baker mag.«

»Oh, ich bin mir sicher, dass sie es ist. Sie sind nicht zusammen, aber Baker würde auf keinen Fall zulassen, dass ihr jemand auch nur ein Haar krümmt. Du hast gesehen, wie sehr er sie beschützt.«

Das hatte sie, aber wenn Bull wirklich Rache wollte, wäre es eine gute Möglichkeit, die Frau zu entführen, an der sein Erzfeind interessiert war. Sie äußerte ihre Meinung aber nicht. Sie war nicht die Expertin für solche Situationen. Baker war es und Stuart und sein Team und ihre Vorgesetzten.

Stuart murmelte etwas vor sich hin, das Monica nicht verstand. »Wie bitte, was sagst du?«

»Gar nichts. Ich habe mir nur selbst in den Arsch getreten, weil ich dich beunruhigt habe«, sagte Stuart.

Monica drückte seine Hand. »Nein, wenn du meine Fragen abgetan und gesagt hättest, dass alles in Ordnung sei, hätte ich gewusst, dass du lügst. Und das ist nicht gerade der richtige Weg, mich dazu zu bringen, dir zu vertrauen.«

Das hatte sie nicht sagen wollen, aber jetzt, wo es raus war, bereute sie es nicht.

»Du hast recht. Aber, Mo, es wird Zeiten geben, in denen ich dir nicht sagen kann, was mit mir und meiner Arbeit los ist.«

»Ich weiß. Und ehrlich gesagt will ich auch nicht alles

wissen. Ich weiß, es passieren schlimme Dinge in der Welt. Ich habe es aus erster Hand erfahren. Und ich denke, wenn ich zu viel über deine Missionen wüsste, würde es mich auffressen.«

Es war an Stuart, ihre Hand zu drücken.

»Aber das bedeutet nicht, dass du eine Mauer um dich und deine Arbeit errichten sollst«, sagte sie, obwohl sie wusste, dass es widersprüchlich war. Aber sie hatte Schwierigkeiten, sich zu erklären.

»Ich verstehe dich«, sagte er.

Natürlich tat er das.

»Ich verspreche, mit dir über die Dinge zu sprechen, die nicht geheim sind ... Dinge, die dir nicht unangenehm sind. Es gibt auch viele gute Dinge, die wir auf unseren Einsätzen erleben.«

»Zum Beispiel?«

»Wie bei der Geburt von Babys zu helfen. Oder streunende Hunde, die wir zu Hilfsorganisationen bringen. Bürger, die uns für das danken, was wir tun. Kinder, mit denen wir spielen.«

Monica lächelte darüber. »Habt ihr Zeit, mit Kindern zu spielen?«

»Manchmal ja. Meistens spielen wir Fußball und sie treten uns ordentlich in den Hintern«, sagte Stuart mit einem Lächeln.

Monica konnte sich gut vorstellen, wie Stuart, Mustang, Midas und die anderen in ihrer Freizeit mit den einheimischen Kindern auf einer Straße Fußball spielten.

»Ich bin stolz auf dich«, sagte sie etwas schüchtern. »Danke für deinen Dienst an unserem Land, Stuart.«

»Diese Worte bedeuten mir normalerweise nicht viel«, gab er zu, »aber aus deinem Mund bedeuten sie mir die Welt.« Er hob ihre gefalteten Hände und küsste sie auf den Handrücken.

Monica seufzte und schloss die Augen, als sie weiter nach Hause fuhren.

Nach Hause.

Sie war sich nicht sicher, wann sie angefangen hatte, sein Haus als ihr Zuhause anzusehen, aber sie tat es. Und noch beängstigender war, dass sie deswegen nicht ausflippte.

Sie hatte in riesigen Villen im Ausland gelebt, in teuren Häusern, die den Botschaftern von der Regierung zur Verfügung gestellt wurden, aber keines war jemals einem Zuhause so nahegekommen wie das kleine Haus mit zwei Schlafzimmern, in dem sie mit Stuart lebte.

Wieso der Mann, der neben ihr saß, ihr so viel bedeutete, wusste Monica nicht. In einem Moment war er ein Soldat, dem gegenüber sie äußerst misstrauisch war, und im nächsten war er der Mann, den sie nicht verlassen konnte.

Es war verwirrend ... aber zum ersten Mal in ihrem Leben beschloss Monica, sich darauf einzulassen. Vielleicht, nur vielleicht würde ihr das Leben eine Pause schenken und von nun an würde es schön und langweilig werden.

KAPITEL SECHZEHN

Es waren noch drei Tage bis zu Kennas und Alecks Hochzeit, und Monicas neue Freundin war kurz davor durchzudrehen. Sie schrieb den anderen im Gruppenchat ständig, dass nichts fertig sei. Die Frauen wussten genau, dass Robert alles unter Kontrolle hatte, denn Kenna hatte ihnen mehrmals erzählt, wie großartig er sich um alles kümmerte.

Sowohl ihre als auch Alecks Eltern waren bereits angekommen. Gestern hatten sie gemeinsam zu Abend gegessen und alle hatten sich wunderbar miteinander verstanden. Die Wettervorhersage für den Hochzeitstag prophezeite schönes Wetter und soweit Monica es beurteilen konnte, flippte Kenna wegen nichts aus.

Nachdem sie die Vorkehrungen für ihre Zeremonie beobachtet hatte, wurde Monica klar, dass sie nichts in dieser Art wollte. Wenn sie jemals heiratete, wollte sie es einfach halten. Keine Partygeschenke, keine Menüpläne ausarbeiten, keine Torte, nur sie und der Mann, den sie liebte, die sich schworen, gemeinsam durch dick und dünn zu gehen.

Und der Gedanke an ihre eigene Hochzeit brachte sie zurück zu Stuart.

Gestern Abend waren sie sich körperlich näher gekommen als je zuvor. Sie hatten rumgemacht und Monica hatte so viel mehr gewollt. Sie brauchte mehr. Sie hatte ihn auf die Couch zurückgestoßen und sein Hemd hochgeschoben. Er hatte eine Hand auf ihren Hinterkopf gelegt, als sie seinen steinharten Bauch geküsst hatte. Als sie eine seiner Brustwarzen geküsst hatte, hatte sie sich unter ihren Lippen zusammengezogen.

Zu wissen, dass sie ihn so sehr beeinflussen konnte, war ein berauschendes Gefühl. Er war groß und stark und schien sich die meiste Zeit unter Kontrolle zu haben. Aber bei dem Stöhnen, das seinen Mund verließ, als sie an seiner harten Brustwarze knabberte, hatte sie eine Gänsehaut bekommen. Sie war ein wenig zu enthusiastisch geworden, hatte an der Haut neben seiner Brustwarze gesaugt und ihm einen Knutschfleck verpasst. Aber sie bereute es nicht. Es gefiel ihr, ihr Mal auf ihm zu sehen.

Ihre Hand war zwischen seine Beine geglitten und sie hatte für einen kurzen Moment seine harte Erektion gespürt, bevor er ihre Hand gepackt und die Position gewechselt hatte, bevor sie überhaupt wusste, was er tat. Dann hatte sie unter ihm gelegen, mehr als bereit, sich von ihm nehmen zu lassen ... aber er hatte sich nur hinuntergebeugt und sie so sanft geküsst, dass sie am liebsten hätte weinen wollen. Dann hatte er sich aufgerichtet.

Er meinte es sehr ernst mit der verdammten Vertrauenssache. Einerseits war es irritierend. Männer sollten keine Scheu haben, mit einer Frau ins Bett zu springen. Scheinbar hatte sie den einen gefunden, der es nicht tun würde. Monica wollte ihm sagen, dass sie ihm vertraute, aber sie bekam die Worte einfach nicht heraus.

Andererseits konnte sie nicht leugnen, dass sie sich

besonders fühlte, weil er nicht sofort mit ihr ins Bett wollte. Sie fühlte sich wertgeschätzt. Es sagte viel über seinen Charakter aus und bewies, dass er nicht nur mit ihr schlafen wollte, weil es einfach wäre.

Also war sie verdammt erregt ins Bett gegangen. Sich selbst zu befriedigen war aber nicht so erlösend, wie es mit Stuart gewesen wäre. An diesem Morgen war sie immer noch etwas irritiert gewesen, als er sie in die Arme genommen und sanft und ehrfürchtig gehalten hatte. Er hatte wieder die richtigen Worte gefunden und ihr versichert, dass alles gut werden würde.

Aber würde es das?

Nur wenn sie ihr Gehirn irgendwie umprogrammieren könnte, nicht mehr zu glauben, dass alle Männer sie am Ende enttäuschen würden. Sie glaubte nicht, dass Stuart so war, aber sie musste nur auf ihre Hand hinunterschauen, um sich daran zu erinnern, was passieren konnte, wenn sie ihre Wachsamkeit verlor.

Am Ende des Tages hatte Elodie anstelle von Stuart vor dem Head Start Center auf Monica gewartet.

»Geht es Stuart gut?«, platzte sie heraus, als sie Mustangs ramponierten Wagen erreichte, in dem Elodie saß.

»Es geht ihm gut«, sagte Elodie mit einem Lächeln. »Die Männer sind immer noch in einer wichtigen Besprechung. Er hat gefragt, ob es mir etwas ausmachen würde, dich abzuholen und nach Hause zu bringen.«

»Oh, okay ... danke. Das weiß ich zu schätzen. Ist mit dem Rest des Teams alles in Ordnung?«

»Ich bin mir sicher, dass alles in Ordnung ist. Es könnte eine reguläre Besprechung sein, oder es könnte um eine bevorstehende Mission gehen, die sie planen müssen.«

»Werden sie oft eingesetzt?«, fragte Monica. Sie hatte keine Gelegenheit gehabt, mit einer der anderen Frauen über das Leben als Ehefrau oder Freundin eines SEALs zu sprechen, und beschloss, dass jetzt der richtige Zeitpunkt dafür war.

»Das hängt davon ab, was du unter *viel* verstehst«, erwiderte Elodie. »Dass sie gehen müssen, ist nicht der schwierigste Teil. Nicht zu wissen, wann sie zurückkommen, ist schlimmer. Sie könnten für ein paar Tage oder ein paar Monate weg sein.«

»Ja, das ist Mist«, stimmte Monica zu.

»Aber zu wissen, dass Scott die Welt zu einem sichereren Ort macht, hält mich am Laufen«, gab Elodie zu. »Das klingt verdammt kitschig, aber die Navy schickt das Team nicht zum Teekränzchen mit exotischen Frauen oder so. Sie jagen Terroristen oder retten Geiseln oder, wie du es selbst erlebt hast, evakuieren Amerikaner aus Gefahrenzonen.«

Monica mochte es, so über Stuarts Arbeit zu denken.

»Obwohl ich nicht weiß, worum es bei ihrem Treffen heute geht, weiß ich, dass es wichtig ist und dass die Männer tun, was sie tun müssen, um uns alle zu beschützen.«

Monica nickte.

»Ich will das Thema nicht so abrupt wechseln, aber bist du bereit für die Sause an diesem Wochenende?«, fragte Elodie.

Monica lachte. »Ich glaube, niemand ist bereit dafür.«

»Stimmt, aber es wird so viel Spaß machen.«

Monica konnte nicht anders, als zuzustimmen.

Der Rest der Heimfahrt verlief ereignislos, abgesehen von einem Typen, der auf der Schnellstraße an ihrer Stoßstange klebte. Die Scheiben des Wagens waren so dunkel getönt, dass Monica nicht sehen konnte, wer hinterm Steuer saß, aber sie starrte trotzdem zurück.

»Ich hasse Autofahren«, beschwerte sich Elodie. »Die Leute sind so verrückt auf der Straße.«

»Und du bist trotzdem gekommen, um mich abzuholen?«, fragte Monica, als sie von der Schnellstraße abfuhren. Wer auch immer hinter ihnen gewesen war, raste verdammt dicht an ihnen vorbei.

»Das machen Freunde so«, antwortete Elodie schlicht.

Monica musste bei dieser einfachen Aussage fast weinen. Sie war in letzter Zeit extrem emotional und sie war sich nicht sicher, ob ihr das gefiel. Als sie sich wieder unter Kontrolle hatte, sagte sie: »Nun, ich weiß es zu schätzen.«

»Ich bin mir sicher, du würdest dasselbe für mich tun.«

»Das würde ich«, bestätigte Monica sofort. »Obwohl unsere Männer einen fragwürdigen Geschmack haben, was ihre Fahrzeuge angeht.«

Elodie lachte. »Ja, allerdings. Dieser Pritschenwagen hier sieht zwar scheiße aus, läuft aber erstaunlich gut. Nun, und Pids Minivan?« Sie kicherte. »Er ist so ... uncool. Aber zumindest muss man ihn nicht erst davon überzeugen, einen zu kaufen, sollte er einmal Kinder haben.«

Monica konnte sich ein Lächeln nicht verkneifen. Das stimmte wohl. Obwohl sie das Gefühl hatte, dass Stuart seinen Wagen, ohne zu zögern, für ein familienfreundliches Fahrzeug eintauschen würde, selbst wenn er einen Mustang oder so fahren würde.

Elodie hielt vor Stuarts Haus und wandte sich Monica zu. »Fürs Protokoll ... ich hoffe wirklich, dass du dich entscheidest zu bleiben.«

Monica war überrascht von ihren Worten.

»Du bist lustig und nett, und obwohl du nicht viel redest, wenn wir alle zusammen sind, weiß ich, dass du dich für das interessierst, worüber wir uns unterhalten. Und du sagst etwas, wenn du etwas zu sagen hast. Und du machst Pid glücklich, was mich glücklich macht, weil er mein Freund ist. Darüber hinaus hört Theo nicht auf, nach dir zu fragen, seit er dich kennengelernt hat. Wie auch immer ... du passt hierher, Monica. Ich wollte nur, dass du das weißt.«

Monica musste wieder einmal mit den Tränen kämpfen. »Danke. Ich habe Sylvia heute Morgen meine Bewerbung per E-Mail geschickt.«

Elodie strahlte. »Fantastisch!«

»Ja«, stimmte Monica zu. Und sie musste zugeben, dass sie ein bisschen erleichtert war, nicht in absehbarer Zukunft ihre Sachen packen und in ein anderes fremdes Land aufbrechen zu müssen.

»Schick mir eine SMS, wenn du zu Hause bist«, forderte Monica.

»Das werde ich. Bis später. Kommst du am Samstagmorgen zum Penthouse, damit wir Kenna helfen und gemeinsam unsere Haare und unser Make-up machen können?«

»Ich bin mir nicht sicher, ob ich eine große Hilfe sein würde«, antwortete Monica.

»Machst du Witze? Wir brauchen dich, um sicherzustellen, dass wir nicht zu viel trinken. Es wäre nicht besonders cool, wenn Kenna so wie die Schwester in dem Film *Das darf man nur als Erwachsener* den Gang entlang torkelt.«

Monica konnte nicht anders, als zu kichern. »Stimmt.«

»Abgemacht, wir sehen uns dort.«

»Bis dann.« Monica winkte, als Elodie aus der Auffahrt fuhr. Sie ging auf das Haus zu, schloss die Tür auf und achtete darauf, sie wieder zu verriegeln, nachdem sie drinnen war. Sie mochte sich hier sicher fühlen, aber das bedeutete nicht, dass sie dumm war. Sie war eine Frau, die allein im Haus war. Die Tür nicht abzuschließen wäre so, als würde man sie weit offen stehen lassen und den Ärger geradezu einladen.

Monica tauschte ihre Klamotten gegen Leggings und ein T-Shirt und sah dann nach ihren E-Mails. Sylvia hatte bereits mit einer begeisterten Nachricht und vielen Ausrufezeichen auf ihre Bewerbung geantwortet. Sie hatte auch eine E-Mail von ihrer Chefin bei der Kindermädchen-Agentur erhalten, die offiziell ihre Kündigung bestätigte – die sie Stuart gegenüber nicht erwähnt hatte. Sie hoffte, ihn diesmal überraschen zu können. Die Frau schrieb, dass sie für sie eine hervorragende Empfehlung schreiben würde, und versicherte ihr, dass sie jederzeit willkommen sei, falls sie wieder für sie arbeiten wollte.

Aufgeregt und mit einem positiven Gefühl für ihre Zukunft ging Monica in die Küche. Sie stand vor dem Kühlschrank, starrte hinein und überlegte, was sie mit den vorhandenen Vorräten – die langsam knapp wurden – zum Abendessen zubereiten könnte, als von rechts ein Geräusch ihre Aufmerksamkeit erregte.

Monica warf einen Blick auf die Tür, die zur Terrasse führte, und erstarrte, als sie einen Mann dort stehen sah.

Nicht irgendeinen Mann, sondern den Mann, den sie in Algier gesehen hatte.

Für eine Sekunde fühlte sie sich, als wäre sie wieder dort. Aber diesmal kannte sie den Namen des Mannes ... und wusste, wie gefährlich er wirklich war.

Shane »Bull« Beyer schlug mit einem Schlagstock, der aussah wie die Art, die die Polizei verwendet, gegen das Glas.

»Erinnerst du dich noch an mich?«, fragte er mit Sing-sang-Stimme.

Monica wartete nicht, um noch mehr zu hören.

Sie machte sich nicht einmal die Mühe, die Kühlschranktür zu schließen, sondern lief in den Flur. Bevor sie ihr Zimmer erreichte, hallte das vertraute Geräusch von zerbrechendem Glas durch das kleine Haus.

»Dieses Mal kannst du dich nicht vor mir verstecken«, rief Shane.

»Das glaubst auch nur du«, murmelte Monica, während sie verzweifelt gegen den Schalter tippte, der die versteckte

Tür in ihrem Zimmer öffnen würde. Es kam ihr vor, als würde sie sich zehnmal langsamer öffnen als sonst. Sie warf sich praktisch hinein, aber als sie sich umdrehte, wusste sie, dass es zu spät war. Das Haus war einfach zu klein, um genügend Zeit zu haben, sich zu verstecken und dann durch den Notausgang zu fliehen, um Hilfe zu holen.

Shane war bei ihr, bevor sie mehr tun konnte, als ein verängstigtes Schluchzen auszustoßen.

»Hab dich«, sagte er, als er sie aus dem Zimmer zerrte, auf die Füße zwang und dann von hinten seinen Arm um sie schlang und sie in den Würgegriff nahm.

Monica kämpfte härter als je zuvor. Bilder der Frau, die er ermordet hatte, kamen ihr in den Sinn. Bei dem Gedanken, dass ein Messer aus ihrer eigenen Brust ragen könnte, krallte sie mit ihrer rechten Hand verzweifelt nach Shane, damit er sie losließ.

»Scheiße, du bist ja ein Wildfang«, sagte Shane.

Es hörte sich so an, als freute er sich darüber, was Monica nicht gerade half, sich zu beruhigen.

Er ging rückwärts und zerrte sie um sich tretend und schreiend mit sich. Aber nichts, was sie tat, hatte Einfluss auf seinen festen Griff. Er war auch nicht gerade sanft. Es war ihm egal, dass ihr Knie auf dem Weg aus dem Schlafzimmer gegen den Türpfosten schlug oder dass ihre Füße gegen die Wand knallten, als er sie herumschleuderte. Ihre Zehen brannten von dem Aufprall, da sie keine Schuhe trug. Und je näher sie den Glasscherben auf dem Boden kamen, desto mehr Angst bekam Monica.

Aber als er sich umdrehte und sie auf den Rücken auf den Couchtisch warf, geriet Monica wirklich in Panik.

Sie öffnete den Mund, um zu schreien, und Shane schlug sie. Er schlug sie hart.

Monica war schon früher geschlagen worden. Ihr Vater hatte es geliebt, sie zu schlagen. Aber Shane meinte es ernst.

Er hatte sie mit einem Schlag in die Magengrube zum Schweigen gebracht. Nach Luft schnappend versuchte sie, sich zu einer Kugel zusammenzurollen, scheiterte aber, weil Shane sie festhielt. Sie konnte ihn lediglich schmerzerfüllt anstarren.

Er schlug sie erneut. Monica vermutete, dass er es diesmal nur aus Freude tat und nicht, um sie zum Schweigen zu bringen. Sie wollte sich wehren, wollte ihm in die Eier treten und schreiend aus dem Haus rennen, aber diese Schläge taten weh. Sie hatte das Gefühl, dass sie nicht weit kommen würde, bevor sie zusammenbrach, selbst wenn sie es auf die Beine schaffen sollte.

Shane fummelte einen Moment lang mit etwas in seiner Tasche herum, bevor er eine Spritze hochhielt. Er hatte ein kleines Lächeln im Gesicht. »Du hast jetzt zwei Möglichkeiten. Halte still, während ich dir das spritze, oder kämpfe mit mir. Wenn du gegen mich kämpfst, werde ich dir trotzdem die Spritze verpassen, aber vorher werde ich dich zusammenschlagen und vergewaltigen. Dann werde ich warten, bis dein Freund nach Hause kommt, und ihm eine Kugel ins Gehirn jagen, bevor er überhaupt weiß, was zum Teufel passiert ist. Also, was soll es ein?«

Tja, scheiße. Sie mochte keine dieser beiden Optionen und sie traute ihm auch ganz bestimmt nicht. Selbst wenn sie sich freiwillig injizieren ließ, was auch immer in dieser Spritze war, gab es keine Garantie, dass er sie nicht trotzdem vergewaltigen und Stuart töten würde.

Aber konnte sie es riskieren? Nein.

Also blieb sie schweigend auf dem Tisch liegen und starrte ihn an.

»Kluge Entscheidung«, lobte er und zog die Kappe von der Nadel.

Monica schloss die Augen, als sie spürte, wie die Nadel in ihren Hals eindrang.

»Braves Mädchen«, säuselte Shane.

Seine Stimme machte sie krank. Sie musste daran denken, dass ihr Vater die gleichen Worte gesagt hatte, wenn sie tat, was er wollte.

Sie öffnete die Augen und als die Droge, die er injiziert hatte, zu wirken begann, schwor Monica sich im Geiste, alles zu tun, um diesen Mann zu töten. Sie war von den Besten unterrichtet worden … und irgendwie würde sie Shane Beyer töten, ohne sich auch nur ein bisschen schuldig dabei zu fühlen.

»Das ist es. Entspann dich. Um eines festzuhalten, du bist nur Mittel zum Zweck. Ich habe kein Interesse an dir. Ich will Baker und du bist meine Eintrittskarte, um zu ihm zu gelangen.«

Monica hatte keine Ahnung, wovon er sprach. Sie war Baker nur einmal begegnet. Sie war der letzte Mensch, mit dem man versuchen konnte, den ehemaligen SEAL in eine Falle zu locken. Aber sie fand nicht die Worte, es ihm zu sagen. Sie konnte nicht einmal mehr die Augen offen halten. Jeder Muskel in ihrem Körper fühlte sich an, als würde er fünfzig Kilo wiegen.

Sie spürte, wie sie hochgehoben und über Shanes Schulter geworfen wurde, aber sie konnte nichts dagegen tun. Sie war bewegungsunfähig.

»Es ist allerdings ein Bonus, dass dein Freund in Panik geraten wird, wenn er nach Hause kommt und mein Werk vorfindet«, sagte Shane lachend.

Es war das Letzte, was sie hörte, bevor sie der Droge erlag, die durch ihre Adern raste.

KAPITEL SIEBZEHN

Pid war erschöpft, als er vor seinem Haus anhielt. Es war ein langer, stressiger Tag gewesen. Sie bereiteten sich auf eine weitere Mission vor, diesmal nach Tadschikistan. Das Land lag direkt an der Nordgrenze Afghanistans und sie hatten dort das Versteck eines hochrangigen Talibanführers ausgemacht. Die tadschikische Regierung bat um Unterstützung bei der Stürmung des mutmaßlichen Unterschlupfs, also würde das SEAL-Team ziemlich bald aufbrechen müssen.

Aber die Details über den Aufenthaltsort waren lückenhaft, also hatten sie den Tag damit verbracht, Berichte und Satellitenbilder der Gegend durchzugehen. Es war nichts Neues für Pid und sein Team, aber Aleck war offensichtlich gestresst, dass sie möglicherweise noch vor seiner Hochzeit aufbrechen mussten und diese verschoben werden müsste.

Während einer Pause hatte Jag zugegeben, dass er sich immer mehr Sorgen um Carly machte und darüber, dass Luke Keyes nirgendwo zu finden war. Das hier war eine Insel. Es sollte doch nicht so schwer sein, jemanden zu finden. Die Tatsache, dass der Sohn ihres Ex-Freundes höchstwahrscheinlich derjenige gewesen war, der seinen

Vater und Carly am Tag des Vorfalls im Duke's abholen und wer weiß wohin verschleppen sollte, war äußerst besorgniserregend. Jag wusste es, Carly wusste es und alle anderen waren wegen dieser Situation nervös.

Mustang und Midas waren natürlich immer besorgt, Elodie und Lexie allein zurückzulassen. Verdammt, selbst Slate war nicht so enthusiastisch und ungeduldig wie sonst, auf eine Mission zu gehen. Pid wusste, dass es wegen Ashlyn war. Er machte sich fast genauso viele Sorgen um sie wie Jag um Carly. Ashlyn war aufgeschlossen und freundlich und dachte oft nicht über ihre eigene Sicherheit nach, wenn sie sich in fragwürdige Situationen begab.

Und natürlich war Pid wegen ihrer bevorstehenden Abreise nervös, weil es der erste Einsatz seit seinem Treffen mit Monica wäre. Er machte sich Sorgen um ihren Geisteszustand, während er weg war. Er wollte so sehr, dass sie ihm vertraute. Aber die Mauern niederzureißen, die sie über Jahre hinweg aufgebaut hatte, um sich zu schützen, war nicht so einfach. Und es würde sicherlich nicht nach der kurzen Zeit passieren, die sie sich kannten.

Aber er kratzte jeden Tag an dieser Mauer. Er konnte es spüren. Er wollte sie, als hätte er nie eine andere Frau gewollt, aber er war bereit zu warten, bis sie darauf vertraute, dass er ihr niemals wehtun würde. Pid war sich bewusst, dass er einen harten Weg vor sich hatte. Es war wahrscheinlich, dass Monica Therapie brauchte, um zu überwinden, was ihre Arschlocheltern ihr angetan hatten. Aber sie war mutig und fähig dazu.

Pid war nicht begeistert, Monica mitzuteilen, dass er wahrscheinlich auf Mission musste, aber er freute sich darauf, sie zu sehen. Er schloss die Tür zum Haus auf und rief ihren Namen.

»Monica, ich bin zu Hause.«

Im Haus war es unnatürlich ruhig. Pids ausgeprägte

Instinkte setzten sofort ein und er erstarrte und lauschte. Wonach wusste er nicht. Nach einem Geräusch von der Frau, in die er sich verliebt hatte. Aber er hörte nichts.

Pid schlich leise vorwärts und schaute sich nach Hinweisen danach um, was zum Teufel sich hier nicht richtig anfühlte. Als er sein Wohnzimmer betrat, bemerkte er sofort, dass die Kühlschranktür offen stand. Dann nahm er den Duft des Plumeria-Baumes in seinem Garten wahr.

Als er die Glastür sah, die zur Terrasse führte, verkrampfte sich sein ganzer Körper. Die Tür war zerschmettert worden. Der Boden des Hauses sowie die Terrasse selbst waren mit Glasscherben übersät.

Ohne nachzudenken, wirbelte Pid herum und lief den Flur entlang zum Gästezimmer. Die Tür stand offen und er sah die Kleidung, die Monica zuletzt getragen hatte, im Wäschekorb in der Ecke. Sie war der ordentlichste Mensch, den er je kennengelernt hatte, und an jedem anderen Tag hätte er über ihren Ordnungsfimmel gelächelt. Aber die Tür zu dem Schutzraum, den er für sie gebaut hatte, stand offen und hatte bereits seine Aufmerksamkeit auf sich gezogen.

Er ging darauf zu, unsicher, was er vorfinden würde.

Der Raum zwischen den beiden Wänden war leer. Die Decke, die er in den Raum gelegt hatte, lag auf dem Boden in der Tür ... als wäre sie herausgezogen worden. Der Notausgang war noch verriegelt.

Ihm ging durch den Kopf, was vorgefallen sein könnte, und Pid wurde übel. Er hoffte, dass er nur paranoid war. Vielleicht hatte sie etwas in den Schutzraum gebracht und vergessen, die Tür zu schließen. Vielleicht hatte sie aus Versehen die Hintertür eingeschlagen und war in einen Baumarkt gegangen, in der Hoffnung, den Schaden reparieren zu können. Vielleicht war es ein zufälliger Einbruch und Monica wusste noch nicht einmal davon, weil sie mit

Elodie zu Kenna gefahren war, um bei den Hochzeitsvorbereitungen zu helfen.

Aber in der Sekunde, in der ihm diese Gedanken durch den Kopf gingen, verwarf Pid sie wieder. Er war sich hundertprozentig sicher, dass Monica nicht einfach gehen würde, ohne ihm zumindest eine Nachricht zu hinterlassen oder eine SMS zu schicken, um ihn wissen zu lassen, was los war, geschweige denn die Kühlschranktür offen zu lassen. Und wenn sie selbst die Tür zerbrochen hätte, würde sie auf keinen Fall die Glasscherben herumliegen lassen, auch wenn sie hoffte, sie irgendwie reparieren zu können.

Als Pid sein Handy herauszog, bemerkte er, dass seine Hände zitterten. Er tippte Mustangs Namen ein und wartete, bis sein Freund abhob.

»Hey, was gibt's?«, fragte Mustang.

»Ist Monica mit Elodie zusammen?«, fragte Pid, der wusste, dass er panisch klang. Er war aber nicht in der Lage, sich zu kontrollieren.

»Nein, wieso, was ist los?«

»Ich kann sie nicht finden. Sie ist weg und meine Terrassentür wurde eingeschlagen. Jemand hat sie entführt.« Er sprach die letzten Worte im Flüsterton, als würden sie nur wahr werden, wenn er sie laut aussprach. Aber Pid wusste in seinem Innersten bereits, dass genau das passiert war.

»Ich bin auf dem Weg«, sagte Mustang, und Pid war seinem Teamleiter und Freund noch nie so dankbar gewesen wie in diesem Moment. »Was siehst du? Wurde sie verletzt? Siehst du irgendwelche Blutspuren?«

Pid hörte fast auf zu atmen. Scheiße, daran hatte er noch nicht einmal gedacht. Er schaute sich in ihrem Schlafzimmer um, war sich aber nicht sicher, ob er erleichtert sein konnte, als er keine Anzeichen dafür sah, dass Monica bei der Auseinandersetzung in diesem Raum verletzt worden war. »Nicht in ihrem Zimmer. Moment.«

Er hatte Mühe, sich zu konzentrieren. Er hatte in seinem Leben die schlimmsten Situationen durchgemacht, die man sich vorstellen konnte. Während seiner Arbeit musste er immer auf der Hut sein. Oft genug wurde aus Plan A eher Plan B, C, D, E oder sogar F, aber er war immer in der Lage gewesen klarzukommen. In diesem Moment fühlte sich Pid aber, als stände er in dichtem Nebel und könnte nicht weiter als einen Meter sehen.

Er stand am Rand des Wohnbereichs und suchte das Zimmer nach Spuren ab, nach irgendetwas, das fehl am Platz war. Es war frustrierend, als er nichts anderes als seine kaputte Tür entdeckte.

»Kein Blut«, sagte Pid zu Mustang. »Die Messer sind alle noch im Block und nichts ist umgestoßen. Es sieht aus, als ob jemand die Tür eingeschlagen, seelenruhig hereingekommen ist, Monica irgendwie überwältigt hat und dann auf demselben Weg wieder verschwunden ist, als wäre nichts passiert.«

»Scheiße«, murmelte Mustang.

»Was?«, fragte Pid, der sich nicht sicher war, ob er wissen wollte, was sein Freund dachte.

»Könnte es Bull gewesen sein?«

Pid standen die Nackenhaare zu Berge. »Scheiße.«

»Ich rufe Huttner an«, sagte Mustang.

Pid nickte. Es war ihm egal, dass Mustang ihn nicht sehen konnte.

»Bleib ruhig«, forderte Mustang. »Ich bin schon unterwegs. Wir werden sie finden.«

Pid reagierte nicht.

»Pid?«

»Ja?«, erwiderte Pid, der bereits auf dem Weg zur Haustür war.

»Hast du mich gehört? Wir werden sie finden.«

»Ich habe dich gehört.«

»Ruf Midas und Slate an. Nachdem ich mit dem Kommandanten gesprochen habe, rufe ich die anderen an, okay?«

»Okay«, sagte Pid, während seine Gedanken darum kreisten, wohin Bull sie bringen könnte.

»Bis dann.«

Pid beendete das Gespräch, als er aus der Haustür trat, und machte sich nicht die Mühe, hinter sich abzuschließen. Wenn jemand in sein Haus gehen und etwas stehlen wollte, dann wäre es ihm egal. Das Wichtigste in seinem Leben war bereits gestohlen worden.

Er ging auf seinen Minivan zu und ärgerte sich, dass es kein schnellerer, sportlicherer Wagen war, der ihn schneller an sein Ziel hätte bringen können.

Er stieg ein und tippte auf einen Namen in seiner Kontaktliste. Es war weder Midas noch Slate.

»Baker«, ertönte die tiefe Stimme des Mannes durch die Telefonleitung.

»Bull hat Monica«, sagte Pid anstelle einer Begrüßung.

»Was?«, fragte Baker.

Vermutlich konnte Pid es dem Mann nicht verübeln, dass er verwirrt war. Es war nicht so, als redeten sie viel miteinander. Und es war das erste Mal, dass Pid ihn anrief, obwohl er seine Nummer hatte, seit Baker Elodie geholfen hatte.

»Meine Terrassentür wurde eingeschlagen, genau wie in dem Haus in Algerien. Monica ist nirgendwo zu finden. Bull hat sie. Ich weiß es.«

»Scheiße«, sagte Baker. »Wo bist du gerade?«

»Ich fahre gleich los nach Norden, in deine Richtung«, antwortete Pid. Auf keinen Fall konnte er einfach in seinem Haus darauf warten, dass Mustang dort eintraf. Er musste etwas tun. Und da Baker der einzige Mensch war, der Bull wirklich kannte, brauchte er ihn.

»Nein«, bellte Baker.

Pid spannte sich an. Wenn Baker sich weigerte zu helfen, würde er die Beherrschung verlieren.

»Ich komme zu dir«, fuhr Baker fort. »Wenn ich ...« Er brach mitten im Satz ab. »Warte, es klingelt auf der anderen Leitung.«

Pid wollte am liebsten schreien. Er wollte dem ehemaligen SEAL sagen, dass er ein Arschloch war, wenn er einen anderen Anruf entgegennahm, während Monicas Leben in Gefahr war, aber er hatte keine Chance, bevor er in der Warteschleife landete. Er saß in seinem Wagen und schmorte. Sein Adrenalinspiegel war so hoch, dass sein ganzer Körper zitterte. So hatte er sich noch nie in seinem Leben gefühlt.

Er hörte ein Klicken in der Leitung und dann war Baker wieder dran.

»Das war er. Du hast recht. Er hat deine Frau.«

Pid hielt sein Telefon so fest in der Hand, dass er Angst hatte, das Ding zu zerquetschen. »Wo ist er?«, fragte er. »Und was will er mit Mo?«

»Er will sie nicht«, zischte Baker. »Er will mich. Sie ist der Köder.«

Pid wusste nicht, ob er entsetzt oder erleichtert sein sollte.

»Ich bin auf dem Weg zu dir.«

»Es wird zu lange dauern, von der Nordküste hierherzufahren«, sagte Pid.

»Nein, wird es nicht, vertrau mir.«

Es war ironisch, dass Baker genau diese Worte benutzte. Und zum ersten Mal verstand Pid genau, wie nervig das sein konnte. Man kann nicht einfach jemandem sagen, dass er einem vertrauen soll, und erwarten, dass dieser Mensch es sofort tut. Er hatte Monica dasselbe immer wieder gesagt, seit er sie kennengelernt hatte. Jetzt hatte er eine leise

Ahnung, wie sie sich gefühlt haben musste. Pid war genauso unfähig, ihr Leben jemand anderem anzuvertrauen, nicht einmal einem SEAL-Kollegen wie Baker. Es war ein ernüchternder Gedanke. Er betete, dass er die Gelegenheit haben würde, ihr zu sagen, dass er verstand, wie sie sich gefühlt haben musste, als er diese Worte von sich gegeben hatte.

Sie hatte wahrscheinlich Todesangst und es war nicht abzusehen, was ein Psychopath wie Shane Beyer mit ihr anstellen würde.

»Er will mich«, wiederholte Baker und brachte Pid mit einem Ruck in die Gegenwart zurück. »Er hasst mich, seit er aus der Navy geworfen wurde, nachdem ich ihn gemeldet hatte. Für ihn ist das alles ein Spiel.«

»Das ist kein Spiel«, knurrte Pid.

»Nein, das ist es verdammt noch mal nicht«, stimmte Baker zu. »Ich bin in einer Stunde bei dir. Sei bereit zum Aufbruch, wenn ich ankomme.«

»Wohin fahren wir?«

»Deine Frau retten.«

Monica kam ein paarmal zu sich, aber jedes Mal, wenn sie es tat, injizierte Shane ihr erneut etwas und sie verlor wieder das Bewusstsein.

Als sie das dritte Mal aufwachte, bemerkte sie, dass sie sich auf einem Boot befanden. Hätte sie die Chance gehabt, hätte sie Shane gesagt, dass sie seekrank werden würde. Nicht dass es ihn interessiert hätte. Wahrscheinlich war es gut, dass sie unter Drogen stand, sonst hätte sie sich vermutlich von dem Moment an übergeben müssen, als sie das Boot betreten hatte.

Shane setzte sie nicht erneut unter Drogen, als er merkte, dass sie wach war. Er lächelte nur und fragte, wie sie sich fühlte. Als wäre er ein freundlicher Nachbar, der auf ihr Wohl bedacht war.

Sie hatte keine Ahnung, wie lange sie bewusstlos gewesen war oder wo sie waren, aber als sie fragte, antwortete Shane nicht. Monica wusste nur, dass es dunkel war. Sie hatte Angst und ein sehr schlechtes Gefühl, wie das alles für sie ausgehen würde ... insbesondere als Shane das Boot abseits jedes Hafens zum Stehen brachte. Er sprang aus dem Boot und streckte die Hand aus. »Zeit zu gehen.«

Monica rührte sich nicht von ihrem Platz auf dem Boden. Sie dachte eine Sekunde lang darüber nach, ob sie das Lenkrad oder Ruder oder wie auch immer das auf einem Boot genannt wurde erreichen könnte, aber Shane lachte.

»Denk nicht einmal daran. Jetzt komm schon, bevor ich die Beherrschung verliere. Ich habe ein sehr wichtiges Treffen, zu dem ich muss.«

Monica hatte keine andere Idee. Sie stand auf und kippte fast vornüber. Sie streckte die Hand aus und hielt sich an der Seite des Steuerhauses fest. Das Boot war klein, aber der große Motor am Heck sah leistungsstark aus.

Sie versuchte, am Ufer etwas zu erkennen, aber es war pechschwarz. Es gab weder Lichter noch ein Anzeichen dafür, dass jemand in der Nähe war, der ihr helfen könnte.

»Los, du Schlampe!«

Die Veränderung in seiner Stimme war erschreckend. Als wäre er plötzlich ein anderer Mensch. Monica hatte keine andere Wahl, als zu ihm zu gehen. Sobald sie in Reichweite war, packte er sie am Oberarm und zerrte sie zu sich.

Sie wäre gestürzt, wenn er sie nicht festgehalten hätte. Als sie das Ufer betrat, schrie sie vor Schmerzen auf. Auf was auch immer sie getreten war, tat verdammt weh.

Shane lachte wieder. »Ich habe ganz vergessen, dass du keine Schuhe anhast. Es gibt zwei Möglichkeiten.«

Monica hatte es satt, dass er das sagte. Keine seiner Optionen gefiel ihr.

»Du kannst selbst gehen oder ich kann dich tragen.«

»Ich werde gehen«, sagte sie sofort, da sie nicht wollte, dass dieser Kerl sie anfasste. Außerdem hätte sie vielleicht die Chance zu fliehen, wenn sie selbst ging.

Er grinste. »In Ordnung, dann lass uns gehen.« Er ließ ihren Arm los, drehte ihr den Rücken zu und ging landeinwärts.

Monica machte einen weiteren Schritt und zuckte zusammen. Dann einen weiteren, der sie aufschreien ließ, als ein besonders scharfer Stein die zarte Haut ihres Fußes durchbohrte. Ohne Schuhe konnte sie auf keinen Fall auf diesen Steinen laufen. Und es gab keine Möglichkeit, dass sie davonlaufen konnte.

Shane drehte sich um. »Hast du deine Meinung geändert?«, höhnte er.

»Wo sind wir? Warum kannst du mich nicht einfach auf dem Boot lassen und ohne mich zu deinem Treffen gehen?«, fragte sie.

Er stapfte zu ihr zurück, aber Monica weigerte sich zurückzuweichen. »Wir sind auf Hawaii. Auf der Insel, nicht in dem Staat, falls du verwirrt bist. Der Boden unter deinen Füßen ist Lava. Verdammt scharfkantig, wenn sie aushärtet und abkühlt. Der Kilauea ist erst vor Kurzem wieder ausgebrochen. Das hat mich auf die beste Idee überhaupt gebracht. Aber um meine Pläne in die Tat umzusetzen, brauchte ich einen Köder. Und du, meine Liebe, bist dieser Köder. Nichts für ungut.«

Monica starrte den Mann verwirrt an.

»Ich wollte mir eine der anderen Frauen schnappen, aber du und ich haben noch eine Rechnung offen. Du bist mir einmal entkommen. Ich kann nicht zulassen, dass das noch mal passiert. Wie würde mich das dastehen lassen?« Er lachte wieder, ein Geräusch, das Monica auf die Nerven ging. Sie wusste, dass im Kopf des Mannes definitiv etwas nicht stimmte.

»Uns bleibt nicht mehr viel Zeit, um unseren Treffpunkt zu erreichen. Ich habe meinen Freund bereits angerufen und weiß, dass er alles tun wird, um so schnell wie möglich hier zu sein.«

Dann bewegte Shane sich und kam so schnell auf sie zu, dass Monica keine Chance hatte, sich zurückzuziehen. Nicht dass sie das mit den unglaublich scharfkantigen Steinen unter ihren Füßen gekonnt hätte.

Er packte sie am Handgelenk und zerrte sie grob zu sich. Er griff nach ihrem Oberarm und drückte so fest zu, dass Monica einen schlimmen blauen Fleck bekommen würde. Aber das war im Moment ihre geringste Sorge.

»Denk nicht einmal daran, zu versuchen wegzulaufen. Es gibt keinen Fluchtweg und die Lava fließt noch schneller als vor einigen Jahren. Es ist niemand hier. Alle Häuser wurden von der Lava des Kilauea überrollt. Wir sind ganz allein. Du möchtest dich mit Sicherheit nicht allein im Dunkeln umgeben von Lava wiederfinden, richtig?« Dann lachte er wieder. »Jetzt spring auf meinen Rücken«, befahl Shane.

Monica wollte Nein sagen, sie wollte protestieren, gegen ihn kämpfen, irgendetwas. Aber er hatte die Oberhand, und das wussten sie beide.

Monica war verängstigter als je zuvor in ihrem Leben. Selbst nach dem, was sie mit ihrem Vater durchgemacht hatte. Unbeholfen kletterte sie auf Shanes Rücken. Egal in welche Richtung sie schaute, es gab kein Licht. Es fühlte sich fast so an, als wären sie auf einem anderen, menschenleeren Planeten.

Nachdem er eine Stirnlampe um seinen Kopf geschnallt und eingeschaltet hatte, legte er seine Hände auf ihren Hintern, wobei sie vor Abscheu eine Gänsehaut bekam. Dann ging er in die Dunkelheit.

Monica schloss die Augen und betete, dass die Person, die er in dieser buchstäblichen Hölle treffen würde, ihr helfen könnte. Aber wenn es jemand war, der mit Shane zusammenarbeitete und genauso unmoralisch und böse war wie er, steckte sie tief in der Scheiße.

Ihre Gedanken wanderten zu Stuart, während sie weiter und weiter landeinwärts trotteten. Sie fragte sich, was er wohl gedacht hatte, als er nach Hause kam, sie nicht da war und er seine eingeschlagene Tür vorfand. Würde er herausfinden, wer sie entführt hatte? Vielleicht ... aber der deprimierendere Gedanke war, dass es unwahrscheinlich war, dass er sie finden würde. Wie sollte er jemals darauf kommen, auf einer anderen Insel inmitten eines Lavastroms nach ihr zu suchen?

Es war klar, dass sie auf sich allein gestellt war. Sie musste einen Fluchtweg finden.

Sie musste überleben, denn sie hatte ein unglaubliches Geschenk bekommen. Und bis zu diesem Moment hatte sie es nicht realisiert.

Stuart war einer der Guten, einer der Besten. Er war ihrem Vater oder seinen Militärfreunden überhaupt nicht ähnlich. Er war nicht vergleichbar mit dem bösen Mann, der sie jetzt benutzte, um sich an jemand anderem zu rächen.

Im Laufe der Jahre hatte sie einige Psychologen gesehen und alle hatten ihr genau dasselbe erzählt wie Stuart. Sie ließ ihre Kindheitserfahrungen ihr Erwachsenenleben bestimmen. Aber sie hatte sich geweigert, ihnen zu glauben. Sie hatten nicht durchgemacht, was sie hatte erleiden müssen. Sie konnten es nicht verstehen.

Aber als sie über ein verdammtes Lavafeld getragen wurde, verstand sie endlich, was ihr die Psychologen all die Jahre versucht hatten klarzumachen.

Das Leben war kurz, verdammt kurz. Sie könnte verschlossen und verbittert über ihre schlechten Erfahrungen durchs Leben gehen, oder sie könnte sich bewusst dafür entscheiden, glücklich zu sein und ihren Vater nicht mehr ihr Leben bestimmen zu lassen. Bis heute gab sie ihm die Macht, die er sich immer über sie gewünscht hatte.

Stuart hatte ihr immer wieder gesagt, dass sie ihm vertrauen könnte, und sie hatte seine Worte abgetan. Aber jetzt, wo sie in den Händen eines Verrückten war, in den Händen eines Mannes, der genau wie ihr Vater war, erkannte sie, dass der einzige Mann, dem sie trotz seiner Geduld, Freundlichkeit und Großzügigkeit nicht hatte vertrauen wollen, ihre beste Chance auf Rettung war.

Sie bedauerte viele Dinge in ihrem Leben, aber dass sie Stuart nicht vertraut hatte, stand jetzt ganz oben auf der Liste.

Nein, Stuart war ihrem Vater ganz und gar nicht ähnlich. Und alle, die sie durch ihn kennengelernt hatte, waren genauso ehrenhaft und freundlich. Beim Militär zu sein machte jemanden nicht automatisch zu einem Monster. Sie hatte alle Soldaten und Matrosen in eine Schublade gesteckt. Es war beschissen, dass es so weit hatte kommen müssen, um ihr klarzumachen, wie sehr sie Stuart liebte.

Und dass sie ihm wirklich vertraute.

Monica hatte keine Ahnung, wie es enden würde, aber sie hoffte, Stuart noch einmal zu sehen, um ihm sagen zu können, was sie für ihn empfand. Dass sie wusste, dass er ein guter Mann war und dass sie ihm alles anvertrauen würde.

Sie schloss die Augen, hielt sich an ihrem Entführer fest und betete, dass das, was er für sie und seinen mysteriösen

Freund geplant hatte, nicht mit ihrer beider Tod enden würde.

Shane »Bull« Beyer lächelte, als er durch die karge Landschaft schritt. Auf diesen Moment hatte er jahrelang gewartet. Er ging gedanklich noch einmal das kurze Telefonat mit seinem ehemaligen Teamleiter durch. Meat war angepisst. Das war leicht in seiner Stimme zu hören gewesen. Er hatte gesagt, dass die Hölle los wäre, sollte er Monica wehtun.

Bull hatte nur gelacht. Meat hatte ihm nichts mehr zu sagen. Er hatte nicht mehr die Macht, ihn herumzukommandieren. Nichts, was er sagte, konnte Bull von seinen Plänen abhalten. Es bestand kein Zweifel daran, dass das Arschloch genau das tun würde, was er ihm befohlen hatte. Er würde zu dem Treffpunkt kommen, den Bull ihm genannt hatte. Meat war ein Schwächling. Das war er schon immer gewesen.

Als sie damals auf Mission waren, hatte er sich stets geweigert, Frauen oder Kindern zu schaden. Bull hatte sich mehr als einmal mit ihm angelegt und geschworen, dass diese dummen Schlampen genauso gefährlich waren wie ihre Männer. Meat hatte ihm nicht zugehört.

Aber jetzt würde er zuhören müssen.

Dank Monica würde sich Meat bald für ein kleines Gespräch zu ihnen gesellen. Natürlich wollte Bull nicht reden. Er wollte nichts von dem hören, was Meat zu sagen hätte. Nein, er wollte seinen ehemaligen Teamleiter nur töten und dann die Schlampe loswerden. Die Lava würde seine Spuren verwischen und die Körper in Dampf aufgehen lassen.

Bull würde wieder verschwinden und von dem Geld leben, das er in den letzten zehn Jahren angehäuft hatte.

Bull lächelte so breit, dass ihm fast schwindelig wurde, da er wusste, dass seine Rache endlich in Reichweite war. Er ging schneller. Diese Schlampe war schwerer, als sie aussah, aber sie näherten sich langsam ihrem Treffpunkt. Er hatte sich ein Gebiet ausgesucht, das vor einigen Jahren vom Lavastrom zerstört worden war. Es war vollkommen verlassen. Hier würde sie niemand stören.

Und nicht nur das ... der neue Lavastrom steuerte auf dasselbe Gebiet zu.

Diesmal lachte Bull laut auf und spürte, wie sich die Frau auf seinem Rücken versteifte. Gut. Er hoffte, dass sie Todesangst hatte. Sie war nur Mittel zum Zweck, Kollateralschaden sozusagen, und er empfand keinerlei Reue für das, was geschehen würde. Ihr Tod war Meats Schuld. Alles war seine Schuld. Wäre er vor all den Jahren ein klügerer Mann gewesen und hätte Bull als die Bereicherung für die Navy gesehen, die er war, hätte das alles nicht passieren müssen.

Vorfreude floss durch Bulls Adern. Er konnte es kaum erwarten, Baker »Meat« Rawlins wiederzusehen und dann zu beobachten, wie er einen langsamen, qualvollen Tod starb.

KAPITEL ACHTZEHN

Pid ging in seinem Garten auf und ab, während sein Team versuchte herauszufinden, wohin Bull Monica bringen könnte. Kommandant Huttner zog alle Fäden, um den Mann aufzuspüren. Er war anscheinend mit einem anderen seiner Decknamen nach Hawaii eingereist. Niemand hatte gewusst, dass er hier war, was verdammt peinlich war. Die Leute in der United States Navy sollten die Besten der Besten sein, und doch konnten sie diesen Mann nicht ausfindig machen? Es war schon schlimm genug, dass es so lange gedauert hatte herauszufinden, wer all die Jahre so viele Probleme verursacht hatte. Aber die Tatsache, dass es einer von ihnen gewesen war, ein Mann, für den sie viel Geld und Zeit für seine Ausbildung aufgewendet hatten, war wie ein Schlag in die Magengrube.

Aber Pid war das egal. Er war nur daran interessiert, Monica zu finden. Es war genau dreiundfünfzigeinhalb Minuten her, seit er mit Baker gesprochen hatte. Seitdem hatte er kein Wort mehr von dem Mann gehört. Es war unmöglich, dass er es in einer Stunde zu seinem Haus schaffen würde, es sei denn ...

Seine Gedanken wurden unterbrochen, als er ein sehr vertrautes Geräusch wahrnahm. Obwohl es dunkel war, sah er zum Himmel auf und bemerkte, wie die Lichter eines Hubschraubers immer näher kamen. Es war kein Militärhubschrauber, sondern einer, der für Touristenausflüge über die Insel verwendet wurde.

Bei dem Lärm sahen seine Teamkameraden ebenfalls nach oben, als der Hubschrauber zum Sinkflug ansetzte. Glücklicherweise gab es ein großes Feld neben Pids Garten. Sein Vermieter fragte sich wahrscheinlich, warum zum Teufel ein Hubschrauber auf seinem Grundstück landete, aber Pid verschwendete nicht mehr als einen Gedanken daran.

In der Sekunde, in der der Hubschrauber den Boden berührte, liefen die Männer darauf zu. Die Tür ging auf und Baker streckte den Kopf heraus.

»Du!«, schrie er über das Geräusch des Rotors hinweg und zeigte auf Pid. »Einsteigen.«

Pid ging weiter auf den Hubschrauber zu, aber Midas packte ihn am Arm und zwang ihn zu warten. »Rede mit uns, Baker. Was zum Teufel ist los?«

Dies war nicht die Zeit für ein Gespräch. Monica war irgendwo mit Bull da draußen und jede Sekunde, die sie bei ihm war, war eine weitere Sekunde, in der sie verletzt werden könnte.

»Bull will mich. Er sagt, er wird Monica töten, wenn ich nicht bei den Koordinaten auftauche, die er mir gegeben hat.«

»Wo?«, fragte Jag.

»Leilani Estates!«, schrie Baker.

»Scheiße, auf Big Island?«, fragte Midas.

Baker nickte. »Hier drin ist nur Platz für einen von euch«, sagte er. »Bull sagte, ich solle allein kommen, aber wenn es um meine Frau ginge, würde ich das auf keinen Fall zulassen.«

»Verdammt richtig«, knurrte Pid.

»Ich rufe Huttner an«, sagte Mustang. »Vielleicht können wir einen zweiten Hubschrauber in die Luft bekommen, um euch den Rücken zu stärken.«

»Wenn ihr zu nahe kommt, wird er sie töten«, warnte Baker. Er sah jedem der SEALs in die Augen, bevor er sagte: »Lasst mich die Sache erledigen. Ich werde mich ein für alle Mal um ihn kümmern. Bull ist eine Bedrohung für die gesamte Gesellschaft. Er ist ein verdammter Psychopath und er wird weiter töten. Damit ist jetzt Schluss.«

»Los«, sagte Mustang zu Pid, ließ seinen Arm los und gab ihm einen kleinen Schubs in Richtung des Hubschraubers.

Pid stieg mit Bakers Hilfe in den Hubschrauber. Er hatte keine Ahnung, was der Plan war, aber eines war sicher, er würde nicht ohne Monica nach Hause kommen. Er würde sie nicht verlieren. Vor allem nicht an einen abtrünnigen SEAL. Er hatte keine Ahnung, ob sie danach noch etwas mit ihm zu tun haben wollte. Sie hatte ihr ganzes Leben lang Angst vor dem Militär gehabt, und jetzt schwebte sie wegen eines Soldaten in Lebensgefahr.

Noch bevor er sich gesetzt hatte, spürte Pid, wie der Hubschrauber abhob. Er setzte die Kopfhörer auf, die Baker ihm reichte, und verschwendete keine Zeit. »Was ist wirklich los, Baker?«

»Bull hat verdammt noch mal den Verstand verloren«, sagte Baker. »Nicht dass wir das nicht schon vorher gewusst hätten. Er hat sie mitten in die Gefahrenzone des Kilauea gebracht. Die Koordinaten, die er mir gegeben hat, liegen in einem Abschnitt, der vor einigen Jahren von Lava überflutet wurde. Und jetzt läuft der Lavastrom erneut in dieselbe Richtung.«

»Scheiße!«

»Ja. Und wie ich schon sagte, er hat verlangt, dass ich allein komme, also musst du außer Sichtweite bleiben.«

»Woher hast du den Hubschrauber?«, fragte Pid.

Baker zuckte nur mit den Schultern. »Jemand schuldete mir noch einen Gefallen.«

Das musste ein verdammt großer Gefallen gewesen sein. Pid warf einen Blick auf den Piloten und sah, dass der Mann sich aufs Fliegen konzentrierte und kein Interesse an ihrem Gespräch zeigte. Er hätte sein Leben darauf verwettet, dass der Mann ebenfalls ein ehemaliger Militärangehöriger war, aber im Moment war Pid einfach dankbar, dass Baker in der Lage war, das perfekte Transportmittel zu finden, um so schnell wie möglich auf die andere Insel zu gelangen.

»Was ist der Plan?«

»Wir werden so nahe wie möglich an den Koordinaten abgesetzt. Es hängt vom Lavastrom und davon ab, wie heiß es in der Gegend ist. Ich treffe mich mit Bull, töte ihn, rette deine Frau und wir verschwinden wieder.«

Das war kein besonders ausgefallener Plan und beide Männer waren sich bewusst, was alles schiefgehen könnte. Aber ohne zu wissen, was genau sie erwartete, konnten sie keine Strategie entwickeln.

»Monicas Leben steht an erster Stelle«, fühlte sich Pid verpflichtet zu sagen. »Ich weiß, dass es böses Blut zwischen dir und deinem ehemaligen Teamkameraden gibt, aber wenn es darauf ankommt, kommt Monicas Leben vor Rache. Wenn Bull entkommt, entkommt er.«

Baker sah Pid gereizt an. »Glaubst du wirklich, ich würde deine Frau aus Rache opfern?«

Pid schreckte vor dem Zorn in den Augen des anderen Mannes nicht zurück. Baker hatte beängstigende Verbindungen und konnte ziemlich böse wirken, aber so wie Pid sich fühlte, war *er* der Mann, um den Bull sich im Moment

Sorgen machen sollte, nicht sein ehemaliger Teamleiter. Er schwieg und beantwortete Bakers Frage nicht.

»Das Ziel dieser Mission ist es, Monica zu finden und sie verdammt noch mal da rauszuholen«, stimmte Baker schließlich zu. »Aber wenn ich die Gelegenheit bekomme, ist Bull ein toter Mann.«

Pid nickte. Das war für ihn mehr als in Ordnung. Keiner von ihnen wollte sich Sorgen machen müssen, dass er zurückkam, um eine zweite Chance zu bekommen, jemanden in Bakers Umfeld zu verletzen.

Die beiden Männer verstummten, als der Hubschrauber über das Meer in Richtung der Hauptinsel flog.

Monica schrie vor Schmerzen auf, als Shane abrupt stoppte und sie von seinem Rücken warf. Sie schaffte es gerade so, nicht auf dem Hintern zu landen, aber die scharfen Lavasteine unter ihren Füßen taten höllisch weh.

»Wir sind da«, verkündete er voller Vorfreude.

Als sie sich umsah, konnte sie außer dem Licht von Shanes Stirnlampe nicht viel erkennen. Sie konnte weder Sterne noch den Mond sehen. Sie vermutete, dass Wolken den Nachthimmel verdunkelten. Während des gesamten Weges hatte sie keine andere Beleuchtung gesehen. Außerdem hatte die Hitze um sie herum stetig zugenommen. Sie hatte einige flüchtige Blicke auf Autodächer und andere Zeichen von Zivilisation erhascht, die vor einigen Jahren vom Lavastrom verschluckt worden waren.

Shane beugte sich vor, hob einen Lavastein auf und warf ihn in die Luft, bevor er ihn wieder auffing. Er lächelte, als er sich ihr zuwandte.

Monica zuckte zusammen und schirmte ihren Blick von der Stirnlampe ab, mit der er in ihre Augen leuchtete.

»Entschuldige«, sagte Shane, als wären sie zwei Freunde auf einer nächtlichen Wanderung. Er nahm die Stirnlampe ab und sah sich um. Dann ging er zu einem Steinhaufen und legte die Lampe darauf, um die Umgebung zu erhellen. »So«, sagte er zufrieden.

Er hob einen weiteren Stein auf und drehte ihn in seinen Fingern, bevor er ihn in seine Tasche steckte.

»Das bringt Unglück«, platzte Monica heraus, bevor sie es sich anders überlegen konnte.

Er lachte nur. »Ich glaube nicht an Schicksal«, erwiderte er. »Ich habe lange und hart dafür trainiert, so gut zu werden, wie ich bin. Glück hat damit nichts zu tun.«

»Was ist mit Peles Fluch?«, fragte Monica. »Jeder Besucher, der Sand oder Gestein von den Inseln mitnimmt, wird Pech haben, bis er die gestohlenen Gegenstände zurückbringt.«

Shane schüttelte den Kopf. »Das ist Quatsch. Diese Geschichte wurde von einem verärgerten Parkwächter erfunden, der wütend war, dass so viele Steine aus seinem Park mitgenommen wurden. Du bist dumm, wenn du diesen Müll glaubst. Außerdem brauche ich ein Souvenir, um mich an die Nacht erinnern zu können, in der ich endlich Rache an dem Mann geübt habe, der mein Leben ruiniert hat.«

Also würde er Baker hier treffen. Hoffentlich hatte Shane keine Komplizen, die auf dem Weg waren. Sie hätte, ohne zu zögern, darauf gewettet, dass Baker dieses Arschloch ausschalten könnte. Monica wollte Shane sagen, dass er sein Leben selbst versaut hatte, aber sie entschied, dass es im Moment wahrscheinlich keine gute Idee war.

Als ihre Augen sich an die Dunkelheit gewöhnt hatten, sah sie sich noch einmal um und stellte fest, dass es hier draußen – wo auch immer sie waren – doch nicht stockdunkel war. In der Ferne gab es hier und da seltsame helle

Blitze ... und nach einem Moment bemerkte Monica, dass es die glühende Lava war, die ganz langsam näher kam. Kleine Flammen blitzten hell auf, bevor sie von der Lava erstickt wurden.

Sie hatte einmal einen Dokumentarfilm über Lava gesehen und war fasziniert davon gewesen, dass der Lavastrom von oben schwarz und kühl aussah, während die zähflüssige Masse unter der Oberfläche brodelte und absolut tödlich für alles war, was ihr in den Weg kam. Damals fand sie es spannend und fast schön.

Im Moment war es alles andere als das. Es war verdammt erschreckend, daran zu denken, dass diese etwa eintausend Grad heiße Lava auf sie zukam. Selbst aus der Entfernung begann sie, vor Hitze zu schwitzen. Sie sah weitere Flammen des gelblich-roten Stroms, der sich stetig auf sie zubewegte. Sie wollte fliehen, aber sie wusste nicht, wohin sie gehen sollte. Und ohne Schuhe würde sie nicht weit kommen. Sie steckte fest. Sie konnte nur hoffen, dass Baker bald kommen und sie irgendwie aus der Sache herausholen würde.

Diesem Gedanken folgend, hatte sie plötzlich keinen Zweifel mehr daran, dass Stuart seinen Freund begleiten würde. Er würde nicht zulassen, dass Bull sie entführte, und sich dann zurücklehnen und nichts tun, während Baker die ganze Arbeit erledigte.

Als hätten ihre Gedanken es herbeigerufen, durchbrach der Lärm eines Hubschraubers die Stille der Nacht.

»Er ist da«, sagte Shane mit einem Lächeln. »Gleich fängt der Spaß an.«

Monica wollte am liebsten kotzen. Sie wollte schreien. Aber stattdessen blieb sie so still wie möglich stehen und betete.

Pid sah zu, wie Baker sich aus dem Hubschrauber abseilte. Da es sich um einen zivilen Hubschrauber handelte, gab es keine Rettungsausrüstung wie in einem Militärhubschrauber.

Sie waren etwa einen Kilometer von den Koordinaten entfernt, die Bull Baker gegeben hatte. Er musste sie gehört haben, aber es war nicht nötig, sich anzuschleichen. Bull wusste, dass Baker kommen würde. Es ging nur darum, was passieren würde, wenn sie sich von Angesicht zu Angesicht gegenüberstanden.

Pid wollte gerade seine Kopfhörer absetzen, um sich ebenfalls aus dem Hubschrauber abzuseilen, als der Pilot seine Aufmerksamkeit erregte. »Hey! Die Hitze der Lava ist ziemlich intensiv. Ich kann zu den Koordinaten fliegen, die du mir gegeben hast, aber ich kann dort nicht landen und auch nicht so dicht in Bodennähe fliegen wie hier. So wie es aussieht wird der Ort in wenigen Minuten von Lava umzingelt sein. Es öffnen sich immer mehr neue Schlote um uns herum. Es sieht aus wie ein erneuter Ausbruch, der die Lava nach oben zwingt. Der einzige Ausweg wird durch die Luft sein.«

Nickend drehte sich Pid zu dem Mann um. »Ich werde per Funk durchgeben, sobald wir bereit sind. Baker hatte vielleicht noch einen Gefallen bei dir offen, aber ich schulde dir etwas.«

»Du schuldest mir keinen Scheiß«, sagte der Mann. »Der Kerl hat ein Problem mit Baker und hätte es allein mit ihm aufnehmen sollen, anstatt eine unschuldige Frau mit hineinzuziehen. Das nehme ich ihm persönlich übel. Niemand schuldet mir etwas.«

Später gäbe es noch genügend Zeit, darüber zu streiten, wer wem etwas schuldete. Im Moment musste Pid seine Frau retten. Er nahm die Kopfhörer ab, packte das Seil und stieg aus dem Hubschrauber. Die Nachrichten über die Lava um sie herum waren nicht gut. Und es würde schwierig werden, Monica ohne Strickleiter, Korb, Gurt oder andere Art von Rettungsausrüstung in den Hubschrauber zu bekommen. Aber egal, was passierte, sie würden einen Weg finden, wie sie alle verdammt noch mal aus dieser Hölle herauskommen würden.

Als er den Boden erreichte, gab er dem Piloten per Funk durch, dass er unten angekommen war. Baker und er sahen zu, wie der Hubschrauber davonflog. Er würde sich nicht zu weit entfernen, da der Pilot auf das Signal wartete, sie abzuholen.

»Bleib außer Sichtweite«, warnte Baker unnötig. »Bull wird nicht zögern, Monica zu töten, wenn er auch nur vermutet, dass jemand anderes hier ist. Er ist kein Idiot. Ich bin mir sicher, dass er es erwartet, aber er ist auch eingebildet genug zu glauben, dass es keine Rolle spielt. Er wird jede Ausrede nutzen, sie zu töten, nur weil er weiß, dass du darunter leiden wirst und es mich verärgern würde.«

In seiner Frustration und Wut wollte Pid auf den anderen Mann einschlagen und ihm sagen, dass er kein Anfänger war, dass er wusste, was er tat. Aber das würde niemandem helfen – schon gar nicht Monica. Er nickte nur knapp. »Wir haben nicht viel Zeit.«

»Verstanden. Dies wird bald vorbei sein«, versprach Baker. Dann drehte er sich um und ging ohne ein weiteres Wort auf den Treffpunkt zu, wo ihn sein ehemaliger Teamkamerad erwarten würde.

Pid folgte ihm, so gut er konnte. Er stolperte mehrmals, aber nichts konnte ihn aufhalten. Als sie sich den Koordinaten näherten, ließ er sich zurückfallen. Es war äußerst schwierig für ihn, nicht mittendrin zu sein und sehen zu können, was passierte, aber er wusste, dass es in Monicas Interesse war. Sie war das Einzige, was jetzt zählte.

Er hörte, wie Bull Bakers Namen rief, und Pid ging in die

Hocke. Die einzige Waffe, die er hatte, war eine Pistole, die aus dieser Entfernung nicht effektiv wäre. Bis er Bull erreicht hätte, würde es zu spät sein. Er musste Baker vertrauen, dass er das tat, wofür er gekommen war ... Monica in Sicherheit zu bringen.

Da war wieder dieses Wort ... Vertrauen. Er war so ein Idiot gewesen, Monica dazu zu drängen, ihm zu vertrauen, als könnte sie es einfach an- und ausschalten. In Wirklichkeit war es vielleicht eines der intimsten Gefühle, das man für jemanden entwickeln konnte, besonders wenn es um Leben und Tod ging.

Wenn Monica wieder sicher zu Hause war, würde er ein langes und inniges Gespräch mit ihr führen müssen. Im Grunde müsste er ihr ein Geständnis machen. Er brauchte nicht ihr Vertrauen – er brauchte nur sie. Er würde sie nehmen, wie sie war. Sie war es wert.

Das Licht, das er für eine Art Taschenlampe hielt, beleuchtete den Bereich, in dem Bull und Monica standen, und gab die Silhouetten ihrer Körper preis. Pid schüttelte verständnislos den Kopf. Bull, als ehemaliger SEAL, sollte wissen, dass das Licht nachteilig für ihn war. Offenbar hatte Baker recht. Der Mann war zu selbstsicher und eingebildet. Er glaubte, dass es keine Rolle spielen würde.

Pid verschwendete keine Zeit mehr damit, sich zu fragen, was zum Teufel Bull wohl dachte. Er war nur dankbar, dass das Licht ihm erlaubte, näher heranzukommen, als er es sonst hätte tun können. Er legte sich auf den Bauch und ignorierte die scharfen Lavasteine, die sich durch seine Kleidung in seine Haut bohrten. Er kroch vorwärts und änderte dann die Richtung, um dem Licht auszuweichen. Er näherte sich von der Seite so weit wie möglich dem Geschehen.

Er blieb hinter einem Brocken erstarrter Lava liegen, der etwa fünfundzwanzig Meter entfernt war. Er zog seine

Pistole heraus, obwohl er wusste, dass sie aus dieser Entfernung immer noch nicht sehr effektiv sein würde. Aber er konnte auf keinen Fall unbewaffnet einfach nur daliegen. Pid machte sich bereit, fixierte Bull und wartete ab.

In der Sekunde, in der Bull Baker aus der Dunkelheit auftauchen sah, griff er nach unten und zog eine Pistole heraus, nein, zwei Pistolen. Die eine richtete er auf Monica und die andere auf Baker.

»Ich wusste, dass du kommen würdest«, rief er.

Pid konnte fühlen, wie Adrenalin durch seine Adern schoss. Er wollte nichts mehr, als diesen Mistkerl zu erschießen. Er wagte es, die Frau, die er liebte, zu bedrohen. Das war inakzeptabel. Aber er zwang sich, tief durchzuatmen und seine Wut zu kontrollieren. Er wusste, dass Baker es nicht in die Länge ziehen würde. Sobald er eine Chance bekam, würde er zuschlagen.

»Halte durch, Mo«, murmelte Pid in tonlosem Flüstern.

Monica zuckte überrascht zusammen, als Shane sagte: »Ich wusste, dass du kommen würdest.«

Sie drehte sich um und sah, wie ein Mann in den kleinen Lichtkreis der Stirnlampe trat. Eine Sekunde lang dachte sie, es sei Stuart, dann wurde ihr aber klar, dass es Baker war. Er war aufgetaucht, genau wie Shane es wollte.

Als sie wieder zu Shane sah, war sie überrascht, in den Lauf einer Waffe zu blicken. Sie hatte keine Ahnung, woher sie kam, aber sie hätte es erwarten sollen.

»Ich würde sagen, es ist schön, dich wiederzusehen, Bull«, sagte Baker gedehnt, »aber das wäre gelogen.«

Shane lachte. »Gleichfalls, Arschloch. Stell dich da drüben hin«, befahl er und deutete auf eine Stelle zu seiner Linken.

»Nein.«

Das war es. Einfach nein.

Monica hielt den Atem an. Baker stand lässig da, als wäre er auf einem Spaziergang durch diese verwüstete Landschaft, die einst eine wunderschöne hawaiianische Insel gewesen war. Jetzt war es nur noch ein trostloser, deprimierender, schwarzer Felsen, soweit das Auge reichte. Nun ... soweit sie es in der Dunkelheit beurteilen konnte.

»Du solltest besser allein sein«, sagte Shane.

»Das bin ich«, sagte Baker zu ihm.

»Du warst schon immer ein verdammter Lügner«, erwiderte er humorlos. »Ich weiß, dass du nicht allein bist.«

»Schluss mit dem Scheiß, Bull. Du warst schon immer so verdammt dramatisch. Diese kleine Szene ist nichts anderes. Wenn du mich erschießen willst, erschieße mich«, sagte Baker und klang unbekümmert, als er diesen Verrückten zur Gewalt aufforderte.

»Du hast hier nicht das Sagen.«

»Und du denkst, du hast es?« Baker lachte humorlos. »Schau hinter dich, Arschloch.«

»Genau, als würde ich darauf reinfallen«, spottete Shane.

Baker streckte die Hände aus. »Ich bin unbewaffnet. Im Ernst, sieh dich um. Ich weiß nicht, wie du dir diesen kleinen Ausflug vorgestellt hast, aber ich schätze, deine Pläne wurden von diesem Lavastrom zunichtegemacht, nicht wahr?«

Monica schluckte schwer und sah an Shane vorbei, um herauszufinden, was Baker meinte. Die Lava, die zuvor noch ziemlich weit entfernt schien, hatte sie jetzt fast umzingelt. Die extrem heiße und tödliche Strömung sprudelte nicht wie bei einem explodierenden Vulkan, aber sie floss offensichtlich schneller, als sie gedacht hatte.

Als Shane sich umdrehte und einen kurzen Blick hinter sich warf, setzte Baker sich in Bewegung.

Der Mann hielt vielleicht keine Waffe in den Händen, aber das bedeutete nicht, dass er unbewaffnet war. Er führte eine schnelle, komplizierte Drehung aus und schlug Baker mit ausgestrecktem Bein eine der Pistolen aus der Hand.

Fast gleichzeitig ging die andere Waffe los.

Monica stieß einen Schrei aus. Doch bevor ihr etwas einfallen konnte, um Baker zu helfen, packte jemand sie von hinten und zog sie von den Füßen. Sie schlug um sich und kämpfte verzweifelt dagegen an, aber es nützte nichts. Wer auch immer sie hatte, ließ nicht los.

Gerade als sie den Mund öffnete, um loszuschreien, sprach eine bekannte Stimme in ihr Ohr.

»Ich bin es.«

Jeder Muskel in Monicas verkrampftem Körper entspannte sich. Stuart. Sie war noch nie in ihrem Leben so glücklich gewesen, jemanden zu sehen. Er zog sie nach hinten, weiter weg von den beiden Männern, die um die andere Waffe rangen, die sich immer noch in Shanes Hand befand.

Während sie zusah, ertönte ein weiterer Schuss, und Stuart warf sich zu Boden. Er hielt Monica immer noch fest, aber hatte jetzt ihren ganzen Körper umschlungen, um sie zu beschützen.

Ihr Herz schlug so heftig in ihrer Brust, dass es fast wehtat. Teils aus Angst, teils, weil Stuart sich erneut zwischen sie und eine Kugel geworfen hatte, genau wie in Algier.

»Geh und hilf Baker«, flehte sie und versuchte, sich aus seinen Armen zu befreien.

Aber er verstärkte nur seinen Griff. »Baker hat alles unter Kontrolle«, sagte er mit großer Zuversicht. Das Vertrauen, das Stuart seinem SEAL-Kameraden entgegenbrachte, war Monica nicht entgangen. Wenn er seinem Freund vertrauen konnte, obwohl ihr Leben buchstäblich davon abhing, dass er Shane überwältigte ... könnte sie das auch.

Sie hielt den Atem an, als die beiden Männer weiterkämpften. Seltsamerweise sprachen sie nicht. Sie machten kaum Geräusche, außer einem leisen Grunzen, als jeder der Männer seine ganze Kraft einsetzte, um den anderen zu überwältigen. Im Dunkeln war es schwer zu erkennen, wer wer war, und nach mehreren Minuten – obwohl es wahrscheinlich nur zehn bis fünfzehn Sekunden waren – hallte ein weiterer Schuss durch die beängstigend dunkle Nacht.

Monica zuckte bei dem Geräusch zusammen und sah dann um Stuart herum, der sie noch fester hielt ... Baker stand über Shane. Die Lampe war während des Kampfes von den Felsen geschlagen worden, lag in der Nähe und beleuchtete die Szene. Auf Shanes Oberschenkel breitete sich ein dunkler Fleck aus, offensichtlich von einer Schusswunde.

»Was für eine Verschwendung«, sagte Baker kopfschüttelnd.

»Fick dich!«, biss Shane heraus.

»Nein, fick dich«, erwiderte er. »Du warst einer der Besten im Team. Aber ich habe schon früh bemerkt, dass etwas nicht stimmte. Dir hat das Töten ein bisschen zu sehr gefallen. Es hat dir Spaß gemacht, Leute zu verletzen, um Informationen zu erhalten, selbst wenn sie kooperiert haben. Ich habe versucht, dir zu helfen, Mann ... aber wie immer dachtest du, du wärst schlauer als alle anderen. Heute Abend hast du nur bewiesen, wie verdammt dumm du wirklich bist. Die Frau eines SEALs zu entführen war nicht schlau, Bull. Tatsächlich war es geradezu schwachsinnig.«

»Du hast mich ruiniert.« Shane kochte. »Und ...«

Aber Baker gab ihm keine Chance, noch etwas zu sagen. »Falsch, du hast dich selbst ruiniert. Damit hatte ich nichts zu tun.«

»Geht es dir gut, Mo?«, fragte Stuart und lenkte ihre Aufmerksamkeit von Baker und Shane ab.

Sie nickte ruckartig, während sie anfing, von dem Adrenalin zu zittern, das durch ihre Adern floss.

»Dies ist noch nicht vorbei, Arschloch«, fluchte Shane. »Es ist mir egal, wie lange es dauert, wen ich bestechen muss oder wie viel es mich kostet, ich werde dich leiden lassen. Ich werde jeden töten, der dir wichtig ist. Deine SEAL-Freunde und ihre Frauen. Ich werde extra dafür bezahlen, damit sie vergewaltigt und gefoltert werden, bevor sie sterben. Du wirst dich niemals von mir befreien können. Niemals!«

Monica erschauderte bei dem geistesgestörten Ton seiner Stimme.

Zu ihrer Überraschung lockerte Stuart seine Arme um sie und stand auf. Dann entfernte er sich von ihr und ging auf Baker und Shane zu.

Sie beobachtete, wie der Mann, den sie mehr liebte, als sie jemals gedacht hätte, jemanden lieben zu können, auf Shane zuging und eine Waffe auf ihn richtete, von der sie nicht gewusst hatte, dass er sie hatte. Dann drückte er ab.

Shane schrie auf und Monica wollte wegsehen, konnte es aber nicht. Mit morbider Faszination beobachtete sie das Geschehen. Sie musste wissen, was geschah, und dass sie alle in Sicherheit waren.

Shane wand sich auf dem Boden und hielt sich sein Knie.

Jetzt hob Baker seine Hand, in der er ebenfalls eine Waffe hielt.

Diesmal war sie von dem lauten Geräusch nicht so überrascht.

Sie hatten Shane beide Kniescheiben zerschossen. Er würde auf keinen Fall so schnell wieder aufstehen. Er war praktisch außer Gefecht gesetzt, obwohl die Schüsse nicht tödlich gewesen waren.

»Funk dem Piloten«, sagte Baker zu Stuart. Dann hockte er sich mit gesenkter Stimme neben Shane. Monica konnte nicht hören, was gesagt wurde.

»Pid hier. Wir sind bereit«, sagte Stuart und kam zurück zu ihr, während er mit jemandem über sein sehr raffiniert aussehendes Headset sprach.

»Halte durch, Mo, wir sind gleich hier raus«, sagte er leise und kniete sich neben sie.

Monica nahm an, sie sollte Stuart gegenüber misstrauisch sein. Er hatte gerade auf jemanden geschossen, was eine Rücksichtslosigkeit ausdrückte, die der ihres Vaters unheimlich ähnlich war. Der Unterschied war, dass es ihrem Vater Freude gemacht hätte. Aber es war offensichtlich, dass Stuart keine Freude an dem hatte, was er getan hatte. Außerdem hätte ihr Vater nie etwas wie Stuart getan, um sie zu beschützen. Davon abgesehen hätte sie Shane gern selbst erschossen nach dem, was er gesagt hatte.

Monica wollte erleichtert sein. Baker und Stuart hatten gewonnen. Sie hatten Shane daran gehindert, ihr wehzutun, und die unmittelbare Bedrohung für andere beendet. Aber in der kurzen Zeit der Auseinandersetzung hatte sich die Hitze der herannahenden Lava verzehnfacht. Monica konnte spüren, wie ihr der Schweiß über das Gesicht lief. Stuart schwitzte auch, sah aber ansonsten ruhig aus, als stünde er jeden Tag mitten in einem Lavafeld.

»Ihr könnt mich nicht hier zurücklassen!«, schrie Shane auf.

Monica wandte die Aufmerksamkeit wieder den anderen Männern zu. Baker stand jetzt wieder.

»Warum nicht? Das hattest du für mich und Miss Collins geplant, nicht wahr?«

»Ein SEAL lässt nie ein SEAL zurück«, flehte Shane verzweifelt.

Baker schüttelte den Kopf. »Die einzigen SEALs, die ich hier sehe, sind Pid und ich. Als du zum ersten Mal dein Training gegen uns eingesetzt hast, hast du aufgehört, ein SEAL zu sein, und bist zu einem Terroristen geworden. Und diese Schreckensherrschaft hat hier und jetzt ein Ende. Du hast das letzte Mal deine Tyrannei ausgelebt. An deiner Stelle würde ich versuchen, meinen Frieden mit Gott zu schließen.«

Dann steckte er seine Waffe weg und ging auf Monica und Stuart zu.

»Ist der Hubschrauber auf dem Weg?«, fragte Baker.

Bevor Stuart antworten konnte, hörte Baker das Rotorengeräusch als Antwort auf seine Frage.

»Im Ernst, helft mir«, bettelte Shane.

»Wir müssen weg von dieser Lava«, sagte Baker ruhig und ignorierte seinen ehemaligen Teamkameraden.

Monica wurde ein wenig übel, da sie wusste, was mit ihrem Entführer passieren würde. Aber wenn man bedachte, was Shane darüber gesagt hatte, wie er Baker terrorisieren und alle töten wollte, die er kannte und liebte, einschließlich ihr und Stuart, konnte ihr der Mann nicht leidtun. Für jedes Haus, das er geplündert hatte, für jeden Mann, jede Frau und jedes Kind, das er getötet hatte, für jeden Terrorakt gegen sein Land bekam er, was er verdient hatte.

Instinktiv entfernte sie sich einen Schritt von Shane, der immer noch um sein Leben bettelte, und konnte ein leises schmerzvolles Aufstöhnen nicht unterdrücken.

»Was? Was ist los?«, fragte Stuart sofort.

»Meine Füße«, sagte Monica. »Ich habe keine Schuhe an und diese Steine tun verdammt weh.«

Noch bevor sie das letzte Wort gesprochen hatte, wurde Monica hochgehoben. Stuart hielt sie sicher in seinen Armen. Sie entspannte sich und legte ihren Kopf auf seine Schulter, während sie sich an ihn klammerte. Erstaunlicherweise spürte sie keinen Anflug von Angst in seinen Armen. Stuart würde sie nie fallen lassen. Niemals. Das wusste sie ohne Zweifel.

Er trug sie ungefähr zehn Meter von der Stelle weg, an der sie Shane liegen gelassen hatten. Er jammerte noch immer hinter ihnen. Sein Betteln verwandelte sich in Wut. Er benutzte einige Schimpfwörter, die Monica noch nie gehört hatte, und schrie Baker an, dass er im Grunde genommen ein Stück Scheiße sei. Sie starrte ihn an, als die glühende Lava immer näher kam.

Stuart wandte sich von dem Verletzten ab, damit sie nicht dabei zusehen musste, was mit ihm geschah. »Schau nicht hin«, sagte er zu ihr.

»Ich will nicht ... aber ich muss«, sagte Monica, nicht sicher, ob sie wirklich erklären konnte, warum sie so einen grauenhaften Anblick sehen musste.

»Scheiße. Ich rufe als Erstes einen Psychologen an, wenn wir nach Hause kommen«, murmelte Stuart, drehte sich aber wieder um.

Monica hätte gelacht, aber es war definitiv nicht die Zeit zum Lachen. Sie sah zurück zu Shane, der verzweifelt versuchte, von der geschmolzenen Lava wegzukriechen. Die Stirnlampe am Boden gab ihr gerade genügend Licht, um sein Ende mitzuerleben.

In der Sekunde, in der die Lava seinen Stiefel berührte, fing die Gummisohle sofort Feuer und Flammen schlugen auf.

Dann schrie Shane. Es war ein so durchdringendes und

herzzerreißendes Geräusch, dass Monica wusste, sie würde es nie vergessen.

So schnell das Geräusch begonnen hatte, so schnell hörte es auch wieder auf. Mit fasziniertem Entsetzen beobachtete sie, wie die Lava über seine Füße floss ... dann seine Waden ... dann über die Oberschenkel ...

Innerhalb weniger Sekunden war Shane »Bull« Beyer nicht mehr da. Er wurde an Ort und Stelle eingeäschert.

Monica konnte nicht anders, als an Peles Fluch zu denken. Soweit sie es beurteilen konnte, war definitiv etwas Wahres an der Sache.

Ihr Haar wehte ihr ins Gesicht und Monica stellte fest, dass ein Hubschrauber hoch über ihren Köpfen aufgetaucht war, während sie zugesehen hatte, wie ein Mann bei lebendigem Leib verbrannt wurde.

»Ich gehe zuerst hoch«, sagte Stuart zu Baker, laut genug, um die Rotorblätter des Hubschraubers zu übertönen. »Ich mache eine Schlaufe in das Seil.«

Baker nickte und streckte die Arme aus.

Stuart sah einen Moment zu Monica. »Es ist fast geschafft, Mo. Halte noch ein bisschen durch, okay?«

Sie nickte. Was konnte sie sonst tun? Ein Wutanfall würde im Moment nicht helfen, ebenso wenig wie zu weinen oder auszuflippen. Sie konnte lediglich auf ihr neu gewonnenes Vertrauen in Stuart setzen. Jetzt war nicht die Zeit, die zuvor gewonnene Offenbarung infrage zu stellen.

Stuart küsste sie fest und schnell, und übergab sie dann in Bakers Arme. Monica sah zu, wie Stuart das Seil packte, das wild im Wind des Rotors schwankte, und hinaufkletterte. Bei ihm sah es so einfach aus. Aber vom Hindernisparcours ihres Vaters wusste sie, dass es alles andere als einfach war.

»Mir geht es gut. Du kannst mich runterlassen, Baker«,

sagte sie und wandte die Aufmerksamkeit dem anderen Mann zu.

»Nein«, antwortete er nur, ohne Stuart aus den Augen zu lassen, der immer noch über ihren Köpfen am Seil hing.

Da sie keine andere Wahl hatte, als zu bleiben, wo sie war, verstärkte Monica den Griff um Bakers Nacken, während sie den Kopf nach hinten neigte und Stuarts Fortschritt verfolgte. Als er auf halbem Weg war, kam ihr der Gedanke, dass er mit Sicherheit sterben würde, wenn er herunterfiel. Einen Sturz aus dieser Höhe würde niemand überleben. Ganz zu schweigen von der Lava, die sie umgab.

»Es geht ihm gut. Er wird es schaffen«, sagte Baker. Ein weiterer SEAL, der anscheinend ihre Gedanken lesen konnte.

Monica hielt trotzdem den Atem an und war erleichtert, als Stuart die Kufen des Hubschraubers erreichte. Mit einer Hand ließ er das Seil los und griff nach der Kufe. Sie keuchte, als er das Seil ganz losließ und einen Moment lang unter dem Hubschrauber hing, bevor er seine unglaubliche Kraft nutzte, um sich hochzuziehen und dann durch die offene Tür hineinzuklettern.

»Heilige Scheiße«, hauchte sie. Sie dachte, dass es nicht laut genug war, um über den Lärm des Hubschraubers gehört zu werden, bis Bakers Lachen sie leicht erschütterte.

»Bist du bereit?«, fragte er.

Monica sah ihn skeptisch an. »Ähm ... du weißt aber, dass ich da nicht hochklettern kann, oder?«

»Ja, deshalb musst du dich nur festhalten. Pid wird dich hochziehen, sobald ich das Seil um dich gebunden habe.«

Monica war sich nicht sicher, ob ihr das besser gefiel, aber sie presste die Lippen zusammen und sah noch einmal nach oben.

Stuart hatte das Seil in den Hubschrauber gezogen und bereitete es für sie vor.

»Aufpassen«, sagte Baker und trat einen Schritt zurück.

Das Seil tauchte wieder etwa drei Meter über ihren Köpfen auf, aber diesmal war am Ende eine große Schlaufe.

Monica hörte, wie Baker mit dem Piloten sprach und ihn anwies, tiefer zu fliegen. Sobald das Seil in Reichweite war, stellte Baker sie langsam auf dem felsigen Boden ab. Es gelang ihr, ein schmerzerfülltes Zucken zurückzuhalten, als ihre bereits geschundenen und wahrscheinlich blutenden Füße den Boden berührten. Baker hielt sie mit einem Arm um ihre Hüfte fest, während er das Seil packte und es wortlos über ihren Kopf und unter ihren Armen festzog. Er legte ihre Hände an das grobe Seil und sagte: »Egal was passiert, lass nicht los, verstanden?«

Monica wollte die Augen verdrehen. Sie würde das Seil auf keinen Fall loslassen.

»Es wird nicht sehr bequem sein, aber Pid wird dich im Handumdrehen bei sich haben.«

Dann trat er zurück, machte eine kreisende Bewegung mit der Hand und Monica spürte Spannung auf dem Seil. Plötzlich hoben ihre Füße vom Boden ab und sie war in der Luft.

Sie stöhnte vor Schreck, als sich das Seil unangenehm um ihren Rücken spannte und unter ihren Armen in die Haut einschnitt. Aber sie tat ihr Bestes, nicht in Panik zu geraten. Als sie nach unten schaute, realisierte sie plötzlich, wie prekär ihre Situation war. Shanes Stirnlampe war nicht mehr zu sehen. Sie war von derselben Lava verschluckt worden, die ihn bei lebendigem Leib verbrannt hatte. Aber sie brauchte kein Licht, um zu wissen, dass Baker tief in der Scheiße steckte.

Die Lava kam ihm langsam, aber sicher immer näher. Sie schien jetzt aggressiver zu brodeln als noch bei ihrer Ankunft mit Shane. Monica war sich nicht sicher warum. Vielleicht hatte sich in der Nähe ein weiterer Spalt geöffnet.

Oder der ganze Boden unter ihnen war kurz davor aufzureißen. Sie wusste es nicht. Sie wusste nur, dass es keinen Fluchtweg für Baker gab. Er war von der tödlichen Lava umgeben. Wenn Stuart sie nicht schnell in den Hubschrauber zog und das Seil für seinen Freund herunterlassen würde, würde Baker das gleiche Schicksal erleiden wie seinen ehemaligen Teamkameraden.

Monica beschloss, nach oben zu schauen, anstatt zuzusehen, wie die Lava unweigerlich auf Baker zurollte. Der Hubschrauber erschien immer noch weit weg, aber sie wurde tatsächlich sehr schnell nach oben gezogen. Pid musste erschöpft sein, nachdem er selbst hochgeklettert war, aber sie spürte davon nichts. Jedes Mal wenn er am Seil zog, spürte sie einen heftigen Ruck.

Ehe sie sichs versah, näherte sie sich den Kufen. Gerade als sie dachte, sie würde mit dem Kopf dagegen schlagen, hielt sie an. Ihr Körper wurde durch die gewaltige Wucht der Rotorblätter hin und her geschleudert. Sie fragte sich, wie zum Teufel sie in die Kabine des Hubschraubers gelangen sollte.

Dann erlitt sie fast einen Herzinfarkt, als Stuart aus der Kabine kletterte und sich auf eine der Kufen stellte. Sie konnte keinen Sicherheitsgurt oder Ähnliches an ihm sehen. Mit einer Hand hielt er sich am Türpfosten fest, beugte sich hinunter und streckte ihr die andere Hand entgegen.

Ihre Blicke trafen sich und Monica sah nichts als Selbstvertrauen in seinem Blick. Er schien genau zu wissen, was er tat. Obwohl sie sich wer weiß wie hoch über brodelnder Lava befanden, wo sein Freund nur wenige Minuten davon entfernt war zu verbrennen, und Stuart selbst buchstäblich am seidenen Faden aus einem verdammten Hubschrauber hing, sah er ruhig und gefasst aus.

Für den Bruchteil einer Sekunde schoss Monica erneut

eine Kindheitserinnerung durch den Kopf. Sie hatte versucht, mit aller Kraft diese Wand zu erklimmen, während ihr Vater ungeduldig auf sie wartete. Als sie um Hilfe gebeten hatte, hatte ihr Vater seine Hand nach ihr ausgestreckt, genau wie Stuart es jetzt tat. Was folgte, war der schlimmste Schmerz, den sie je in ihrem Leben erlitten hatte. Selbst jetzt kribbelte ihre linke Hand wie zur Warnung.

Vertraue niemandem außer dir selbst.

Die Worte ihres Vaters hallten in ihrem Kopf wider. Monica erstarrte, als sie auf die Finger starrte, die nach ihr griffen. Dann ließ sie den Blick über seinen Arm hinaufwandern und richtete ihn wieder auf Stuarts Gesicht.

Er war nicht ihr Vater.

Er war Stuart. Ein Mann, der immer wieder bewiesen hatte, dass er ihr nicht wehtun würde, dass sie ihm vertrauen konnte. Und sie vertraute ihm – mit ihrem Leben.

Und wenn sie sich nicht sofort bewegte, würde Baker sterben. Das würde sie nicht zulassen.

Ohne nachzudenken, ließ Monica mit der rechten Hand das Seil los und langte nach oben. Innerhalb von Sekunden spürte sie Stuarts starke Finger um ihre.

»Ich habe dich!«, rief er.

Und das tat er.

Stuart zog sie hoch, als wäre es nichts. Als sie auf der Kufe kniete, manövrierte er sich zurück in die Kabine des Hubschraubers, ohne ihre Hand dabei loszulassen. Dann war sie auch drinnen, in seinen Armen. Sie hielt ihn fest und wollte nicht mehr loslassen.

Aber sie musste. Baker war noch immer in Gefahr. Sie durfte jetzt nicht an sich denken, wenn er kurz davor stand, von Lava verschluckt zu werden.

Monica zwang sich, Stuart loszulassen. Er starrte sie für den Bruchteil einer Sekunde mit einem Blick an, den sie nicht deuten konnte. Dann löste er schnell und effizient das Seil von ihrem Körper, wandte sich wieder der offenen Tür zu und ließ es herunter.

Monica rutschte weiter zurück in die Hubschrauberkabine. Sie wollte nicht im Weg sein, wenn Baker hineinklettern würde. Sie spürte, wie sich der Hubschrauber in Bewegung setzte, und geriet für eine Sekunde in Panik, weil Baker noch nicht drinnen war.

Als hätte Stuart ihre Besorgnis gespürt, drehte er sich um und rief ihr zu: »Er hängt sicher am Seil, wir müssen nur von dieser Hitze weg.«

Monica nickte und holte tief Luft. Sie war in Sicherheit. Sie alle waren in Sicherheit.

Als sie sich nicht mehr direkt über dem Lavafeld befanden, spürte sie, wie sich die Luft abkühlte. Innerhalb weniger Sekunden tauchte Bakers Kopf in der Tür auf. Er kletterte hinein und kroch auf Händen und Knien vorwärts. Er nickte Stuart zu, der die Tür schloss. Sofort sank der Geräuschpegel in der Kabine um mindestens die Hälfte. Es war immer noch zu laut, um sich zu unterhalten, aber Reden stand im Moment nicht sehr weit oben auf ihrer Wunschliste.

Sobald die Tür verriegelt war, kam Stuart zu ihr. Er ließ sich neben ihr nieder und Monica kuschelte sich sofort an ihn. Als er sie auf seinen Schoß zog, schloss sie die Augen, seufzte erleichtert und jeder Muskel in ihrem Körper entspannte sich. Sie war jetzt sicher. Stuart hatte sie.

KAPITEL NEUNZEHN

Der Rückflug nach Oahu verging schnell. Pid konnte Monica nicht einmal lange genug loslassen, um sich zu vergewissern, dass sie unverletzt war. Er hatte keine Ahnung, was Bull ihr in der Zeit angetan hatte, in der er mit ihr allein gewesen war. Allein bei dem Gedanken daran, dass er sie berührt haben könnte, wollte Pid zurückgehen und ihn noch einmal töten.

Es half, dass er einen qualvollen Tod gestorben war, aber für Pids Seelenfrieden war es ein bisschen zu schnell gegangen. Zumindest musste sich niemand mehr Sorgen machen, dass er noch einmal auftauchen könnte. Es würde viele Besprechungen für ihn und Baker geben, um die Geschehnisse zu erklären. Im Moment interessierte ihn aber nur, dass Monica lebte und in seinen Armen lag.

Es war nicht leicht gewesen, sie in den Hubschrauber zu bekommen. Pid wusste, dass die Situation mit seiner ausgestreckten Hand sie möglicherweise wieder an ihren Vater erinnern würde. Aber er hatte keine andere Wahl gehabt. Und obwohl er die Panik und die Rückblende in ihren Augen gesehen hatte, war er stolz auf sie gewesen, als sie ihre Angst überwunden und nach seiner Hand gegriffen hatte.

Pid spürte eine Berührung an seinem Bein und drehte sich um. Baker deutete auf den Boden und zeigte dann mit einem Finger nach oben. Er hatte sich nicht die Mühe gemacht, ein Headset aufzusetzen, da es ihm wichtiger war, Monica zu halten, als mit dem Piloten oder seinem Freund zu kommunizieren.

Pid nickte, um ihm zu zeigen, dass er verstanden hatte. Dann schlang er seine Arme fester um Mo. Sie war auf seinem Schoß zusammengesackt, nachdem er sie in die Arme genommen hatte. Er hatte eine kurze Panikattacke gehabt, als er dachte, sie sei ohnmächtig geworden. Als er erleichtert feststellte, dass er sich geirrt hatte, hielt Pid sie einfach fest.

Bei der Landung ging ein leichter Ruck durch die Kabine, bevor der Pilot den Motor abschaltete.

Monica hob den Kopf und starrte ihn an. »Ist es vorbei?«

»Ja.«

Die Tür zum Hubschrauber wurde geöffnet und Pid war nicht überrascht, Mustang und Slate draußen stehen zu sehen. Hinter ihnen standen Midas, Aleck und Jag.

»Geht es ihr gut?«, fragte Mustang mit deutlich gestresster Stimme.

»Ich bin mir nicht sicher«, antwortete Pid. Gleichzeitig sagte Monica: »Ja.«

Sie versuchte, von seinem Schoß aufzustehen, aber Pid konnte sie noch nicht loslassen. Nicht nach dem Schreck, den er gerade erlebt hatte. »Ganz ruhig, Mo. Ich habe dich.«

Zu seiner Erleichterung entspannte sie sich sofort an ihm.

Mustang sprang in die Kabine und griff unter einen seiner Arme, während Baker den anderen packte. Mit ihrer Hilfe stand Pid auf, ohne Monica loslassen zu müssen. Als er an der Tür ankam, halfen Slate und Aleck ihm mit Mo in seinen Armen beim Aussteigen.

Als Pids Füße wieder auf festem Boden standen, war er überrascht, sich auf seinem Grundstück wiederzufinden. Der Pilot hatte sie direkt zu ihm nach Hause gebracht.

Pid drehte sich um und sah Baker in die Augen. »Danke.«

Baker nickte.

Pid wollte gehen, aber Monica hielt ihn auf. »Warte!«

Er blieb sofort stehen.

»Baker?«, sagte sie zögernd.

»Ja, Liebes?«, erwiderte Baker.

»Es tut mir leid wegen deines Freundes.«

»Er war nicht mein Freund«, sagte er mit leiser und rauer Stimme. »Keiner meiner Freunde würde jemals tun, was er getan hat. Er hat bekommen, was er verdient hat. Denke nicht eine Sekunde anders darüber.«

»Es tut mir trotzdem leid.«

»Ich weiß, weil du ein guter Mensch bist, Mo.« Baker drehte sich um, um wieder in den Helikopter zu steigen, als Monica erneut nach ihm rief.

»Baker?«

Er seufzte gespielt genervt, als er sich wieder umdrehte und sie amüsiert ansah. »Was?«

»Ich bin froh, dass ich es war und nicht Jody«, sagte sie leise.

Baker schluckte schwer. Dann fixierte er Monicas Blick mit seinem und ging auf sie zu.

Pid erwartete, dass sie sich anspannen würde, besonders wenn man Bakers Gesichtsausdruck betrachtete, aber sie zuckte nicht einmal zusammen, als der Mann vor ihnen stehen blieb.

Er hob eine Hand und legte sie auf ihre Wange. Dann beugte er sich vor, küsste sie auf den Kopf und starrte sie dann einen Moment lang an, bevor er sich umdrehte und wortlos zum Helikopter zurückkehrte.

Die anderen SEALs traten zurück, als der Pilot den Hubschrauber startete. Pid war sich sicher, dass seine Nachbarn sauer sein würden, da es verdammt spät war – oder früh, je nachdem, wie man es betrachtete –, aber im Moment war es ihm egal.

Ohne zu warten, bis der Helikopter abhob, machte er sich auf den Weg zu seinem Haus. Er musste sich Monicas Füße ansehen. Sie hatte zu weit auf den scharfkantigen Lavafelsen gehen müssen. Er wollte dafür sorgen, dass die Wunden gereinigt und desinfiziert wurden.

Er stieß seine Haustür auf und war nicht überrascht, dass seine Teamkameraden die Glasscherben aufgefegt hatten. Sie hatten auch die Terrassentür mit Brettern vernagelt und er bezweifelte nicht, dass sie für morgen bereits jemanden organisiert hatten, der das Glas ersetzte.

Er setzte Monica auf seinen Küchentisch und nahm ihr Gesicht zwischen seine Hände. Er starrte sie einen Moment lang an und ließ die Tatsache sacken, dass sie wieder hier in seinem Haus in Sicherheit war.

»Mir geht es gut«, bestätigte sie und packte seine Handgelenke.

Pid konnte nicht sprechen, er hatte einen Kloß im Hals.

»Pid?«, fragte Aleck neben ihm. »Wo ist sie verletzt?«

Er schluckte schwer und fand seine Stimme wieder. »An den Füßen. Der Mistkerl hat sie ohne Schuhe über die Lavafelsen gehen lassen.« Er wollte nachsehen, aber Pid konnte sie einfach nicht loslassen. In einer Endlosschleife ging ihm durch den Kopf, was alles hätte passieren können.

Aleck schien zu wissen, wie er sich fühlte, und schob ihn sanft zur Seite.

Pid nahm Monicas linke Hand und hielt sie fest, als

Aleck sich hinkniete und einen Fuß in seine Hand nahm. Er untersuchte beide Füße, dann stand er auf.

»Sie hat einige Schnittwunden und Kratzer, aber nichts Schlimmeres. Ich denke, ein langes, heißes Bad wird ihr guttun. Hast du noch irgendwo Schmerzen?«, fragte er Monica.

»Nein, nur meine Füße.«

»Jetzt ist nicht die Zeit, die Heldin zu spielen«, tadelte Pid sanft. »Was auch immer er dir angetan hat, wir werden uns darum kümmern.«

Monica streckte die Hand aus und berührte Pids Gesicht. Er spürte, wie sie seine Seele berührte. »Es geht mir gut. Er hat mich nicht verletzt. Ich meine, er hat mich ein paarmal geschlagen, aber die meiste Zeit der Bootsfahrt zu der Insel war ich bewusstlos. Er hatte mich unter Drogen gesetzt, was wahrscheinlich gut war, denn angesichts der rauen See hätte ich mir wahrscheinlich die Eingeweide ausgekotzt«, sagte sie. »Er hat in der Nähe des Treffpunkts an der Küste angelegt und mich die meiste Zeit getragen. Dann haben wir nur darauf gewartet, dass ihr auftaucht.«

Pid schloss erleichtert die Augen. Es hätte ihn umgebracht zu wissen, dass Bull Hand an sie gelegt hatte, aber es hätte nichts an seinen Gefühlen für sie geändert, nicht im Geringsten.

»Wenn du sicher bist, dass es dir gut geht, gehen wir jetzt«, sagte Mustang. »Solltest du etwas brauchen, musst du nur fragen. Ich bin mir sicher, El wird morgen nach euch sehen wollen.«

»Das Gleiche gilt für Lexie«, sagte Midas.

»Und Kenna«, fügte Aleck hinzu.

»Es würde mich nicht wundern, wenn Ashlyn auch herkommt«, warf Slate ein.

Pid war dankbar für die Unterstützung, aber er wollte nicht, dass Monica so kurz nach dem, was passiert war, die anderen Frauen unterhalten musste. Er öffnete den Mund, um es ihnen zu sagen, aber Monica kam ihm zuvor.

»Das weiß ich sehr zu schätzen und ich werde ihnen morgen eine SMS schreiben, aber vielleicht ... wären sie beleidigt, wenn ich um einen Tag Pause bitte, bevor sie vorbeikommen?«, fragte Monica. »Ich glaube, Stuart braucht eine Auszeit.«

Pid zuckte überrascht zusammen. Seine Freunde grinsten.

»Kein Problem. Aber wenn Elodie gestresst ist, kocht sie. Würde es euch etwas ausmachen, wenn wir etwas abgeben?«, fragte Mustang.

»Natürlich nicht.«

»Lexie wird nicht beleidigt sein, solange du ihr schreibst«, sagte Midas zu ihr.

»Und solange ihr dieses Wochenende zur Hochzeit kommt, wird es Kenna gut gehen«, ergänzte Aleck. »Ihr kommt doch, oder?«

»Das würden wir auf keinen Fall verpassen«, antwortete Monica.

Pid wusste, dass er es sein sollte, der seine Freunde beruhigte, aber er war im Moment nicht in der Lage dazu. Er hätte Mo fast verloren, bevor er sie wirklich hatte. Monica hatte recht – er brauchte etwas Zeit.

»Ich nehme an, Huttner wird so schnell wie möglich mit euch beiden sprechen wollen«, stellte Mustang fest. »Aber ich werde sehen, ob ich euch eine kurze Verschnaufpause verschaffen kann. Vielleicht muss Pid morgen Nachmittag zum Stützpunkt kommen, um sich mit ihm zu unterhalten.«

Stuart nickte. Er mochte es nicht, aber er wusste, dass er mit seinem Kommandanten reden musste. Baker würde sich mit Sicherheit mit Huttner in Verbindung setzen und ihn wissen lassen, was mit Bull passiert ist, aber sowohl er als auch Monica würden ihren Bericht über die Geschehnisse abgeben müssen. Nicht zuletzt, um Baker zu beschützen.

»Schön, dass es euch gut geht«, sagte Slate und drückte Pids Schulter, bevor er zur Tür ging.

»Ich stimme zu«, sagte Aleck. »Aber ich bin nicht überrascht. Deine Frau ist hart wie Stahl.«

Seine Teamkameraden stimmten Alecks Kommentar zu, bevor sie aufbrachen und Pid schließlich mit Monica allein ließen.

Er schob seine Arme unter sie und trug sie in Richtung ihres Schlafzimmers. Er legte sie auf ihr Bett und sagte: »Bleib.«

Sie lächelte und ihre Grübchen zwangen ihn fast in die Knie. Er hatte so knapp davor gestanden, sie nie wiederzusehen.

»Was bin ich, ein Hund?«

»Nein«, sagte Pid ernst. »Du gehörst mir.«

Dann drehte er sich um, bevor er mit etwas herausplatzte, das sie verunsichern könnte, und ging in Richtung Badezimmer. Als er mit einer Schüssel mit warmer Seifenlauge und einem Waschlappen in ihr Zimmer zurückkehrte, stand sie an der Kommode und hatte sich umgezogen.

Er wollte sie schelten, weil sie auf ihren verletzten Füßen stand, aber er konnte nicht. Nicht, als er sah, dass sie eines seiner T-Shirts angezogen hatte ... und sofern er es beurteilen konnte, nichts weiter.

»Ich hoffe, es macht dir nichts aus. Ich habe das neulich irgendwie gestohlen, als ich die Wäsche gemacht habe. In deinen T-Shirts kann ich bequemer schlafen als in dem Pyjama, den ich gekauft habe.«

Pid räusperte sich, bevor er sagte: »Das macht mir nichts aus. Du kannst so viele Sachen von mit stehlen, wie du möchtest.«

Sie lächelte ihn wieder an. »Ich bin mir nicht sicher, ob mir etwas anderes passen würde.«

Pid stellte die Schüssel auf den Boden und streckte die Hand aus. Sie nahm sie, ohne zu zögern, und einmal mehr schmolz sein Herz dahin. Er drängte sie, sich auf das Bett zu setzen. Als sie sich niedergelassen hatte, säuberte er sanft ihre Füße.

Aleck hatte recht gehabt, sie hatte Gott sei Dank keine tiefen Schnitte. Sie hatte Glück gehabt – sehr viel Glück. Wenn sie vor Bull weggelaufen wäre oder eine längere Strecke auf dem scharfen Lavagestein hätte gehen müssen, wäre es eine andere Geschichte gewesen.

Er trocknete ihre Füße ab und blieb vor ihr knien.

»Stuart?«, fragte sie ein wenig unsicher.

»Du hast es da draußen gut gemacht«, platzte er heraus. »Wir hatten keine Zeit, wirklich zu erklären, was vor sich ging, aber du bist nicht in Panik geraten. Nicht einmal an dem Seil unter dem Hubschrauber.«

Mit ihren nächsten Worten haute sie ihn um. »Ich hatte Angst, aber ich wusste, du würdest niemals zulassen, dass mir etwas passiert. Ich habe darauf vertraut, dass du mich finden und da rausholen wirst.«

»Du hast mir vertraut?«, krächzte Pid.

»Ja, ich gebe zu, dass ich für eine Sekunde wieder an meine Vergangenheit denken musste, als ich wie ein Fisch am Ende der Leine an diesem Seil hing und du deine Hand nach mir ausgestreckt hast. Aber dann wurde mir klar, wo ich war und wessen Hand nach mir griff. Du hast mir gesagt, dass ich dir vertrauen muss, bevor wir unsere Beziehung physisch vertiefen können. Ich hätte nicht gedacht, dass das möglich ist ... aber als es hart auf hart kam, wurde mir klar, dass ich dir bereits eine Weile vertraue.«

»Mo«, sagte Pid mit ehrfürchtiger Stimme.

»Du bist ein guter Mann, Stuart«, sagte Monica. »Und du

bist nicht wie mein Vater oder seine Militärfreunde, mit denen ich aufgewachsen bin. Ich vertraue dir zu hundert Prozent.«

Pid stand auf und kletterte langsam zu ihr auf das Bett. Sie rutschte rückwärts und seufzte, als er seine Arme um sie legte und sich zurücklehnte.

Sie kuschelte sich sofort an ihn und Pid konnte sich nicht erinnern, jemals so zufrieden gewesen zu sein wie in diesem Moment. Sie lagen sich lange einfach so in den Armen, bevor sie etwas gegen seine Brust murmelte. »Bleiben?«

Selbst einhundert wilde Pferde hätten sie ihm nicht entreißen können. Er nickte und küsste sie auf die Schläfe.

»Stuart?«

»Ja, Mo?«

»Ich glaube, ich bin im Moment zu müde ... aber ich erwarte, dass du morgen meinen Fantasien gerecht wirst. Weißt du ... jetzt, wo ich dir vertraue und so.«

Pid lachte. Er konnte nicht anders. »Es gibt keine Eile.«

Monica stützte sich auf einen Ellbogen. »Falsch. Ich will dich, Stuart. Und du hast es versprochen.«

Er mochte diese fordernde Seite an ihr.

»Es sei denn, du hast deine Meinung geändert«, sagte sie ein wenig unsicher.

Als Antwort drückte Pid sie aufs Bett und bedeckte ihre Lippen mit seinen. Er war ein wenig aggressiv, aber er konnte nicht anders. Er hasste es, dass Monica auch nur eine Sekunde an seinen Gefühlen zweifelte.

Nachdem sie sich mehrere Minuten geküsst hatten, zog er sich gerade so weit zurück, dass sie beide atmen konnten. Seine Nase streifte ihre, als er sagte: »Ich liebe dich, Monica Collins. Ich hatte nicht gemerkt, wie sehr, bis du mir fast genommen wurdest. Ich möchte, dass du bei mir bleibst, hier in Hawaii. Du kannst die Stelle bei Head Start annehmen, von der wir beide wissen, dass Sylvia sie dir anbieten wird. Und dann werden wir heiraten und so viele Kinder haben, wie du willst.«

Sie lächelte. »Ach ja?«

»Ja.«

»Okay.«

»Okay?«, fragte er, wohl wissend, dass er ein wenig über die Stränge geschlagen hatte.

»Mhm.«

Er wartete eine Sekunde, dann fügte er hinzu: »Und wir machen dieses Zimmer zu unserem Schlafzimmer, weil es den Schutzraum hat. Auch wenn es kleiner ist, wir brauchen kein großes Bett ... nicht, wenn du jede Nacht so dicht bei mir schläfst wie jetzt.«

Sie kicherte. »Vielleicht wirst du mit dieser Entscheidung noch warten wollen. Ich könnte eine unruhige Schläferin sein, die sich herumwälzt und dich tritt. Ein großes Doppelbett könnte die bessere Wahl sein.«

»Niemals«, schwor er.

»Das ist seltsam«, überlegte sie. »Wir reden über Ehe und Kinder, obwohl wir noch nicht einmal eine Nacht im selben Bett geschlafen haben.«

»In Ordnung, morgen früh, nachdem wir miteinander geschlafen haben, werde ich es noch einmal ansprechen.«

Monica lachte. Dann sagte sie nüchtern: »Bist du sicher, dass es dir nichts ausmachen würde, dieses Zimmer zum Hauptschlafzimmer zu machen?«

»Ich hätte es nicht vorgeschlagen, wenn es mir etwas ausmachen würde«, versicherte Pid ihr.

»Ich habe es nicht rechtzeitig geschafft ... als er auftauchte«, sagte Monica leise.

Er hasste es, dass sie immer noch an dieses Arschloch dachte, aber er wusste, dass es sie noch eine Weile verfolgen würde. Pid legte ihren Kopf an seinen Hals und fuhr mit seinen Fingern durch ihr seidiges Haar. Er wusste nicht, was er sagen sollte, damit sie sich besser fühlte, also sagte er nichts und hielt sie nur fest.

Er spürte, wie sie seufzte, dann hob sie den Kopf. »Mir geht es gut«, erklärte sie entschlossen. »Er kann niemanden mehr verletzen.«

»Nein, kann er nicht.«

Monica senkte den Kopf wieder und strich mit der linken Hand über seine Brust. Dann hielt sie sie hoch und sah sie an. »Früher habe ich diese Hand gehasst«, sagte sie. »Ich fand sie scheußlich und der Anblick erinnerte mich an den Schmerz, den ich durchlebt habe, als sie zertrümmert wurde. Jedes Mal wenn ich sie sah, musste ich an meinen Vater und daran denken, was er getan und mir beigebracht hat. Aber weißt du was?«

»Was, Liebling?«

»Es ist nur eine Hand.«

Pid griff danach und küsste sie auf die Handfläche, bevor er sie an sein Herz drückte. »Es ist deine Hand und das macht sie schön.«

Er spürte, wie sie an seiner Brust lachte, und er lächelte.

»Ich liebe dich, Stuart. Das zu sagen erschreckt mich, aber ich weiß, dass ich dir nicht vertrauen würde, wenn ich dich nicht auch lieben würde. Und ich würde dich nicht lieben, wenn ich dir nicht vertraute. Für mich gehen diese Dinge Hand in Hand. Ich wollte nur ... ich wollte, dass du das weißt.«

Pid dachte, ihm würde das Herz aus der Brust springen. »Ich liebe dich auch. Morgen, wenn wir beide ausgeruht sind und das, was heute Abend passiert ist, nicht mehr so frisch ist, werde ich dir zeigen, wie sehr.«

»Vielleicht zeige ich es dir«, konterte sie.

Pid liebte diese lebhafte Seite an Monica. Er hatte bisher

nicht viel davon gesehen. »Abgemacht«, sagte er. »Und jetzt schlaf.«

»Das Licht ist noch an«, sagte sie.

»Ja.«

»Wird es dich nicht stören?«, fragte sie.

»Nein. Dich?«

»Nein, alles in Ordnung. Nach allem, was passiert ist, ist es gut so. Zumindest für heute Nacht.«

Pid nahm sich vor, sofort ein Nachtlicht zu besorgen. Vielleicht würde er Mustang eine SMS schreiben und ihn bitten, eines zu kaufen und mitzubringen, wenn er und Elodie das Essen vorbeibrachten, das sie für sie zubereiten würde.

Er hörte Monica seufzen und spürte, wie sie noch mehr mit ihm verschmolz.

Er dachte, er würde noch lange wach liegen und alles, was passiert war, noch einmal durchdenken. Aber sobald er ihre tiefen Atemzüge hörte und ihren warmen Atem an seinem Hals spürte, entspannte Pid sich und fiel in einen tiefen, heilenden Schlaf.

KAPITEL ZWANZIG

Monica wachte langsam auf und fühlte sich so gut wie seit langer Zeit nicht mehr. Erst als sie spürte, wie jemand ihren Oberschenkel streichelte, merkte sie, dass sie nicht allein war, und die Erinnerung an den letzten Abend kam schnell zurück.

Shane, das Boot, Baker taucht auf, Shane wird von der Lava lebendig verbrannt, Stuart, der Hubschrauber, Stuarts Hand, die nach ihr griff.

Er sagte, dass er sie liebte, und Monica hatte es erwidert.

Sie öffnete die Augen und sah auf die Uhr. Es war fast elf. So lange schlief sie sonst nie, andererseits war sie erst bei Tagesanbruch eingeschlafen.

»Guten Morgen«, sagte Stuart mit tiefer, grollender Stimme.

»Morgen«, entgegnete Monica und streckte sich versuchsweise. Ja, sie fühlte sich überraschend gut, wenn man bedachte, was passiert war. Sie stieß gegen Stuarts Hand und spürte seine Fingerspitzen auf der empfindlichen Haut der Innenseite ihres Oberschenkels.

»Fühlst du dich gut? Wie geht es deinen Füßen?«

Es war schwer, eine Bestandsaufnahme ihres Körpers zu machen, wenn Stuart sie auf diese Weise berührte, aber sie versuchte, sich zu konzentrieren. Sie war ein bisschen wund, aber ihre Füße fühlten sich gut an. »Mir geht es großartig«, erklärte sie ihm. »Und solange ich hier liege, fühlen sich meine Füße gut an. Frag mich noch einmal, wenn ich aufgestanden bin.«

Er nickte und bewegte seine Hand zwischen ihre Beine. Er berührte sie fast dort, wo sie ihn am meisten wollte.

»Stuart?«

»Hmmmm?«, murmelte er.

Als er sie mit seinen Fingern neckte und mit dem Daumen über ihren Oberschenkel strich, räkelte Monica sich ungeduldig. »Wirst du mich jetzt anfassen oder was?«

Er hob den Blick und traf ihren. »Willst du das?«

»Ja.« Ihre Antwort war kurz und bündig.

»Ich liebe dich«, sagte er und fixierte sie mit seinem Blick.

»Ich liebe dich auch«, sagte sie zu ihm. Die Worte kamen ihr, ohne zu zögern, über die Lippen.

Das kleine Lächeln, das über sein Gesicht huschte, war die ganze Angst wert gewesen, die sie in letzter Zeit durchgemacht hatte. Ihre Welt hatte sich auf eine Weise verändert, die sie nie hätte vorhersagen können. Aber sie würde nichts an dem ändern, was mit ihr passiert war, denn es hatte sie genau hierher zu Stuart geführt.

Ohne den Augenkontakt zu unterbrechen, bewegte er seine Hand schließlich dorthin, wo sie ihn haben wollte. Mit den Fingerspitzen strich er leicht über ihre Muschi, aber durch ihre Unterwäsche konnte sie ihn nicht richtig spüren.

Wortlos griff sie nach unten und zog ihren Slip herunter. Dann hob sie ihren Hintern und versuchte, sich von dem Stückchen Stoff zu befreien. Stuart war keine Hilfe. Er sah nur zu, wie sie sich abmühte, ihre Unterwäsche auszuziehen.

»Etwas Hilfe?«, fragte sie.

Er schob ihre Hände zur Seite und zog ganz langsam das Höschen an ihren Beinen herunter, ohne den Blick von ihrem abzuwenden. Es war verblüffend verführerisch. Als sie ihren Slip ausgezogen hatte, war Stuarts Hand wieder zwischen ihren Beinen.

Das T-Shirt war ihr bis zur Taille hochgerutscht und sie war nackt und offen und bereit für seine Finger. Langsam bewegte er sich über ihren Körper, bis er zwischen ihren Beinen lag. Sein Blick war jetzt nicht mehr auf ihr Gesicht gerichtet, er war vollkommen konzentriert auf ihre Muschi.

Aus irgendeinem Grund hatte Monica gedacht, Stuart würde besonders beim ersten Mal, wenn sie sich liebten, sanft sein. Sie hatte nicht damit gerechnet, dass er sie mit dem Mund verwöhnen würde, aber sie würde sich definitiv nicht beschweren.

Als er ihre Schenkel packte und sie grob auseinanderzog, konnte Monica nicht anders, als nach Luft zu schnappen.

Das erregte seine Aufmerksamkeit. Für einen Moment drückte er mit seinen Fingern auf ihre nackten Oberschenkel, bevor sie sah, wie sich sein Kiefer verkrampfte. »Tut mir leid«, murmelte er und strich mit seinen Daumen wie zur Entschuldigung über ihre empfindliche Haut.

»Du hast mich nur überrascht«, sagte sie.

Stuart holte tief Luft und sagte dann: »Ich bin so erregt, ich bin mir nicht sicher, wie sanft ich sein kann.«

Bei jedem anderen Mann hätte Monica sich zurückgezogen und versucht, die Dinge zu verlangsamen. Aber dies war Stuart – und sie vertraute ihm. Es war ein berauschendes Gefühl. Sie griff nach unten und fuhr mit den

Fingern durch sein Haar. »Du musst nicht sanft sein. Ich werde nicht zerbrechen.«

Als wären ihre Worte alles, was er hören musste, festigte er seinen Griff um ihre Oberschenkel erneut und rutschte ein wenig nach vorn, bis sein Mund direkt auf ihrer feuchten Spalte lag. »Wenn es dir zu viel wird, musst du es mir nur sagen«, sagte Stuart.

Monica nickte und öffnete den Mund, um ihm zu sagen, dass sie ihm vertraute, aber sie hatte keine Gelegenheit mehr dazu. Alles, was herauskam, war ein Stöhnen, weil er den Kopf gesenkt hatte und sie wie ein Vier-Gänge-Menü verschlang. Er war gierig.

Mit seinen Daumen spreizte er ihre Schamlippen und fuhr fort, sie in den Wahnsinn zu treiben. Er war grob und rasend, aber sie spürte jeden einzelnen Zungenschlag bis in ihre Zehen. Als er seine Lippen auf ihre Klitoris legte und daran saugte, wäre sie fast vom Bett gefallen.

»Stuart!«, stöhnte sie und klammerte sich an seinem Haar fest. Sie spürte, wie er an ihrer empfindlichen Haut lächelte, aber er hörte nicht auf. Mit den Händen strich er über ihre Schenkel, während er sich an ihr labte. Das war das einzige Wort, das Monica finden konnte, um zu beschreiben, wie enthusiastisch und energisch er sie leckte.

Es dauerte nicht lange, bis sie spürte, wie ein Orgasmus in ihr aufstieg. Aber dann nahm er seinen Mund von ihrer Klitoris, um ihre Muschi mit der Zunge zu öffnen. Es fühlte sich gut an, aber sie war trotzdem enttäuscht. Sie stöhnte. »Ich war so kurz davor«, beschwerte sie sich atemlos.

»Ich weiß«, sagte Stuart und sie hörte den Humor in seiner Stimme.

»Stuart«, beschwerte sie sich.

»Geduld«, sagte er und sein warmer Atem auf ihrer Haut, die nicht oft das Sonnenlicht erblickte, ließ sie erschaudern. »Ich werde dich zum Höhepunkt bringen, Mo.

Ich kann es kaum erwarten, dich in meinen Armen explodieren zu sehen.«

Er bewegte seine Hand und strich mit den Fingerspitzen über ihre Klitoris. Selbst bei dieser leichten Berührung zuckte sie zusammen.

»So empfindlich«, murmelte er. Dann glitt er mit dem Finger nach unten, aber anstatt ihn sanft in sie hineinzuschieben, stieß er schnell zu.

Monica konnte den Schauer, der ihren Körper durchfuhr, nicht aufhalten und verkrampfte sich um seinen Finger.

»Scheiße, ja, genau so«, sagte Stuart. Dann fuhr er fort, sie mit diesem einen Finger zu penetrieren. Es fühlte sich gut an, war aber bei Weitem nicht genug.

»Mehr«, flehte Monica.

Dieses Mal gab er ihr, wonach sie verlangte, und schob einen weiteren Finger in sie hinein. Monica hob die Hüften, um seiner Hand entgegenzukommen, und sie konnte hören, wie feucht sie war, als seine Finger in ihren Körper glitten.

Dann hielt er inne, mit seinen Fingern in ihr. Monica wand sich und wollte mehr. Aber Stuart schien besser zu wissen, was sie brauchte. Er beugte sich hinunter und legte seinen Mund wieder auf ihre Klitoris.

Auch hier fing er nicht sanft an, sondern saugte fest. Monica krümmte sich, aber mit seiner freien Hand hielt er sie fest, als er sie sehr schnell bis kurz vor den Orgasmus brachte.

»Ich bin kurz davor!«, keuchte sie, nicht sicher, warum sie es ihm sagte. Er musste es merken. Ihre Beine zitterten und es fühlte sich an, als würde sich jeder Muskel ihres Körpers anspannen, als sie sich dem Höhepunkt näherte.

Stuart antwortete nicht, aber sie spürte, wie sich die Finger in ihr bewegten. Das war das Intimste, was sie je mit einem Mann erlebt hatte. Aber anstatt sich unwohl zu fühlen, fühlte sie sich ... frei. Sie konnte sich gehen lassen und musste sich keine Gedanken darüber machen, wie sie aussah, wie sie klang, was Stuart von ihr halten würde ...

In dem Moment, in dem ihr dieser Gedanke durch den Kopf ging, kam Monica. Sie krümmte sich unter ihm und hob ihren Hintern von der Matratze. Sie fühlte sich, als würde sie explodieren.

Sie zitterte noch von ihrem Orgasmus, als Stuart den Kopf hob, seine Finger löste und auf Händen und Knien auf sie zukroch. Er trug eine Jogginghose. Irgendwann, bevor sie aufgewacht war, musste er sich umgezogen haben. Er schob das Gummiband über seine unglaublich harte Erektion, während er sich zum Nachttisch neben dem Bett beugte. Gerade als Monica aufgehört hatte, von dem intensivsten Orgasmus, den sie je hatte, zu zittern, rollte Stuart ein Kondom über seinen Schwanz und griff nach ihr.

Wieder einmal erwartete sie, dass er sanft wäre, da es ihr erstes Mal war. Aber er war alles andere als das, als er sich mit einer Hand abstützte, ihre Schenkel wieder auseinanderschob und dann seinen Schwanz zwischen ihre Beine führte.

Sie war immer noch extrem empfindlich und öffnete ihre Beine weiter, um ihn in sich aufzunehmen.

Mit einem langen Stoß vergrub Stuart sich in ihr.

Sie registrierte einen kurzen Anflug von Schmerz, bevor er sich in intensives Vergnügen verwandelte.

Stuart grunzte und stützte sich mit der anderen Hand neben ihrer Schulter ab. Er ragte über ihr auf, seine Augen waren fast schwarz, so sehr waren seine Pupillen vor Lust geweitet.

»Heilige Scheiße«, hauchte er, bevor er sich zurückzog und wieder in sie hineinstieß.

Es war nicht besonders romantisch, aber Monica lächelte ihn trotzdem an.

»Scheiße, diese Grübchen werden mich noch umbringen«, sagte Stuart zu ihr.

Ihr Lächeln wurde breiter.

Er begann, fester zuzustoßen, wobei sich jeder Stoß besser anfühlte als der letzte, und ihre Brüste hüpften bei jedem Aufprall auf und ab. Sie war klatschnass von ihrem Orgasmus und er schien sie vollkommen auszufüllen.

»Du. Fühlst. Dich. So. Gut. An«, sagte er im Rhythmus seiner Stöße.

»Du auch«, versicherte sie ihm, packte seinen Bizeps und grub ihre Fingernägel in seine Haut, während er sie fickte. Monica schloss die Augen, als das Gefühl sie fast überwältigte.

»Nein. Nicht. Sieh mich an«, befahl Stuart.

Monica hätte nie gedacht, dass er so sein könnte. So herrisch und anspruchsvoll. In der Vergangenheit war er nur sanft und geduldig gewesen. Aber es gefiel ihr. Es gefiel ihr sehr. Sie öffnete die Augen und starrte in das Gesicht des Mannes, den sie liebte, während er sie um den Verstand fickte.

Zu jeder anderen Zeit wären ihr die Geräusche ihres Sexes peinlich gewesen, aber er gab ihr ein so gutes Gefühl, dass es ihr egal war. Er hatte immer noch sein T-Shirt an und die Jogginghose in den Knien, und sie trug immer noch sein T-Shirt. Es war nicht das langsame und sanfte Liebesspiel, von dem sie gedacht hatte, dass sie es wollte. Es war intensiv und überwältigend und hektisch ... und es war der beste Sex, den sie je hatte. Sie spannte ihre inneren Muskeln an und wurde mit einem Stöhnen belohnt.

Er rutschte über sie, kniete sich vor sie, legte eine Hand unter ihren Hintern und drückte sie fest an sich, während er noch schneller und härter zustieß. Monica keuchte, als er zwischen sie griff und mit dem Daumen über ihre Klitoris strich.

Wieder fragte er nicht, ob das in Ordnung sei, und er war nicht sanft mit ihrer Klitoris. Er nahm sie genau so, wie er es wollte, und es fühlte sich unglaublich an.

Ein weiterer Orgasmus stieg schnell in ihr auf und sie explodierte ohne Vorwarnung. Sie zitterte, als sich ihre Muschi um ihn verkrampfte.

»Verdammt, du bist so eng!«, zischte er zwischen zusammengebissenen Zähnen, während er sie weiter fickte. Und Monica konnte nur durchhalten. Wenn sie es nicht tat, würde sie auseinanderbrechen und davonfliegen.

Stuarts Stöße waren fast rasend, und er richtete die Aufmerksamkeit wieder auf ihre Klitoris. Es war zu viel, sie war zu empfindlich – aber es war unglaublich und sie fühlte, wie ein weiterer kleiner Orgasmus durch ihren Körper fuhr.

Schließlich grunzte Stuart, als er so tief wie möglich in sie eindrang, sie mit beiden Händen unter ihrem Hintern an sich zog und lange und leise stöhnte.

Monica konnte fühlen, wie sein Schwanz in ihr zuckte, als er kam. Sie hatte noch nie etwas so Schönes gesehen wie seinen Gesichtsausdruck in diesem Moment. Wenn sie es nicht besser wüsste, würde sie glauben, dass er Schmerzen hatte. Aber während sie zusah, entspannten sich seine Gesichtszüge allmählich und verwandelten sich in ein zufriedenes Lächeln.

Sie stieß ein leises Kreischen aus, als er seine Hände von ihrem Hintern nahm und sich schnell über ihr abstützte, um sie nicht unter seinem Gewicht zu zerquetschen.

Sie fühlte sich von ihm umgeben. Er war immer noch in ihrem Körper und sie konnte ihn auf keinen Fall gehen lassen. Aber Monica hatte keine Angst. Sie war nicht im Geringsten besorgt. Sie liebte es, ihn genau dort zu haben, wo er war. Sie fühlte sich beschützt.

»Verdammt, Frau«, sagte Stuart, als er sich langsam zur Seite rollte und sie mitnahm.

Monica kuschelte sich an ihn und wünschte sich, sie könnte seine nackte Haut auf ihrer spüren. »Wir haben zu viele Sachen an«, murmelte sie.

»Tut mir leid. Ich konnte es kaum abwarten«, sagte er.

»Ja, ich auch nicht.«

»Mo?«

»Ja?«

»Bist du ... war das in Ordnung?«

Sie hob den Kopf und begegnete seinem Blick. »Machst du Witze?«

»Nein, ich war ... ich wollte nicht so ...«

»Fantastisch und perfekt sein?«, fragte Monica und versuchte, seinen Satz zu beenden.

Sie wurde mit einem Lächeln belohnt. »Ich wollte sagen, energisch. Du schmeckst so gut, und als du an meinem Finger gekommen bist, hatte mein Gehirn irgendwie einen Kurzschluss. Ich konnte es kaum erwarten zu spüren, wie du dich an meinem Schwanz anfühlst.«

Monica hob ihre Hand und fuhr sich damit durchs Haar. »Ich werde nicht leugnen, dass es etwas überraschend war, dass du dich in eine Art Neandertaler verwandelt hast, aber auf gute Weise. Ich hätte es erwarten sollen. Ich meine, du bist ein SEAL. Du bist es gewohnt, das Sagen zu haben und dass man dir gehorcht. Und ... mir hat es gefallen«, sagte sie schüchtern.

Sie konnte fühlen, wie sich seine angespannten Muskeln entspannten, als er ihr Geständnis hörte. »Das nächste Mal wird es besser«, versprach er.

»Besser?«, fragte sie. »Du hast mich dieses Mal schon fast umgebracht, Stuart.«

Er lachte. Dann wurde er ernst. »Du bist so schön, Mo. Ich bin der größte Glückspilz auf der Welt und ich werde alles in meiner Macht Stehende tun, um diese Beziehung nicht zu versauen.«

»Ich ebenfalls«, sagte Monica. »Ich liebe dich, Stuart. Und ich vertraue dir.«

»Ich werde niemals etwas tun, um dieses Vertrauen aufs Spiel zu setzen«, versprach er ihr. »Es ist das größte Geschenk, das ich je bekommen habe, und ich werde es mit allem, was ich habe, verteidigen und beschützen.«

Stuart realisierte, dass ihr Vertrauen ein noch größeres Geschenk war als ihre Liebe. Die Worte »Ich liebe dich« waren leicht zu sagen. Vertrauen? Das war nicht annähernd so einfach für sie.

Sein Schwanz wurde weich genug, um endlich aus ihrem Körper zu gleiten, und beide stöhnten bei dem Verlust ihrer Verbindung.

»Danke, dass du ein Kondom übergezogen hast«, sagte sie. »Es ging alles ziemlich schnell, ich hatte gar nicht daran gedacht.«

»Ich will Kinder mit dir, Mo«, antwortete Stuart. »Ich möchte sehen, wie dein Bauch mit meinem Kind darin wächst. Ich möchte sehen, wie du unsere Kinder nährst und liebst. Aber ich möchte, dass du es auch willst. Und ich bin egoistisch genug, um zuerst ein bisschen Zeit nur mit dir allein haben zu wollen. Ich werde dich immer beschützen, sogar vor mir selbst.«

Monica wollte genau dort auf der Matratze zu einer Pfütze zerlaufen. Dieser Mann. Gott, war er überhaupt echt? Zuerst baute er ihr einen Schutzraum, dann bot er ihr an, mit ihr zusammen in dieses kleine Zimmer zu ziehen, damit sie sich wohlfühlte, dann trug er, ohne zu klagen, ein Kondom. Und ihn sagen zu hören, dass er sie auf jeden Fall beschützen würde? Sie würde ihn nie wieder gehen lassen. Niemals.

»Ich will auch Kinder«, sagte sie. »Aber nicht in neun

Monaten.« Sie hielt inne, holte dann tief Luft und sagte: »Vielleicht in einem Jahr.«

Stuart nickte, dann erstarrte er. »Du meinst ... in einem Jahr schwanger werden?«, fragte er.

Monica grinste. »In einem Jahr ein Baby bekommen«, stellte sie klar.

»In drei Monaten heiraten wir«, erklärte Stuart. »In unserer Hochzeitsnacht werde ich dich immer und immer wieder ohne Kondom ficken und dich hoffentlich schwängern. Ein Jahr! Du hast es gesagt. Ich werde nicht erlauben, dass du es zurücknimmst.«

Da war wieder diese dominante Art. »Ich möchte es nicht zurücknehmen.«

Bei ihren Worten sprang Stuart praktisch aus dem Bett. Er zog seine Jogginghose über die Beine und riss sich das T-Shirt vom Leib. Er entfernte das gebrauchte Kondom direkt vor ihren Augen, ohne sich die Mühe zu machen, ins Badezimmer zu gehen, um seine Privatsphäre zu wahren.

Monica errötete, da sie nicht an diese Art von Intimität gewöhnt war, aber sie wandte den Blick nicht von ihm ab. Stuart griff hinüber zum Nachttisch. Nachdem er ein paarmal über seinen Schwanz gestrichen hatte, war er wieder hart. Er rollte ein zweites Kondom über seinen Schaft und legte sich wieder aufs Bett. Er griff nach dem Saum ihres T-Shirts und Monica half ihm, es auszuziehen.

Sie war nicht im Geringsten schüchtern, völlig nackt mit ihm zu sein. Irgendwie ließ Stuart alles, was ihr in der Vergangenheit unangenehm war, natürlich und richtig erscheinen.

Er griff zwischen ihre Beine und fingerte sie noch einmal leicht. Er fragte nicht danach, ob sie wund war, fragte nicht, ob sie bereit für ihn war. Als er merkte, dass sie immer noch feucht war, schob er seinen harten Schwanz wieder in sie hinein.

Monica seufzte, als er so tief wie möglich in ihr war.

»Ich kann es kaum erwarten, das nackt zu machen. Ich will deinen heißen, feuchten Körper ohne eine Barriere zwischen uns fühlen«, sagte er.

»Ich auch«, entgegnete Monica.

»Diesmal langsam und sanft«, sagte Stuart mehr zu sich selbst als zu ihr, als müsste er sich selbst daran erinnern.

Monica hatte das Gefühl, dass sie es mit langsam und sanft immer schwer haben würden, aber sie nickte trotzdem, als ihr Mann anfing, sich vor- und zurückzubewegen.

Fünfzehn Minuten später lag sie völlig erschöpft auf dem Mann, den sie liebte und dem sie vertraute.

Sie hatten es ungefähr eine Minute mit langsam und sanft durchgehalten, bevor Stuart die Kontrolle verloren und wieder angefangen hatte, sie hart zu ficken. Dann hatte er sich auf den Rücken gerollt, damit sie oben war, und sie hatte ihn geritten. Er hatte mit ihren Brüsten gespielt, während sie auf und ab hüpften, und sie hatte im Gegenzug in seine Brustwarzen gekniffen. Während sie ihn ritt, hatte er ihre Klitoris gestreichelt, bis sie nur noch auf seinem Schwanz saß und zitterte, als sie kam. Dann hatte er sie mit seiner enormen Kraft an den Hüften gepackt und angehoben, um sie von unten zu ficken.

Es war die heißeste Erfahrung, die Monica je gemacht hatte, und sie hatte sich noch nie so wertgeschätzt gefühlt.

Nachdem sein Schwanz dieses Mal aus ihrem Körper geglitten war, verließ er den Raum und kam eine Minute später mit einem warmen Waschlappen zurück. Er säuberte sie vorsichtig, legte sich dann wieder hin und nahm sie in die Arme.

»Wir sollten aufstehen«, sagte Monica, bevor sie gähnte.

»Später.«

»Aber Elodie und Mustang werden wahrscheinlich vorbeikommen«, protestierte sie.

»Sie waren schon da«, erwiderte Stuart lässig.

»Was?«, fragte Monica und stützte sich auf einen Ellbogen.

Er zwang sie sanft, ihren Kopf wieder auf seine Schulter zu legen, und umarmte sie. »Ich habe sie gehört, als du noch geschlafen hast. Mustang hat eine SMS geschrieben und ich habe ihm gesagt, er kann seinen Schlüssel benutzen, um die Sachen, die Elodie zubereitet hat, in unseren Kühlschrank zu stellen.«

»Nun ... na dann.«

»Damit du ein Nickerchen machen kannst.«

Monica schnaubte. »Ein Nickerchen, gerade nachdem ich von einer langen Nacht aufgewacht bin, alles klar.«

»Die lange Nacht war ein bisschen anstrengend. Aber wie auch immer, ich will nur hier liegen und dich festhalten.«

Wie konnte sie dazu Nein sagen? »Okay.«

»Wir brauchen ein größeres Haus.«

Monica blinzelte bei dem Themenwechsel. »Ähm, warum?«

»Es gibt nur zwei Schlafzimmer und wir brauchen mindestens ein oder zwei weitere Badezimmer. Ich möchte das Badezimmer nicht mit unseren Kindern teilen.« Er schauderte.

Eine Welle der Zufriedenheit durchströmte Monica. »Ja«, stimmte sie zu. »Es gibt aber keine Eile«, erklärte sie ihm.

Stuart umarmte sie fest und küsste sie auf den Kopf. »Das wird funktionieren«, sagte er fast eindringlich.

»Das?«, hakte sie nach.

»Das mit uns«, stellte er klar. »Wir werden heiraten, Babys bekommen und glücklich bis ans Ende unserer Tage leben. Eine Beziehung mit einem Mann beim Militär zu haben ist nicht einfach, und mit einem SEAL zusammen zu sein hat seine eigenen Herausforderungen, aber ich werde alles tun, damit du es nicht bereuen wirst, hier bei mir geblieben zu sein.«

»Okay. Ich weiß, dass ich noch viel über das Militär lernen muss – oder vieles, was mein Vater mir beigebracht hat, vergessen muss. Aber ich werde versuchen, eine Frau für dich zu sein, auf die du stolz sein kannst.«

»Das bist du schon.«

Vier einfache Worte. Mehr brauchte es nicht, um Monica Tränen in die Augen zu treiben. Sie versteckte sie vor Stuart, indem sie ihren Kopf an seine Schulter legte. »Ich liebe dich«, schaffte sie zu sagen.

»Und ich liebe dich. Schlaf jetzt. Ich werde hier sein und auf dich aufpassen.«

»Danke, dass du mich gestern Abend gefunden hast und so schnell gekommen bist«, sagte sie.

»Nichts hätte mich davon abhalten können«, sagte Stuart in einem Tonfall, der Monica einst erschreckt hätte. Aber jetzt fühlte sie sich warm und sicher.

Sie wollte fragen, ob es Baker gut ging, wollte nach Huttner fragen und nach dem Treffen, zu dem sie vielleicht später am Nachmittag gehen müssten. Aber ihre Augenlider wurden schwer. Sie war zufrieden und fühlte sich wohl. In Stuarts Armen zu liegen war das beruhigendste Gefühl seit langer Zeit.

Also schloss sie die Augen, entspannte sich und vertraute darauf, dass Stuart sie beschützte, während sie schlief.

KAPITEL EINUNDZWANZIG

Pid strich mit dem Daumen über Monicas Hand, als Kenna den Sandstrand entlang auf ihren zukünftigen Ehemann zuging.

Die letzten Tage waren hektisch gewesen. Zwischen Besprechungen auf dem Stützpunkt über Bull und was an dem Abend passiert war, und Besprechungen mit seinem Team über die Geschehnisse in Tadschikistan und die Pläne für ihren Einsatz hatte Pid nur wenig Zeit gehabt, sich zu entspannen.

Aber heute war der große Tag für Kenna und Aleck. Ihre Eltern waren da und gestern Abend hatten sich alle im Duke's zum Abendessen getroffen. Der einzige Mensch, der nicht gekommen war, war Carly. Kenna war enttäuscht gewesen, genau wie Jag. Aber immerhin war sie heute zur eigentlichen Hochzeit erschienen.

Robert, der Concierge von Coral Springs, hatte sich selbst übertroffen. Nicht weit entfernt von der Zeremonie wurde für das anschließende Hochzeitsfest ein Schwein in einem Erdloch gegart. Hula-Tänzer und -Tänzerinnen standen bereit, um die Gäste zu unterhalten, und es gab genügend Speisen, um fünfhundert Menschen zu ernähren, was weit mehr war, als tatsächlich anwesend waren. Aber die Reste würden verwertet werden. Die Caterer würden es einpacken und Lexie und Elodie würden es am Sonntag zu Food For All bringen, um es an die Bedürftigen auszuteilen.

Pid sah zu Monica hinüber und grinste. Theo saß zu ihrer anderen Seite, hielt ihre rechte Hand und lächelte aufgeregt. Vermutlich war der Mann noch nie auf einer Hochzeit gewesen. Über die Einladung war er begeistert gewesen. Und er war noch glücklicher gewesen, als er Monica entdeckt hatte.

Alles in allem hatten sie Glück gehabt. Bull hätte Monica angreifen und töten können, bevor er Baker anrief. Er hätte sie erschießen können, als Baker auftauchte. Verdammt, Baker hätte auch getötet werden können. Bull war geistig instabil und verstört gewesen. Pid hatte keine Reue, dass der Mann einen qualvollen Tod gestorben war. Er war nur erleichtert, dass er weg war und keine Probleme mehr machen konnte.

Baker war nicht zur Zeremonie erschienen, aber niemand war allzu überrascht. Er war nicht gerade gesellig, obwohl er immer wieder bewiesen hatte, wie wichtig ihm die Frauen des SEAL-Teams waren.

Kenna und Aleck hatten beschlossen, ohne Trauzeugen zu heiraten, also standen sie allein vor den Stuhlreihen. Monica drückte seine Hand, als Kenna Aleck erreichte und ihr Freund sich nicht zurückhalten konnte, seine zukünftige Frau in eine Umarmung zu ziehen und leidenschaftlich zu küssen.

»Es war eigentlich vorgesehen, dass Sie sich erst küssen, nachdem ich Sie zu Mann und Frau erklärt habe«, sagte der Standesbeamte lachend.

Sofort erwiderte Aleck: »Ich habe sie den ganzen Tag nicht gesehen. Und sie in diesem Kleid zu sehen, so verdammt schön, dass es fast wehtut, wie könnte ich sie da nicht küssen.«

Alle lachten.

»Gut, also lassen Sie uns fortfahren, damit Ihnen kein weiterer Fauxpas passiert.«

Pid blendete die Zeremonie aus und sah noch einmal zu Monica hinüber. Ja, Kenna sah heute hübsch aus – natürlich sah sie hübsch aus, es war ihr Hochzeitstag. Aber in Pids Augen konnte sie seiner Frau nicht das Wasser reichen.

Sie hatte den Morgen mit den anderen Frauen in Alecks und Kennas Penthouse verbracht, um sich auf die Zeremonie vorzubereiten. Eine Stylistin hatte ihr blondes Haar zu einer Hochsteckfrisur gebunden, die langsam, aber stetig von der Meeresbrise zerstört wurde. Haarsträhnen fielen ihr ins Gesicht und da sie keine Hand frei hatte, half Pid ihr gern, indem er ihr die Strähnen hinters Ohr steckte.

Monica trug ein einfaches blaues Sommerkleid mit Spaghettiträgern. Es reichte ihr bis zu den Knien und hatte eine Art integrierten BH, der ein beeindruckendes Dekolleté zeigte. Sie trug etwas mehr Make-up als sonst, aber das war nicht der Grund, warum Pid den Blick immer wieder zu ihr schweifen ließ.

Es war das Lächeln auf ihrem Gesicht, seit er sie zum Strand begleitet hatte. Sie lächelte die ganze Zeit und ihre Grübchen machten ihm nach wie vor die Knie weich. Es war schwer zu glauben, wie verschlossen sie gewesen war, als sie sich zum ersten Mal begegnet waren. Sie war ernst und misstrauisch gegenüber jedem gewesen, mit dem sie in Kontakt kam.

Bevor sie an diesem Morgen aufgebrochen war, um die anderen Frauen bei Aleck zu treffen, hatte sie ihn geweckt, indem sie seinen Schwanz in den Mund genommen und ihm den unvergesslichsten Blowjob gegeben hatte, den er je bekommen hatte. Es war offensichtlich, dass sie nicht viel

Erfahrung damit hatte, was ihn nur noch mehr angemacht hatte.

Als sie zu ihm aufgesehen und mit ihren Lippen um seinen Schwanz zu lächeln versucht hatte, hatte er beim Anblick dieser entzückenden Grübchen auf der Stelle die Kontrolle verloren. Er war nicht stolz darauf, dass er sie gröber angepackt hatte, als er es hätte tun sollen, als er sie auf den Rücken warf. Aber in Rekordzeit hatte er ein Kondom übergezogen und steckte so tief in ihr, bevor er überhaupt gemerkt hatte, was geschah.

Und während der ganzen Zeit, egal wie grob er war, verblasste Monicas Lächeln nicht. Ihre Grübchen zwinkerten ihm zu und ließen ihn wissen, dass sie seine raue Art liebte. Er hatte sie hart und schnell gefickt, wie jedes Mal, und sie hatte jeden Zentimeter seiner Länge in sich aufgenommen und die ganze Zeit gegrinst.

»Du solltest sie ansehen, nicht mich«, flüsterte Monica.

Pid schämte sich nicht im Geringsten, dabei erwischt zu werden, sie anzustarren. Er konnte nicht anders, als sich vorzubeugen und sie auf eines der Grübchen zu küssen, die er so sehr liebte. »Ich liebe dich«, flüsterte er.

Bevor sie antworten konnte, brachte Theo ihn zum Schweigen.

Pid nickte ihm entschuldigend zu und drückte Monicas Hand. Sie lächelte und erwiderte: »Ich liebe dich auch.«

Pid lehnte sich zurück und stellte fest, dass er sich noch nie so entspannt gefühlt hatte wie in diesem Moment. Sein Erwachsenenleben hatte er hauptsächlich auf der Hut verbracht. Überall, wo er hinkam, hatte er nach Ärger Ausschau gehalten. Es war in ihm verwurzelt ... dank der Navy.

Normalerweise war er kurz vor einer Mission noch aufmerksamer. Aber obwohl er wusste, dass sein Team bald nach Übersee aufbrechen würde, war er ruhig. Und das alles wegen der Frau an seiner Seite. Zu wissen, dass sie ihn liebte und ihm vertraute, war genug, um seine Seele zu beruhigen.

Heute Nacht würde die Nacht sein, diese Liebe zu feiern. Und die Liebe, die Aleck und Kenna füreinander hatten. Sie würden lange am Strand bleiben, lachen und die beste Zeit ihres Lebens haben. Der Einsatz würde noch früh genug kommen. Im Moment würden sie all die guten Dinge genießen, die sie in ihrem Leben hatten.

***

»Bleib«, drängte Jag Carly, nachdem Aleck und Kenna zu Mann und Frau erklärt worden waren. Die Mitarbeiter von Coral Springs holten die Stühle vom Strand und stellten sie um die Tische herum, die für das hawaiianische Luau-Fest bereitstanden. Etwas weiter unten am Strand war eine Bühne errichtet worden, auf der nach dem Abendessen die Tänzer und Tänzerinnen ihre Show aufführen würden.

Es war äußerst schwierig gewesen, Carly davon zu überzeugen, überhaupt zur Hochzeit zu kommen. Je länger es dauerte, Luke Keyes, den Sohn ihres gewalttätigen Ex-Freundes, zu finden, desto mehr verwandelte sich Carly in einen Schatten der Frau, die sie einst war.

Als Jag sie zum ersten Mal getroffen hatte, lächelte sie oft, war freundlich und aufgeschlossen. Aber jetzt hatte sie ständig ihre Schultern hochgezogen, als könnte es sie vor jedem schützen, der ihr wehtun wollte. Sie sah sich ständig um, wahrscheinlich auf der Suche nach Luke.

Jag hasste es, sie so zu sehen. Sie sollte mit ihren Freundinnen lachen und scherzen, und nicht jedes Mal verängstigt sein, wenn sie ihre Wohnung verließ.

»Ich muss nach Hause«, beharrte Carly.

»Nein, du musst aufhören, deinen Ex und seinen Sohn gewinnen zu lassen«, konnte Jag nicht umhin zu sagen.

Er hatte sie unterstützt. Er war geduldig gewesen. Er hatte sie in keiner Weise gedrängt. Aber es war Zeit für sie, in ihr Leben zurückzukehren. Sie könnte vorsichtig bleiben, aber sie könnte sich nicht für immer in ihrer Wohnung einsperren. Sie musste leben.

Carly sah zu ihm auf und Jag freute sich darüber, Wut in ihren Augen zu sehen. Seit dem Abend, an dem ihr Ex-Freund mit einer Bombe vor der Brust im Duke's aufgetaucht war, hatte sie die verschiedensten Emotionen durchlebt. Er hatte sie leiden lassen wollen, aber weil es ihr an diesem Abend nicht gut ging, war sie früher nach Hause gegangen. Der Mistkerl hatte sich stattdessen Kenna geschnappt.

»Du verstehst es nicht«, sagte sie mit zusammengebissenen Zähnen.

»Ich verstehe was nicht?«, fragte er, ohne nachzugeben.

Sie starrte ihn einen Moment lang an, bevor sie herausplatzte: »Wie es sich anfühlt, verletzlich zu sein. Du bist ein SEAL. Du gehörst zu den Besten der Besten. Du läufst auf Kugeln zu, anstatt vor ihnen davon. Du hast keine Ahnung, wie ich mich fühle.«

Sie lag so falsch, dass es nicht einmal lustig war. Aber es war weder der richtige Zeitpunkt noch der richtige Ort, um über seine Vergangenheit und das, was er überlebt hatte, zu reden. Jag trat einen Schritt näher, streckte die Hand aus und zog sie mit einer Hand in ihrem Nacken zu sich.

Ihre Augen weiteten sich überrascht und sie legte ihre Hände auf seine Brust, als sie ihn anstarrte.

»Ich weiß, dass du wahnsinnige Angst hast«, sagte Jag leise. »Du hast Angst davor, was Luke tun könnte. Aber du verstehst einfach nicht, dass ich hinter dir stehe. Ich kann nicht garantieren, dass dieses Arschloch nichts Dummes versucht. Es ist sogar wahrscheinlich, dass der Kerl es versuchen wird, zumal er bereit war, das Fluchtboot zu fahren, mit dem dein Ex-Freund dich entführen wollte. Aber ich verspreche dir hier und jetzt, dass er dich nirgendwo hinbringen kann, wo ich dich nicht finden werde, Carly. Und du denkst doch nicht, dass Kennas Ehemann sich auch nur für eine Sekunde zurücklehnen würde, wenn er hinter dir her ist? Oder Mustang oder Midas und zur Hölle auch Pid und Slate. Ganz zu schweigen von Baker Rawlins. Du vergisst, dass du ein ganzes SEAL-Team auf deiner Seite hast. Dich zu verstecken wird das Problem nicht lösen. Dich ihm zu stellen und ihm gegenüberzutreten, wäre wahrscheinlich effektiver. Ich glaube, Luke geht einer dabei ab, dich so verängstigt zu sehen. Du musst wieder anfangen, dein Leben zu leben.«

Sie schnaubte, kämpfte aber nicht gegen seinen Griff an. »Du denkst, es wird ihn davon abhalten, etwas zu tun, wenn ich herumtänzle, als hätte ich keine Sorgen?«

»Nein«, antwortete Jag ehrlich. »Ich will damit sagen, wenn er sich für den Tod seines Vaters rächen will, dann wird er es tun, egal ob du dich in deiner Wohnung versteckst oder nicht.«

Sie funkelte ihn an. »Ich verstecke mich nicht in meiner Wohnung.«

Jag würdigte ihre Bemerkung nicht mit einer Antwort.

»Ich habe nur ...« Carly seufzte. »Kenna wäre meinetwegen fast gestorben«, flüsterte sie.

»Aber das ist sie nicht«, antwortete Jag. »Du kannst dein Leben nicht von *was wäre, wenn* bestimmen lassen. Wenn du das tust, wird es dich in den Wahnsinn treiben.«

Für einen langen Moment schwiegen beide und starrten sich nur an.

Dann senkte Carly den Blick und sagte leise: »Ich muss nach Hause.«

Er seufzte. Einen Moment lang hatte er geglaubt, er sei zu ihr durchgedrungen und dass Carly zum ersten Mal seit Monaten das Risiko eingehen würde zu versuchen, sich zu entspannen. Aber obwohl sie letztendlich in ihre vertraute Routine zurückfiel, sich in ihrer Wohnung zu verstecken, hatte er einen Funken Hoffnung in ihren Augen gesehen. Es gefiel ihr nicht, das Leben ihrer Freundinnen zu verpassen. Sie mochte es nicht, zu Hause zu sitzen und Angst zu haben.

Sobald er von seiner Mission in Tadschikistan zurückkehrte, wäre er fertig damit zuzusehen, wie sie sich versteckte.

Jag strich mit dem Daumen über ihren Nacken und wurde mit einem kleinen Schauder belohnt. Diese Frau war ihm unter die Haut gefahren und er war eingebildet genug zu glauben, dass es ihr genauso ging. Aber wenn er wollte, was seine Teamkameraden hatten, musste er eindeutig dafür kämpfen. Und er war mehr als bereit dazu.

Buch 5 in Die SEALs von Hawaii, *Die Suche nach Carly* kommt bald!

BÜCHER VON SUSAN STOKER

Die SEALs von Hawaii:
Die Suche nach Elodie
Die Suche nach Lexie
Die Suche nach Kenna
Die Suche nach Monica
Die Suche nach Carly (11 Oct)
Die Suche nach Ashlyn
Die Suche nach Jodelle

Das Bergungsteam vom Eagle Point
Ein Retter für Lilly
Ein Retter für Elsie (29, Juni)
Ein Retter für Bristol (15 Nov)
Ein Retter für Caryn
Ein Retter für Finley
Ein Retter für Heather
Ein Retter für Khloe

Mountain Mercenaries:
Die Befreiung von Allye

Die Befreiung von Chloe
Die Befreiung von Morgan
Die Befreiung von Harlow
Die Befreiung von Everly
Die Befreiung von Zara
Die Befreiung von Raven (1 Apr 2022)

Ace Security Reihe:
Anspruch auf Grace
Anspruch auf Alexis
Anspruch auf Bailey
Anspruch auf Felicity
Anspruch auf Sarah

Die Delta Force Heroes:
Die Rettung von Rayne
Die Rettung von Emily
Die Rettung von Harley
Die Hochzeit von Emily
Die Rettung von Kassie
Die Rettung von Bryn
Die Rettung von Casey
Die Rettung von Wendy
Die Rettung von Sadie
Die Rettung von Mary
Die Rettung von Macie
Die Rettung von Annie

Delta Team Zwei
Ein Held für Gillian
Ein Held für Kinley
Ein Held für Aspen
Ein Held für Jayme
Ein Held für Riley (1 Juni)

Ein Held für Devyn
Ein Held für Ember
Ein Held für Sierra

SEALs of Protection:
Schutz für Caroline
Schutz für Alabama
Schutz für Fiona
Die Hochzeit von Caroline
Schutz für Summer
Schutz für Cheyenne
Schutz für Jessyka
Schutz für Julie
Schutz für Melody
Schutz für die Zukunft
Schutz für Kiera
Schutz für Alabamas Kinder
Schutz für Dakota

Susan Stoker ist die New York Times, USA Today und Wall Street Journal Bestsellerautorin der Buchreihen »Badge of Honor: Texas Heroes«, »SEAL of Protection«, »Die Delta Force Heroes« und einigen mehr. Stoker ist mit einem pensionierten Unteroffizier der US-Armee verheiratet und hat in ihrem Leben schon überall in den Vereinigten Staaten gelebt – von Missouri über Kalifornien bis hin zu Colorado. Zurzeit nennt sie die Region unter dem großen Himmel von Tennessee ihr Zuhause. Sie glaubt ganz und gar an Happy Ends und hat großen Spaß daran, Geschichten zu schreiben, in denen Romantik zu Liebe wird.

Besuchen Sie Susan im Netz!
www.stokeraces.com
facebook.com/authorsusanstoker
twitter.com/Susan_Stoker
bookbub.com/authors/susan-stoker

instagram.com/authorsusanstoker
Email: Susan@StokerAces.com